中国专业作家作品典藏文库

中国专业作家作品典藏文库
邹静之卷

五月槐花香

邹静之 著

中国文史出版社

目　　录

第一章

一

佟奉全，河北雄县人，早年间来京在荣合轩学徒，练了一副看字画、相瓷器的好眼力。后来，由庆王爷府上出资在东琉璃厂开了这家泛古堂，仗着耳聪目慧，生意颇为红火。这一日上午，一辆大骡车驶至琉璃厂街当间，停在了泛古堂门前，还没等骡车停稳，佟奉全撩帘子跳下来，进了自己的铺子。伙计二奎正站在柜台后面，看着账簿打算盘，见佟奉全推门进来，忙起身招呼：“爷，您来了！”

佟奉全站住，点点头，愣了一会儿说：“嗯，快把柜底下那只龙泉窑包起来，回头沈松山来了，就说东西早拿走了，多余的话一句也别说。”

二奎点点头，急忙从柜底下摸出一只龙泉青瓷小尊，小心地包裹起来。佟奉全沉思着走过去又走回来，看了看账本，问道：“这月卖了多少？”

二奎说：“铺面上卖了一千五百二十块。”

佟奉全并不太在意地说：“就这么点儿？行，支应着吧。”说完把二奎拿出的龙泉青瓷小尊收进锦盒，抱着往后走去。

不大会儿，沈松山进来了。二奎给他倒了杯茶水，他就坐在椅子上，轻轻地吹着茶叶，喝茶。二奎侍立一旁，显得很恭敬。旁边桌上搁着一只蓝包袱。

沈松山是河北冀县人，打小进京投亲戚，在王府井锡拉胡同的小古玩铺学徒，后跟着南纸店的师傅学装裱画。过眼的古董字画颇多，眼力过人。

沈松山问：“你们掌柜的在不在？”

二奎忙说：“刚回来，我给您叫去。”

“等会儿吧，我先喝口茶。二奎，你是叫二奎吧，学徒几年了？”

“回爷，刘二奎。学徒三年多了。”

“《金石录》《宣和书谱》都读过了吗？”

“没读全。”

“过手的画，都看过些什么？”

“爷，回您的话，二奎没什么见识，看过两张宋代范宽、崔白的。”

“东西对不对？”

“咱也说不好，以后您多指点，爷您看字画是街里都传遍的高手，您多指点吧。”二奎笑着说。

“北宋初年，其实就一个李成，一个范宽，李成之笔近视如千里之远，范宽之笔远望不离座外，这话算是把二位的特点说到家了。”沈松山说完又喝茶。

“爷，谢您指点。”二奎说着想要给沈松山兑茶水。

“得，我走了。”沈松山拎着包袱要走。

二奎忙说：“爷，您等会儿，我叫掌柜的。”说着揭后门帘子喊道，“爷，沈掌柜的要走了，您……”

沈松山根本不听，拎着包袱往门口走。只听后门一阵门响、帘子响，佟奉全风风火火地出来了：“呀，沈掌柜的来了，二奎怎么不早吱一声，这不是怠慢了吗！”

沈松山一听佟奉全出来了，住了脚：“不怨他，是我没让他喊您……没事，您这味小兰花不错，喝出汗来了。”

佟奉全赶紧招呼：“坐，坐，怪不容易地来一趟，哪有走的理呀！二奎，茶泼了重沏。”

沈松山拿出鼻烟壶，闭着眼睛往鼻子里放烟，吸气，一个喷嚏打了出来，舒服得眼里含泪。

“好英国货，不多见了。”佟奉全说完伸手去解那个蓝包袱皮，“什么好东西，拿来了还想拿走？二奎啊，把街门关上，别让生客进来。”

沈松山不动声色：“用不着。佟掌柜，东西不好，看了您别笑话。”

是一只残破的商代的尊。佟奉全仔细看着表面的绿锈，轻轻地翻看着底儿。沈松山用余光看他。佟奉全凝神看了一会儿目光就散了，坐在那里抠鼻烟不说话。

沈松山一看佟奉全不说话，马上明白了，站起来系包袱皮。

"……嚯！这烟真冲。沈掌柜，也不是全不对啊，顶上那圈口和一只耳朵是真的，底儿后接的，卖好了能蒙出去。"

佟奉全边擤鼻子边说，掩饰不住幸灾乐祸，老想笑。

"我砸了卖铜。"

"别价呀，真要砸我留下。"

"佟爷，这我可没编瞎话吧？东西买打眼了，指着您救我呢！"

佟奉全心里明白了："一句话的事儿。沈掌柜的，您是前辈，我这铺子里，您看着什么好您拿走，钱不钱的，咱不说那个。"

沈松山这才说："那只龙泉窑的尊，让我给您卖了吧……必定的好价钱，东西卖了，钱先给您个本，利我先用半年，以后加倍还您。"

"沈爷，您来晚了一步，东西昨儿晚上被齐大头拿走了，钱还没给呢！沈爷，多了的话咱也不说了，我看这么着吧，那个尊齐大头他要是看不上，东西到了，我给您送过去，还是刚才的话，钱不钱的，不说。要是东西他卖出去了，钱到了，我立马让二奎给您送过去，算是您今天劳驾跑一趟。"

"这么巧，大头给拿走了？"

"沈爷，说出来像编的，二奎打开柜子让沈爷看看，昨儿还在这儿呢，今儿空了。"

"那算我没运气，心领了，回头我跟张督军说一声，玩意儿出手了，不用等了。那我走了。"

"再坐会儿。"佟奉全记住了"张督军"三个字。

"不坐了，心里有事。"沈松山站起来拎着包袱就走，走了几步又回头跟佟奉全说话，"佟掌柜，今儿我这样，算晦气到家了，您别笑话。"

"沈爷，笑话您不是笑话我自己吗？咱这行，打掉了牙往肚里咽，还得说不疼。您今儿拎着东西来给我看，真是给奉全脸了。二奎叫车！"

二奎麻利地应道："叫得了，沈掌柜您请！"

琉璃厂街口的老豆腐小摊上，坐着一位邋里邋遢的大爷。细看的话，你会发现他身上衣服料子很不错，只是久不洗刷，沾满了污垢。这位爷名叫范世荣，旗人，同文馆肄业。祖上兴于洋务，也败于洋务。民国后家道中落，现在以半口生涩的英文在街上混吃喝，勉强过着他那种贫寒的贵族生活。

为了招揽生意，摊主吆喝着："老豆腐开锅哎！老豆腐开锅！"范世荣不耐烦地："哎，别喊了，别喊了！怎么没卤虾油啊？"

摊主一愣，范世荣却十分认真："不是我挑你理儿，这碗老豆腐看着简单，可佐料麻烦，酱豆腐汁、卤虾油、韭菜花、芝麻酱、辣椒油，缺一不可，缺一味这东西就出豆腐渣味儿了，吃着像嚼生豆子！这我要再不挑你理儿，人家以为我没吃过东西呢！"

摊主似乎明白了他的意图，看他吃完了，又给他添上一碗，打上佐料，想要堵他嘴："爷，您慢用！"

范世荣刚要再吃，一眼看见英国人禄大人过来了，范世荣赶快放了碗迎了过去，用英文招呼："哈罗，密斯特禄，今天天气真的很好啊！有什么收获吗？有什么需要帮助的？"

禄大人却用流利的汉语回他："范先生，你好，你一见我就说英语，而我更喜欢说中国话。"

范世荣急忙改用汉语解释："老不说，都快忘光了，也就见着您了，说两句，算是个温习，要么我跟谁说去啊？这条街除了古董还是古董，英格力士没有。"

禄大人半真半假地说："你要对英语这么喜欢，我出钱，你去英国开个店，咱们卖中国玩意儿。"

范世荣忙摇头："那我不去，我离不开北京城，真去了伦敦，先是这碗老豆腐吃不上了，那我得想家。"

禄大人这才用英语说："是啊，可爱的家……可爱的家。"

两人边走边说，惹得不少行人回头朝他们观望。

街上天寒地冻。

一个女孩膀子上挎着的香烟笸子随脚步的节奏颠动着。她戴了副线手套，围着围脖，身子有些瑟缩，在街上边走边吆喝："红锡包、大双刀啊，蜜蜂、蝙蝠、小飞船啊，抽烟啊您哪，抽烟啊您哪！先生来包洋烟卷儿吧，蜜蜂牌的三大枚，您来一包。”

这女孩是范世荣家的远房亲戚，叫莫荷，爹妈死得早，从遵化老家进京落在范家了。眼下除了侍候范世荣一天三顿的吃食，有时她还要供着范世荣喝酒抽烟的部分花销。范世荣怕莫荷嫁人了，自己的生活就更没着落了。

莫荷一眼瞅见一个小男孩手里拎了个米口袋，便喊道：“生子……生子……干吗去?”

生子看见莫荷，眼睛一亮：“莫荷姐，我妈让我买棒子面去。”

“你等等，”莫荷递给生子一个口袋，“帮我带回来吧，省我去了。来，这是口袋，这是钱，买十大枚的啊，看着点儿秤，回头不够了我可找你算账。”

“放心吧，莫荷姐，我走了。”

“走吧，回头姐给你买棍糖吃，看着点儿车。红锡包、大双刀啊……蜜蜂、蝙蝠、小飞船啊……”莫荷边走边喊，猛地看见前边有个当兵的路过，慌忙挎着篮子跑着躲避。

当兵的气恼地喊道：“卖烟卷儿的跑什么，我他妈的给钱!”

二

瑞贝子府的后院里，茹二奶奶悄悄地撩开自己屋的窗帘子，往外看看。正是晌午，院子里没有人。茹二奶奶看得很专心。

冯妈打帘子进来：“二奶奶!”

“哎哟！吓我一跳。你进屋我怎么也没看见呀！前院有人吗?”茹二奶奶说着利落地下了炕。

冯妈低声说：“都睡了，一人没有。”

茹二奶奶赶忙收拾包袱：“拿好了，就当出门买东西似的往外走，心里平和点儿，去吧……哎，等等，要真有人问起来，跟他们说话硬气着点儿。”其实她自己也有点儿慌。

茹二奶奶送走人，回来赶紧给观音菩萨上了炷香，神情有些紧张地嘟囔：“救苦救难的菩萨，保佑我这个苦人吧。”

茹二奶奶小名秋兰，正黄旗，十八岁嫁给贝子府的二阿哥，刚嫁过来二阿哥就病死了，守寡至今。这茹二奶奶身在豪门，受尽欺侮，至今老贝子重病在身，茹二奶奶担心这老爷子再一死，自己今后的生活更无依靠了，总是想着往外带些个东西，以备后用。

冯妈挎着包袱，来到前院，看似极为镇静，边别着发夹子边往外走。刚到大奶奶房门口，就听门里边有人叫她："冯妈，干吗去呀?"

冯妈心一紧，只好站住："大奶奶，有话您吩咐。"

"冯妈，这是要出门啊?"

"我家奶奶吩咐了，让做衣裳去。"

"做衣裳怎么不请裁缝来家呀，还用出去？包袱里是什么?"大奶奶说着话出来了。

冯妈一时语塞。

大奶奶边系大襟边说："打开我看看。"

冯妈没办法，只得打开。包袱中除了衣服布料，布料里还裹着只小瓷瓶。

大奶奶拿起小瓷瓶："釉里红，好东西。冯妈，这玩意儿是要拴衣服上啊?"

冯妈反倒镇定了："回大奶奶，做衣服没钱，押件东西给裁缝，等有钱了再赎回来。"

大奶奶这下火了："蒙谁啊！欺负我们没见过东西是吗？宫里的玩意儿，就这够做一车衣裳的，押过去谁敢接着呀!"

"我们家奶奶是这么吩咐的。"

"你家奶奶让你死，你也去死啊?！没钱怎么不张嘴啊，都是一家人，干吗这么生分。"大奶奶说完，看着小瓶，从大襟里掏出两块银圆，"拿着，够了吧!"

冯妈无奈，只好说："谢大奶奶!"

大奶奶望着冯妈的背影，又说："不够了再问我要啊，这东西，我留下了。"人进屋，"咣当"一声，门关上了。

佟奉全去街对面店铺里打了个电话，问清楚了张督军府上的门牌号码，然后回来换好衣裳，拎着那个包袱从泛古堂后边出来。佟奉全系扣子，戴帽子，二奎举着个小镜子给他照着。佟奉全心里有点儿犹豫："二奎，你说这沈掌柜，买了打眼的东西，干吗拿过来给咱看啊？行里的规矩，买了打眼货藏还怕藏不住呢，他干吗要拿着东西过来招摇？”

“怕是吃不准，让您给掌掌眼。”

“那么高心气儿的人，他会让我掌眼……临走又撂下一句话说张督军要咱们那个尊，你说他是无意的还是有意的？”

“……爷，我也说不准。”

“……要不这么着，东西你拿着去史家胡同七号，就说给督军爷看看玩意儿。他要是真要，现钱一万大洋，让他留下；他要看不上你再拿回来。成不成的，咱先碰碰。”

二奎嘴唇嚅动，想说什么却没说。

“去吧，我还有事儿，回头你换身好衣裳，叫辆车，别让他们小瞧咱。”佟奉全说完将东西放下，出门走了。

燕居阁里，伙计正在往下拿东西。禄大人坐在凳子上逐个看着，桌子上有一堆挑好了的各式玩意儿。

范世荣喝着茶，吃着点心。燕居阁的掌柜沈松山在旁边侍候着。

“沈掌柜，就这么多吧，要多少钱？”

“禄大人，您就是有眼力，把我屋里的好玩意儿都给挑走了，您看着给吧。”

“看着给，你们中国人就是讲面子，看着给，我给你一块钱行不行？”

沈掌柜有些难堪，正不知该怎么回他，范世荣插嘴了：“那您不能够！禄大人，这也算是绅士风度，说是让看着给，其实是让您出个价儿。”

“这我懂，刚来时，我不习惯。正经做生意，那么客气干吗？后来我明白了，他客气了，你可不能太实在，钱该花还要花，只是把生意做得不像做生意才叫味道。”

“讲究的就是这么个劲儿，您领会得深刻。这么着吧，沈掌柜也别客气了，你出口价，看禄大人能不能接受。”

“禄大人这堆东西，我算了下，本是两千两百大洋收上来的，您多少再让我赚点儿，好歹我这铺子能支撑下去。”沈掌柜说。

“两千五……百分之十的利，很好了！”禄大人比画着手势。

“禄大人，古董这行，百分之十的利那叫赔本赚吆喝，白忙，您再添点儿。”

“那你说要多少？”

“少了五千，不能给您。对不住了，禄大人，我赚您钱，也是赚在明处，话跟您说明白。”沈掌柜说着伸手要往回收。

禄大人假装要走：“看吧，客气到最后，不客气了。”

范世荣赶快拉住：“这么着，听我一口价，两家都让让，四千块钱，算是都冲着这一上午忙活了，四千块！”

“OK。”禄大人马上喊道。

沈掌柜一脸真诚地说：“说实在的，这堆东西人家给过六千我没卖，得了，禄大人给您了。福全啊，给禄大人包上！”

范世荣打圆场：“得，这回亏您了，下回给您补上。禄大人，都是好东西，您回家细细玩味吧！”

“一会儿给我送到府里去吧，我还要转转。”

范世荣将禄大人送出门，又鬼鬼祟祟跑回来：“沈掌柜，回头泰丰楼见啊！”意思是想收中间人钱。范世荣说完出门走了。

“掌柜的，范五爷这是吃上咱了。”福全说。

沈松山冷冷地说：“这回甭理他。”

三

二奎坐在督军府的客厅里，有些不安地等待着，手心里早已汗湿了。突然后边传出很浓重的东北口音：“什么？就这个玩意儿要一万块大洋，吃人呢！什么人到府里了还敢张这么大的嘴，让我见识见识……啊什么人？”

话到人到，一手拿着那个小尊，一手拎着把枪。

二奎吓得赶紧站起来了。

“是你吗？你是谁？”张督军用枪指着二奎。

“督军大人，小的刘二奎，泛古堂的伙计。”二奎毕恭毕敬地说。

“刘二奎，是个小伙计呀！一个小伙计就敢开这么大的口，我看你是活腻歪了。”

“回大人话，不是小的要这么多钱，是掌柜的吩咐，掌柜的说最低要一万，不行东西拿回去。”

“一万，一万，你知道一万块能养多少队伍买多少条枪吗？一万块？就这么个玩意儿值一万块？你说说它哪儿值一万块？”

张督军将那个小尊放在桌上，拿枪瞄准。

二奎心里一紧：“回大人，这是宋代龙泉窑，不多见了。”

张督军看也不看他：“不多见，萝卜白菜多，你敢往这儿拿吗？来呀！给他包五十块现大洋，东西留下！”

“哎哟！大人这不成，这是要小的命了。您看不上没关系，小的回去给您换一件！”二奎扑过去想要跪下。

“不成？”督军将枪顶在二奎头上，“我就留下它了，你不是说不多见了吗？”

“大人，大人，实在不成！”二奎带了哭腔。

“还说不成！你叫吗？”

“小的刘二奎。”

“刘二奎，你说我这一枪下去，是打你的头啊，还是打了这玩意儿？说!!”

“大人！您……您什么也不能打！我是个伙计，我回去给您换一件！”

“还怪倔的，你不成，我还不成呢！给五十块钱，叉出去！”张督军扔下张银票，走了。

仆人抓了银票塞给二奎，将他叉了出去。

二奎跪在泛古堂的地上泪流满面。

佟奉全大发脾气：“一万块的东西，你拿五十块银票回来，你还不如空手回来呢！贵山，把铺子关了！二奎，你给我掌嘴！”

“啪啪”，二奎边哭边打自己的脸。

“狠着点儿！跟你说二奎，这一万块大洋，除了你给我要回来，没别的路了，这会儿你想死都不成。跟你说，你他妈的不值那一万块！”“砰”的一声，一把茶壶摔在了地上。

“爷，他拿枪顶我脑袋！”

佟奉全怒道：“他拿枪怎么着？你让他打，你让他崩，他真打死你，这一万块钱，我有理找他要去！你这么回来不是杀我吗？你不死，把我杀了！”

话音刚落，二奎猛地站起，哭喊着冲向八仙桌：“爷，我对不住您，我赔您一条命！”“砰”的一声，脑袋撞在桌角上。

佟奉全一愣：“哎呀！二奎啊，你这是给爷我看呢，有本事你死在督军府啊！贵山快点儿，白药！你这真是给我好看啊！贵山快点儿叫赵大夫！”

沈松山坐在燕居阁里，用鼻烟画了个花蝴蝶，紧接着就打了个响脆的喷嚏。福全进了门，拿起布抽子，出门抽打身上的尘土。

“福全，货送到了？”

“送到了，掌柜的。”

“路过泛古堂了吗？”

“路过了。刚我过去看了，关着门呢，一点儿动静也没有。”

“你没上去敲敲门？”

“敲了，没人应。我喊了两声，没人应。”福全抽完土回来，挂了抽子，麻利地给沈松山的茶杯里加满水。

沈松山在屋里晃悠：“……追利逐臭，爷我的一句话就那么容易给你说出去呀，说出去了，他不信，不信又怕是真的。得，去了就好，跟我玩儿买卖人那一套，我这一句话能害了你一条人命。”

福全愣愣地望着沈松山：“掌柜的，是不是泛古堂出事了？”

沈松山不动声色：“不知道，你去后边把那唱盘搬出来，我听听戏，余老板的啊。”

“哎，爷，我给您搬去。”福全答应着，跑去了。

四

泛古堂的门紧关着，门口却停了一辆车。不大会儿，门开了，佟奉全像什么事儿也没有发生似的送出赵大夫。

“赵大夫，您东头西头……”佟奉全平静如常。

“我往东。”赵大夫说。

对面街上有人探头探脑地朝他们这儿看。

佟奉全故意大声说："您往东啊，正好我送您，这药吃两剂就该好了吧？"

赵大夫含糊地说："不用送了吧，我再叫辆车。"

佟奉全又高声说："顺路，顺路，您上车，您上车。"

两人一先一后上了车。车把式吆喝一声，骡车启动前行，这时的佟奉全才面目凝重了："赵大夫，您受累了！"

赵大夫担忧地说："差一点儿就撞瞎眼了。"

佟奉全叹道："伙计不争气，家里一点儿小事就寻死觅活的，让您受累了。"

"不碍的，养几天就好了。当生意人，可不能想不开。"

"谁说不是呢！学徒学的不就是见识吗？尤其咱们这行，赚能赚个满坑满谷，赔也能赔个盆干碗净，得禁得住。"

赵大夫望望车外："前边拐弯吧，我该到了。佟掌柜的，过些日子，有件事，我还得求您，您给我掌个眼。"

"那有什么说的，还用'求'这个字？"

佟奉全的骡车停在了张督军府门口。佟奉全麻利地跳下车，径直往府门走去。门口站岗的持枪拦住他。"你们谁也别拦我啊，坏了你家老爷的事，谁也担待不起。"佟奉全说着，撩开枪就要往里走。

门子在后边追："哎！你总得说是什么人干什么事啊！哎！你叫什么呀？我给你报一声去。哎！拦住他！"

佟奉全刚走到张督军书房门口，就被几个士兵按得跪倒在地，七八条枪对准了佟奉全的脑袋，脸已被扯得变了形。佟奉全忙说："哎！几位军爷，不是我嘴硬，要开枪就趁早，打死我个做买卖的，算不了什么，毁了你家老爷的前程，你们吃不了兜着走！打吧！打呀！"

门里传来督军的声音："哎哟！哪儿来这么个生犰蛋子啊！嘴还挺硬，耍三青子耍到我这儿来了，天上几颗星。"

佟奉全软中带硬："老爷，老爷，您别受累，我不会春典，在下佟奉全，没走过江湖，您别费心了，是个买卖人。在琉璃厂开着泛古堂，领的庆王爷家的东。"

张督军并不买账："你拿庆王爷吓唬谁啊，都民国了。什么王爷也没司令好使了，还有什么说的？"

佟奉全不肯服软：“老爷这么说话不方便，您让我起来吧。”

张督军喝道：“说句软话！”

佟奉全不卑不亢：“有好话，没软话，您要听我起来说。”

张督军高声说：“好小子有种，放他进来！”

佟奉全进了客厅，张督军上下打量他：“你是站着说，还是跪着说？”

“在下想坐着说。”

“还说没走过江湖，胆子不小，俺凭什么让你坐着说？”

“老爷，我这回来说的是好话，哪有听好话让人跪着说的是不是？”

“你们这些京油子就是会说，坐下吧！”

佟奉全缓缓坐下：“老爷，您要给大总统送礼？”

“我不送礼，他不让我当督军了。”

“那就对了，老爷您听我说，上午，我家伙计来给您那件东西不成！”

“为吗不成？你小子别惦记着蒙我。”

“我一个小掌柜的哪敢蒙您啊！大总统不喜欢龙泉窑，大总统属虎，他忌讳龙泉窑的东西，您要送去，必定坏事。”

“是啊，还真是属虎的，那俺就不送。”

佟奉全从身上掏出五十块银票：“老爷，不送就还给我吧！”

“不送大总统，俺送别人，东西俺留下了。”

“爷，这东西，您谁也不能送！”

“为吗？就得还给你吗？”

“它是个仿造，做了旧的大新活，送人让人笑话。”

“是吗？蒙老爷我玩儿呢吧！你还要坐着说话，来人，叉出去毙了！”

佟奉全有些慌，却强作镇定：“老爷，等等，我话还没说完呢，等我话说完了，您该怎么毙怎么毙。”佟奉全先把桌上那五十块银票挪一挪，又拿出两千块银票：“老爷，我家伙计不知深浅惹您生气了，这两千块，您留下买什么东西能消气您买什么！我的话是说完了，孝心也尽到了，您该怎么处置怎么处置吧！”

张督军冷笑：“嘿！以为老爷没见过钱呢！你个买卖人，真就不怕俺一枪崩了你？”

“怕！可老爷您不能够崩了我。”

“为吗就不能够？”张督军用枪顶住了佟奉全的头。

佟奉全依旧撑着："在下是为您好，您领兵打仗最讲个'忠'字，为您好的人您不能杀，您拿枪逗我玩儿呢！"

"逗你玩儿？枪拔出来了，就得见响。"张督军将顶着佟奉全脑袋的枪一挑，"砰"的一枪打在屋顶上，佟奉全吓得缩成一团了。

"真是个京油子，会说，说得老爷没理了。把东西给他吧！"张督军收了枪，"别蒙我，我知道这东西值钱。"

"嘣"的一声，那装尊的锦盒扔在了佟奉全的怀里。佟奉全哆里哆嗦地打开盒子。

"跟人家说清楚，老爷我拿这玩意儿玩儿，碰掉了个爪！"

佟奉全看着坏了的尊，终于哭了："哎哟！这……这叫什么事啊，这叫什么事啊！"

佟奉全病了，躺在泛古堂后院的卧房里，头上敷着湿毛巾。二奎头上缠着绷带，前前后后地侍候他。

"爷……您……您喝口水吧……"

佟奉全声音哑了："……还……还不如一枪崩了我呢！"

二奎不安地说："爷……爷您别这么说，二奎对不住爷。"

"跟你没关系，怨我他妈的贪利，就信了人家了，他沈松山夹着个打眼货来，就是为了做局害我啊！他知道我必上他的套不可。现在东西也毁了。这么个不太平的时候，好好的玩意儿也跟着遭难啊，造孽啊，造孽！"佟奉全说着又哭了。

"爷，事都出了，您别再气着了。"

古董瓷器，经千年百年而完好无损者，价值连城，稍有毛口、疵瑕，价落何止十倍，凡有毛口、有纹、有冲、缺足、短耳的，与完好者相比，百不顶一也。佟奉全五千块收的这只尊，现在也就值五十块了，加上送出去的两千块银票，实实在在地赔了个很大的窟窿。

"二奎啊，快扶我起来，把店门开了！事儿出了，咱还得活人！咱得喜喜兴兴地做买卖，咱不能让一条街的人看咱笑话。泛古堂这一个跟头栽下去还得站起来，下板子，开门。"

二奎小心地搀着他："爷您慢点儿。"

桌上，还摆着那只残了的龙泉尊。

第二章

一

莫荷在厨房里边做窝头，小生子进来了。莫荷忙说：“生子，来了，快给我搭把手烧烧火。”

生子上来帮忙：“姐，你把那段歌谣再教我一遍，我给忘了。”

莫荷教训道：“什么记性，教你三遍了还记不住，听着啊……”

张宗昌，吊儿郎当，破鞋破袜子破军装。
下小雨，住民房，大姑娘小媳妇没处藏。
下小雨，住民房，大姑娘小媳妇没处藏。
要粮草，找老乡，家中柴米被搜光……

生子不解：“张宗昌来了，大姑娘小媳妇干吗藏起来呀?”

“不藏就被人祸害了，你还小不懂这……”她麻利地做好窝头，在围裙上擦两下手，“生子不加火了，够了，再加费柴火了。来，姐给你买的棍糖，吃去吧，等窝头蒸好了，我叫你。”

“我不要，娘说了，穷人的孩子都是苦，就别提‘糖’这个字。”

莫荷有些伤心：“咱不提这个字，不提。拿着，吃去吧。”说着掩上篮子，要出去卖烟卷儿。

在泰丰楼二楼，灯光下，范世荣兴致挺高地一个人喝着酒，已有六分醉了，唱起了大鼓书：“丑末寅初……哎!”一眼瞅见几个客人上了楼，

“那不是索巴吗？怎么着，不认人了？”

索巴像是刚看见：“哟！五爷！没瞅见您，我给您请安。”

范世荣摆摆手：“免了，民国老礼不兴了，坐下喝口？”

“不了，我这儿有客人，改日给您请安，陪您喝啊。”

范世荣脸一沉：“怎么着，怕我请不起你？顺子，撤了换席面，我今儿个是中午晚上连着吃了！”

索巴说：“别价，改日吧，改日我请您，我忙点儿事。”

“行。那你忙吧！”

人走后，范世荣扭脸对顺子说：“这才叫给脸不要脸呢。顺子，听爷说啊，就他搁在三年前，请五爷我吃饭，我还未准去呢，这会儿倒人五人六地蹬鼻子上脸了。顺子，让你换席面，你怎么不动？”

“五爷，您叫的燕居阁的福全在底下候着呢！”

范世荣一怔：“怎么不早说啊，叫上来吧。”

顺子走到楼梯口，探身往下喊道：“福全，五爷请上楼。”

福全上了楼，垂手站在范世荣跟前，低声嘟哝了一句什么。

“什么？你没带钱？今儿个上午四千多块大洋的买卖做了，你们掌柜的不认人了！”范世荣嚷道。

“回五爷，我们掌柜的说了，五爷您是跟着禄大人来的，禄大人原本就会说中国话，今儿上午这买卖让您一搅和，四千来块钱让了，没挣着钱。”

“没挣钱，你们沈掌柜的敢当爷面说这三个字，我敢抽他仨嘴巴……顺子，你别急啊，饭钱一个子儿少不了你的。福全头前带路，去你们铺子。”范世荣站起身要走。

顺子慌忙伸手拦住：“五爷，您不能走，不是信不过您，海参的席面，您这一走，我们小伙计支付不起，您不能走！”

“起开，我这儿有理还没地儿说去呢！跟你说了少不了你一个子儿，我要完钱就回来。”范世荣说完跟着福全往下冲。

顺子拼命拦住：“五爷，您不能走，您不能走。”

范世荣仗着酒劲儿，将顺子推到一边儿，席面也给砸了。范世荣趁机往楼下走去。顺子爬起来冲楼梯喊道：“底下瞭高的拦住了，有人逃单子了！”

古董生意开店的坐商，有人带了买家来，不管卖的钱多钱少，总要给介绍人留出十分之一的利市，叫“打醒儿”。除非来人不要，一般都该留出一份恭敬送上，以求人多客稠，大家帮衬。今儿这单四千多块的大买卖，范世荣原以为沈松山必会给自己打醒儿送钱来，谁知钱没来，饭钱也结不了，还挨了泰丰楼伙计的一通揍，谱没摆出来，倒现了眼了。

二

夜色里，赵大夫拎了个药箱子，跟着冯妈从瑞贝子府前院往后院走。冯妈手里挑了个灯笼头前带路。到了大奶奶的门口，冯妈赶紧回话：“大奶奶，我家奶奶病着，请赵大夫来诊病了。”

屋里响起“哗啦哗啦”搓麻将的声音，过了一会儿大奶奶才说：“去吧！”

来到茹二奶奶屋里，赵大夫看了病，开着方子。

“赵大夫……”茹二奶奶像是想说什么，赵大大并不接茬。

“赵大夫，趁着屋里没人，我说两句许是不该说的话。您要愿意听呢，您就听一耳朵；您要不愿听，就算我没说。”

赵大夫并不抬头：“大夫听病人说话应当的，您说。”

“赵大夫，我是他他拉氏正黄旗，自嫁到他们府上，没过过一天的舒心日子。活到今儿个，我谁也不恨，我恨我爹，他为了攀高附贵给我扔进这么个火坑里来了，进门就守寡，遭人欺负遭人白眼，要不是跟冯妈这么相依相靠着，也不用病来催，我自己就想死了。赵大夫，侯门深似海，淹死人都没人救咱，没人可怜咱，想活人，只有自己救自己了。”说着，开始抹泪。

赵大夫想说什么，终于没说。

茹二奶奶从枕头底下拿出几样翡翠首饰：“赵大夫，老爷子活不了几天了，真到分家的时候，我怕他们一个子儿不给就把我赶出去。赵大夫您是救苦救难的菩萨，我这儿给您磕头了。”说着真的跪下磕头。

赵大夫慌忙站起，虚晃着手拦阻：“千万别……您起来！”

茹二奶奶哽咽道：“您好歹带出点儿东西，我和冯妈以后还能活人啊！”

“您起来，您快起来，我帮您带。”赵大夫说着把药箱打开，有底夹层，将茹二奶奶拿出的东西放进去，“……我……我给您写个收条。”

茹二奶奶忙说：“用不着，您我还信不过吗？冯妈，送赵大夫。”

赵大夫嘱道：“这三剂吃了再看吧，别累着，别多想。”

茹二奶奶应道：“行！赵大夫您慢走。冯妈，送送。”

冯妈打着灯笼，赵大夫跟在后面，路过前院回廊大奶奶的门口，冯妈说：“大奶奶，赵大夫看完病要走了。”

大奶奶屋里半天没声音。冯妈正在愣怔，门无声地开了，大奶奶站在门槛里：“……是吗？哟！赵大夫走啊，瞧这大晚上的还给您添乱！老二家的好点儿了吗？”

“也没什么大病，无非是气虚，吃不下，睡不着。开了药了。大奶奶，您一向可好？”

“我命贱，没那么多毛病，好着呢！不留您了，没落东西吧？”

“没有。”赵大夫平静地说。

大奶奶话里有话：“拿好了东西。冯妈照着点儿路。”

灯头上结了个大大的灯花，屋里便更显幽暗。那只断了爪的尊在桌上摊着，佟奉全拥着被子在炕上坐着，二奎头缠绷带站在一旁。两个人都盯着那只残破的尊。

“二奎，你睡去吧。”佟奉全说。

二奎赔着小心：“爷，您先歇了吧，我给您吹灯。”

“等等，我再看会儿。二奎，你要是不困，坐我脚底下，说会儿话。”

“爷，您说吧，我听着。”

“二奎啊，三天前，刚得这玩意儿，咱是什么心气儿！你，我是不知道，哎！爷我进进出出在街上走都带着风呢！心气儿高啊！指着这玩意儿挣了钱再盘个铺子呢！光宗耀祖，娶媳妇的事儿都想过了。不怕你笑话，晚上我醒都是乐醒的，好东西，算是酬济咱了。可转眼枪顶着脑袋上了，没地儿讲理去啊，豁着命把东西要回来了，它又成了这样，三天里我是水里火里天塌地陷地过来的，这不是活炼人呢吗……”

“爷，怨我！”

“你怎么又说这话，怨谁不怨谁的说这话有什么用，没用了，没用。

我看着这玩意儿想悟出个理儿来，不悟出个理儿，怨人怨己都没用，浅薄啊。二奎，不怕你笑话，这么个经历千年而不毁的东西，一个浅薄的人为名为利的心怎么压得住它，它不毁了还等什么?！活该我小人得志，喜形于色，我没见过钱，我他妈的活该！”佟奉全说着使劲抽了自己几个嘴巴子。

二奎慌了，伸手拦住：“爷！爷您别这样！”

“别拦着我，我打自己两下我心里痛快！”

“爷，这事怨沈掌柜的，他做局撅人！我找他去！”二奎说着，就弯腰抄家伙。

“二奎！给我站住，不怨人家……人家做了局，你往里钻，那是人家的本事，要怨就怨自己。这东西都毁了，咱再悟不出这个理儿来，咱更对不起它一千年的灵性了。有本事，你再把他撅了！咱这一行的，找人拼命算什么本事，打掉牙咽肚里笑着说不疼才是本事！长见识吧，把东西撂下吧，吹灯睡觉。”

夜路人稀，范世荣躺在街上的墙角里。得了信儿的莫荷跑过来：“哥，您这是怎么了？谁打的你，找他们去！”

“别去，不碍人家事。”范世荣一把拉住她。他的嘴和脸都给打伤了，啪地朝地上吐了一口血水。

莫荷顿足：“不碍谁啊，碍着我了，我找去！”

“你别去，你别管，先给我支烟卷儿抽……”

莫荷赶快给他开烟点火：“哥，家里窝头都给您蒸好了，咱吃不起席，咱不吃行不行，咱吃窝头就咸菜求个平安行不行！”

范世荣抽着烟，又显出十足的大爷派头：“吃窝头，我是吃窝头的脑袋吗？凭什么就该我吃窝头？跟你说莫荷，咱家远的不提，五年前，前门外廊坊八条，半条街是咱家的买卖，天天的鱼翅、鲍鱼，端上来吃一口撤下去了。就说我穿的衣裳吧，无冬立夏地换不过来。怀里边24K金的劳力士小洋表挂两块，走起来咯嘣咯嘣地闹心，不喜欢了摘一块送人。吃窝头，你哥我天生就不是吃窝头的主儿。莫荷，你是没赶上，让你跟着我受罪了，你哥可不该是这德行的，早晚一天，哥我再发迹了，我让你穿金戴银，一人使七个丫头。”

莫荷扶着范世荣站起来："哥，不说了，您这话我心领了。风太大，咱快回家吧。"

阳光暖暖的，范世荣呆坐在一张小凳子上晒太阳，身子不停地晃悠着。对面一辆汽车停下了，司机显得很着急，下车开盖鼓捣，鼓捣了半天，弄得满头是汗。范世荣半眯眼半瞌睡地看着，最后停止晃悠，从凳子上下来，穿街过去，两手筒着看着，自言自语："欧斯玛璧，1903 的。"

司机以为是个叫花子，厌恶地说："闪一边儿去！"

范世荣只当没听见："加的谁家的油啊？亚细亚的油出不了这事,您一定加的是'膀子崔'的油吧，里边有脏东西，把油管拔下来吹吹就好了。"

司机奇怪："你怎么知道？"

范世荣说："这路美国车，别克、库力思、道济、雪佛兰、旁太克司都玩儿过。"

司机又问："您是修车的？"

范世荣瞪他一眼："什么眼神儿啊，买回家开着玩儿的！你这类欧斯玛璧开过三辆……"

司机边听说话边把油管吹好了，上车，发动，车着了。

范世荣上手把人家的车盖盖上，又说："听我的没错，加油的毛病，燕南汽车行的油也对付，要铅皮桶，整桶原装的好，买家去，没了加。保险又方便，又不闹毛病。"

司机望着他："这位爷……"

"您客气！现在没人把咱当爷看了。"范世荣说。

"您原来是干什么的，咱不细打听了，我这儿有半块钱，您拿着，别嫌少！"

范世荣害怕烫手似的："不要！不要！都是玩儿车的怎么还论上钱了，你把我看成什么人了。"

司机手一弹，钱飞过来，范世荣没接，钱掉在他脚前地上。车开走了。

范世荣看着地上的半块钱，手依旧筒着，身子往下半蹲不蹲地看着。正在犹豫，一只手伸下去捡起来了。

范世荣着急了："哎！干什么？"

“哥！他给你钱了！”

“啊！小瞧人，见过什么呀！”范世荣有些难堪。

“哥，给你你就拿着吧。”莫荷把钱递过来。

“当我是要饭的了！不是你捡，我可不要。你哥开车那会儿，他还不知道在哪儿转筋呢。”范世荣半遮半掩地把钱接过来了。

莫荷说：“哥，我先走了。洋烟卷儿，洋烟卷儿，红锡包、大双刀！”

“行，你忙你的吧，别管我了，中午备不住人家请我吃席呢！”范世荣说。

三

泛古堂后院屋里，佟奉全把那只尊用泥给敷上了，只留那只爪在外边，小心地用蛋清和着白灰，旁边搁着碗江米粥。

佟奉全边忙乎边说：“蛋清、白灰和江米汁，万年牢，别提多黏了。咱先给它粘上。回头干了，往上抹铅灰铁锈，烫一层川白蜡，接的缝就不易露出来。按理说这活儿我不该教给你，古董这一行，学会了造假做旧，就跟大姑娘当了窑姐一样，来钱容易了，正路就不想走了。害人害己的手艺！递我那个小扁铲子。”

院子里喊：“掌柜的，沈掌柜来了，在铺子里等您呢！”

“他怎么来了，可真他妈的有脸。”佟奉全说。

“爷，我给他轰出去。”二奎说。

佟奉全拿块布把东西盖上了，洗着手说：“不用，他不来我还惦记他呢！哎！让他等会儿，我这就去。二奎，快，洋表给我挂上，我可不能让他看出有半点儿的晦气来，他要瞧热闹，就让他瞧瞧有多热闹。”

佟奉全来到前面铺子里，见沈松山正在喝茶，桌上放着一个蓝花包袱皮。

“佟掌柜的，真忙啊，看着疲惫呢！”沈松山说。

佟奉全心想，他这才叫得便宜卖乖呢，吃人不吐核！看是问候，话里是嘲弄。便说：“算让你说着了，做了笔法国庄的买卖，打包收账，开单子。我这铺子不行，没个能干的伙计，什么事都自己上手，一个字——‘累’。来，喝茶。”

沈松山说："喝着呢！"

"什么好东西？"佟奉全看着包袱问。

沈松山说："万历五彩，想给您看看，看好了，咱伙着收了，伙着卖，买家都有了，有钱大家赚吧。"

佟奉全心里话：好，心真好，是便宜能到我手里，小子还想玩儿我啊！于是大声说："我还真想看看。"见沈松山要解开，忙说："别解了，别解了。沈掌柜，最近手里压了不少货，都等着出呢，钱一时转不开了，东西我不看了，您自己卖吧！"

"我听齐大头说那尊还您了，没出什么事吧？"沈松山说。

佟奉山心里话：这是探我呢，我不跟你来点儿真的你信不过我。又大声地说："您不问我正想说呢，沈掌柜你说的那个张督军是个要人命的主儿啊，买东西不使钱，使枪。"

"怎么着，抢了？"

"可不是抢吗！二奎，二奎，出来见见沈掌柜。"

二奎依旧缠着绷带，出来打着招呼："沈掌柜您来了。"

沈松山很惊讶："哟！怎么还真伤着了，我就那么一说，你还真去了。哎，东西怎么样？"

"东西没事，枪子儿擦着头皮过去了，二奎解开绷带让沈掌柜看看。"

沈松山忙说："不看，不看了，我怕见血，这事怨我了。二奎，今儿个我没带着钱，回头让福全给你买点儿补的送过来。"

"用不着，家里什么都有，这事也怨我想赚钱想急了。"

"我也就那么一说，东西没伤着就好。"

"沈掌柜，东西要再伤着了，这会儿你见不着我了，不用他拿枪，我自己拿枪就把我崩了！世道乱了，买卖不好做……"

"可不是，有好东西赚点儿出手就得了，别压着，压不住！"

佟奉全心想，他这是真话了，他还是冲着尊来的，我得吊他："不压了，有人看了。"

"给定钱了？"

"没有。"

"打算出多少钱啊？"

"比原来的数多两千。"

“是吗？给我留着吧！”

“那不合适，得罪客人。”

“我再多出一千，你帮着打点了。”

“沈掌柜，这东西，我劝您不要也就罢了，真要压手里不合适。”

“我有买主，旁的你不用管，别想了，我拿钱去。”说完起身就要走。

“哎！东西拎着啊！明儿吧，明儿白天您来，东西看仔细了。”

“今晚我来，一分少不了你的。”沈松山回身拿起包袱，便急急忙忙地走了。

佟奉全朝外面喊道：“贵山叫车。”

冯妈在前面引着赵大夫低头往外走。刚到大奶奶门口，大奶奶的门突然开了，大奶奶正站在门口，问道：“赵大夫，瞧病了？怎么样，老二家的还晕吗？”

“大奶奶，已经好多了。”赵大夫回道。

“有件事，不是我信不过您，我要得罪了，您可别怨我……家大了人心杂，要不是我拢着，这家早空了，您跟我进屋……冯妈在外边候着。”

赵大夫只好跟进大奶奶的屋里。

“赵大夫，这事我要做错了呢，就算您赶上了，回头我给您赔不是。我信不过老二家的，您把那药箱子打开了，我看看。”大奶奶说。

“是啊，您不说我也想让您看……”赵大夫说着便打开药箱子，把抽屉都打开了，一个一个，都是看病的东西，旁的没有。又故意问：“大奶奶，我这身上要不要看看？”

大奶奶有些不自在：“那可不能了，得，您收起来吧！你可别怨我，大有大难。”

赵大夫收了东西，走了。坐到等在街上的车里，这才一件一件地从怀里掏出各样东西，放在一个包袱里包了起来。

冯妈回到后院，茹二奶奶一边指着冯妈骂，一边往院子里摔东西。“砰！”一只胆瓶摔在院子里。

“怎么着？我病了，你都不信啊？非要我死给你看是怎么着……荣庆！荣庆！你不是我爹，你把自己女儿往火坑里推，你造孽，你不得好死！”

“砰”，又摔出了一件东西。

四

尊的泥壳剥下来了，佟奉全亲自动手，把尊擦得亮亮的，摆在桌子上。

“爷，上了白蜡就真看不出来了。”二奎说。

“把灯拨亮点儿，多拿几盏过来，让他亮亮地看，看出来是他的造化，看不出来是咱的福气。”佟奉全眼不离尊地忙着。

“爷，这东西要卖出去了，才算是一步，他要到家了再看出来……”

“不管了，一报还一报，打掉了的牙总得有人往肚里咽，不是他往肚里咽，就得咱往肚里咽。咱咽不下去，让他咽吧！”

二奎把锦盒拿过来了。

“这回咱反着搁，故意反着放把爪冲上，把伤先露给他，冲上的地方容易不在意……他要没看出来是天谴，就是老天爷都要罚他；他看出来了，那是老天爷罚我，我认倒霉。二奎，这在行里不算是干坏事，应当的。”佟奉全嘴里虽这么说，毕竟心里有鬼，说这么几句话汗都出来了。这时贵山在外面喊道：“爷，沈掌柜的来了，铺子里等着呢！”

“知道了，二奎拿东西过去，我带灯。”佟奉全说。

铺子里，摆了三盏灯，沈松山仔细地看着那只尊，果然先看边口，用手轻摸边沿。佟奉全站在暗影里冷冷地看着他。

“按理说东西我看过了，对着呢，不该再这么细了，但毕竟是一万多块钱的东西，佟掌柜，我再看看啊。”沈松山说。

当沈松山要仔细看那个小爪时，二奎马上举着一盏灯过来，说道：“沈掌柜您看仔细了，灯给您照照。”

“东西说完好无瑕也不对，您看看，里边有一小块釉薄。您递我，您递我。您看这里边这块，哎！哪儿呢，这大晚上看，还看不清了。哎这儿呢，按理说不算是毛病。您看看，您可瞅仔细了。”佟奉全说。

古玩一行，卖货是学问，一件有残有伤的玩意儿不怕你看，当你每要看到那伤残处时，卖货人常以指东道西或故意自报瑕疵的方式来干扰你，转移你的视线。按理说沈松山应当深谙此道，但他当夜许是得物心切，许是原本看过，想不到东西已伤了，所以偏偏就没细看那只爪，正待要看时，佟奉全忙说：“二奎，茶凉了，再给换换。”

二奎会意，赶紧应道：“哎！”

沈松山看好了，将东西放在锦盒里。此时没话，但绷着劲。沈松山从怀里往外掏银票：“一万三，佟掌柜，您收好了。东西，我拿走。”

佟奉全却欲擒故纵：“……真……真买啊？沈掌柜，心里话，您这会儿不要我才高兴呢，您这一真要买，我……”

“为什么？”沈松山问道。

“……您该明白，您是行里人，行里人串货……好找后账。”

“真有天大的事，它就是变成一堆狗屎，我也再不会来找您了，这点儿规矩我守得住。”沈松山说完抱着锦盒要出门。

佟奉全喊道：“贵山，叫车。”

沈松山忙说：“不用，带车来了，您别送了，您看好银票，我拿好东西，咱两便了。”

佟奉全送到门口：“沈掌柜慢点儿啊。”

佟奉全赶紧转身回来，拿起那一万三千的银票就着灯看着。他一点儿也没有那种得意高兴，毕竟心里有鬼。

“二奎啊，事了了，我怎么就高兴不起来？算了，不说了，上板，洗洗早点儿睡吧。”说完，佟奉全拿着银票和一盏灯往后走了。

五

街上人过车行。一辆马车停在燕居阁门口，福全和小伙计跑着迎了出来。日本人河野从马车上下来，对着福全行礼、寒暄，而后进了燕居阁。工夫不大，河野就出来了。沈松山脸色惨白地出来送客，河野很客气地行礼，上车走了。车刚一走，沈松山就急着回去了。

燕居阁街对面有个旧书摊，摊主正用鸡毛掸子掸着那些旧书。起风了，摊主赶紧捂住那些书纸。这时，二奎过来了，说是看书，其实是在看对面燕居阁的动静。

此时的燕居阁内，沈松山把盛着那只尊的锦盒盖上了。

沈松山说：“福全把铺子关了，有人来了就说我不在。”

福全说：“哎！掌柜的，昌盛票号的人在老裕泰等您呢！”

沈松山极力镇静着："你去一趟，就说钱再拖两天一定还了。"

沈松山仔细地看着那只尊，看着那爪。用小刀轻轻一刮，白蜡皮掉下来了，沈松山清清楚楚地看着那只爪的裂纹，很明显是后粘上的。沈松山手中的刀子滑落了，那尊扔在桌上，爪子掉了。沈松山眼泪一下子涌出来，心里说：我这不是流泪啊，我该流血，我他妈的鲜血流尽，鲜血流尽。

小孙子跑了进来："爷，爷，我奶叫您吃糕去，我奶叫您吃糕去。"

沈松山赶快抹泪："哎！你吃去吧，你去吧，爷坐会儿。"

小孙子拽着沈松山的衣襟："爷，您抱我玩儿。"

沈松山颤声道："宝儿，你先出去，爷坐会儿啊。"

小孙子看见沈松山哭了："爷，怎么了，您哭了？"

沈松山抹去泪："没事，没哭，爷眼睛疼，爷眼睛疼，一会儿就好了。宝儿乖，宝儿出去吧。"

小孙子下地往回跑，一边跑一边喊："爷不吃糕，爷眼睛疼。"

沈松山听了这话，终于忍不住，"啊啊"地哭了。沈松山拿起那个残了的尊，包了包塞到锦盒里。原还想找地方放，后来终于忍不住，连锦盒一起摔在地上，"啊啊"哭着。

泛古堂里，佟奉全呆呆坐着。二奎在后边悄没声地擦着灰尘。佟奉全愣了半天才问："河野一走就上板了？"

"回爷，上板了。"

"二奎你说，这上板怎么讲？东西卖了也可能上板吧，八成卖了，要是卖了就最好了。按理说沈掌柜都没看出来，他河野就那么能耐，能看出来？他看不出来东西指定要了，这日本人一要，事儿就算了了，牙掉谁肚里咱就算管不着了。我也是瞎操心，东西都卖出去了，碍不着我了！"

"爷，您也是心好，怕伤着人。"二奎说。

"二奎，有大买卖去坤书馆找我啊，我出去转转。还有，这一万多块的银票，瞧机会去钱庄给兑出来吧，早攥手里早踏实。"佟奉全说着伸手从抽屉里拿银洋。

"爷，给您叫车。"

"我自个儿叫吧。"

二奎看着桌上的银票，有些愣神。

六

太阳很好，燕居阁后院的海棠叶还没落光，小孙子骑着竹马说着歌谣。福全拦住来要账的昌盛票号的大伙计。

大伙计发着牢骚："嘿！说好了，前儿个借，今儿个还的，这又要再过两天算什么事儿啊！福全，你别拦着我，我不跟你说，找你们掌柜的说话。"

福全忙解释："郭爷，郭爷，您再容两天，我们掌柜的在屋里盘账呢！"

"他盘账，我还得盘账呢！几万块的货，不是小数，要真拖两天，利可就不是五分了，见天儿得涨……沈掌柜，沈掌柜！"大伙计喊着上手就推门，"怎么还插着门呢！沈掌柜，沈掌柜！"

福全也不拦了，像是想到了什么："掌柜的，掌柜的，昌盛源的郭先生来了，掌柜的，掌……"这一喊，老太太、小孙子、儿子、儿媳妇全从偏房跑出来了，一脸惊讶地看着。

老太太说："刚还在呢，不会出事吧？"

大贵脸色顿变，快步冲上前："爹！爹！开门，您开门，爹！爹！开门！福全，砸门！"

福全举起门口的一个花盆，"砰"地砸过去，门还是没开。

老太太一下就瘫了，小孙子哭了。

儿媳妇尖声喊道："大贵快，街上叫车去，快！"

燕居阁上了板的门一下被撞开了，大贵跑出来冲街就喊："不好了！街坊们，我爹出事了，快帮着叫大夫叫车！"

说来也巧，佟奉全坐车正从这儿路过。佟奉全在车里看着，他似早有预感，撩帘子下车就往店里跑，街上人这才反应过来，纷纷都往店里冲去。

沈松山吊在里屋梁上，死了。

福全冲上去往下卸人。大贵喊着，老太太昏了，儿媳妇忙着，小孙子哭得更邪乎了。

佟奉全跟着众人冲进来，看着福全、小伙计把人刚托起来。沈松山像是死不瞑目，那双睁着的眼像是看着他佟奉全。佟奉全扶着门框，看着看着，“咕咚”就堆缩在地上了。

古董一行如龙潭虎穴，不可擅入，街面上总有传出谁谁捡了漏一夜暴富的喜兴事，其实那些打掉了牙往肚里咽的事也天天都有，大多数忍了，也有想不开气死、闷死的。沈松山死了，这事也不是说完就完了的。

第三章

一

佟奉全来到罗先生家，诉说着心里的那个疙瘩：“罗先生，东西卖了，按理我心该松了，没有，一点儿都没松下来。看见那银票，我不单不高兴，还觉着烫手。我什么都想了，我想着他要是真来找后账，我就教训教训他，可就没想过他要死。”

“不是没想，是不愿想，不敢想。”罗先生说。

“罗先生，您说得对，我不敢想！我看着他从那房梁上卸下来时，我后悔啊，一下子人就没了，前一天活活的人，从房梁上摘下来了，两只眼不舍得闭上，看着我，一家老少哭着，我堆缩了，我后悔，这是害人了。他沈掌柜有一百个不是，我没死，他死了！罗先生，这劲儿，我有点儿过不去了！罗先生，我不是干了坏事，装孙子来说便宜话，我坏我知道，我……我病了！”

“佟掌柜，按佛门语，忘义取利就是病，以智轻人也是病。你以为你聪明是不是，你这是害人家。”

“我这是真病了，一想这事就要堆缩，手心出汗，您有学问，您给我治治。”

“我治不了你的病，你得自己治。还是佛门语，不取非分是药，怜孤恤寡是药。他死了，不是留了一家人吗？”

“罗先生，这事我想过，卖尊的事，琉璃厂的人不知道，我要出头了给了他们钱，回头传出去，我泛古堂卖货给人逼死了，将来我这生意没法往下做了。”

“逃得一时，逃不了一世，逃得众人嘴，逃得了自己的心吗？跟你说，负债而逃是大病，负孽债而逃更是大心病！”

佟奉全想了想，说：“罗先生，您要这么说，我明白了，该怎么办我还不知道，但我心里有谱了，那我先走了。”

刚才在街上，佟奉全坐车路过燕居阁，看见燕居阁外边已经挂了白白的孝幛子了，佟奉全在车里闭上了眼睛，想回家拿钱还给人家。回到铺子里，佟奉全拉开抽屉，看见抽屉轻了，原有的银圆都没有了。佟奉全看了一会儿，喊道：“二奎，二奎，二奎！”

外面传来贵山的声音：“哎！爷，来了，来了。”

佟奉全坐下了想喝茶，见没水：“二奎呢？”

“上午就出去了。”贵山说。

“没说干什么去了？”

“没说。留下个信封子，说爷您回来交给您。”

佟奉全听了有点儿意外，放下杯子，拿信来拆，原以为信封里是银票，不是，是二奎留下的信：

> 爷，我走了。您别找我，找也找不着。张督军拿枪顶我脑袋那情景我忘不了，就为了这么个尊，您让我抽自己嘴巴，我都能受。这会儿沈掌柜的又吊死了，这行我干不了了，我怕再干几年不是没命就是没德行了。我还年轻，在世面上混，没钱不行，我把银票和抽屉的钱全拿走了，还有那块值钱的玉，我也拿走了。您为这事找保人也没用，他病了，说是活不了几天了。爷，对不住您了，后会有期吧。

佟奉全看了信，傻了，呆了，喊道：“贵山，快！快！打电话，打电话，报警！！报警！！！”

佟奉全着急地找那个藏古玉的匣子，空了。他赶紧跑到昌盛源票号，人家拿底账给他看，钱领走了。他跟人家大喊大叫，又去找二奎的保人。保人在床上病着，光有喘息的份儿了，佟奉全抓他脖领子叫也没声。

佟奉全带人来看铺子盘货，有气无力地说：“就这么点儿货底子了，几位要是心疼我，就别太挤对了，钱收了，我得还东家本，几位高抬贵手吧。”

街上正在大出殡，是沈松山的家人给沈松山出殡。佟奉全怀里夹了个包袱在街对面静静地看着。

一个龙泉窑的小尊，从出现到毁坏，几天工夫，死了一个人，跑了一个人，连带着关了两家铺子。佟奉全盘了铺子还了东家的账，大睡了三天，想想也没旁的手艺，只有夹了包袱串宅门，东家货西家买，寒去春来，走东串西地做起了辛苦的“夹包袱”生意了。人家的买卖都有个堂号斋名，他一人一包，只得自嘲地叫个“包袱斋”。

冯妈引着茹二奶奶，小心地可怜巴巴地进了瑞贝子府的最后院——老贝子的卧房。茹二奶奶跪下了，轻声唤道：“阿玛，二媳妇这儿给您请安了。”

老贝子斜坐在床上，已是行将就木了：“你来了。”

茹二奶奶说：“媳妇给您请安。”

老贝子看了一眼屋里的众人：“屋里人都出去吧，出去！”

见屋里的人都退出了，老贝子才说：“你起来吧，坐近便点儿。”

茹二奶奶忙说：“谢阿玛！”

“我快死了……”

茹二奶奶嗓眼儿有些堵：“您别这么说，您这么一说我们还有什么心气儿活下去。”

“你不用跟我说宽心话，我想死，打大清国一完了，我就该死，眼不见心不烦。旁的不说了，你进我的宅子，没享过福，刚一过门老二就没了，让你守了活寡。”

这话说到茹二奶奶的痛处，开始流泪。

“……也是命……家业大了，照顾不过来，这些年你受罪了。叫你来，是我死了，怕你更受屈，说是亲戚，都跟乌眼儿鸡似的。”老贝子用手一指一只箱子，“别指望给你留钱，我也没钱了，那只箱子是给你留下的，一些个玩意儿，都是皇上高兴赏下的，值不值钱我也不知道。来，拿着这钥匙。”

茹二奶奶不接：“阿玛，谢谢您。”

“拿着啊，这是我原来的一所二进院子，也给你。这儿还有个小包袱，你夹着出这屋，是什么东西你回头看了就知道了。这是那所小院子的房契，趁我明白都给你了。”

茹二奶奶勉强接下钥匙，又想还回：“阿玛，媳妇不要。”

老贝子说：“先别这么说，我知道你想说我给了也带不出去，白给是不是？我给你想好了……包袱你夹着，待会儿就走。箱子我让茹安给你倒腾出去……早晚他也只有跟着你了。没办法，家大人多，自己的东西也得偷儿似的往外拿……来，接着吧。算是老二死得早，我这儿给你赔不是了……你走吧，我乏了。”

茹二奶奶哭道：“阿玛，阿玛，您别那么说，您可得硬硬朗朗的！”

老贝子催促：“走吧，走吧！”

茹二奶奶急忙磕头，老贝子转过脸去，传出一阵咳嗽声。

茹二奶奶抹着泪夹着包袱从门口出来，伤心地走向前院，冯妈跟在后面。茹二奶奶刚一走进中院门，抬头一看愣住了，吃惊得差点儿退了回去。

就看院子里站满了人，多是中年老年的亲戚，都脸色冰冷地看着她。茹二奶奶退也不是进也不是，只有呆呆地站着。

大奶奶先说话了：“老二家的，你可真招人疼啊！”

茹二奶奶抱着包袱站着，冯妈一边垂立，还没缓过神来。

大奶奶说：“平时我们过后边请安去，窗根底下请过安，半天都没一句整话给我们，你可好，一个人请进去了，旁的人轰出来了。跟老爷子说什么了，跟我们学学。”

众人附和道：“对，跟我们学学。”

茹二奶奶嘟哝：“……没说什么……”

大奶奶瞅着那个包裹：“掖着藏着包着裹着的是不是……没说什么，怎么你夹着个包袱出来了？我们手里可都还空着呢！”

茹二奶奶这下不知从哪儿来的勇气：“东西是老爷子给的不错，我可不想藏着掖着，给你们的东西我不问，给我的你们也别问！”说着就要冲过去。

大奶奶喝住她：“等等！话我今天给你说明白了，就是老爷子给你的东西也不是你的，这院子里的东西没一件是你的。”

一向寡言的大爷也说话了："不孝的话我先说了，真有老爷子百年之后的那一天，什么是你的、什么不是你的还指不定呢！冯妈，上手给你们奶奶解包袱。"

冯妈站着不动。

大奶奶怒道："冯妈，快上手！"

冯妈嗫嚅道："……我……我不解！"

大奶奶恼了："好啊，一个下人都这么硬气了，可是仗着老爷子欺负人了。来人，给我掌嘴！"

"哗"地冲上来两个家丁，"啪啪"地抽了冯妈两个耳刮子。冯妈抱着头忍着躲闪，就是不去解包袱。

大奶奶逼问："解不解？"

冯妈也变得强硬了："我一个做下人的，没犯上的理。"

冯妈又挨了几个耳刮子。茹二奶奶实在看不下去了："放手，放手！"边说边解开包袱扔在了地上，"你们看吧，你们拿走吧！什么家呀，什么亲戚啊，狼窝！就是一窝狼！！"

包袱开了，散在地上，一院子的人"哗"地拥过来看，哪是什么金银珠宝啊，都是一些小孩的玩具，小孩的帽子，布小马、小兔爷、琉璃球、万花筒、空竹、花脸……扔了一地。大爷似乎不放心，上手拨拉了几下："这不都是老二小时玩儿的玩意儿吗！"

大奶奶也一脸不解："是啊，一堆子破烂儿呀。"

众人有点儿尴尬。茹二奶奶原也没想到，一看，这才明白老贝子的用心了，冷冷一笑："都惦记着呢，是吧？拘了人来查是不是？你们拿啊，抢啊，全拿走吧！大奶奶您带的头吧，来，这琉璃球您拿家玩儿去吧，大爷这空竹给您……"

大奶奶急忙躲闪："我不要死人的玩意儿，晦气！"

茹二奶奶大声喊道："抢啊，搜呀！死人的玩意儿，你们吃的喝的哪件不是死人的，你们挣过一口嚼裹儿吗?！横草不拿竖草不拈，整天地就会吃着碗里看着锅里的，当着外人说起来多荣耀啊，贝子府的大奶奶，我看你们是强盗不如！拿啊，给你！"她抓起那些东西就往那些要散的人后背、脸上扔摔过去，"……拿走，给你，你带着这王八脸给你娘家人争光去！欺负人啊，连个看病的大夫来你也查啊！给你，拿去，吃人不吐骨头的恶鬼，给你们，给你们都拿走，挣棺材板去，挣孝袍子去，挣坟头子去！！给，给！”

茹二奶奶连扔带骂，一时间，院子里溜得早已没人了。

天黑了，茹二奶奶还在叫骂：“荣庆，你不得好死，你把女儿往狼窝狗洞里扔，不得好死啊！荣庆！你不是爹！你是个畜生！”

二

月色惨淡。莫荷走在街道上，正在卖烟。索巴穿着长衫马褂，拿起一包烟点着了一支，一连抽了好几口。

莫荷看着他：“先生，红锡包十支装的十二枚一包。”

索巴紧抽两口，见快抽完了才说：“不行！烟捂了，不要了。”说完扔下烟头就走。

莫荷跟上了：“先生，新进的货哪儿捂了？您这开了包了，我卖谁去，您好歹买了吧，先生，先生——”

索巴不耐烦了：“去，去，不要了，捂了，不要了。”

莫荷哀求说：“先生，您一支烟都抽完了又说捂了，你买了吧，你买了吧，先生。”

“别拉我啊，再拉我给你好看的，大姑娘家家的上街卖烟卷儿，也不嫌寒碜。”

“我卖烟卷儿寒碜什么，你抽烟不给钱才寒碜呢！”

“嗬！你这是要找难看啊！”

“你才找难看呢……你抽烟不给钱，你给钱，你给钱！”

“臭丫头片子，我扇你！”

“你敢！你给钱！给钱！”

“拱火是不是？”索巴伸手要打，正这时，从黑暗的墙角里站起一个人来。“等等！我这儿看了半天了，怎么着？都挤对我们卖烟卷儿了？”是范世荣。

索巴一愣：“谁呀？哟！五爷啊！”

“你还认得五爷啊？你别叫我五爷，你叫我五孙子吧！莫荷怎么了？”

“他抽烟不给钱！”

“不能，不能够，他有钱，现在混吃混喝的谁不知道索巴啊？”范世荣伸手上索巴身上摸着，“他哪能不给钱，他们家祖上就欠着咱范家情呢，跟谁说没钱他也不能跟咱说呀，对吧？”

索巴推开范世荣的手：“五爷，您别动手。”

范世荣声音一高：“怎么着？我动手了怎么着？祖上的情、上辈的钱都不要了，把这盒烟钱给我妹妹！我这话多余吗？好，我们都卖烟卷儿了，还要怎么着啊？你说说还要怎么着！”

索巴无奈：“我没说不给，我给我给成吗？就这么些了，您接着吧。”

范世荣口气更硬了：“你们索家从上辈可不是这么给我们范家钱的！”

索巴苦着脸：“五爷，您赏脸收着。”

范世荣扭脸对莫荷：“莫荷接着，把烟给他，咱走。”

莫荷接了钱，把烟给了索巴，然后追上范世荣：“哥，钱给您，捎点儿棒子面回家。我去广和楼再卖一圈。”

“不卖了，棒子面也不买了，钱拿着。今儿咱不做饭，吃二荤铺子！”

“哥……这才刚挣了点儿钱！”

“挣了就花，走，跟哥走。”

“哥，您去吧，我还不饿呢，我再卖一圈去。我走了。哥，您想着喝点儿酒啊！”莫荷把钱都给了范世荣，转身走了。

范世荣感动了，攥着钱站着不动：“莫荷，莫荷别去了！莫荷，等哥发迹了，给你雇七个丫头，雇十个丫头侍候你。”

格古斋的葛掌柜正在灯光下盘账打算盘。屋子里到处都是古董，上面落满尘土，门“吱扭”的一声开了。佟奉全进来了，显得很高兴：“老爷子还没散呢！”

葛掌柜继续写账，并不抬头：“晚上嚼裹儿指着您呢！”

佟奉全将包袱放下：“您别哭穷，我不问您借钱。”

葛掌柜瞅了佟奉全一眼：“开张了？”

佟奉全从怀里往外掏着大洋：“老爷子，听您的真没错，串门子，串门子，把门子打通了，一串一准。祁府把那块宋砚给收下了。”

葛掌柜说：“嘿！你小子啊，不兴这样啊，天天地开张，谁受得了啊，过不了些日子，一条街可都干不过你了。”

佟奉全自己倒了杯水喝："不想了，就这么挺好。您说一人一天能吃多少啊，吃饭也就吃三顿啊，睡觉不也就睡一张床吗！有再大的宅子也睡不出十张床去！"

"穷人说的宽心话，不硬气。卖了多少钱？"

"我是实话跟祁老爷说的，东西本五十块。"佟奉全放下五十块大洋，递给葛掌柜，"这是您的啊，您看着赏吧。祁老爷看着东西不错，说多了也不给你了，给了六十。刨了给门子买了个蝈蝈葫芦一块钱，这两块我孝敬您了，十减三，我还落七块。"

葛掌柜把那两块钱推到一边去："我不要。"

"您别嫌少，晚上够找个人给您暖脚的了。"

"你他妈小子还光棍一条呢，跟我说这话，我不要，你留着攒钱娶媳妇吧！"

佟奉全叹口气："不想，我等着媳妇娶我呢！"

"净说不硬气的话。奉全啊，咱这行买卖做倒了是常事，可不能堆缩了，你那做旧的手艺还得捡起来。"

"老爷子打住，打住，再不提做旧了，害人的事不干了，那是病，自己怕了。得，您再给我挑两件玩意儿，书房里的，我明天还接着转呢。"佟奉全说完站起要走。

葛掌柜盯着他："干什么去呀？"

"雇车听书去。"

"总找五宝，可不是什么正路。别跟我学，找房媳妇好好过。"

佟奉全不理他，唱道："丑末寅初……"

葛掌柜追上一句："听见没有？"

佟奉全应道："哎，这就出门找媳妇去。"

范世荣坐在二荤铺里，边吃喝边跟小二有一搭没一搭地说着："达子，五爷跟你说啊，我伤心归伤心，可有了钱，我还是想进来吃了喝了。"

达子说："那就对了。"

范世荣愣了愣又说："不是我不心疼莫荷，五爷我是见过钱使过钱的，一万两万的银子，我一天能给花了，这么点儿钱攒着它有什么用！真有发迹的那天，莫荷我妹妹，我让她穿金戴银的，过几天大格格的日子，你信不信？再来一壶。”

达子急忙去拎酒壶：“信！五爷的话哪有错啊。”

莫荷挎着烟篮子飞快地跑着，后面的两个小混混追赶着莫荷。索巴在胡同里抽着烟冷眼看着莫荷。莫荷被前边的那人堵住了，后边的那个人追上来扯住烟篮子，动手就打。莫荷抓住烟篮子死活不放，猛地将争抢烟篮子的那人推倒，莫荷抢着烟篮子就跑，边跑边喊：“救命啊，抢东西了，救命啊！”没跑多远，又被打倒了。

佟奉全的马车正拐过来经过这儿，佟奉全还在唱着。

老板子忙问：“爷，前边抢东西呢，咱绕着走吧？”

佟奉全一怔，急忙撩帘子往外看。前面传来一个女人的哭喊声：“救命啊，救命！”

佟奉全说：“听着是个姑娘呢！哎，得管管啊，这事不管了害病。”嘴上光说，却不下车。

老板子胆怯地说：“爷，要管您管吧，我们不惹这事。”

“匡邪弼恶是药啊，治大病呢。哎！哎！警察来了！警察来了！”佟奉全急中生智，把两个指头放在嘴边上，嘟嘟地吹起哨来，吹得还真像，边吹哨边下了马车，跺着脚跑。

两个混混吓跑了，胡同口的索巴也跟在两人身后一起跑了。莫荷被打得躺在地上，本来就破旧的衣衫更显不整了。佟奉全悄悄走来：“您……您没事儿吧？”

“你别过来！”莫荷马上爬起来整着衣裳，拢头，满地乱摸。

佟奉全吓得赶紧住了脚：“怎么了？您……您没事吧？”

莫荷边整衣裳边说：“我烟卷儿都撒地上了，您先别过来，回头踩了。”

佟奉全跑到马车前把马灯摘下来，跑过去帮着莫荷满地找烟卷儿。灯光照到莫荷受伤的脸，显得很可怜。莫荷赶快偏过头去。

“您……可伤了？”佟奉全问。

莫荷吐了口血水：“……还有一盒，先生您别管了，谢您，我自己找吧。”

“您家住哪儿啊？”佟奉全又问。

莫荷说：“骡马市。”

佟奉全和她商量似的："顺路送你吧，回头别再遇见事。我是琉璃厂卖货的，送你吧。"

莫荷很认真地看着他，轻轻点头，爬上了车。

佟奉全和莫荷并排坐在车上，一直没话。莫荷抱着烟篮子，神情有些紧张警觉。佟奉全更是正襟危坐，那只挨着莫荷的手总想动，总想动。

莫荷看到佟奉全那只挨着自己的手老在动弹，突然叫了一声："你干吗呀？停，停车！"

佟奉全忙说："您……您压我袍子了。"

莫荷一看，可不是嘛，抬抬屁股，佟奉全把袍子抽了出来，重新坐好。两人又都无话，这下更觉别扭。

莫荷伤了的脸上突然现出纯真的笑："想起来了，一盒也没丢，刚我在广和楼卖了五盒，没丢。"

佟奉全也舒了口气："是啊，那就好，那就好！"

莫荷看看车外，见到了自家附近，忙说："先生，我到了，没别的谢您，给您支棍糖吧，回家给孩子吃。"

佟奉全一笑："我没孩子。"

"那您自己吃吧。谢谢您！"莫荷给了佟奉全一支棍糖，自己下车走了。

佟奉全坐在车里，一直看着莫荷消失在墙角，这才低头看着手里的棍糖，剥开纸，吮了一口，自语道："怪可怜的，为盒烟想了一路。"

三

天气很冷，街道上的行人大都缩着脖子。禄大人在东琉璃厂下了车。范世荣两手筒在袖口里已经等了半天了，脸都冻僵了。一看禄大人出来了，就高兴地说起英语："禄先生，今天天气真好啊！心情怎么样？有什么需要我帮忙的吗？有什么需要帮忙的，您尽管说话。"

禄大人却用流利的中文回答他："范先生，我为什么在这条街上出现就能碰到你，你是不是在等我？你不用费心了，我不需要。"

"哪儿的话啊，您大老远地从英吉利过来了，咱不能不尽地主之谊啊，应当的，走，走。"

“范先生，谢谢了，我自己可以应付，你跟着我，铺子里的人都不太高兴。你留步吧。”禄大人止住他，看意思不让范世荣跟了。

范世荣有点儿尴尬。正好旁边天合居的伙计王财在铺子外下板，看得一清二楚，便假装没看见。

范世荣凑过去说：“这洋人就是客气。王财啊，炉子上水开了没有？给我沏壶茶，我坐会儿。”

王财肃立，装出很听话的样子：“五爷，水倒是开了，不是我不留您，掌柜的吩咐过，范五爷恕不接待。”

范世荣明知故问：“为什么?!”

“怕您搅买卖。”“啪”，王财将身上的抽子一甩，进了铺子，关门了。

“嘿！他妈的这不是狗眼看人低吗？别让爷我逮着机会，爷真时来运转时山也挡不住。”范世荣一顿足，有点儿伤感地筒着袖子走了。

老贝子死了。

瑞贝子府搭起了灵堂，灵堂上扎了全白的孝幛，中间是老贝子的大幅画像，孙男娣女跪了一地，对面有和尚在念经。司仪不断地报着来吊唁的人：“醇亲王府四阿哥谒灵；叶赫那拉三觉罗……谒灵……”

茹二奶奶披麻戴孝，跪在地上伤心哭着。

又有人哭灵来了，老觉罗被人扶着进来，哭道：“兄弟，你走了是福气，眼不见心不烦，大清国一点儿人气儿都没了啊！京城快没咱的地儿了，皇上去了东北了，你有福气啊！”

这边一哭，众孝子哭声大作，和尚念经声更大。

冯妈慢慢从后边跪着移过来，悄悄地拉了茹二奶奶衣襟。茹二奶奶低头哭着，明白了，慢慢站起来，退后往外走。

茹二奶奶急急地回到自己屋里，见侄子杨子一身孝服，坐在那儿，忙说：“冯妈把门关了，杨子来了。”

杨子急忙站起：“二姑，您受累了，侄儿给您请安。”

茹二奶奶说：“免了，杨子，我看看你的袍子。”上手一看，内里做了不少的口袋，“行！来，姑给你装点儿东西，赶着人多时跟着出去，别让人看见了，这可是最后的机会了，再没时候了。”

茹二奶奶把瓷盘和墙上的两幅画都摘了，把那个画轴立马地用剪子剪了，叠叠塞到杨子怀里："姑苦了半辈子了，指着这点儿玩意儿活人呢。"

杨子问："二姑这么行吗？"

"不行也得行了。杨子你带出去，姑亏不了你。"茹二奶奶塞着塞着觉得塞多了，又拿出几件，"你跳跳，行，看不出来。人多时跟着往外出，没事，胆子大着点儿，没事儿啊。姑也是逼出来的，你多为姑想想吧！"

"嘭嘭！"外边有人敲门。

茹二奶奶慌了："冯妈，谁啊？快躲躲。"说着赶紧往里屋推杨子。

冯妈出去又回来了："二奶奶，大奶奶派人来催了。"

"我这就出去了。杨子，出来吧，记住了，这东西是你姑豁了命让你带出去的，指着它活人呢，拿出去了，先在客栈等我，回头去头条八号找我。好了，我先走，一会儿看准了机会你再出去啊！"

茹二奶奶出去了，杨子看着怀里的东西。外边法号声大作，杨子听了一会儿，又趴窗户往外看，这才悄悄出门，挤进人群，边哭边低头跟着走了。

范世荣什么营生也没找着，筒着手，跟在一个打小鼓的后边走着，走到一个打小鼓的攒口。

打鼓的，旧京收旧货、收破烂的别称。打鼓分打硬鼓，打软鼓。打软鼓其实就是收破烂的，收废旧物品、破烂旧衣服；打硬鼓的不一样，穿长衫，走街串巷，收老门老户的金银首饰文玩字画。两种鼓声不同，久居京城的人一听鼓声，便可辨别硬鼓、软鼓，绝不会错。

攒儿又叫攒口。旧京各门手艺人聚集之处，比如打小鼓的同业人等，收了一天东西，必来到一处茶馆或小铺子聚齐，一是互通消息，二是互相串换货。

范世荣和打小鼓的一起走进小茶馆，里面热闹无比。小贩们你看他的，他看你的，正说得热闹：

"这宣德炉有七分真，明儿个早市十块大洋出去，估摸有谱。您要急用我给您九块。"

"我不急用，过了明儿个再说吧。"

"您这一块都不让我赚啊。"

"不是不让您，我有主顾专收这个。"

“哎！史家胡同瑞老贝子死了，这两天张罗着分家卖东西呢！老儿位，千万绷住了，杀杀他的心气儿，头三天可别让他卖出钱来，听见没有?”

“哎！放心吧，三天内不伸手。”

范世荣不是这行的，看了一会儿，坐下喝茶。

小鼓刘一眼瞅见范世荣：“哟，五爷，您怎么到攒儿上来了?”

范世荣白他一眼：“喝茶，不许啊？杀心气儿？当年我们家的东西，就他妈的这么让你买了去的吧?”

小鼓刘赔笑：“那没辙，干一行有一行的规矩，要么老天爷不赏饭吃。”

“饭全让你们吃了，我这会儿喝风了。”范世荣说。

“五爷您可别那么说，您吃过的东西比我这辈子听说过的都多，您喝风也是喝香风。”

“这是他妈的堵我的嘴呢！刘啊!”

“爷您说。”

“这活儿好干吗?”

小鼓刘一愣：“爷，您问这干吗？什么都不好干，俗话‘钱难挣，屎难吃’。爷您打听这干吗?”

“抢你饭碗啊!”

“我们这行里的可都是力巴出身，正经的识文断字的都没几个，甭说您是宅门里出来还会点儿大英国话的了。”

范世荣故意脸一沉：“你别架我，现在爷我是拉了秧的黄瓜——架不起来了。刘啊，我想了一天了，这活我能干，最起码看着是个穿长衫的。”

小鼓刘一笑：“爷，您要真干，也有好处，您那么多亲戚呢，谁家给件玩意儿，也得卖个十块八块的。您干吧，那也算我们行里出了人物了。”

范世荣沉吟道：“我没本，你借我件东西我先卖出去怎么样?”

小鼓刘先是一怔，随即笑道：“哟！爷瞧您说的，一堆破烂儿还说什么借啊，刚收的，就这堆，您挑一件吧。”

范世荣也不客气了，蹲下身从包袱里抽出一轴很破旧的画儿来。小鼓刘一看抽出这轴画，喝的水一下吐了出来：“爷，就这件不行！我给忘了，这是位老太太偷着卖的，卖完了她儿子就找我呢！备不住我们明儿得还人家。”

范世荣也不理他，将画展开一半，见是青绿山水：“什么宝贝啊，见过东西吗？就这么一玩意儿，卖了还想要回去，当年我卖的那些玩意儿能要回来吗？”说完将画卷起就走。

小鼓刘一脸心疼着急：“五爷，出不了手，再过来换一件啊。要想卖大价钱，您可得多说点儿世面上的话。”

“行了，还用你教，你那套我早会了。”范世荣说着，走出了攒儿口。

小鼓刘坐下喝茶。旁边有人问他：“多少钱收的？”

“不值钱，五毛收的，没名没款蒙他呢，怕他拿我这砚台。”小鼓刘说着从包里掏出一方古砚来。

那人说：“你还真心疼他。”

小鼓刘叹口气：“范五爷，当年多风光的爷们儿，这会儿落了难了，咱好歹得给个面儿。”

四

佟奉全正在二荤铺喝着大骨头汤，喝得满头是汗。范世荣顶着雪进来了，胳肢窝里夹着那轴画。佟奉全看看。范世荣顿着足：“嚯！好大雪。达子，昨儿个我存在你这儿的酒给我热热端上来。”

达子给端上酒来。范世荣端壶一看：“就这么点儿了？”

达子说：“爷，昨儿个让您拿走，您不拿，可不就这小半壶了吗？”

范世荣想了想：“有花生豆给爷掂对一盘。大雪天喝寡酒回头伤身子……”

佟奉全默默看着他，待达子上完了花生米，佟奉全把达子叫住了，小声说：“兄弟，那位爷是范五？”

达子点头：“对，范五爷。”

“怎么这光景了？”

“落魄的凤凰不如鸡了。”

佟奉全拿出几大枚钱递给达子：“给上盘热牛肉。”

达子瞅了一眼范世荣：“爷，说句不该说的话，您可别招他。”

佟奉全不以为然：“一盘牛肉算是雪夜酬故人了，上吧。”

佟奉全低头喝汤，那边桌上达子给端了盘牛肉过去了，放到桌上。范世荣看见牛肉眼睛亮了，马上反应过来：“达子，别犯晕啊，回头一天的工钱赔进去了。拿走，我晚上不吃这个，积食。”说着咽口水，忍着没动筷子。

达子笑了：“五爷，吃吧，有人惦记您呢！”

范世荣一下子又觉风光了，喊道：“谁啊，谁啊？”

达子朝佟奉全一指，佟奉全起来一揖。

范世荣显然没想到，在右肩上抱拳：“哎，这位爷，咱认识？”

佟奉全赶紧端着酒杯，走过来：“五爷，您贵人忘事，我原来在荣合轩当学徒见过您，您那会儿可是风光了。”

范世荣摆摆手：“别提那会儿了，现而今我自个儿都不敢认自个儿了。”

佟奉全又对达子说：“伙计再上两碗汤，两壶酒。”

“别客气了，晚上吃多了积食。您贵姓，怎么称呼？”

“在下佟奉全。”

“哪儿发财呢？”

“串宅门呢，包袱斋，夹包袱挣个嚼裹儿钱。”

“是啊……有眼力，有客人就好，喝一盅。”

佟奉全看着那轴画：“喝一盅。”

“荣合轩出来的徒弟，你该懂画啊。”

“看过点儿。”

范世荣拿上来并不打开，先让看裱工：“我这轴怎么样？”

佟奉全抽了根丝看：“老绫子，这活儿裱得算是细的。”

范世荣开始讲故事：“老辈传下来的，老爷子临死别的都没当回事，就指了指这画。分家时我给个下人藏起来了。谁知直奉大战，那人跑了就没再来往，相互找不着了，三年了，我都给忘了，嘿！今儿个他儿子打乡下来，给送回来了。原来有楠木盒子装着，这会儿也没了。他儿子说为保这画，家里差点儿出了人命。不是我当着您吹啊，一般生人我也不愿提老话，老爷子说这是宫里赏出来的，上过什么著录的东西。”

佟奉全表面听着应着：“是啊，来喝酒。”他显然明白范世荣是在讲故事。内心话：这是给我讲故事呢，不过看这画的裱工，当是明以前的。讲故事是卖古董的常招啦，卖家为将东西卖出，常常将一些毫无联系的事件情节附在该物品上，以表明这东西的来头和其起伏跌宕的传奇色彩，看似不经意说出，实际句句都有设计，句句都有伏机。范世荣看着佟奉全的表情说：“旁的人我也不想给看了，你要有主顾，匀给你了。”

佟奉全不动声色：“好啊。”

“您住哪儿了？”

“没正经的地方，有时住铺子里，有时住客栈。”

范世荣这下又觉风光了：“我那院儿里有闲房，住我那儿去吧，走走，早晚的咱们也有个聊天的。达子，酒存下，牛肉打包。这也不是看东西的地方，走吧。”

瑞府中，大奶奶、大爷还有几个下人，先后进了茹二奶奶屋内，连夜查看东西。茹二奶奶和冯妈还都穿着孝服，待在一边。

大奶奶数着东西：“墙上四扇屏堆绣，条案上粉彩胆瓶一对，珊瑚树一枝……哎！我记着这儿还有两轴画儿哪儿去了？”

茹二奶奶无语。

大爷威严地说：“话我不想多问，画儿哪儿去了？”

茹二奶奶说：“不知道。”

大奶奶急道：“你屋里的东西丢了，你会不知道？别怪我说话不好听，你人怎么不丢啊！”

茹二奶奶眼望别处，不搭理她。

大奶奶转脸望着冯妈：“冯妈。”

冯妈瞅了一眼茹二奶奶。

茹二奶奶说：“冯妈一直跟着我呢，她也不知道。”

大奶奶嗓音高了：“老二家的，老爷子这是死了，你想让人听你喊都没人听了，说吧，画儿哪儿去了？”

茹二奶奶不肯示弱：“你别逼人太甚，你要想让我把死了的老太爷喊活了，我现在就喊去。这人还没走几天呢，哪房哪门都吃着、喝着、安睡着，凭什么单单上我这儿来查东西，这不是明摆着欺负我们屋里没人吗！”

“哪家都得查，先从你这儿开始。”

“要查，查你屋里去，我这儿东西丢了，还想问你呢。”

“你问不着，不跟你多说了，把丢的东西记上，分家待扣。”

"好！你扣，你扣吧，扣光了算！"茹二奶奶说着，抓起一件东西就摔，"我让你扣，扣！"

大奶奶一看急了："快！快抱走，全都抱走！冯妈拦着她，拦着她！"

上来几个下人，七手八脚，拦的，抢的，一时间把所有的摆设东西全抱走了，满屋狼藉，衣服、被子扔了一地。茹二奶奶坐在一片狼藉中，欲哭无泪。

冯妈劝道："奶奶，起来吧。"

茹二奶奶问："冯妈，几更天了？"

"三更了。"

"冯妈，这个家我要是再出不去，我非得死在这儿！"茹二奶奶说着哭了。

五

佟奉全坐在范家杂院的小屋里，把那张青绿山水画打开了。前半张都很不错，佟奉全有点儿惊讶。可看到后边，画烂得什么都没有了，连款也没有了。

范世荣瞅着佟奉全的脸："怎么样？"

佟奉全答非所问："这房，有点儿背阴，我还是回我那儿去住吧。"

范世荣说："我说这画儿怎么样？"

"五爷，这画够宋，笔墨都好，你也看了，烂没了，款都没了。真可惜了，我一看裱工就觉得是好玩意儿，可惜，卖不上价儿了。"

"没救了？"

"救也能救。把下半张接出来，造个款，蒙出去就是大钱！"

"做谁的款？"

"看着和谁笔法像了做谁的。"

"你能做？我想起来了，你们荣合轩的徒弟都会做旧，怎么样，挣回大钱？"

"您留着吧，我走了，这房太阴，我怕冷。"佟奉全说着站了起来。

"哥！哥！哥！下雪了怎么还没回来呀！"院里传来莫荷的声音。

范世荣又在挽留佟奉全，佟奉全往院里走着，边走边说："不了，不了，我回吧。"

范世荣说："租金不贵，一天才五分钱，早晚有人侍候你。莫荷，回来了！这是我妹妹。"

佟奉全与莫荷相互瞅着，两人都有点儿意外。

"我没认错吧，那天晚上，有人抢您，您喊救命来着。"佟奉全说。

"您啊，怎么着，那天没谢够您，找上门讨谢来了？"

佟奉全忙说："没有，没有，五爷带我看闲房来了。"

范世荣乐了："你们见过？"

莫荷说："哥，那天，这位大哥伸手把人吓跑了。"

范世荣这下更来劲了："是啊，那更得住这儿了，就冲这你住下吧，房钱我出了。"

莫荷嗔道："哥！"

范世荣瞅她一眼："你别管。"

佟奉全开始打量院子："院子倒是比客栈清静点儿。"

范世荣说："那你算说对了，别在外边站着了，怪冷的，你先回屋吧，回头让莫荷给你送铺盖过来。"

佟奉全瞟了莫荷一眼："哎！那……那我就住住试试。"

范世荣回到屋里，哈着双手。莫荷边打水边问："哥，这是谁啊？"

范世荣开始洗脸："姓佟，夹包袱串宅门的。莫荷，你可得想法子把他留住了。"

"哎！干吗是我呀？！"

"你不是个女的吗？"

莫荷"啪"地朝床上摔了一样东西："什么话，你妹可还没嫁人呢！"

"我不是那意思，我是说你我都花点儿力气留人家。"

"留他干吗？"

"他有做旧的手艺。这张画咱做好了，开铺子挣大钱。"

"我不管，要留你留。"莫荷说着出了门。

"干吗去？"

"上茅房。"

"快回来，把铺盖给他抱过去。"

第四章

一

大奶奶、大爷坐在贝子府大堂的正中央。各房的孙男娣女还都穿着孝服，有的坐有的站，挤了满满一堂子。

大奶奶说："老爷子发送了，事可还不能算完了。家有千口，主事一人。这会儿我也不愿多说话，到了这时候了谁说话谁得罪人，可逼到这份儿了，我们不出来说，也不成了……"

大爷接着补充："说是个大家大业的，打大清国一亡撑到现在也就不容易了，不当家不知柴米贵，老爷子这一过世，花了万把块大洋，咱家没钱，借的，把房子押上了。"

众人七嘴八舌议论起来。

"房子押了我们住哪儿去……"

大奶奶说："别跟着哭穷，不是我说你们，哪门哪房没有个万儿八千的私房啊，要想住也行，李总管把单子拿上来。"

李总管一抖落纸，将半张单子送上来了。

大奶奶接过单子："我这儿有份单子，各房各户得把这一万大洋摊了，没别的，为留下房子住人。"

大爷又补充："听好了，摊钱的有摊钱的办法，不摊有不摊的章程。"

大奶奶说："我们算是长房出八百，看好了，银票拿出来，李总管，你接着。二房，二阿哥死得早，按说不该让你多出，可大伙都清楚，你房里人少破费还少呢！再说老爷在世的时候可没少偏过你，你出两千，没儿没女的，钱留着也没什么用！"

此话一出，大家都看着茹二奶奶。

茹二奶奶低头不语，半天也不说话。

大奶奶觉得奇怪："怎么着，认了?!"

"老爷子的事，漫说两千了，有，一万都该出，可我没钱。"

"别说那没用的，你倒是出不出?"

"我想先问问，我出了钱怎样，不出又怎样?"

大奶奶似乎明白了她的意图："既然问了，我也把话说清楚。出了钱，你还在这儿住着，养你老送你终；不出钱，立马走人，这家里家外的一根针一寸布你也别想拿出去。"

大爷又来补充："不光对你，对谁都一样。"

茹二奶奶说："是啊，这就清楚了，明知道我没钱，逼我，这是憋着轰我呢!"

大爷有些不耐烦了："你倒是出不出?"

"我没钱!"

大奶奶虎起脸："那你立马出门!"

大堂里一时很静。

"好！我走……我走……"茹二奶奶静静地站起来，走到门口见也没人理她，回头问道，"亲戚里道的，就不问问我去哪儿吗?"

大奶奶答道："爱去哪儿去哪儿，上大街当花子去！出了大门再别提你是贝子家的人。"

"我贱，我不知道好坏！冯妈，拿东西咱走。"

"什么也不许拿，要走就这么滚!"

"好！好！算我没看错你们这些个狼心狗肺的!"茹二奶奶头也不回地走出大堂。

茹二奶奶和冯妈出了大门，伤心欲绝，毕竟在这儿活过十来年啊。茹二奶奶跪在地上对着空空的大门磕了三个头，惹得街上人远远地朝这边看着，然后站起来，吐了口唾沫，狠跺了三脚。

茹安的豪华车赶了过来，冯妈扶着茹二奶奶上了车，绝尘而去。茹二奶奶算是早看准了，到了那天真就是横草没拿、竖草没拈地被挤对出来了。那年月多少人在侯门王府中郁郁终生啊，茹二奶奶没有，她凭着自己的个性活出来了。

莫荷挎着个烟篮子，悄悄地走近佟奉全的窗口，往里看，左看右看也看不清楚。正看着，佟奉全夹着包袱进来了。佟奉全跟在她后边左看右看。

“谁在里边呢？”

莫荷并没听出是谁在问：“没人，出去了！哟！你怎么一点儿动静都没有啊，吓了我一跳。”

“屋里没人啊？”

莫荷也有些奇怪：“你不在这儿呢吗？哪儿还有人啊？”

“我以为进了贼了呢！来，屋里坐吧。”

“我不进去。”

佟奉全开着锁：“进来吧，我买盒烟。”

莫荷这才跟进来了，有些忸怩：“你不是不抽烟吗？”

“那得看谁卖的。”

“……你别占我便宜啊……”

“想哪儿去了。莫荷，问你件事。”

“说吧。”

“你哥姓范，你怎么姓莫啊？”

“不是亲的，表哥。要什么牌子的？”

“没出五服吧？”

“哼！我知道你话里有话，你这人不地道。”莫荷说完扔下盒烟，到了院里。

“哎！给你钱！”

“欠着吧。”

佟奉全拿着掸子到院子里掸着身上的尘土：“我晚上还想欠俩窝头呢。”

莫荷拿出钥匙开自己家门锁：“对不起，没给您预备着。”

范世荣回来了。

佟奉全急忙招呼道：“五爷，您回来了。”

范世荣点点头：“回来了。莫荷，做饭了吗？”

“没呢！”莫荷在屋里应道。

“奉全住得惯吗？缺什么说话啊。”

“惯，您别客气。”

范世荣走过去了，又转身回来：“屋里没人吧，我跟您说两句话。”

佟奉全有些迟疑：“没人，您进来吧。”

范世荣进了佟奉全的屋里：“小屋收拾得挺干净的啊，你是个干净人。”

“一个人也没几件东西，还禁得住收拾啊。您坐，吃柿子吗？”

“不吃，怕涩。奉全，您觉着莫荷怎么样？”

“好好的，干吗问这话？”

“我想把她卖了。”语出惊人。

“……卖了?！挺大的一个活人卖哪儿去呀？再说她是你妹妹。”佟奉全惊讶。

“也不是亲的，我的奶妈是她姨，远了。孩子苦，原是想着从乡下投阔亲戚才上北京找我来了，谁承想我自己都顾不上了，赶上缺人就这么留下了，要么我也不想卖，我这不是短钱了吗？”

“您给她卖哪儿去呀？”

“说卖难听了点儿，找个人家，甭管续弦、填房、娶姨太太，只要聘礼多给就成，我现在急着用钱。”

“钱谁都短。您急着要钱干什么？”

范世荣拿着手里的柿子开始摆弄：“您瞧啊，我得了幅宋画，这是你说的啊，残了！我现在想把这宋画补齐了造款，造印，弄成是宫里《石渠宝笈》著录的那种，然后大价钱卖出去。可我现在没钱补画，那大钱也就别想挣了，为了点儿小钱压着大钱，我伟大的计划就实现不了，没辙，卖莫荷。”

“别的法子就没有了？”

“我是没有了，除了有人能借钱给我。”

佟奉全一听这话就躲了：“那您……那您就卖吧。”

莫荷在外面喊道：“哥，窝头熟了，来吃吧。”

范世荣低声说：“先不说了，过去吃窝头。”

佟奉全摇摇头：“您去吧，我乏了，歇会儿。”

“回头我让莫荷给你端过来。”范世荣抓起个柿子出门了。

“不用了，谢谢。”

范世荣撩帘子出了屋，头也不回：“别客气。”

佟奉全呆呆地看着窗外，站了好久。

二

这里是茹二奶奶的新家，是茹安早就收拾好的一个小院子。茹二奶奶在院子里指指画画的：“回头这儿种棵海棠，那边种棵葡萄……到夏天了咱搭个架子，好在外边凉快着。冯妈，您说对不对？天棚、鱼缸、石榴树，门墩、肥狗、胖丫头，这才是正经的日子呢！”

冯妈附和道：“二奶奶您说得对极了。”

茹二奶奶突然想起了什么：“冯妈商量个事儿啊，咱不叫奶奶行不行，人也出来了，院子也换了，家也有了，咱改改口吧。”

冯妈愣了：“不叫您奶奶叫您什么呀？”

茹二奶奶有些不好意思地笑了：“咱来个时兴的，跟着街面上学，您叫我女士吧，叫茹女士。哎，那些土筐别放那儿啊，放那夹缝里。”

冯妈不理解了：“茹女士？茹女士咱吃饭了，平时就这么叫？”

茹二奶奶也觉得不太那个：“平时……听着也不大对啊，那就叫夫人吧。”

“茹夫人，这不成戏词了吗？”

“也不对，听着像是薛平贵叫王宝钏，您干脆叫嫂子吧。”

“茹嫂子，那就乱了辈分了。”

“都不好，秋兰吧，娘家的小名最好了，冯妈您就叫我秋兰吧，直呼其名。”

“秋……兰，这也不是我该叫的。”

茹二奶奶下了决心：“不管了，就叫秋兰。古时帝王改朝换代都改名号，咱这就算是改朝换代了，我茹秋兰要重新做人了。”

“奶……呸！秋兰！”

茹二奶奶应得一本正经：“哎！冯妈您说。”

“咱人是出来了，可咱没带钱出来。”

“没钱有东西啊，东西不就是钱吗？冯妈，您怎么转不开磨呢？冯妈您来。”茹二奶奶说着话，进了正房，让冯妈将箱子打开。里面装着满满的瓷器啊、青铜啊，还有各种字画。

茹二奶奶瞅着冯妈：“老爷子给的这不就是钱吗？”

冯妈一时还没反应过来：“拿这买菜去，人家可不找钱！”

茹二奶奶气得一顿足：“冯妈您总跟我抬杠，跟您说我这是才出来，心气儿可高着呢。对了，杨子，怎么还没找着啊，他不也带出来点儿吗？茹安，茹安，杨子找着了吗？”

茹安在院子里回话：“去了几个客栈了，没找着。”

“不怕，我还有个远房侄子，叫索巴子，回头找找。守着这些东西还变不成钱了？都是府里的。可话说回来了，咱可不能再上当铺了，得上琉璃厂古玩铺子。”

“那咱更不懂了。”冯妈说。

“咱不懂没事，找人啊。茹安啊，别在外边忙了，把索巴子给找来啊，快去吧。哎，顺便让他找找杨子。冯妈该吃饭了吧，我饿了。”

冯妈一拍双掌：“哎哟，坏了，还没做呢。我这就做去。”

茹二奶奶也不怪她，高兴地看着新家。

暗淡的灯光下，杨子躲在一家暗门子里，正和暗娼躺在炕上抽烟。杨子不时动手动脚。

暗娼没好气地甩开杨子：“跟你说啊，这些日子了，吃的喝的可都是我的，你可镚子儿没拿呢！”

杨子努嘴戳戳那件孝袍子上那天装出来的字画和小摆件，笑道：“钱算什么呀！那不有东西呢吗？”

暗娼白他一眼：“谁知是什么东西啊，再说东西也不是你的，是你姑的。”

杨子忙说：“我姑在哪儿还不知道呢！怎么着东西是我豁着掉脑袋带出来的，命换的，她还想要啊！来，如花，过来唱个岔曲儿。”说着坐了起来，随即拽起暗娼。

暗娼仍旧一脸怨色，懒懒地将八角鼓一弹，唱了起来：“二八的那个小佳人……她得了那么一点点病啊……”

窝头吃完了，范世荣正在很有耐心地剔牙。莫荷轻手轻脚地收拾碗筷，准备洗涮家什。范世荣朝地上吐了一口："这叫什么命啊，吃窝头也塞牙！莫荷啊，还有窝头吗？去给西屋送过去。"

莫荷顿了顿："干吗给他呀？"

"让你去你就去，街里街坊的还差俩窝头啊，去吧，去吧。"

莫荷低声说："大晚上的不方便。"

范世荣有些不耐烦了："有什么不方便的，饭都吃不饱了，还想那么多干吗？"

莫荷拽了拽衣裳，对着镜子拢了拢头发，端着窝头，悄悄地走到佟奉全的房门前，愣了一阵这才敲门。

"谁啊？"屋里传来佟奉全的声音。

"我……送窝头来了。"莫荷见里边没有动静，忙说，"搁窗根底下了啊。"

不料门却"吱呀"一声开了："那不凉了吗，进来吧。"

莫荷这才大大方方地进去，放下窝头，像不经意地看着佟奉全的小屋。见墙壁上还贴着些画片，两件洗过的衣服整齐地挂着，看上去挺干净。佟奉全给莫荷倒了碗水。

莫荷望着窝头说："有点儿凉了，我给切片，烤上吧。"

佟奉全有点儿疑虑，似乎害怕这兄妹俩设计套他："我来吧，我自己来。"

"你会？"

佟奉全拿出刀来，切着窝头说："会，保准切不着手。"

"佟哥，问你个事。"

"什么事？"

"你身上是总带着哨吗？"莫荷深情地回忆着。

"什么哨啊？"佟奉全一脸茫然。

"警察吹的哨。"

"我没事带哨儿干吗，我又不是警察。"

"那你那天，一边喊警察来了，一边吹着哨就跑过来了，你的哨是哪儿来的？"

佟奉全笑了，边烤窝头边用口技学了两声哨音。

莫荷好奇地凑过来细看他的嘴。

“嘿！还真像……你会的事儿挺多的。”

佟奉全不好意思地一笑：“挤对出来的。”

“是啊，有的人能挤对出本事来，有的人只能挤对出坏来！”

“你这是说谁呢？”佟奉全又变得警觉了。

莫荷看了一眼门外：“佟哥，你不能住这儿了。”

佟奉全显得很惊讶：“为什么？”

莫荷低声说：“你别问了，你住这儿不好。”

“怎么不好了，总得有个缘由吧，你说说。”

“我哥……我哥他想让你给他造那张假画。”

“凭什么他想让我造我就造？得有个缘由吧。”

“……有缘由。”

“什么缘由？什么缘由他一说我就应了，我可没那么窝囊。”

莫荷这下脸红了，有话说不出口：“反正有缘由，你要不愿给他做，你就别住这儿了，省得大家以后反成了仇人了。”

莫荷说完，扭脸望着别处。两人都静静地坐着，其实是各怀心事。佟奉全原来就想着住了今夜就走人，他不想沾上麻烦事，一不想再造假做旧了，二是怕陷进什么感情纠葛中摘不开，反受制于范世荣。可要走的话还没说，就让莫荷说出来了。他看着莫荷，看着这淳朴的姑娘就要被哥哥当东西卖了，心里反而更不是滋味儿，心疼啊。可话说回来了，他拿什么心疼人家。

过了一阵儿，佟奉全才说：“我原就打算要走了，我怕……”

佟奉全话还没说完，莫荷就端着盘子站起来说：“你走吧，没什么怕的。我回去了。”

佟奉全也急忙站起：“等等。”莫荷以为他要说什么，没想到他竟拿出几枚钱来，“我把那烟钱给你……”

莫荷明白，这是要和她告别了，有些伤感地垂下头，迈过门槛说：“行，那我接着了，回见。”

佟奉全有些失落地望着莫荷已经消失的院里，半天才说：“回见。”

范世荣在天合居门口看似悠闲地晃悠，其实他等了半天了，一眼瞅见一个老外过来，马上凑上去用英文招呼："先生您好，需要古董吗？有什么要求跟我说，我会帮您办到。"

那个洋人奇怪地打量着他，用英文说："对不起，我有中国朋友。"

洋人的话还没说完，罗先生走过来了，看到范世荣打趣道："哟！范五爷呀！您这是呛我行，抢我买卖呢？"

范世荣一看认识，笑道："嘿！罗先生，没瞧见您跟着呢！您忙您忙，我这也是怕嘴生，见着洋人说两句。"

洋人和罗先生说着什么，走了过去。天合居的小伙计王财又在后边抖搂土，范世荣问他："王财啊，你今儿个守店还是……"

"待会儿去串货场看看。您有什么吩咐？"

"没什么大事，等会儿我在老裕泰等你，有桩大买卖哥哥我想着你呢！我先走了，你可一定来啊！"

王财看着范世荣的背影，愣了一阵儿，这才应了一声。

三

索巴穿过茹家小院，直接进了堂屋，一见茹二奶奶"咕咚"一声就跪下了："姑，侄儿这儿给您行礼了。"

茹二奶奶依旧端坐在椅子上："起来吧，正想找你呢，你倒自己来了。"

"姑，我一得着信儿，就急着找您了。姑有什么话您说。"

"索巴子你可能也听说了，姑是横草没拿、竖草没拈地出了瑞家的门的，我没要他们那人脑子打出狗脑子的家财，可我也没欠账。"

索巴原是奔着钱来的，一听茹二奶奶的口气像是给他哭穷，急忙接过话头："姑，不怕短钱，侄子伸手向亲戚们要去。"

茹二奶奶摆手止住他："谁也不要，活了三十多年了，我可知道什么是亲戚了，咱们不伸手。你坐下喝水，姑虽没钱，但姑有东西。"说着话就打开一只小皮箱，里边有一套官窑的瓷器。

索巴看了一眼，眼睛一亮，随即就黯淡了："姑，这我可不懂，您……您留着用吧。"

茹二奶奶以为他没听懂："不是那个意思，都说古董文玩值钱，姑一个女人家家的不好出头露面，回头你带个懂行的朋友过来看看，这些玩意儿能不能换钱。”

“行，我给您找朋友。姑，我这也是仓促出来不方便，这儿有十块大洋，您先花着，回头有了再孝敬您。”

茹二奶奶有些感动：“看你说的，我还没给你见面礼呢，你倒给我了。不用，不用，过日子的钱还有，我哪能要你的钱啊。”说着话把手上一镯子褪了下来，“我这儿有个镯子，虽是个女人的东西，你拿着吧，值不值钱的你别嫌弃。”

索巴使劲推着茹二奶奶的手：“姑，您留着吧，我不要。”

茹二奶奶板起脸：“拿着吧，可别嫌姑小气。”

索巴这才顺手接了。

佟奉全夹着包袱走向一座大宅门，对刚巧走出大门的家人说：“洪爷，这儿有几样东西，您回老爷看一眼吗？”

洪爷朝他摆摆手，小声和气地说：“走吧，快走吧，家里都出事了，你不知道，还看东西呢，买米的钱快没了，走吧。”

佟奉全急忙赔笑：“哎！对不起，我不长眼。”

正好杨子从这儿路过，紧走几步追上佟奉全：“哎！你夹包袱卖什么？”

佟奉全上下看他：“这位爷，我卖文玩字画。”

杨子有些失望：“光卖啊，收不收？”

“也收，就是本小，太贵重的收不起。”

“跟我看看去吧。”

佟奉全看看天：“远吗？”

杨子朝前一指：“不远，就前边十号。”

佟奉全跟着杨子走进一间光线很暗的房内，暗娟正手忙脚乱地掖着衣服，叠被子。屋里有一股浓浓的污浊味儿。佟奉全强忍着进来了。杨子拎过条凳子：“坐吧。”

佟奉全勉强坐下，觉得不可能有什么值钱的玩意儿。杨子从孝袍子底下拿出细瓷盖碗来。佟奉全的眼睛骤然亮了。那是清三代的东西，不用看底就知道。佟奉全沉住气，心想不能买炸了，于是显出司空见惯的神情：

“还有吗?”

杨子瞅着佟奉全的脸：“先说说这给多少钱。”

佟奉全故意说：“您要是成对儿，这东西……”话音还没落呢，杨子又从孝袍子底下拿出另一只来，佟奉全有些吃惊，“就能值二块……半……”

杨子手指摸着盖碗：“你看清了，这可是细瓷。”

佟奉全冷笑：“我知道，再细的瓷它也是喝水用的，饿了当不了饭吃。”又怕杨子不想卖，便拿话激他，虽说还是软话，却软中有硬，“还有，先生咱说清楚了，东西不是正路来的，我可不敢收，不单我不敢收，整条街，谁都不敢收您的。”

杨子皱起眉头：“当然正路来的，我们自己家的。”

佟奉全忙说：“那最好了，还有吗?”

杨子索性孝袍子一撩，东西全显出来了，还有两张没轴的画儿、几件瓷器：“你看看吧。”

暗娼梳着头走过来，脸子耷拉着：“干吗都给他看啊，跟你说十块八块的可不够你这些日子的嚼裹儿，皮肉还不算呢。”

杨子瞪她一眼：“你说那么多干吗，这不看着呢吗！看不好，我还不卖呢!”

暗娼嘟哝道：“早他妈的知道你弄的是一堆破烂，我就不该留你。”说着将门子摔得山响走出去了。

佟奉全扫了一眼那些东西，心里有底了。古玩这行往往这样，如写文章一般电火雷石，灵感突现，不知什么时候就通了，买着卖着，捡个漏那气象就不一样了。

佟奉全一看屋里没外人了，开始假装跟杨子说知心话：“东西是你的，还是……”

杨子口气挺硬：“当然是我的。”

佟奉全压低声音：“兄弟，我比你年长几岁，不是我多嘴啊，俗话说劝赌不劝嫖，劝嫖两不交，可我就说一句不该劝的话吧。弄这路事，你是必定得花了钱，落一身伤出去不可。老话说鸨儿爱钞，姐儿爱俏，现如今的姐儿全改爱钱了。”

杨子似乎也有同感：“我这不是想着走脱不开身吗，要么这东西我也不想卖。”

佟奉全一拍杨子的肩膀：“行了，兄弟，今儿个哥不跟你做生意了，哥我算跟你交个朋友，你欠他们多少钱?”

“五十来块。”

“你算有福气了。”佟奉全“哗啦”将包袱打开，从手绢包里把一张银票拿出来，刚好五十块，“攒了半年了，正好有五十块的银票，多一分都没有了，还有哥我这儿有十块大洋，”从身上左掏右掏掏了出来，“也都给你，你出了这门，能投亲投亲，能靠友靠友，不能投亲靠友，你自己找个活儿干，算我帮你了。”

杨子还想多要点儿：“这东西，不止这么些吧?”

佟奉全说：“女人房里的画，我说得对不对？不值个钱。你要不乐意，咱买卖不成仁义在，我走!”

突然窗外传来东西摔碎的“哗啦”声，暗娼在骂：“臭嘎嘣的，光吃不拉的东西，我可不喂你了。”杨子装作没听见：“说实话这东西我不懂，可你这人说得那么有理，我也不争了，碰着事儿，想扛也扛不住了，就这么着吧!”

“东西我都不看了，钱您留下，东西我包走，吃亏，亏我的，谁叫兄弟你遇见事儿了呢！做我们这行就得先交朋友，后聚人气!”边说边拿孝袍子包了走，“话不多说，接下来的事看你的了，听哥的没错啊。”

杨子觉得他心眼儿真不错：“那谢谢了。”

“不说这个，后会有期。”佟奉全极力镇静地来到街上，紧紧抱着那包东西，叫了辆车，赶紧离开了那条小胡同。

老裕泰茶楼里清清静静，王财和范世荣正在喝茶。王财表面平静，试探地问：“五爷，您能请我喝茶，您是给我脸了。”

范世荣不动声色：“不说这话，我现在什么德行我知道。可老话说瘦死的骆驼比马大，五爷我到今天算是落到了底了，背运走到家了，五爷我该转风向了。”

王财打着哈哈：“那好，五爷您转了风，拉扯我一把。”

“现在得你拉扯我。王财，你们铺子里有没有宫里出来的画?”

“有，现在还有一张著录的，范宽的。”

“最好了，你把这几枚印章给我拓下来如何？要的图章玺印都在这儿呢，你受累拿炭条给描下来，细细地描下来，比如乾隆御览之宝啊、古希天子啊，你给我拓下来。”范世荣说着向王财抖出一卷纸来。

古之名画，因传承有续，大多都有收藏者的印章，很多著录的精品更有帝王之印玺，甚至题跋，所以看一幅古画之真伪，看印玺是一关键。王财听范世荣这一说，知道谱了：“五爷，俗话说无利不起早，我凭什么给您做这个？”

“问得好，你还没容我说呢，我给你钱。”

“五爷，恕我不敬啊，您哪儿来的钱？”

“问到点儿上了，我没钱，可我有个妹妹。”

王财一听，也有点儿吃惊，马上有点儿手足无措：“五爷，您算是活出来了，说出去人家都不信，范五爷要……”将想要说的话咽回肚里。

“卖人了，对，有人要我都想把我自己卖了。”

突然的喜悦并没有让佟奉全得意忘形，他悄悄地推开格古斋的门，悄悄地进来。葛掌柜正站在柜台里侧打着算盘算账。佟奉全进来也不说话，先朝左门看看，然后又挑起右门帘子看看。

葛掌柜瞅他一眼：“干吗呢？进来连句话也没有。”

佟奉全这才感觉到自己有些不自然：“啊，我看铺子里有没有外人。”佟奉全缓缓坐下，脸上不自觉地显着几分笑容。

“收着好东西了？”葛掌柜头都不抬，依旧算着账。

“您怎么知道的？”

“早几年，我收了几件东西，跟你这会儿一个样，跟偷了人家似的，不会走路了，不敢笑，不敢多说话，不敢做梦，不敢见熟人，不敢见生人，不敢相信那东西是真的。”

“那以后呢？您也没发迹呀。”

“哪有什么以后啊，以后就是现在，这不我还在这儿打算盘呢吗？没什么了不起的，人啊是什么成色，还是什么成色，上下差不出一层天去。拿出来吧。”

佟奉全从怀里掏出一只小盖碗来：“老爷子，我太喜欢您这劲儿了。我这会儿真想跟您说，我什么也没收着，您看走眼了，可我不能够，当着您我不能说瞎话，我浅薄，得了点儿小东西就让您看出来了。来，您给掌掌眼。”

葛掌柜瞟了一眼：“还有吗？”

“您真好眼力，老爷子，我这条街上谁也不服，就服您。”

“我说嘛，就这么件东西你不至于乐得跟见了皇上似的。”

佟奉全有点儿不情愿地从怀里把一幅没轴的画掏出来了。葛掌柜拿起眼镜，看了一眼：“这画不值什么，女人房里的。”

佟奉全不语，坐下喝茶。

葛掌柜又瞟一眼小盖碗：“你哪儿来的钱？”

佟奉全装傻：“什么钱？”

“收东西的钱啊！”

“我没花多少钱，有多少钱您还不知道吗？”

“那你这盖碗？”葛掌柜话还没落地呢，佟奉全从怀里往外掏东西。

“老爷子您再上眼。”说着又掏出个黄釉小瓶。

葛掌柜小心地接过来看着，手都有点儿抖了：“奉全啊！这回该说我浅薄了。”

佟奉全一笑：“我鬼鬼祟祟地进来不为过吧。”

葛掌柜还在看着黄釉小瓶：“不为过，一点儿都不为过！老夫我浅薄了。好东西，好东西，清三代一点儿没跑。你小子捡着漏了。”

“老爷子，心里话，不是我事后装孙子，没承想他要钱要得那么急，要得那么准，我又带得那么合适。再要多点儿，我还真掏不出来了。我这会儿高兴是高兴，觉着这么着有点儿乘人之危。”

葛掌柜慢悠悠抽着烟袋：“你有这心就好，不过咱们行里讲究的就是巧买巧卖，你买巧了，是你的本事、你的造化。就那个主儿，东西不卖你，不定哪儿填窟窿去了呢。说咱这行挣钱不容易，说的是一口吞个大象的那种大钱，挣小钱还是比卖力气的容易。知道就好，能知道心疼别人买卖就能做得长远。”

“您行，您现在做买卖当玩儿了。”

“我都这把年纪了，还能怎么的。货卖识家，咱这行真卖东西，跟卖自己一样，好玩意儿卖给明白主儿，咱也高兴，能做到这份儿上算是境界了。东西出了手，打算怎么着？”

佟奉全摇摇头：“还没想好呢，走一步说一步吧。”

葛掌柜说：“别多想，好了是一步，坏了也是一步。”

四

一家粮店门口围了很多的人，众人都在争抢棒子面，外围的人拿着口袋拼命地往里挤着嚷着。生子几次都快要挤进去了，最后又都被推到外面。

莫荷急忙放下烟笸，把生子拉到一旁：“生子，你帮姐看着烟笸，姐挤去。”说着放下烟笸，拿了口袋使劲往里挤，和众人一样，边挤边喊。

莫荷听到生子哭着喊她，急忙跑回，发现生子跟前没了烟笸，急得拉着他的胳膊乱晃：“生子，你看他往哪儿跑了？”

生子边哭边指。

莫荷一眼看见生子脸上有伤：“他打你了？”

生子又点头，莫荷更生气了：“活该！生子，你不知道姐指着它吃饭呢，你不会喊啊？烟笸子你给看丢了，姐吃什么？你走吧，你拿着棒子面回家吧。”

莫荷将口袋塞给生子，然后往生子指的方向跑去。

夜色越来越浓，莫荷还在广和楼门口来回走着，着急地看着那些小摊小贩的烟笸子，却没有找到自己的烟笸，她孤独地往家走去。还没走进小院，就听见生子妈在院里骂呢：“你他妈的倒是出来呀！臭丫头片子，丢了烟笸子，赖我们生子啊！”

生子往回拽着他娘：“娘，是我看丢的。”

生子妈呵斥儿子：“你别说话，看着我们孤儿寡母的好欺负，看我们这孩子给打的，丢了个破烟笸子还惦记让我们赔是怎么着。”

莫荷轻步走过去：“大姨儿，没说让您赔。”

生子妈这才看到莫荷：“你回来了，你不让我们赔，我还让你赔呢，看我们生子给打的。”

生子不敢看莫荷：“妈，走。”而后飞快地跑回屋去。

生子妈气得顿足：“儿子，回来，让她给咱药钱。”

莫荷满腹委屈：“大姨儿，我没钱，等有了钱赔你。”说着都要哭出来了，佟奉全大步进了院里。

佟奉全忙问：“街里街坊的，这是为什么啊？”

生子妈一见莫荷要哭，正不知该说什么，看到佟奉全不自觉地嗓门又高了：“佟先生，您来得是时候，她莫荷抢棒子面，让我们家生子看烟笸子，招着我家生子挨了人打不说，烟笸子也丢了，您说我家生子招谁惹谁了。”

“得，我听明白了。生子妈，这儿有五毛钱，您买点儿白药去吧。”

生子妈赶忙道谢：“那得谢佟先生，谢佟先生了。”

“不用谢，街里街坊的，走吧，走吧。”佟奉全这才将生子妈劝走。

“佟哥，谢谢你。”莫荷真是又气又累，说着要走。

佟奉全叫住她：“莫荷，烟笸子丢了？”

“您别问了，谢您！”莫荷说着，快步回了自家屋里。

第五章

一

莫荷站在暗处抹了几把眼泪，一拉灯，看见范世荣在屋里躺着呢。“哥，您在啊！”莫荷有些意外，忙转身干活，想要掩饰自己的伤心。

“可不在吗，我这儿在屋里给你挡着骂呢！这叫他妈的什么事儿啊，她一个街上缝穷的老妈子，也敢堵门指鼻子骂人了，我要这么着下去，我还不如死了呢！”

“哥，您别那么说，莫荷不对，莫荷让您委屈了。”

范世荣叹口气：“你也是，一个破烟笸子，丢就丢了，丢了是丢了的福气，你让我在外边跑了一天，这会儿连口热水都喝不上。”

莫荷捅着炉子：“我这就做。”莫荷蒸着窝头，眼泪缓缓滑下。

“跟你说啊，正好烟笸子丢了，打明儿个起，不卖烟了。”

“……不卖烟，哥咱吃什么？”

“你听我说，哥给你找个人家嫁了，别管是伙计是力巴，省得你跟我受罪。”

“……我回老家去……”

范世荣一听就急了：“你回老家我怎么办？趁早断了这心思。嫁汉嫁汉，穿衣吃饭，哥现在有难处，你要真嫁了人，甭管他是瞎是聋，能给你饭吃，能有份彩礼就成。”

莫荷一听也来了火气，正好窝头也蒸进锅了，“砰”地将锅盖使劲盖住，出了屋门。范世荣欠起身半睁开眼：“怎么着，你还八百个不乐意了？”莫荷生气地坐在自家小屋的台阶上，坐在暗影里默默伤心。

佟奉全进了自己的屋里，把小窗帘子一拉上，拽出底下的箱子，把藏着的东西一件一件摆好了，拿出个脸盆打水，其实是想看看莫荷那边怎么样了。先从小窗口往外看看，见莫荷正坐在台阶上悄悄地抹泪。佟奉全到了院里把水泼了，假装刚刚看见莫荷："哟！大晚上的，怎么一个人在外边坐着呢？要么上我那屋坐会儿……"话还没说完，莫荷怕佟奉全看见自己伤心，站起来就往院子外边跑去。

佟奉全拎着盆看着莫荷跑去的背影，这才上台阶推门进了范世荣的屋里。范世荣正在吃着窝头。佟奉全问："吃呢，莫荷她跑了，这是为什么啊？"

"我让她嫁人，她不乐意。"

"那就再想想别的法子，她这么一跑，别出什么事啊。"

"能出什么事啊，我范五都混成这样了，还有什么事儿能出啊，死也就死了，死了干净。"

佟奉全一看话不投机，急急忙忙把盆放回屋，戴了帽子往院门外跑去，找了半天也没找到莫荷。又着急地来到他救过莫荷的地方，突然发现暗影中，有个人蹲在一个角落里，像是莫荷。

佟奉全低声唤道："莫荷……莫荷……"

莫荷抬起头来："佟哥。"

"大晚上的，干吗在这儿待着啊，快回家吧，你哥着急呢。"

"我想一人坐会儿。"

"一人在这儿坐着干吗，还没吃吧，走，吃碗热馄饨去。"

莫荷没有动弹："我不饿。佟哥，您别管我，坐会儿就好了。"

佟奉全没办法，只好也坐下了。

"佟哥，我想回老家了，我一个乡下人，原本就不该来，我没承想城里人是这样，没有一个是亲的。"

"城里人也是逼出来的，人多了，吃口食没那么容易。要么你就听你哥的话，嫁个人，许是比现在好。"

"佟哥，我哥原来不想让我嫁人，怕我走了，没人管他了，这回他让我嫁，是他短钱。怎么委屈我都成，怎么苦我也不怕，可嫁人，那苦就没个头了。佟哥，你娶了我吧。"

佟奉全一愣："啊，莫荷，不说气话，佟哥多大的人了，再说，我现在自己都顾不过来。"

"你顾不过来，我帮你，佟哥，你信不过我吧？"

"啊，也不是，都是苦人儿也不用兜圈子，莫荷，我这是感动了。"

"佟哥，你别为难了，其实，你真要想娶我，我还不愿意呢。我嫁了你，我哥就该赖上你了，那不是害你一辈子吗？佟哥，你别为难，我说着玩儿的。"

"你别这么说，莫荷，今夜的话咱先撂在这儿，也许过不了多久，就不一样了，到时……"

"天天盼着转时运，时运什么时候转过，明天还不知道怎么办呢！以后的事想不到了。"

"明天，先照旧吧。"

"照什么旧，原来有烟笸子，不管多少，我能把一天的嚼裹儿卖出来，现在……"

"明天还卖烟，我这儿有一块大洋，你做个本儿先把烟笸置起来，好了坏了，咱走一步说一步吧。"

"佟哥，我的事你管不了，你的心意我领了。"

"管不了，管到哪儿是哪儿。明儿个我就不住那院子了。"

"明儿你搬了?！搬吧，搬远点儿好。"

佟奉全突然握住了莫荷的手："莫荷，别多想烦事，目标总有个变，咱往好里想。"

莫荷挣开手："不多说了，咱回吧。"

茹二奶奶正张罗着怎么摆设她的房间，索巴把王财给带来了："姑，这是琉璃厂天合居的大伙计王财，我朋友。文玩、瓷器，我不懂，他懂。"

茹二奶奶挺客气："王先生来了，坐。"

"姑奶奶当不起，您叫我王财吧，按老礼儿我得给您请安。"王财说着真的跪下了。

茹二奶奶这下心里更熨帖了："快别价了，起来。你跟索子是朋友，我也不拿你当外人了。缘由大概索子也跟你提了，多的我就不说了，咱看东西吧。冯妈把那几件东西拿出来，给王先生看看。"

冯妈早就准备好了，端了个托盘子出来。王财眼看着托盘子上的东西，索巴眼看着王财。王财一搭眼就知道那可是王府里的东西，不凡，可王财终归是琉璃厂的伙计，不动声色。

茹二奶奶说："老家儿传下来的，你看值不值得拿出去呀，回头不值钱拿出去让人笑话。"

王财伸手拿起仔细看了看："姑奶奶，还有吗？"

茹二奶奶有些迟疑："有是有，都差不多，你先看看这个。"

王财淡淡地说："东西是正经东西，可这会儿拿出来，时候不对。"

茹二奶奶有些不相信："怎么叫个时候不对呀？"

"姑奶奶，老话是平安藏古董，乱世买黄金，这会儿值钱的就是真金白银，这类东西现而今有行无市。"

茹二奶奶听王财说得在理，心都凉了。

索巴赶紧敲边鼓："你说那么多干吗？先拿件东西卖卖试试。"

王财不动，还故意绷着。王财可太想拿一件东西出门卖大钱去了，他不拿，行里管这种欲擒故纵的形态，叫绷着。他知道茹二奶奶孤寡一人，他心可大了。他要绷着，一是为了先杀杀茹二奶奶的心气儿；二是为了绷到一定的时候，一次性把东西全都买走。

茹二奶奶也试探地："您……拿一件？"

王财显出一些无奈："不用了吧，我要找着买主了，我带着来，我先找找……"然后啥也不说了。

索巴像是急了："那怎么着啊，我姑可等着钱用。"

茹二奶奶觉得这话有些失面子。

王财这才说："姑奶奶，虽说我跟索巴是朋友，可越是朋友才越怕伤了和气。这么着吧，容我两天，找个好买主，真能收了够您几年的花销咱一总匀出去，找不着您也别怨我。"

索巴厉声道："什么话，跟你说这事包你身上了，卖便宜了都不行！"

茹二奶奶的心气儿早就没了："你带上一件吧。"

王财却又说："不带，您容我两天吧，铺子里事儿多，我先回了。"

索巴忙说："走啊，姑您甭动，我送送他。"

茹二奶奶有些失神："哎，送送吧。我就不送了啊，冯妈给我口水喝。"

二

范世荣刚起来，迎着阳光正用刮舌板刮舌头，一眼看见佟奉全拎着小箱子要走。范世荣问道："奉全，您这是哪儿去啊？"

佟奉全笑了："哟！五爷起来了，刚想跟您打个招呼，看您没起。我要搬了，葛掌柜让我晚上看铺子去。"

"先别走，来，进来聊聊，就两句话。"

佟奉全没辙，只好跟着范世荣进了屋里。

范世荣坐到椅子上："你这是躲我呢，你这一走，我那张画指谁啊？"

佟奉全忙说："没有，看铺子不是省我一天房钱呢吗？再说葛掌柜说了让我过去，我不好不去。五爷，那种事不干了，也不会干了，您另请吧。"

"躲我们家莫荷呢！你要愿意，我让莫荷嫁了你，没别的要求，你帮我把那张画蒙出去。"

"我这一老爷们儿哪有躲一大姑娘的理儿呀！我没那本事，得，五爷我走了。"

"等等！那莫荷可就嫁人了。"

"嫁吧，嫁了好！不过五爷，我留一句话，听不听在您。莫荷可是个好姑娘，您得选个好人家……"

范世荣不看佟奉全："小子，原来还想让你喊我声哥呢，你倒逃了！行，走吧，你能成事。"

佟奉全一怔："怎么讲？"

"你无情！走吧，碰着了难事找我。"

王财和索巴坐在老裕泰茶馆里眼对眼地看着，突然两人都笑了。

"索爷，事儿成了我不指望您多分我。"

"我哪能亏待了你啊。"

"您听我说啊，这要拿金砖比呀，咱就是挖着了一个埋金砖的大坑了，金砖回头我都帮着您起出来，我一块都不要。"

索巴以为王财误会了他："王财，你这话什么意思，怕我索巴独吞啊？

我，钱有够，我要那么多钱干吗？该怎么分回头咱俩拿个主意，少不了你的。有了金山了我还在乎一块金疙瘩？”

“不是那意思，钱您挣着，回头只要东西让我卖就成。我不挣您一分钱，东西卖给谁，我冲那人要钱，您这儿我白帮忙。”

“是啊，这账我就算不过来了，反正呢，你不亏就成了。一句话，可不能让兄弟你亏了。”

“哥哥，您算心疼我了，我先谢谢您。”

“咱谁也别谢谁，这是造化，先别高兴了，东西还没到手呢！这两天咱想着赚钱，找买主吧。”

“要多少钱啊？”

“她一个寡妇家给个能过日子的钱就得了……”

王财有些不忍：“哥，她是你姑啊。”

“什么姑不姑的，不是我不孝啊，这个姑，就没怎么来往过。”

“那就少给点儿好，给多了，回头再给炸了。”

“噎脖子价，咽不下去，吐不出来，回头我探个风儿去。来，以茶代酒了，喝一口。小二，记账。”

茹二奶奶自王财来看过货后，心里一时寻思不开，生生窝屈出病来了，这会儿躺在床上，头上敷着块湿手巾，冯妈正在喂药。

茹二奶奶连说话的劲儿都快没有了：“冯妈……冯妈……”

冯妈心疼地瞅着她：“在这儿呢，您说。”

“冯妈您说我亏不亏，十多年的活寡守过来了，费了多少心思，使了多少心计啊……把东西左一疙瘩、右一撮地给带出来了，好容易拢到一块儿有个窝了，人家来一说你这东西不值钱了，他老天爷对得起我吗？您说！”

“他对不起您，可对不起您的人多了。二奶奶，不是有的东西还没给人看呢吗？”

“能差哪儿去呀？人家说得对，平安藏古董，乱世买黄金，这兵荒马乱的，谁还要这吃不能吃、穿不能穿的玩意儿啊！冯妈，咱这后半辈子算是没了指望了。”

“二奶奶……”

“叫我秋兰。”

“秋兰，有句话我不知当不当说，那伙计的话，准吗?”

“我侄子带来的人会不准? 冯妈咱不能再往好里宽慰自己了，我现在是想通了，东西带出来了，能活一年活一年，能活两年活两年，走一步说一步吧，想也是白想。走，冯妈咱上街逛去。”茹二奶奶也不知哪儿来的力气，突然撩被子下炕。

冯妈慌了：“你这还病着，咱去不成，先养着吧。”

“不养了，越想越窝囊。走，咱听戏去，爱咋的咋的，既出来了，活一天我就不能让那府里的人笑话了。”

“大不了，咱上街上给人缝穷。”

茹二奶奶突然截住冯妈的话：“没有！绝对不能！真到那一步，我找根绳在这房梁上吊死了，也不能活着让人看了笑话。走，咱上广和楼看日场去。”

“得，听您的，咱走。茹安叫车。”

王财回到天合居，来到后院的小屋，悄悄进来把门关上，从怀里拿出一幅名画，拉上窗帘子，把画展开在一个条案上，铺上那种半透明的纸，用很细的炭笔拓着画儿上的印章。王财正专心拓着，突然有人推门，王财急忙拿单子把画盖上，然后躺到床上：“谁啊?”是店里另一个小伙计的声音：“王哥，铺子来客人了!”王财故意有气无力地：“你应酬吧，我病了，正发汗呢，能卖什么就卖了，掌柜的问就说我不在。”小伙计应了一声走了。王财等了一会儿，喊道：“刘祥，刘祥!”见没人应声，这才起来，撩开单子，又开始拓起画儿上的印章。不料小伙计刘祥并没有真走，悄悄地从竹丛中又回到窗根儿底下，往里一看，看到了王财所做的一切。

罗先生走进格古斋时，佟奉全和葛掌柜已经等他多时了。

佟奉全把东西小心地摊开，望着罗先生说：“罗先生，知道您在搞清三代官窑收藏呢，东西找着了自然先给您看了。”

罗先生一一看过，由衷地赞叹：“好，真好！尤其这只黄釉的小瓶，原先大概就是在康熙爷南书房的小多宝槅上放着呢，那时的阳光曾照在这只精致的小瓶上，帝王在其左右，听政批奏章，太好了，有味道。您瞧瞧这釉，现在可真是烧不出来了。”

葛掌柜插了一句：“加过玛瑙末子了？”

罗先生像是在思索：“一定还有其他材料，现在你就是给他一筐玛瑙末子，也烧不出来了。”

佟奉全点头：“那是，心情不一样了。心气儿也不一样了，现在是一窑烧一堆，那时是几窑烧不了一个，那叫精益求精，为的是看玩意儿嘛，不是为钱。现在哪还有那心啊！”

罗先生又细细看了一遍：“好！非常好啊！应该不是一般人家里收上来的。佟先生，我也不问您哪儿收的，通通地我都要了。按理说，褒贬是买家，我要真买您东西，该挑这些玩意儿的毛病，好杀价，现在只能由衷地说一声好，您开个价吧！”

佟奉全笑笑：“罗先生，您话都说得这么实在了，我也就不藏着掖着了。实话跟您说啊，葛老爷子跟我说过，货卖识家，哪怕少挣点儿，那是咱这行里的境界，我要卖给洋人啊……”

罗先生忙说：“千万不要卖给洋人，这么好的东西，出去一件少一件。”

佟奉全深有同感：“是啊，话我说到这儿。罗先生，为什么找您来呀，一是您跟我提过，二您是真买家，卖洋人也好，卖行里人也罢，都是串来串去过手，卖到您手里算落了底了，您喜欢啊！将来开个博物馆啊，这不一样！”

“很好！可说了这半天了，都是感情话，开个价吧。”

“您能给多少？”佟奉全并不先开口。

“三万。”

佟奉全有些犹豫：“三万，罗先生，我知您是教书先生，就这价儿也给您了，但能不能再多少给点儿？”

罗先生沉默了一会儿：“三万，我知道并不算高，可我实在不为营利，那你也算是做点儿贡献吧。”

佟奉全不知该怎么说了。

葛掌柜急忙左右周旋：“我看这么着吧，罗先生，开八万也必定的一口价就有人要，匀给您，也是奉全的一片心。奉全自己想开个铺子，三万支撑不起来，我看五万吧。”

罗先生赶忙满口答应，数着银票：“好！五万，我这儿只带了三万，余下两万我写欠条。”

佟奉全有点儿不好意思：“罗先生，我这有点儿不知高低了。”

罗先生低头写着欠条：“哪里的话，漫天要价，就地还钱，应当的，很好！”

三

茹二奶奶和冯妈真的进了广和楼看戏了。茹二奶奶兴奋地看着台上，红娘拿着棋盘，身后跟着张生。张生扮相很俊秀，冲着台下一个亮相，茹二奶奶看得脸热心跳，以为张生就是冲着她才亮的相。台下有人鼓掌，茹二奶奶也跟着鼓掌，眼睛紧紧盯着那个扮相俊美的张生，不停地鼓掌。冯妈却没有看出有什么好，在低着头打盹。

观众又开始鼓掌，有的还朝台上扔花，扔东西。

茹二奶奶推醒冯妈：“冯妈，有什么东西没有，给我件，我扔上去。”

冯妈半天才明白茹二奶奶的意思：“咱没带东西啊。”

茹二奶奶双手相互搓着：“呀！急死我了，人家都往上扔东西呢，没东西有钱也行啊！”

冯妈赶快附耳：“太太，咱这点儿钱还等着明天买嚼裹儿呢！”

“不管了，明天再说明天的，今天先高兴了。”茹二奶奶从冯妈手里抢过银圆，“哗”地扔上台去，正打在张生的袍子上。张生赶快向这边行礼，再行礼。

茹二奶奶不停地鼓掌：“冯妈，他冲咱行礼呢，快拍巴掌呀！”

冯妈噘起了嘴：“咱还谢他呀，您要往我身上砍大洋，我冲您磕头都行！我不拍，他应当侍候我的，我这是花钱听戏！”

王财给刘祥打了声招呼，就出了天合居，筒着袖子，走在街上、看见莫荷在卖烟。莫荷将烟筐子放在地上，用手拢了拢头，旁若无人地打扮着。王财在胡同口站着，看得都有些想这想那了。半天才稳住心神，很文雅地出了胡同，走到莫荷跟前：“来包烟。”

莫荷忙问：“先生买烟呀，什么牌的？”

王财说："红锡包。"

莫荷将烟递过去："十二枚，找您钱。"

王财说："不用了。"

莫荷灵机一动："那给您两盒起灯吧。"

王财并不接烟，只是盯着莫荷看，看得莫荷有点儿不好意思了，也有点儿反感了。王财这才接过起灯又放回筐里，似有意又似无意地碰了碰莫荷的手："范五爷在家呢吗？"

莫荷明白了，没好气地说："不知道。"

王财又问："去哪儿了？"

"没给您看着。"

莫荷说完，生气地挎起筐子就走，走出一段路子才喊道："红锡包、大双刀，抽烟啦——"王财低头望着手里的烟，笑了。

王财费了半天工夫，总算找到了范世荣，将他请进了老裕泰茶庄，嚓地将火柴划着，给范世荣点着了烟卷儿。"还让您破费买烟……"范世荣说。

王财赔笑："不是外人的，买您妹妹的。"

"咳！那还买什么呀，拿两盒吧。你认识莫荷？"

"在您屋里见过一回。"

"是吗？姥姥不疼、舅舅不爱的主儿，又倔又犟，你买烟她没惹你生气吧？"

"没有，没有，好着呢。"王财有点儿脸红。

"好，她可算好里边挑出来的，上午还惹我生一肚子气呢！王财，你家里给说媳妇了吗？"

"没有。五爷，您既然问了，那话我要说出来了，您听着要是不高兴，就当我没说。"

范世荣鼓励他："说吧，说吧。"突然冒出一句英文，"有想法总可以说说。"

王财看看四周："您要的著录的玺章印都给您拓好了，一丝不苟，什么是水印、什么是蜜印我都标好了。"

"太好了！带来了？"

“您先听我把话说完了，这套活弄下来，找张宋画做下来就敢说是宫里的，做好了，让谁对也对不出来。”

“小子，爷这主意想得好不好？”

“事儿是您想得不错，东西现在我这儿呢。五爷，我斗胆再说一句，我可不白给人做活。”

“应当的，现如今谁白给谁干啊，王财，我亏不了你。”

王财开始张口结舌：“我……我想……”

“别说了，你是想娶我妹妹！”范世荣故意激他。

“五爷，话还是让您说出来了。”王财把几张拓纸拿出来放在桌上。

范世荣朝他摆摆手：“收起来，想法不错，可你打算就指着这几张白纸娶我妹妹啊？”

“那也不是。五爷，我把话放在这儿，出不了十天，我在琉璃厂能开出个铺子来。”

“你?!”

“我。”

“还有谁？”

“就我一个人。”

“是啊！有想法终归不错。王财啊，我不问你什么时候开铺子，你能发财又能娶我妹妹，还能把拓片给我，自然是好事。好饭不怕晚，好事不怕等，那我五爷再等十天如何？这会儿说这事，我妹是嫁给一个伙计了，过十天嫁的可就是掌柜的了，这账我能算清。”

王财把白纸拉了回去：“行！哥，那咱十天后见吧。”

范世荣一笑：“这就改口了啊，十天后见。”

四

茹二奶奶自从看完戏回来，一有空闲就舞着身段，还要唱上两曲。这工夫又在边舞边唱，旁边搁着个大喇叭放着唱段。

茹二奶奶跟着唱道：“……玉兔儿又东升……冯妈——”

“哎！来了！”

茹二奶奶朝着唱机一努嘴：“这张唱盘听腻了，换一张吧。”

“二奶奶，凑合着听吧！咱这会儿可不是在华清池，咱在武家坡呢。”

“武家坡怎么讲啊?”

“咱在寒窑里呢，有口吃就不错了，可没钱买唱盘去。”

茹二奶奶一听可来气了，顺手拿起一件桌上的瓷器就摔。

冯妈慌了：“二奶奶，您这是干吗?”

“反正也不值钱了，都摔了得了。”

“奶奶，我说的可是实话，您要不高兴打我也行，骂我也行，可别摔东西……”

“破东西摔也就摔了。”茹二奶奶还不解恨，又赌气关掉唱机。

“你怎么能这么想呢，不是下人我多嘴，那个伙计的话就那么可信?”

“他不可信谁可信，你倒说啊。”

“我也说不好，反正这会儿我拦个夹包袱的在外边等着您呢。”

“找他们干吗?”

“二奶奶，我想让他来看看咱的东西值不值钱，多了不看，就看一件。”

“他是男的女的?”

“自然是男的。”

“生人我可不见。”

“当然不能让您见了，您进内间坐着去，把帘子打上了，您在屋里瞄着，我应对着。”冯妈说着话把茹二奶奶支到里屋去了。帘子放下了，将东西只摆了两件，摆得端端正正的，这才对着里间屋说：“您想听就听一耳朵，不想听就别听。”

冯妈见都安顿妥当了，这才对茹安说：“叫人进来吧!”

茹安身后跟着的是佟奉全。

茹安说：“这位先生原是琉璃厂的佟先生，人家忙着呢，咱快点儿给人看东西，急着走呢。”

冯妈忙着倒水：“哎！哎！先喝水。”

佟奉全低头看着脚底下刚打碎的碎瓷片。

冯妈将水杯放到桌上：“先喝水，先喝水。”

佟奉全蹲下拿起瓷片看：“这是刚打的，可不是新碴儿吗?”

“啊，随手摔的，没来得及扫呢。”冯妈说着，拿脚就要踢开，佟奉全一把抱住了："哎哟，别踢！这不是暴殄天物吗？青花加紫，哎，老嫂子问一句……"

冯妈也被弄愣了："说。"

佟奉全一片一片捡起来，声音里带着哭腔："您家里生气，就摔东西啊？"

"没跟您说随手摔的吗？"

佟奉全咧着嘴，也忘了应该绷着了，显得有些生气："这么随手，这可比拿刀子捅人还疼呢！"

第六章

一

茹二奶奶躲在内间，透过帘子，看见佟奉全蹲下把东西都捡起来了。

佟奉全说：“老嫂子，找个东西给包起来吧。”

“破都破了，还那么仔细干吗？找簸箕撮了。”

佟奉全忙说：“可别，可别，俗话说‘家财万贯，不值钧瓷一片’。这虽不是钧瓷，是清三代的粉彩，可不能怠慢了。”

茹二奶奶心里有些奇怪，心想，哪儿找这么个不着调的人啊，正经东西不看，看脚底下的瓷片。茹二奶奶不再往外看了，只顾对着柜上的镜子做着各种身段。其实，茹二奶奶哪里知道啊，清三代的官窑瓷，是清瓷中最精的精品。冯妈随意地拿着一样瓷器来递给佟奉全看：“佟先生，这两件您给看看。”

佟奉全有些不敢伸手去接：“您受累给放桌上，放稳当了我再拿。”

“这是为什么呀？”冯妈有些奇怪。

“为什么先不跟您说了，这是看瓷器的规矩。”

古玩行里，看瓷器等易碎之物，不可手过手，往往有在交接的过程中，稍不留意，而将贵重之物打碎的情景。所以行里的规矩，易碎、贵重之物从不过手，卖家将其摆于桌案之上，买家拿起看过后，再放回桌案，以不递手为原则。佟奉全从桌上把一只康熙清花小瓶拿起来看着，看过又轻轻放回桌上，那只看都不用看了：“还有吗？”

茹二奶奶撩帘子出来了：“哟！你们怎么都是这话啊，有没有的还得个个都给看啊！”

佟奉全一听这话就知道出来的不是善主，赶快站起来。

冯妈忙说：“佟先生，这是我家太太。”

佟奉全急忙赔笑招呼：“太太，您吉祥。”

茹二奶奶看着佟奉全：“我可不是什么太太，坐吧，东西怎么样？”

“好！”

“怎么个好法？”

“太太。”

“我叫秋兰。”

“秋兰太太，东西怎么个好法，我一时也说不全。我想问一句，您这东西想卖啊，还是想问个价？”

“想卖又怎样，想估价又怎样？”

“想卖，我现在就给您个实价；说不想卖，家里有钱过日子，王公贝子府的东西想留着，只问个价钱，那我再跟您说个价。”

“你这人挺实诚啊。你怎么知道这是王公贝子府里出来的，人家跟你说了？”

“不用人说，看东西就知道了，这东西一般人家出不来，搁在大清时，普通人家要用这东西得杀头。秋兰太太，您是卖还是估价？”

茹二奶奶想都没想：“卖。”

冯妈却说：“估价。”

佟奉全看着她们：“到底想卖，还是想估价？”

茹二奶奶明白了冯妈的用意：“那先估个价吧。”

“多少钱我不说了，这对小瓶子能够小门小户人家过一辈子的，还不是省省俭俭地过一辈子。”

茹二奶奶一愣：“是吗？不是说细瓷不值钱吗？这位先生您可别拿好话蒙我们，这要是给你，你要不要？”

“要。”

茹二奶奶这下突然多了个心眼：“是啊！我们可不想着卖。冯妈，送客。”

佟奉全刚要转身，又说：“哎！秋兰太太，有句话我说完了就走，这东西您要有人看过了，说的价不对，您可别说我看了。”

茹二奶奶刚要放唱片，又把唱针放下了：“为什么？”

“行里人忌讳，还有，这东西您要能存，先存银行里……”

“这又为什么？”

“财是惹祸根苗，不安全。”

茹二奶奶觉得佟奉全这人不错：“是啊，你这人，还挺周全的啊。谢谢，送客吧！”心里暗想，可惜是个夹包袱的。

天色全都黑了，街上行人寥寥。佟奉全高兴，筒着手在街上走，觉得这几天是真的很顺，走着走着一眼看见了在街口卖烟的莫荷，看得出已经冻得够呛了。佟奉全走过去：“还没收呢？”

莫荷也看到了佟奉全：“佟哥，没卖出钱呢。”

“走吧，吃碗热馄饨去。”

“我再站会儿。”

“走吧。”

两人来到十字路口的一个馄饨摊子上，要了两碗馄饨。莫荷吃得很香，佟奉全默默地看着她：“再给你要一碗？”

“够了。”

佟奉全拿出一盒香粉，还有一对红绒花：“拿着。”

莫荷不相信地看着他：“给我的？”

佟奉全说：“带了两天了，总没碰着你。”

莫荷垂下头：“花那个钱干吗，我不要。”

“诚心给你买的，你不要给谁去呀，拿着吧！”

莫荷抬起头，突然正色：“佟哥，您可别招我！”

佟奉全愣了：“莫荷，这是什么话？”

莫荷叹口气说：“佟哥，您是明白人，这话您听不出来吗？您搬走了，别管是躲我哥，还是躲我，咱就不来往了，真在街上看见了，愿打招呼打个招呼，不愿意就当没看见！”

佟奉全看着莫荷一时不知该说什么好。过了一会儿，莫荷又说：“要吃馄饨就吃一碗，可您别送这东西给我，佟哥您收起来吧。”

“这是为的什么呢？”

莫荷伤心地说：“为什么，佟哥，我怕晚上睡不着觉想你。”

佟奉全有些心酸：“是啊，那就想……”

莫荷轻轻哼了一声："想?！你真让我想吗？佟哥，我想你，你还不吓跑了？等你想明白了再给我买花，等你想明白了，我也许就不在了。"说完便撒腿跑了。

佟奉全急忙喊道："莫荷，莫荷——"心里一慌，花和粉都掉到地上，撒了一地。佟奉全弯腰把花捡起来，站着看了看，又赌气似的把花扔了。

二

索巴和王财在茹二奶奶家的堂屋里已经坐了半天了。门帘一挑，茹二奶奶给冯妈扶着，缓缓走出来，头上还裹着块布。

索巴急忙站起："姑，这才几天啊，您这是怎么了？"

茹二奶奶显得有气无力："姑病了，你要不来，怕就见不着姑了。"

"姑，您可别那么说，我这儿不是给您找钱去了吗?"说着拿出张银票。

"还让你费什么心啊，姑哪能真没钱啊，不麻烦你了。"

"姑，您那东西不想出手了？"

"哎哟，我那值钱的东西哎！杨子给我带哪儿去了？这都是什么亲戚啊！一个个跟乌眼鸡似的，在宅门里边害我，出了宅门还是想害我啊！索子，你帮姑一个忙。"

"姑您说。"

"你去把杨子给我找来，他人没影了，我让他带的东西也没了，这不是害我吗！害旁的人也就害了，你害自己家亲戚算什么能耐呀！索子你说是不是?"茹二奶奶是话里有话。

索巴应付说："是！是！我给您找去。"

"你快找去吧，这亲戚要都是这个样，我还不如死了呢。"

"姑，谁来过了吧?"索巴脸色有些难看了。

茹二奶奶故意装糊涂："谁来呀？你要再不常来，姑可是没人疼了。冯妈你送送客吧，我进屋躺着去了。"

索巴和王财相互瞅瞅，都蒙了，两人觉出事情有变。

冯妈送索巴、王财出了堂屋，来到院里。索巴问道："冯妈，这两天来过人吧?"

冯妈摇摇头："回少爷，哪有人来呀，亲戚都不走动了。"

索巴问："那，那些瓷器怎么不见了？"

冯妈叹息说："你瞧那簸箕中不是堆着呢吗，你说不值钱，就生气了，想起来了抓起就摔，这都摔了十几件了。"

果然，上一次打的还都在簸箕里堆着呢。索巴急了："哎，那也别打啊，哎哟。"

冯妈往外送人："少爷，那个杨子你帮着找找，他身上可带着东西呢！"

"看这事儿闹的，我一定找！"

索巴和王财来到街上。索巴只顾生气地往前走，王财快步跟上："一定有人去过了。索哥，这可不能撒手啊，我还指着……"

索巴没好气地说："指个屁！说绷着点儿的也是你，现在说不该撒手也是你。绷着好啊，这下绷没了，俩月的嚼裹儿都不够，谁信啊，搁着我也不信，你他妈的以为人都是傻子呢！好！戏演过了吧，别跟着我了，散了！"

王财求道："索哥，索哥那可不行，我指着这机会翻身呢！"

"想翻身也行，一你把谁去过茹家给我探出来，二咱得把杨子找着了。散了！"索巴说着甩袖子走了。

茹府对面有一家白水羊头摊子，王财走过来，要了一碗羊汤，坐下来慢慢喝着。王财说："老邢啊，见天儿在这儿摆摊啊？"

"天天如是。来，给您加勺汤。"

"问你个事，对面人家常有人来吗？"

"不知道。"老邢一听话里有因，便根本不去搭茬。

王财继续喝汤，拿出块大洋放在桌上："这两天有没有人进去过？"说着把钱朝老邢推过去。

老邢瞅了一眼大洋："爷，实话说没人来。看见您进去过。"

"除我之外。"

"有个夹包袱串宅门儿的来过。"

"长什么样？"王财猛地抬起头。

"是个半熟脸儿，见过。"

王财听完站起来就走了，那块大洋仍旧搁在桌子上。

格古斋里，葛掌柜和佟奉全对面坐着。葛掌柜瞅着有些愣神的佟奉全："心里有事儿啊？"

"啊，没什么事。老爷子，我怎么突然地就想成家立业了呢！"

"什么话，你还不该成家立业吗？怎么叫突然就想了？"

"老爷子，您说罗先生给的那钱够盘个铺子的吗？"

"看什么铺子了。"

"要是不够，我就回老家了，置两亩地，盖个房子，娶个媳妇，过日子了，就是可惜这行的手艺撂了。"

葛掌柜突然望着佟奉全说："奉全啊，也别瞎想了，我这铺子，你接了吧。"

佟奉全一怔，又看着满铺子东西说："那我的钱可不够。"

"别提钱。奉全，别看我现而今这样，在原来可是见过钱的，一个人一辈子使钱有数，他吃穿用度能用多少钱啊，铺子你接了吧。"

"老爷子您再想想！"

"不用想了，早就想好了。"

"那可是好，我把罗先生给的这三万银票，一分不少地都给了您，还有这欠条，两万。"说着，掏出钱来，放在桌子上。

葛掌柜却说："这些现钱你拿着，我把罗先生的这两万欠条收下了。老了，管不动铺子了，你掌柜，我算一半的东。挣了钱咱二一添作五，一家一半；赔了算我的。"

"老爷子，那您可就算亏了，那您可不是亏了吗，瞧这一屋子玩意儿。"

"未准儿。"

佟奉全问："怎么讲？"

葛掌柜一脸郑重："我还指着你挣大钱呢。"

一家脏兮兮的小店，一盘大炕上睡了一片的人。索巴拿着油灯一个一个照着，恐怕看不准，又转着头看，可不是杨子吗。索巴晃着杨子："哎！醒醒，醒醒，杨子醒醒。"

杨子醒了，坐起来揉着眼，半天才认出索巴："哎，三哥啊！"

"可不是三哥吗！起来穿衣裳跟三哥走。"

“去哪儿啊？”

“去哪儿？你一个正黄旗的大阿哥，跟他妈的这帮力巴挤大炕上睡，你不嫌丢人我还嫌丢人呢，去三哥那儿。”

流浪多日的杨子以为救星到了，麻利地穿着衣裳，下了炕：“还是三哥疼我。”

索巴不易觉察地一笑：“我不疼你谁疼你呀！”

杨子跟着索巴来到一座小院，刚进堂屋，就被两个流氓按在地上一顿好抽，抽得杨子脸上只觉热辣辣的。杨子半天才反应过来，忙说：“三哥，您这是为什么呀？您说一声我好明白啊。”

“你还不明白啊，不明白再打。”

又是一阵猛抽，杨子的耳朵都开始叫唤了，忙说：“我明白了，我给您丢人了，我把老祖儿的红顶子偷着卖了。”

“不是这事，再打。”

“别打了，您说吧，我实在不知道了。”

“我姑让你带的东西在哪儿？”

“咳！您早说啊，那几件破瓷器啊，屁毛不值！我给卖了。”

索巴更加生气了：“卖了？卖谁了？”

“我哪知道啊，一夹包袱串宅门的。”

“卖了多少钱？”

“五十多块！”

索巴一听可真是气不打一处来，冲过来猛地就是一脚，疼得杨子哼唧了一声。“你个败家的东西，记住，那人不给我找着要你的命！”

三

大清早，街上人很少。佟奉全从格古斋出来，下着门板子。对面的天合居老板蓝一贵正好出来了：“哟！怎么着，换东家了？”

佟奉全客气地招呼道：“蓝掌柜，东家没换，我这是帮着盯盯铺子。”

“那就是换掌柜的了，我就该叫你一声佟掌柜了。”

“乍一听还真有点儿不习惯，可还得应您，哎，蓝掌柜。”

“不是我说啊，跟您打对门，做买卖可是有点儿怕，我可怕收了您打眼的货，上吊吊死！”

“蓝掌柜。”回头一看，蓝掌柜已经过街回铺子了，刚要去追，葛掌柜走出来对他说：“奉全回来，不计较啊。”

佟奉全有些伤感：“不是，我这不是学着往好了做呢吗，怎么非得捅人心窝子肺腔子才痛快啊！我……”

葛掌柜依旧平平静静：“不计较，回吧，自己做自己的买卖，别听闲话。”

蓝一贵停在街道对面，故意动静很大地掸着身上的土。蓝一贵是河北青县人，自小跟着叔叔来琉璃厂学徒，聪明，自信，年轻轻的就开出铺子来了，看画、看瓷器都是好眼力。他因沈松山那件事，至今还在记恨着佟奉全。佟奉全被葛掌柜拉回店铺：“老爷子，我还是夹包袱串宅门儿吧。”

葛掌柜早已见惯不惊了：“说那没用！真赌气了，把买卖开好了，把人做地道了，让人看看。”

“不是怕人家说，老爷子，有时我自己在心里也说自己呢。按理说，我是没脸在街面儿上混了，要不是您，我想夹包袱拿货都没地儿拿去，我不是也被人伤着了吗？”

“不说那个，行里的事有时搅不清，气人有，笑人无，踹买卖打连连的事儿多了，人活在世，还挡得住别人的嘴啊。”

“不是怕别人，还是自己心虚。老爷子，我现在是真想风风光光地成个家。”

葛掌柜有意岔开话题：“想成就成啊，有人了啊？”

佟奉全有些按捺不住地说：“不娶回家不叫有。”

“那好，趁着年轻珍惜着，对不起自己可以，可别对不起别人啊。不多说了，后晌我回老家看看，你这么一说，倒把我心里的事儿也勾出来了。人都这样，走着，学着，活明白了算。”

“您可快去快回，下午我送送您。”

“不用了，你看着铺子吧。”

茹二奶奶见佟奉全进来，急忙打开一个小箱子，让佟奉全看着里面的东西：“存银行里，不如把它变成钱花了，实话跟您说了，我没儿没女的，留着钱没用。”

“变成钱踏实。”

“是啊，这事干吗找你啊，觉着你……”

“厚道。”

冯妈正好端上茶来：“哟，哪有自己说自己厚道的。”

茹二奶奶说：“那也不是，自己说自己厚道的人，许是真厚道呢，反正你那价说得不离谱，所以……”

佟奉全欲言又止：“太太……”

茹二奶奶说：“有话说吧。”

“这些东西，我贸然问一句，它是不是您自己的？”

“你这话什么意思，不是我自己的，是偷来的、抢来的？”

“太太，您别急，刚才的话您不说我也明白了，东西是想要卖了换钱对吧？这我就得问清东西大概的来路了。问清了，咱都有个底。”

“话不想跟你细说了。一句话，东西是自己的。十多年大好的青春，孤苦伶仃换的。”茹二奶奶说着不由得伤心了。

佟奉全一看说到人痛处了，急忙岔开话题：“对不住，太太，让您伤心了。”

茹二奶奶强忍了泪：“让您见笑了。”

“都是我招的，咱不说那个了。太太，这东西您打算怎么匀出去？”

“我打算啊，给它们一总儿卖了。”

“哟，那可不成。秋兰太太，这卖东西也有个学问，可不敢这么一堆拿出去都卖了，一件一件地卖是个价，一堆都卖又是一个价，当然成套的另说。咱成套的先不动，先把单个的匀出去吧？”

茹二奶奶不在乎地说：“你看着拿吧。”

佟奉全拿起一个五彩大盘：“先卖这盘子，您看怎么样？”

“行！”

“您要么支使个人跟着我，要么我给您押张银票。”

“什么都不用，信得过你。再说了不就一个盘子吗？砸也就砸了，碎也就碎了！”

冯妈急忙凑过去：“佟先生您喝茶，要么，那先留点儿。”

佟奉全没等她把话说完，忙说：“我押一万银票在这儿吧，盘子指定不止这个数，卖多了，我再把钱送来。”

茹二奶奶这下更加认真了："跟你说了不用嘛，收起来，不就一个盘子吗?"

冯妈伸手故意拦住佟奉全："佟先生喝茶啊。"

"冯妈你总让人家喝茶干吗？一个盘子砸了又能怎样?"

"秋兰太太，不是这么说，我也不是白跑，回头真卖出钱了，我还要抽佣金呢。"

冯妈急忙插嘴说："应当的，应当的啊。"

茹二奶奶打量着佟奉全身上的穿着："冯妈啊，去把那身衣裳拿出来。"

冯妈这会儿已经收了银票："哎！那这银票，我代太太收了啊，我拿衣裳去。"

茹二奶奶说："佟先生，您可别多想，这是我的主意啊。我知道卖东西得讲究个样儿，这衣裳是我们老宅门里的，虽说不时兴了，您换上试试，不为别的，就为了好做生意，您要不乐意，咱就不穿。"

佟奉全笑了："这是好事啊，哪能不乐意啊。"

佟奉全将冯妈拿来的衣裳换上了，看上去很光鲜，人也精神了很多。茹二奶奶看着，突然有些伤感："合适。"

冯妈也说："穿着就是不一样了，跟二阿哥当年一个样。"

茹二奶奶伤心得眼里汪了泪："没上过身的，您别忌讳。"

"这衣裳贵重了点儿，要么我还是换回来。"佟奉全说。

"别价！贵也是人穿的，人靠衣裳马靠鞍，您走两步看看。"

"不会走路了。"佟奉全虽那样说，还是走了几步。

茹二奶奶看着高兴："您说说这是人管着衣裳还是衣裳管着人啊，穿什么样的衣裳走什么样的步。好！冯妈留中饭吧!"

"太太，咱可没准备着!"

佟奉全赶紧说："不留了，秋兰太太，东西包上，我先走了，这就够打扰了。"

四

范世荣夹了那轴画走进天合居的铺子，想要把那幅画蒙出去。范世荣喝着小伙计端来的茶，跟蓝一贵吊腰子：“蓝掌柜。”

蓝一贵显出爱理不理的样子。

“蓝掌柜。”

蓝一贵仍不看他：“您说。”

“我在这儿坐了半天，喝了两道茶，您就不问我干吗来了？”

“五爷，不用问，您没事。”

“没事儿我拿着东西进你这铺子干吗呀！”

“喝茶。”

范世荣一笑，起身要走：“回得好，那我走了。”

“等等，五爷，既来了，不妨看看，打开给我开开眼吧。”

“不劳了，蓝掌柜你他妈的狗眼看人低，我喝了你的茶也得骂你。我们范家，就那么好穷得落了底了？跟你说，宫里的东西还没拿出来过呢。最看不起你们这帮子买旧卖旧的了，全是势利小人。”

“您说对了，不讲利，我们吃谁去啊？要说范五爷，您还是爷，都到这份儿上了，气度、架势一点儿都不倒，我们比不过您。您常来坐，常骂骂我们，让我们活得明白点儿好！”

“你当气话说，我可当真话听啊。跟你说，我不隔三岔五地来一趟，你这暴发户的架子收不起来。得，走了，茶不错，你什么时候改喝大红袍了？”

“谢您褒奖。东西？”

“不给你看了，我生气了。”

蓝一贵一脸不屑：“哎！得，您留着吧，走好！”

“不送。”范世荣说着径直出了门。

蓝一贵望着范世荣的背影说：“他妈的什么东西！王财，王财！”

刘祥跑过来：“哎！”

蓝一贵问：“王财呢？”

“回爷，出门了。”

“他这些日子怎么净出门啊？刘祥，跟你说啊，这路人以后别往里让啊，瞧这耽误一上午的买卖！”

“他说有玩意儿要出手。”

“他有玩意儿？有一块花十块的主儿，他有玩意儿能混成今天这样？”

蓝一贵真动气了。

王财站在茹府对面街上，见索巴和杨子过来，急忙迎上去："爷，进去了。"

索巴问："谁呀？"

王财说："夹包袱的，我认识，叫佟奉全。"

索巴看了一眼茹府大门："出来没有？"

王财说："没呢。"

索巴坐到一个面食摊子上，说："那等等！"

就这工夫，茹安打开了门，佟奉全一个活脱脱的前清遗少的打扮出来，拎着个包袱往前走。对面小食摊三个人惊讶地看着。

索巴说："小子，我认识啊，这会儿工夫怎么变了个儿？"

王财说："刚还不是这样呢！这算一步登天了。"

杨子说："三……三哥，就是他把我东西收走了的。"

索巴一怔："你看清了？"

"看清了。"

"那好，那这是冤有头债有主了，咱合二为一了，走吧。"

五

佟奉全走到自己的格古斋门口，想了想又看了一眼蓝一贵的天合居，没进自己的铺子，反身过街去了天合居。蓝一贵正在喝茶看账，手里盘着一块玉璧。刘祥在擦抹桌椅上的灰。

佟奉全进来后，蓝一贵迎着门光一时没有看清是谁，招呼道："来了爷，您里边请。哟！差点儿没认出来，佟掌柜。"

佟奉全忙说："蓝掌柜您吉祥。"

蓝一贵脸色有些硬了："当不起，有事儿吗？"

"蓝掌柜您不欢迎我。"

蓝一贵淡淡地说："谈不上。"

"虽是对门，来去不远，可进门就是客，您不欢迎我也坐下了。您不让我喝口茶吗？"佟奉全坐到了椅子上。

"刘祥，看茶。"蓝一贵说完又不理了。

佟奉全一副无所谓的样子，左看右看："您这铺子还真收拾得是样儿啊，我得跟您学学。"

"您跟谁学也别跟我学。"

"为什么？"

"我败家。"

"您这是变着法儿地骂我呢！蓝掌柜，我不生气。"

"话我说出来了，您爱怎么听，那是您的事。"

"行，那我走了。"佟奉全说着拎着包袱要走。

蓝一贵一看包袱更想挤对他："佟掌柜，都开出买卖来了，还不忘了拎着您的包袱？"

"包袱斋的出身嘛！不过这回收的可不是满街吆喝着卖的。"

蓝一贵这回有些当真了："是啊，什么好东西，让我也开开眼。"

"进来时正想让蓝掌柜掌一眼呢，这会儿看您没空儿。"

蓝一贵心里话：一个夹包袱串宅门儿的你有多少本，能收着正经东西。嘴上却说："不敢当，来看看。"佟奉全这才伸手去解包袱。蓝一贵看着光光彩彩地亮在桌面上的盘子，不敢伸手去动，心里却很是感慨：完整，好东西，这是上我这儿显摆来了，华服古扇，再加这么个盘子，他这可真是一步登了天了。我宁可说瞎话，也不能让他占了高枝儿。

佟奉全问道："蓝掌柜，有一眼吗？"

蓝一贵说："这路盘子，我见过三只。"

佟奉全不动声色，心里说：这是压我的心气儿呢！古玩行里的人就这样，卖的是一口气，瞧见人有买卖不生气不搅局的少见，葛老爷子的话是说不计较，我真不能和他计较。

"是啊，那算我没见识了，这东西我是头一回见，耽误您了，那我先过去了。"说着将盘子包上，起身要走。

蓝一贵忙说："哎，等等，佟掌柜，有买主了？"

"啊，没有呢。"

蓝一贵稍一沉吟："打算多少钱出啊？"

"您这一说，我没心气儿了，看着卖吧，有个本儿就成了。您不要吧，得，我先走了。"

蓝一贵说："刘祥，送客。"

索巴、王财、杨子来到瑞三跤园子，练习场里有两对穿着褡裢在场子里撂跤的扑户，看上去很帅，动作干净利落地撂着跤。

这撂跤就是摔跤，清时有善扑营。跤手称布库，北京人俗称扑户，清亡之后，善扑营四散，个别的为生计在天桥设跤场，卖药、献艺，前后大概有杨双恩、沈三、张狗子、宝三、徐俊清、满宝珍等相继在天桥开场子撂跤。也有设私场子授徒的，终日在社会上生风做事，或给人保镖，或代人打架，以此为生。索巴、王财、杨子坐在一边饶有兴致地看着，不时地喊好。

索巴走到瑞三身旁："三哥。"

瑞三瞅他一眼："什么话说？"

索巴显得可怜巴巴："遇事了，晚上借几个弟兄走一遭。"

"那算什么呀！咱不就干这个的吗？庆六你那得合勒没使对啊，再使一回！"

串货场挤满了人。所谓串货场，乃是古玩协会为行里人办的一种行内交易的场地，行内人进了货有一时找不到好买主的，有一时拿不准价钱的，往往到此，或封个底价拍卖，或摆个摊子任人伸手谈价，双方合适便可交易。场里人来人往走东走西地看着。真正的大户坐在旁边茶室里喝茶。

佟奉全拎着包袱在串货场里走动，手里还拿着那把扇子。走了几圈，佟奉全找了个合适地方蹲下，把包袱皮打开了，那只盘子亮在脚下，很惹眼的。正在此时蓝一贵也着急地进了串货场，进场就左顾右盼。

佟奉全身边先是有人远远地看着这只盘子，也有走过去，再走回来的。何老掌柜终于蹲下了："佟掌柜，哎，奉全啊。"

"何掌柜，您还记着我的名呢？"

"人我认得，您这一身衣裳我可不敢认了。"

"是啊，我这也是披着身衣裳壮胆呢，您得照顾我。"

"手里的扇子不错，赐老夫一观。"

"小玩意儿，您看有一眼吗？"内心话：这哪是问扇子啊，出不了半分钟，您不问我脚底下这只盘子，我爬着回去。

何老掌柜说："有！太有一眼了！纳兰性德的遗物，有款有诗，好玩意儿，留着吧。您脚底下这盘子，多少？”

佟奉全早有准备了：“您给个数。”

那边茶座上，蓝一贵正与大古玩铺和荣斋的洪老板耳语什么。洪老板一见佟奉全和何老掌柜拉手，立马站了起来：“哎，何老爷子拉手了。不行，我得过去。”

蓝一贵说：“洪掌柜，我不方便，这可算咱伙着买的啊！”

洪老板理也不理地就往佟奉全那儿走。何老掌柜和佟奉全已经拉了半天的手了，旁边挤了一群人，洪掌柜挤了进来。

何老掌柜说：“奉全啊，我老了，您得让让我。”

“实话说啊，东西不是我的，这算让到底了。”

何老掌柜松了手。这手刚松下来，几只手又都伸过来，洪掌柜伸得最快。佟奉全说：“洪掌柜，您别急，您也不看看东西呀？”

洪掌柜说：“有人看了。”

“天合居的蓝掌柜是吗？”

“一贵看过了。”

“对不起，您晚了一步。东西卖了，何老爷子先一步了。何掌柜，就那价，我卖了。”

何老掌柜脸上还有些犹疑，却已将银票掏出来了：“奉全，你可是有良心啊，现钱，银票，备好了。得，佟掌柜您收好了钱。东西归我。”然后蹲下，很小心地把盘子揣进怀里走了。围观的众人不免有些泄气。远处一直站着朝这边张望的蓝一贵生气地一顿足，蹲下了。

第七章

一

范世荣正在屋里翻东捣西地找着臭豆腐瓶子，好半天，终于找到了，却发现臭豆腐只剩了个底儿。范世荣正往一只窝头上倒着臭豆腐汁，“咣当”的一声门被推开了，摇摇晃晃的佟奉全拎着酒瓶子，夹着卤菜进来，按着板眼把最后一句唱完，“砰”的一声将酒瓶子蹾在桌子上，卤菜也撂桌子上，那种随便劲儿就像回到了自己家。

范世荣将倒着臭豆腐汁的手停在空中，看着换了华服、气韵不凡的佟奉全，有点儿诧异：“这是谁啊？怎么还带着锣鼓家伙，带着身段呢？”

佟奉全说：“哥，来，喝酒。”

范世荣说：“哥?！等等，谁呀？你谁呀？”

“五哥，我，佟奉全！”

“哟！还知你是佟奉全啊！”

“哥，我奉全，哥。”

“哥、哥的，咱俩谁大谁小还没论过呢，叫句爷们儿，谁都不亏谁。你等等，干吗叫我哥?”见佟奉全又要叫，急忙拦住了。

“哥，五哥。”

“五哥，还放羊呢！”

佟奉全笑着唱道：“我等我的五呀那个哥哥放羊来……”

“不放了，不放了，”范世荣拉过条破凳子，“坐下，人真是不能得意了，看喝的。奉全。”

“哎！我是你弟。”

“这是从哪儿论啊，你可喝高了。”

“从莫荷那儿论呀，五哥您坐下，喝酒，喝酒。”

“等等，我先把这窝头放下，正没处下嘴呢，这是祖宗显灵有人送酒、送菜来了，进门就叫哥。哎！等等，我洗洗手。”

佟奉全朝四处看着，牛烘烘、大咧咧地问：“哎！莫荷呢?”

“自打你搬走后，她就把你那小屋占了，搬西屋去了。”

“搬得好，搬得好，我叫去！你先吃点儿，我这儿还买了艾窝窝，我给她送过去。”

“别艾了！我叫去吧，备不住都睡了。”范世荣往身上披着衣服。

“行！睡了叫起来，我这儿给您倒上酒了啊。”佟奉全说完又唱了起来，这会儿简直不成调了。

索巴、王财、杨子站在警局的房间里，望着矮胖的警官刘，已经央求了半天了。停了一会儿索巴又说：“刘爷，这事儿您得管。”

警官刘有些不耐烦了：“管不了，这买东西卖东西，买过卖过了就算成交了，哪有卖了找后账的，这不是拉屎往回坐吗?”

索巴说：“刘哥，您一定得管。”

警官刘声调一变：“大半夜让我管这事，索巴，你是穷疯了，还是迷瞪了？走吧。有辙想辙去，警察不管这既不偷又不抢的事，走吧，我这儿说话到点儿该巡逻去了。”

索巴瞅了王财一眼，嘴角露出一丝笑意。

过了一小会儿，范世荣回到自己的小屋，两人又开始喝酒：“哥，我这身衣裳该是您穿的，您穿着合适。等等啊，我脱了，您穿上，您……”

范世荣摆摆手说：“别脱，喝酒，回头着凉。这类的衣服我穿过，苏绣的金丝绲边，不新鲜，你穿着吧。风水变了，这会儿该你穿了，不脱!!”

门一响，莫荷进来了。佟奉全一看见莫荷，脱了一半的衣服不脱了。莫荷冷冷看着他。佟奉全说：“莫……莫，那个那个，莫荷，来了?”

“我当谁呢！佟哥，大晚上，穿这么鲜亮，您刚唱完戏啊?”

“人家的衣裳。来，莫荷，吃糕，米糕、艾窝窝。”

莫荷不理他，过来给他们两人酒盅满上，静静地坐在一边。

“莫荷，你坐啊，坐，我一路上想好要说很多的话，一见你给急忘了，你等会儿啊，等会儿。”

范世荣边吃边喝，并不抬头，装作没看见：“不急，好好想想。”

莫荷还是静静坐着。

“对了，莫荷、五哥，我当掌柜的了，没来得及告诉你们，今天早上刚当的。”

“好事啊，当了掌柜的就请我们吃这个。”

“今天不算，今天我有话说，莫荷……我……”

范世荣看一眼莫荷：“答应他啊。”

“我听着呢！”

“莫荷，那晚上撂下的话儿，我可没说不算啊，没想到这么快就该拾起来了。莫荷，你要现在还那么说一句我就应了。”

莫荷脸热了，有点儿坐不住，站起来，又坐下。

“坏了，这是要唱楼台会。”范世荣拿起酒瓶，抓了两块猪头肉，“我在这儿不方便，我上西屋。”

“哥，你别走，我走。”

佟奉全见莫荷开门出去了，忙说：“哎！她怎么走了，这话还没说完呢。”

“谁知你们要说什么呀！”

“哥——”

“这回我听明白一半了，我得答应，哎！”

“那我，也跟着过去了。”

“行！行！都走吧，我一个人喝着清静，走吧，走吧！”

佟奉全系好扣子说：“那我可失礼了。”

二

夜已经很深了，天合居里还亮着灯，蓝一贵白天着实地气了一回，这会儿自己拿出那张宋画来，用灯照着细细地欣赏。刘祥悄没声地站在旁边，侍候着。

蓝一贵说："范宽的山水，哪儿找去。一个破盘子，不管怎么说，它再好也是匠人做出来的，画儿不一样，是文人画出来的，文人，史上有名呢！一千多年前的人，跟你有关系了，有比这地道的吗？"灯光落在那些图章上，突然发现上边有笔拓的痕迹，细照，大惊，"谁动了这画儿了？"

"不……不知道。"刘祥的话还没说完，脸上已经挨了一个实实在在的大嘴巴，蓝一贵原想看看自己的好东西安慰安慰自己，没承想被激得更怒了。

"不知道，你要再说不知道，我立马给你送官，说！"

"王……王师哥拿着到后院去过。"

"王……王师哥，他现在在哪儿？"

"不知道，一天没见了。"

蓝一贵一拍膝盖："好啊，这是欺师灭祖啊！我他妈的养了一窝贼，快，快给我找回来！"

刘祥望着黑咕隆咚的窗外："掌柜的，晚了。"

"甭管多晚，给我找回来，快去。"

佟奉全推门进来，见莫荷正坐在炕上补袜子。

莫荷放下袜子："坐吧。"

佟奉全一半屁股坐在一条凳子上："那什么……补、补袜子呢！……小屋，可没怎么变啊……"

"房子哪有人变得快啊。"

"是啊，你说的是这身衣裳吧，这……这衣裳是个阔太太给的。"佟奉全突然觉得说漏了嘴，急忙解释，"不为别的，为了做生意，好卖货。莫荷，还有句话没跟你说呢，我要发财了，就想起你来了，我要排排场场地娶你。"

莫荷的眼泪一下子涌了出来："佟哥，我可没说过等你发了财，再过来娶我。"

"你没说过，可我是那么想的。我没钱不能娶你，也不敢娶，我不能让你跟着我受罪。"

"坐着吧，佟哥，不管你今天是不是喝了酒，说的是醉话也好，真话也罢，莫荷我都知足了。也不管你发了什么大财，有钱我这样，没钱我也这样。佟哥，话说到这份儿上，我不能再多说了。您走吧。”

佟奉全坐着不动：“我……我想坐近点儿。”

“佟哥，您喝酒了，我不留您，晚了，您走吧。”

“我想坐近点儿。”

“天晚了你走吧。”

佟奉全强行上前抱住莫荷亲了一口。

“佟哥，你……你……”

佟奉全有些恋恋不舍地回味着：“明……明儿个我还来。”

莫荷摸着自己的脸说：“哼，你……你学会欺负人了！”

佟奉全刚刚走进格古斋，突然觉到脖子被人掐住了，不由自主地往后退着。瑞三手下的一帮打手呼啦啦冲了进来。

佟奉全的酒全都醒了：“几位爷这是干什么，有话好说。”

瑞三：“别喊！不干什么，问个事，这铺子是你的？”

佟奉全说：“我……我……不是我一人的，是和葛老爷子伙着的，你要是找他，他不在。”

瑞三看着博古架上的古董说：“不找他，就找你，这东西都值钱吗？”

“有值俩钱的，有的不值，爷您看着好，拿家玩儿去，您拿，随便拿！”

“你把我当什么人了，那不成抢了吗？给他松手，哎，你姓什么？”

“在下佟奉全。”

“您坐，在您的铺子里就别那么客气。我是瑞三儿，这些都是我的兄弟，我们是正正经经的练家子。布库知道吧？”

佟奉全点头：“知道，撂跤的大爷，扑户。”

“哎，对了，你这是开着古董铺子，既卖又收对吧？”

“对，对着呢。”

“那没别的，我们来了，哪能抢东西呀！卖，我们是为了卖东西来的。六儿把东西请上来。不瞒您说，手头紧了，卖件东西好混日子。佟掌柜的看好了，老辈传下来的夜壶，您收了吧。”瑞三边说边解开包袱皮，亮出来一个夜壶。

佟奉全看着那只破夜壶哭笑不得：“三爷，这东西是夜壶，我们不要！”

瑞三眼睛一瞪：“什么？我耳背，大点儿声！”

几个打手们示威似的“嘎巴嘎巴”捏着手指头。

佟奉全忙说：“哎，要，我收。您打算卖多少钱啊？”“哗”地将抽屉拉开，里边有二三十块大洋，也不等瑞三说话，佟奉全全都拿出来，叠在桌上，“您这东西，我留下了。”

“没想到你还真上路，老辈传下的东西，就是好，对不对？”

“好，嗯，好。”

瑞三数着钱：“好，就这么点儿呀，是真好吗？”

“三爷，就这么多，再没有了。要么您看看这铺子里什么好您拿走，是东西您看着拿。”

瑞三打量着他：“我看着你那身衣裳好。”说到这点儿了。

佟奉全身子一颤：“这不行！这衣裳是人家的，这不行！”

“兄弟们给佟掌柜换身衣裳。”瑞三对身旁的弟兄们说着，伸手就剥，佟奉全揪住衣服不放，看那意思还想撂跤，“没想到你也是个练家子儿啊，上手。”

瑞三在衣服里翻出了银票，然后将衣服扔到地上：“衣服舍不得是不是，还你。”

“那不行，那是卖了人家东西的钱。”佟奉全嘴唇有些发抖，刚要往前扑，脚下一空，“咕咚”的一声摔倒在地。

瑞三一下又变得很客气：“佟掌柜跟您说，我们今儿可是上您这儿卖东西来了，别的什么也没干啊！这钱也是卖你夜壶挣的。得了，弟兄们走！”

佟奉全喊道：“不能走！那是人家的钱，不是我的！抢钱了，抢钱了！”

佟奉全趺趺撞撞扑到街上，瑞三等人早已没了踪影。佟奉全朝着夜色高喊：“抢钱了！老街坊们，快报警，抢钱了！”

说来也巧，随着几声口哨，东西两边的街口出现了二三十个警察，排着队迈着整齐的步伐过来了。

佟奉全鼻尖一酸：“老天有眼，老总们抢钱了。”

警察们整齐地跑过来，面对着铺子和佟奉全，立正，向右转。

警官刘喊道：“前排蹲下，举枪，瞄准，”两排警察都举起了枪，佟奉全呆了，原以为是来捉坏人的，万没想到枪全对着自己，一阵心惊肉跳，只好举起手。

佟奉全左移右移，想要躲过那些枪，那些枪却长了眼睛似的紧紧跟着他。

“警爷，警爷们别对着我啊，人跑了，快追啊！”

警官刘说：“等等！你是叫佟奉全吗？”

“我是。”

“那就对了，带人！”

两个警察把杨子带了上来。警官刘问杨子：“是不是他？”

“就是他。”

“哎！什么呀？什么呀？什么就是我啊？”

“佟奉全你为盗销赃，现将你抓往警局，以待审理！带走！”

佟奉全边跳边喊：“哎！警爷，我刚被抢了，你不抓抢钱的倒抓起我来了，你们凭什么抓我？销赃，他可没说是偷的。我问过他……”后面的话被噎了回去，嘴被堵住了。

警官刘又对几个警察命令道：“将格古斋封了。”

三

暖暖的阳光下，被贴条封住的格古斋前，围了一群看热闹的人。蓝一贵穿着长袍筒着袖子，很悠闲地看着众人。莫荷挎着烟笸子从远处跑来，也挤进人群。

有人回头问蓝一贵：“蓝掌柜，您是对门的，总该知道吧，这才一晚上，这是怎么了？”

蓝一贵用手掸身上灰：“不知道。睡觉来着，什么也没听见。”说完径直回了铺子。另一个眼皮上有着疤瘌的人说：“听……听说，先被抢了，后又被警察抓了，怕是犯了什么大案子了。”

莫荷听到这儿，什么也不想听了，有些慌乱地挤出人群，飞快地跑走了。

莫荷失魂落魄地跑回范家小院，进屋把烟笸子放下，呆呆地坐在那儿，用手摸着昨天佟奉全亲过的地方，觉得昨夜发生的事情恍如梦境。

“怎么了，怎么跟掉了魂似的？”

莫荷被突如其来的声音吓了一跳，范世荣还没起床呢。

“啊！哥，您在呢。奉全哥被抓了，铺子也被封了。”

范世荣正在往身上披衣服，心里一急，伸着的胳膊竟僵在那里，看着桌上还剩下的猪头肉：“哎！这……这可像是做梦了。昨夜里金丝绲边的衣裳穿着，酒瓶子拎着，风风光光的，这么会儿工夫被抓了，我这梦还没醒呢?！不对呀！这猪头肉还剩在这儿呢！你听谁说的？”

“我……我去格古斋看了。”

“这……这叫什么呀？这人生如梦都不能叫了，这叫人生如打盹！嘿！小子，真是命薄啊，该着，就……就他穿的那衣裳，一般二般的人谁能压得住呀！指不上了。”范世荣说完有点儿失望，呆了。

“哥，您上局子里打听打听去。”莫荷扭着脸，恐怕范世荣看到她的眼泪。

“有什么可打听的，听命吧。”

“您找朋友问问，到底因为什么呀？”这次泪眼面对着范世荣了。

“嘿？莫荷你怎么还哭了？有句话我可得问你啊，昨儿个晚上，他没那什么吧？”

“没什么呀！”莫荷生气了，瞪着范世荣，“哥，你把你妹妹看成什么人了！”

“没什么就好！我问问，为你好，要么咱可不亏了吗。”

“亏?！我……我后悔没留下他！我要能留下他，他就挨不了抢了，也抓不走了。我后悔！”莫荷说完，跑出屋去。

也真是命啊，佟奉全那夜如果留在了莫荷的屋里，一切许都不是现在这样了。可话说回来，你躲得了初一，躲不了十五啊。再说了，不怕贼偷就怕贼惦记，你躲得过小人害你吗？天底下想富之心人皆有之，但要水到渠成才自然。老年间的话是辛苦钱万万年，终归不是你的，争也没用。一天争来了的，一天还回去。

茹二奶奶听了茹安的话，突然很想摔碎一样东西：“什么？那个佟先生被抓了？我怎么那么倒霉，我……”

茹安还在说：“街面上的人都这么说，我碰着索少爷了，索少爷也这么说。”

茹二奶奶问：“那咱的盘子呢？”

“听说是卖了。说是一口价，两万八。”

“两万八！哎！冯妈你说人还能相信吗？亲戚亲戚信不过了，这来了个伙计，面上给你说得多好啊，一分钱都不多要，就收点儿佣金，东西挑着拿走了，还非得把钱放下，多好啊，觉着可不少呢！现在这一听连一半都不到，他这跟抢有什么两样。”茹二奶奶又要找东西摔了，还是什么也没找到，急得在地上转悠。

冯妈赶快递过一个木头刻的小人：“您摔这个。”

茹二奶奶接过就摔：“天底下就没好人了。”

冯妈提醒说：“好歹咱留了一张他的银票。”

“比索子强是不是？一点儿也不，半斤八两，谁也不比谁好到哪儿去。对了，冯妈、茹安，索子真来了，这事不提，坚决不提。冯妈，不想了，咱听戏去了。”

“哎！听戏去。太太，我话说头里啊，听戏是听戏，咱可不兴再往上扔东西了，钱来得可不容易。”冯妈说。

“那多没意思啊。钱不就是为了花的吗，花得高兴就值。”

“有意思了可费银子。”冯妈低声嘟哝。

范世荣筒着袖子，坐在琉璃厂街上的台阶上，懒懒地晒着太阳。看见一位洋人走过来，马上迎过去，用英文招呼道：“先生，天气很好啊，有什么需要帮助的吗？”

那个洋人说的却是法文：“不需要，谢谢！您会法语吗？”

“还有这路洋人，英语都不会。”范世荣有些沮丧，一眼看见走在街上的王财，范世荣咳嗽一声。

王财果然扭脸看到他了：“哟！五爷您忙呢！”

“这些日子，总见不着你了。”

王财有点儿得意：“忙点儿事呢，没给您请安去。”

“免了。咱那事？”

"说好了，我十天开出个铺子来。"

范世荣看看左右："我还真有点儿急呢。"

"急，是您的意思还是莫荷的意思？"

"我说的不是那个事，手头……"范世荣比画了一下。

"哥，您张嘴了，那还有什么说的。"王财就要掏钱。

范世荣止住他："别在街面上啊，以为我怎么着了呢！胡同口里递我。"

四

佟奉全坐在警局牢内的角落里，那件好衣裳早就被人剥去了，心里跟自个儿说着话：我这是怎么了，一时三刻地想都想不清，昨儿个还在天上呢，这会儿摔到地狱里来了。我这是得罪谁了，还是我做错什么了，怎么连官家都惊动了？还说今儿个去见莫荷呢，小人得志，要发财了，揣着银票上人家那儿显摆去，我小人得志！

佟奉全"啪"地抽了自己一个嘴巴，听到对面有人打架，"咚咚咚"，一听就知道是脑袋撞在墙上的声音。佟奉全这才一眼看见对面牢里关着的杨子，急忙从墙根起来，到栏杆口去喊："哎！杨子，杨子！"

杨子听见了，从人缝中挤出个头来。

佟奉全说："杨子，你可把我给害了你！"

杨子翻了一下白眼："我害你，谁他妈的害我还不知道呢！"

"哎！你别躲啊，我问你，你那东西是偷的？"

"哪儿偷去呀！我姑的。"

"你姑是谁啊？"

"瑞贝子府的茹二奶奶。"

佟奉全似乎有些恍然："茹二奶奶，这算对上了，是茹二奶奶让人拿的你和我？"

杨子脑袋晃得像个拨浪鼓："不可能。"

"那是谁啊？"

"王八蛋，我堂哥，索巴，还他妈的有一个你们街上的伙计，叫王财。"

"索巴、王财……"佟奉全缓缓坐下，心里话：这就对了，两档子事其实是一档子事，我踹了人家的买卖了，人家能不恨我？索巴、王财……

索巴和王财坐在茹府对面小食摊上正嘀咕着什么，看到茹二奶奶、冯妈坐着车回来了，马上就站起来，过街迎上去。

“姑！”索巴隔街喊着。

“哟！索子啊，等我呢！”

“正从这儿过，瞧见您的车了。姑出门了？”

“听戏去了。”

索巴扶住茹二奶奶：“姑，您慢点儿。”

他们说着话，进了茹府的堂屋。茹二奶奶指着椅子说：“坐，冯妈看茶。好戏码，《目连救母》，连演好几天了，我一个寡妇家家的看夜场不方便，招人闲话，看个日场混日子。听说这夜场的角儿可更加好呢，赶明儿你陪着姑去看看。”

索巴明白，她这是明明知道自己来干什么的，故意扯闲篇儿挡他的话，忙说：“啊，今儿晚上广和楼我给您订个厢坐去。”

“今天不去了，今儿听乏了，找时候吧。你们先坐啊，我进屋换件衣裳去。冯妈，洗点儿果子给索子吃。”

索巴说：“不洗了，说话就走。”

“别走啊，我还有事跟你说呢！”茹二奶奶边说着边把内帘子放下了。

“哎！姑您说……”

“你说啊，这会儿的银行就是比那过去的钱庄好，好在哪儿你知道吗？”

“您说。”

茹二奶奶边说边换了衣裳走出来。

“这银行啊，它不单能存钱，还能押东西，就我有的那几件东西，押给银行了，银行还给你钱呢，这不赶上过去的当铺了吗？可是比当铺好，你一去又端茶又倒水的，伙计们看着也文明，一个个西服皮鞋，男的都抹香水，显得咱们不怎么摩登似的。索子，你姑想好了，也得置几件时兴的衣裳，要么出去显着没见过世面似的，其实他们哪见过大阵式啊！”

索巴半信半疑：“姑，是，您那东西都存了？”

“存了，怎么着？”

"存了……好!"

"你这朋友一说东西就值个仨瓜俩枣，我都没心气儿了，不是说时候不对吗？我先存着，等时候对了再说。听人说，前些日子抢了家铺子，这天下可是不太平。"

"啊？没听说，姑您在家里还……还能听着事啊!"

"可不是吗，也是传来传去的话，不实。别看我在家里，街面上备不住还有传我卖东西什么的呢，是不是，索子你听说了吧?"

"没有，没有，没听说过。"

茹二奶奶说："我听说杨子找着了?"

"没有啊！不知道!"

茹二奶奶有点儿不客气了："你怎么什么都不知道啊？索子，不是姑说你啊，别看姑是个女流，可是从宅门儿里混出来的，要没点儿心机，还不早让人欺负死了，你说是不是?"

索巴知道她这是有意堵了自己的嘴，什么也说不出来了："是……是……"

莫荷挎着烟筐，拉着生子进了一家当铺。莫荷有点儿胆怯，紧紧拉住生子的手。大伙计问："姑娘干什么呀?"

"我……当东西。"

大伙计看着莫荷这身穿着打扮："破衣服、破袄我们可不要。"

莫荷从脖子上取下一块翠玉："不是衣服、袄，是块玉。"

大伙计接过来看了一眼："让孩子拎烟筐门口站着吧。"

"让他在这儿等会儿吧，孩子太小，看不住东西。"

大伙计瞅了一眼生子："那别乱跑啊，跟着吧。卖还是当?"

"当多少钱，卖多少钱?"

"当一个月，给你三个大洋，你要是卖了，十个。"

"那……那卖了。"

生子插嘴说："姐，不卖！当了还能赎，卖了就没了。你娘留给你的，不能卖了。"

莫荷说："当了钱太少，不够！不想那么多了，卖了吧。您再多给点儿。"

“就十块，想好了，要么你当。”

莫荷看着那块玉：“卖吧。”

大伙计喊道：“翠玉一块，卖大洋十个。”

生子和莫荷伤心地对视着，生子实在不想看着莫荷这么伤心，松了手跑出去了。

“生子，生子——”莫荷想要追出去。

大伙计又问：“倒是怎么着啊，卖是不卖?”

莫荷到了门口又站住了：“小孩子，受不了委屈，卖，卖了。”

大伙计把十个大洋摞在桌上。莫荷从怀里掏出块破手绢，包起来揣到怀里，拿了烟筐出了当铺。

第八章

一

范世荣走在警局的回廊里，手里拎着盒吃食。

狱警笑望着范世荣："五爷，看什么人，还劳您亲自过来。"

"原来的一个伙计，欠着五爷我账呢，我得瞧瞧他，不能让他寻短见了。"

"这事，您跟我们说一声就行了。"

"跟谁说也没用，见不着他，爷我不踏实。九儿啊，说归说，道归道，这两块钱，留着抽烟啊！"范世荣说着"哗"地抖出两块大洋来。

"五爷，您客气，您照顾我们了。"

"拿着，不拿爷我不高兴。找间屋子，我坐下跟他说话。"

"哎！您跟我来。他叫什么？"

"佟奉全。"

佟奉全被带进了牢内唯一的单间接见室，看到范世荣筒着手，站在那儿看着自己，心里一热："五哥谢您还惦记着我。"

"我不惦记你，还有人惦记你吗？吃一口吧。"范世荣说着打开食盒子。

"五哥，我……我不饿，莫荷可好？"

"先别问人家，先问问你吧。晚上来还顶着风带着雷，哼哈地满身酒气呢，怎么一出我家门就让人给抢了抓这儿来了？你跟我明说了，你是杀人了还是越货了，说清楚了，我好想主意。"

“五哥，我人也没杀，东西也没抢，我是让人给害了。”

“谁呀？你一个小门小户的谁害你呀？看着你怪老实的，还小瞧你了，你还值得人一害啊！”

“五哥，旁的别说了，你出去，给田家胡同十七号茹二奶奶家捎个信儿，说我佟奉全把东西给她卖了，欠她的钱，只要我不死，就一定还上。我……”

“等等，哪儿又冒出个茹二奶奶？”范世荣很是意外。

“是……是个寡妇。”

“哎！真没看出来，你小子还靠上寡妇了。我说呢，平白怎么穿起金丝绲边的衣裳了，怪道，那还有个好？”

“五哥，不是那么回事，我那是帮着人家卖东西。茹二奶奶家您受累跑一趟，话说明白了，要不人家以为我是骗子……”

范世荣拿起食盒里的东西吃着：“欠人家多少钱？”

“一万八。”

“能耐啊，这年头能欠人家钱是能耐啊。一万八，能欠一万八是大能耐啊，让人说是个骗子也值了！”范世荣差点儿噎着。

“五哥，您别这么说，这事求您了，我这儿给您磕头。”

“起来！你以为是庙里？跟你说白了，这事我原不想管，依着我，看都不来看你，是莫荷心疼你，非要问问有没有大事，怕你受不了，不是为了我妹，我他妈的才不来呢！得了，看着也没什么大事，早出晚出看你的造化了，我走了。”范世荣站起身。

“五哥！五哥！”佟奉全有点儿着急。

“吃点儿东西，回号里吧。跟你说可别想着死啊，你不光欠别人的，还欠我们家莫荷的呢！”范世荣不理他，往外走着。

佟奉全追着说：“跟莫荷说，我好着呢，放心！”

范世荣回到家，见莫荷正在炒菜。

“哥，您回来了？饭好了，这就吃。”莫荷依旧忙活着。

范世荣看着炒好的几盘菜，一愣：“这是挣了大钱了，还是发了财了，怎么还动起炒勺来了？”说着上前提起块肉片吃。

莫荷说：“哥，还有酒呢，您自己倒上吧。”

“还有酒啊，这日子有几年没过了。”范世荣开了酒瓶子，想倒却没倒，“莫荷，你有什么话要跟哥说，趁着我还没动筷子呢，你跟哥说了。回头真喝起酒来了，哥说话可就是酒话了。你看奉全那小子，那天酒气熏天的多风光啊，转天出了事了。”

“哥，咱不说那天了。”莫荷听到这儿，伤心得差点儿掉泪，从怀里掏出用手绢裹着的钱来，很小心地打开手绢，“哥，这儿有八块大洋，我一个姑娘家家的进牢里不方便，您花钱去看他一趟，您自当心疼您这傻妹妹一回吧！”说着就要给范世荣下跪。

范世荣将她拦住：“起来！哪儿来的这八块钱？”

“您甭问了，不是偷也不是借的，把我妈留的东西卖了。”

范世荣的手不停地摸着大洋：“小子，好命！命好！佟奉全，真他妈的有人心疼你！莫荷起来，坐下，跟哥吃饭。这八块钱是你一片心，你收着。”

莫荷以为范世荣不肯帮这个忙：“哥，求您，去一趟。咱不去，就没人想着他了！”

范世荣一瞪眼：“他活该！钱收了，咱吃饭。莫荷，给哥倒酒，倒啊，不让你白倒。莫荷，别那么哭唧唧的，别人不疼你，哥我能不疼你？哥是个浑蛋，可哥大事上不浑，哥去过了。”

“哥，您去过了？”莫荷的手一抖，刚斟满的酒都洒了。

“莫荷，哥是个过来人，不是哥说你，男人可不能疼，天生来的贱骨头，你疼他，他就不疼你了。当哥哥的原不该说这话，可他佟奉全见我的第一番话，也不问我，也不问你，也不说自个儿，是让我上什么田家胡同十几号去给一个茹二奶奶传信儿去，你说这人能疼吗？当时我就后悔他妈的去看他了。”

“哥，他没问旁的？”莫荷没敢抬头。

“问了，说让你等他。这话他要再不说，我在牢里就抽他了！”

“他让您给茹二奶奶传什么信儿？”莫荷有点儿警觉。

“让我告诉人家，他是被人害了，他不是个骗子。都在牢里了，还想着这路事，你说他是痴啊是傻啊，这不是他妈的穷酸吗？莫荷，搁着我说，他这路人不能等。”莫荷很认真地听着，若有所思。

二

广和楼里的戏台上，大结局了。台下的众人欢呼鼓掌。茹二奶奶激动得不时抹泪，随手抓起冯妈手里的钱就往台上扔，眼睛都舍不得从那台上收回来。冯妈捧着钱呆看着。

茹二奶奶见有人往台上送花篮，又说："冯妈，怎么还有往上送花的啊？这多时兴啊！赶明儿咱也买花啊。"

"咱扔的钱够买十个花篮子的。您不是爱扔钱吗？"

那个小生走到台口，往茹二奶奶这边作揖行礼。茹二奶奶一冲动，将手上的金戒指一捋，就要扔。

"哎！太太别什么都扔啊！"冯妈一慌，动作稍慢，没拦住。嗖！戒指上台了。

"别拦我，我高兴。钱算什么呀，高兴一回多不容易啊！"

那个小生动作很帅地接了戒指，多情地看了茹二奶奶几眼，匆忙回身下台了。茹二奶奶和冯妈都没有注意到，她们身后不远的地方，坐着索巴。

索巴来到后台，见扮演小生的孟小楼正在卸妆，边卸妆边问跟包的老钱："老钱啊，三排看戏的那个太太，打听出来了吗？是寡妇，还是姨太啊？"

"打听出来了，是个寡妇。"

"哟，晦气！今儿个扔了多少钱啊？"

"三十个大洋。"

孟小楼把手张开，瞅着那枚金灿灿的戒指："还有这枚戒指呢！老钱给你吧，这月包银我可就不再付了。"

老钱一躬身子："得，谢您！"

索巴一摇一晃地凑过去："孟老板一向可好？"

孟小楼显出惊喜："哟！索爷呀！您总没来捧场了，来，坐！老钱搬凳子，倒茶！刚还说您呢！"

索巴一笑："是吗？这可巧了。"

天冷得出奇。莫荷挎着烟笸子从茹府门前走过去又走过来，心不在焉地吆喝：“洋烟卷儿，大双刀、红锡包。”

莫荷见半天也没人从里面出来，就借坐到对面小吃摊上，对忙着的老邢说：“大叔，跟您打听个事，对面可是茹二奶奶家？”

老邢随手给莫荷放了一碗汤：“是，喝碗热汤吧！”

“谢您了。她们家怎么没人出来啊？”

老邢回头瞅一眼茹府的大门口：“有事找她们啊？你不敲门，哪有人出来呀！一个寡妇家要总出来人，还不坏了！”

莫荷不再听了，起身走到对面，犹豫了一阵，终于伸手敲门。

冯妈引着莫荷进了堂屋，茹二奶奶这会儿正绣着一个圆绷子。看到莫荷进来还是那样坐着，以为是个哪儿的穷亲戚呢。

冯妈对莫荷说：“东西放下吧，这是我家太太，见个礼。”

莫荷把烟笸子放下了，大大方方地行了个礼：“太太您好！”

茹二奶奶慢悠悠地问：“你是谁家的，叫什么呀？真是越混越不济了，家里倒是有了上街卖烟卷儿的亲戚了，坐吧。”

“我叫莫荷。太太，我不是您亲戚。”

茹二奶奶一愣：“不是亲戚？那干吗来了？抽烟卷儿我们可不会。茹安，你怎么什么人都往里放啊？有什么事说吧！”

莫荷有些尴尬：“我来给佟奉全传句话。”

“佟……啊……他还有脸让人来传话啊！他可欠我的钱！别以为我们在家待着什么都不知道，两万八的东西，这还欠着一大半呢！”茹二奶奶声调突然高了。

莫荷一听心里反倒踏实了，语调也有些硬气了：“太太，来了就是为说这事。他被人害了坐了监了，传出话来了，让跟您说一声，欠您的钱出来一定还，您别把他想歪了。”

茹二奶奶又白了莫荷一眼：“这歪还用想吗？拿了我们的东西卖了钱，又躲监狱里去了，他是个骗子！”

“他不是！”莫荷很坚决地说。

茹二奶奶有些奇怪地望着莫荷：“你是他什么人？”

“街坊。”

茹二奶奶笑了："哟！他个大老爷们儿可真有福气，有这么好的街坊，你叫什么来着？"

"莫荷。"

"莫荷我问你，你一个姑娘家家的干吗管他这事？"

"摊上了，我不管就没人管他了。"

"我再问你，他欠我的钱能还上？"

"他人还没出来呢，他出来了就能还上。"

"你这话不是说让我们还得想着把他救出来吧？"

"他不是坏人。"

"哟！这话我都十几年没听过了，不是个坏人，你还年轻，这年头是个好人比当年见皇上还难呢！他是好人，谁信啊！"

"我要是您我就信，他坐了监了，能那么着急地往外传话，他把自己名声看得重呢！"

茹二奶奶冷冷一笑："我谁也不信。"

"太太，话传到了，那我走了。"莫荷起身挎筐子。

茹二奶奶这才回过味儿来："走啊，冯妈送送，买人家两盒烟，大冷的天怪不容易的。"望着莫荷的背影，心说，这丫头，要是这股子劲儿挺住了，这佟奉全能有个人为他破着脸地传话，活着不也是很有意思吗？

三

格古斋的匾给吊了下来，紧接着就是一阵鞭炮齐鸣，然后通古斋的匾挂了上去。索巴、王财披红戴花，满面笑容地对一些前来贺喜的行内人士："请，里边请！福山啊，里边张罗好了！"

小伙计福山应道："哎！几位爷请啊！"

对门蓝一贵筒着袖子出来了，不屑地看着这边。王财一看师父出来了，急忙撂下这边，赶紧过去，还是当伙计时的谦卑样儿："师父，您出来了，回头您一定过来喝杯酒啊。"

蓝一贵有些不阴不阳："王掌柜，恭喜啊，酒我就不喝了，看看热闹吧。往后'师父'这两个字你也收起来吧，打对门开买卖，大小你也是掌柜的了，往后我还得求您照顾呢！"

“您这是骂我呢，徒弟我这是才起步，还得托您的福！”

“不敢。”蓝一贵说完转身回屋，门“砰”地关上了。王财愣了一会儿，赶快回去，往里让人。一眼看见葛掌柜正让两个人抬着刚卸下来的格古斋的匾要走，王财忙说：“葛老爷子，您不喝一杯啊，着什么急啊！”

“不喝了，王掌柜，恭喜你，这匾我拿走了。”

“还惦记佟奉全出来开买卖呢！他可不争气！”

“他争不争气，我心里清楚。王财啊，说句卖老的话，你学徒是我看着你学出来的，咱这行要想干长久了，得本分，要这么心术不正可干不长远，遭报应。”

王财低声说：“老爷子，佟奉全入监跟我可没关系，盘您铺子的主意也是索巴出的，老爷子您不能怨我！”

葛掌柜说：“我谁也不怨，怨那小子福气来得太快了，扛不住。伙计搭好了，走。”

刚开张就没听到一声顺气话，王财心里发堵，正这时，看到索巴将茹二奶奶接来了。茹二奶奶踩着一地的炮仗纸，进了通古斋。茹二奶奶看着一堆的古董，问道：“就卖这些个玩意儿啊？这东西能卖钱吗？旧旧的，谁要它呀！”

索巴忙说：“指着旧东西挣钱呢，越旧越不怕旧。”

茹二奶奶瞅着一只炉子说：“是吗，这只炉子卖多少？”

“十块大洋。现在时候不好，卖不上价去，有的玩意儿你叫高了，没人应。”

“冯妈，拿十块钱，抱这个炉子咱走吧。这算是我给你开了张了。”

索巴一时没有明白过来：“姑，您想要回头给您送家玩儿去吧，十块钱还值一掏？”

“不是那话儿，我这算是捧你买卖，给你开张了，再贵的我也不想要。冯妈，我头疼，咱走。”

正说到这儿，一身白西服的孟小楼进来了，屋里顿时一亮。

“对不起，二位掌柜，来迟了。”孟小楼进来就抱拳。

王财赶快迎上去：“哟！孟老板，怎么才来呀？”

“得罪，得罪，排戏给耽误了，待会儿我泰丰楼叫车赔罪。”孟小楼说着，一眼看见茹二奶奶正呆呆地望着他。

茹二奶奶先是有些慌乱，随后又故意大声说：“你们有客，我走了。”说走却又不动。

索巴忙说：“姑别急，也不是什么生人，同庆班的孟老板，您没瞧他的戏呀？”

茹二奶奶瞟了孟小楼一眼：“瞧是瞧过，台底下可就不认识了。”

索巴急忙介绍：“孟老板，这是我姑。”

孟小楼声音脆：“二姑好！”

茹二奶奶更有些慌了：“哟！可别那么叫，在下茹秋兰。”

冯妈朝着茹二奶奶咳嗽两声，茹二奶奶这才醒神儿：“那什么，我先走了，你们忙吧！”

孟小楼说：“秋兰姑，我这儿失礼了，您既瞧过我的戏，有唱得做得不到的，您给我说说，我好长进啊！怎么一见我来，您就要走啊？可见是戏没演好，烦着您了吧？”

“没有，没有，我哪懂什么戏啊，只是瞧个热闹，看热闹。”

索巴说：“这不是说话的地方。王财啊，张咱也开了，席也摆过了，今儿到这儿，咱泰丰楼吃饭吧。”

孟小楼说：“我的东。”

王财接话：“哎，我叫福山号房间去了。”

索巴望着茹二奶奶：“姑，咱一块儿去吧。”

茹二奶奶有些犹豫：“我去……那合适吗？”

孟小楼说：“那有什么不合适的，等着听您说戏呢！”

茹二奶奶脸色红红的：“是啊，那我就凑凑热闹。”冯妈拽了茹二奶奶几下，茹二奶奶只装没觉到。

看似偶然，其实是早就安排好了的。茹二奶奶何等聪明，她会看不出来？她看不出来，那个冯妈也能看出来啊。看是看出来了，可脚就是不知往家走了。可怜十几年青春空流逝，到了中年，真有个一情半欲的，按京城人的话就是老房子着火，哪还有个救啊。

王财去了另外一家酒馆，单独请范世荣一桌。范世荣吃饱喝足了，用牙签很优雅地剔着牙：“王财呀，今儿我是吃了你的两顿席了，真要是索巴请我我不来，他不够份儿！”

王财说：“五哥，您看得起我，给我脸。”

“有什么话说吧，说完了咱去清华池泡个澡去。”

王财从怀里把印玺的拓片掏了出来：“全套的《宣和书谱》著录、《石渠宝籍》著录的印章，外加贾似道的小玺，都在这儿呢！五哥，事儿给您办了，掌柜的我也挠扯上了，明说了吧，我想娶莫荷。”

“好事儿啊！我妹妹她可是个街上卖烟卷儿的。”

王财忙说：“我不嫌弃，吃过苦、受过罪的人踏实。再说她虽是个卖烟的，可比大门大户里出来的懂礼！”

范世荣站起来要走：“好，这东西，你先给我，这事跟那事可不勾着，听信儿吧，听信儿吧！”

四

莫荷抱着被子怯怯地跟着狱警走进牢房。狱警让她在一间小屋里等着，然后出去叫人。莫荷木木地坐着，紧盯着那扇门，半天没动静。莫荷使劲儿吸了口气，门子一响，佟奉全进来了。

两人相对无言。

“怪不容易的，你还非得进来看我，我真是怕你来看我呢！”佟奉全说。

“佟哥，你坐近点儿，来，抓着我的手。”

佟奉全慌了：“莫荷，别，我没心了，说会儿话吧。”

莫荷一把把佟奉全的手抓住了，抓得很紧：“你没胆，佟哥，你那天喝了酒的劲儿哪儿去了？没那身衣裳你就不是你了啊？换个地方你就堆缩了，我都不怕，你怕什么？你坐过来！”说着有些生气，将佟奉全的手猛地抓住。

“好时候都放过了，这会儿一想在小院里蒸窝头吃的日子可都是好日子了。人等什么呀？想风光，想发财，我要是真在小院住着踏踏实实地夹包袱串宅门儿，这会儿就着窝头看看月亮也比这儿强不是。莫荷，我对不住你。”

“我可不是来听这话的。佟哥，人都有个三灾四难的，你对不住谁都行，你就是别对不住你自己。不说这些了，佟哥，茹二奶奶家去过了。”

“谁去的?”

“我。”

“莫荷，委屈你了，人家怎么说的?”

“说你是个骗子。”

“应当，明摆着的，多余去解释。”

“你是不是……”

“我不是……”

“你说你不是，我看你也不是。佟哥，你要真有口气，撑住了，等你出来呢，没什么大不了的，日子还长呢!”莫荷说着话，已把被子卷拎上桌子。

“莫荷，你可不能再来了，我不能欠你太多。”

莫荷冷冷地看着他：“佟哥，你说这么多是信不过我呢，实话跟你说吧，我乐意。”

茹二奶奶回到茹府，还高兴得不知该做些什么。一眼瞅见留声机，忙吩咐冯妈：“冯妈，快摇机器，放唱盘。”

冯妈说：“挺晚的了，您还没听够啊?”

茹二奶奶没听出冯妈的话外之音：“没听够，这当面唱，跟唱盘里唱的可就是不一样，清唱跟彩唱还不同。你看他那做派，一口气一吸，站着那儿跟张画儿似的，真俊!”

“太太，咱妇道人家，这可是话说得多了啊!”

“我这不是在家里说吗，谁也听不见。”

“话人是没听见，眼睛人家可是看清了。”

“你说什么?”

“没什么，我是说今儿个怎么就那么巧。”

“是啊，我想请他吃饭，他可就来了，跟安排好了似的。”

“可不就是安排好了的吗。”

“冯妈，您这话什么意思?”

“随嘴说的，没什么意思。”

“冯妈，别以为我看不出来，索子想要我这点儿东西呢!”

“是吗? 那是您家里的事，我们管不着。”

“大不了我给他。”茹二奶奶边歌边舞地进了内间。

冯妈叹息一声：“哼！那好，给了人家咱喝风去。”

五

茹二奶奶还是不想把东西卖给索巴，让冯妈找了个包袱李来看东西，现在她心里有大谱了，东西多少钱，她心里有个底。

包袱李仔细看着一只小盖碗的釉色：“这是一只小盖碗。”包袱李伸出一巴掌，“那我给你这个数……”

茹二奶奶撩帘子出来：“五千？”

“五块！”

“我砸了听响儿。”

包袱李瞅着茹二奶奶的神色：“要么再给您添点儿。”

茹二奶奶看也不再看他：“冯妈送客！”

第二天头晌，冯妈又送走一个夹包袱的。回到堂屋，茹二奶奶生气地说：“冯妈，这是找的第几个？没一个给过十块的，这个说还认识茹安呢！”茹二奶奶感叹说，“看下来，佟先生是个实在人，不比不知道，一比就清楚了，前些日子，我还恨他呢。”

冯妈说：“可惜还在牢里呢！”

“是啊，在牢里还托人传话，出来了还钱，那小姑娘，真帮他说话。冯妈，他欠咱一万八呢，他要能还咱了，也不是个小数，我这会儿等钱呢，要不……”

冯妈马上领会了茹二奶奶的意思：“欠了那么多的钱，也不枉去捞他一回。”

“冯妈，你这人想着救人也是为了利。”

“太太，这话我可是帮您给说出来的。”

茹二奶奶反倒有些没意思了：“冯妈，我那么想，咱这些个东西，要换钱总得有个内行人掌管，要么天天跟夹包袱的费嘴皮子，还不累死啊！”

“太太，咱捞出他来了，他要不乐意跟着咱干呢？”

“他不敢，一是他欠着咱钱呢；二是咱救他出来，他想不好好干都不成。就这么定了，咱们先去牢里看看。”

狱警带着茹二奶奶、冯妈往里走着。茹二奶奶边走边嘱咐冯妈：“欠了人情债、金钱债，他这辈子想走都不好走了。冯妈，见了他别给好脸子。”

冯妈说：“这不用您嘱咐，我知道。”

狱警说话还挺客气：“二位小屋里候着吧，我提人去。”

冯妈见茹二奶奶皱着鼻子，忙说：“您快着点儿，这种地方，我们可待不住。”

也许是佟奉全否极泰来，做实在人往近了看像是吃亏了，往长了看一点儿不吃亏，要不是那些个夹包袱打小鼓的齐了心想憋茹二奶奶的东西，也成全不了佟奉全啊，欠着人家钱呢，人家还上里边花钱使银子捞您去了？

佟奉全进来了，坐下：“秋兰太太，没想到您还来看我，我传出话去了，欠您的钱，只要我出去了，一年二年一准儿还上。”

“我知道。”

“劳您来这儿看我，我说句心里话，实在对不住了。”

“别那么说了，算你运气不好，赶上了。这不是说话的地方，走吧！”

佟奉全真愣了：“上哪儿去？”

茹二奶奶说：“冯妈，把放人的官票给人家，咱走吧。”

佟奉全突然笨嘴拙舌了：“您……哎，这是要放了我了……我这儿给您行礼……”

冯妈拿单子给了狱警：“起来，不是我们放您了，是官家放了您了。别谢了，还有话呢，佟先生您可真有福气。”

“出去再说吧，官家放了你，我们可放不了你。”

“那……那是，我这儿欠着钱呢，咱这是去哪儿啊？”

第九章

一

范世荣把桌上的东西胡噜开了，一张一张地把王财拓的印章模子拿出来看，都是双勾描画下来的，非常清晰。范世荣心说，小子，还真下了功夫了。莫荷推门进来：“哥，屋里怎么这么冷啊？”

范世荣赶快收起他那些东西：“炉子灭了。”莫荷出去又进来，开始劈柴点炉子，麻利地往里倒煤球，捅炉子，搜灰。

范世荣冷冷地看着，好像有话要对莫荷说。

范世荣明知故问：“莫荷，着了吗？”

“着了，我打壶水坐上，一会儿就开了。”莫荷出门压水。莫荷打了水进来，把壶坐在炉子上。

“莫荷。”

“哥，什么事，您说。”

“我想让你嫁人。”

莫荷干着手里的活儿，半天才问：“嫁……谁？”

“琉璃厂的一个伙计，现在做了掌柜的了，叫王财，他说见过你。”

“我……”

莫荷话刚一出口，就给范世荣拦住：“成不成的，你先别张嘴，先听哥把话说完。哥这几年算是落魄落到姥姥家了，你大老远地奔过来，虽说不是亲的，但对哥好，哥知道。大姑娘家的挎篮子风里雪里地上街卖烟卷儿，养活哥，哥对不住你。哥天天想翻身，日日想翻身，这回算对了机会了，我欠了王财的情，好歹他混成了掌柜的，你过去也不吃亏。莫荷，嫁了吧。”

莫荷伤心地哭了。

“我知道你喜欢奉全，那小子没福气，一晚上的风光转天就败了，再说人还在牢里呢，出来什么样也不知道了。人活在世不如意事多，天遂人愿的事少，现在王财对你对哥都有好处，哥想过了，为了你……”

“哥！要为我，您不用想；要为您，我就这么嫁了，哥，我说句心里话，我觉自己亏得慌！”莫荷说完挎起烟笸子冲出门去，不知不觉地往关着佟奉全的监狱方向跑去。

莫荷来到监狱大门口，看到一辆马拉的轿车停在那儿。茹二奶奶、冯妈和佟奉全一块儿出来，佟奉全扶着茹二奶奶和冯妈上了车，然后他也上了车。莫荷呆呆看着，轿车动了。莫荷自语道：“他出来了，他这是上哪儿去呀？”

渐渐地，两匹马跑起来了，莫荷不由自主地尖叫着追了上去，笸里的烟稀里哗啦地掉下来了。

空中飞翔着一群鸽子，哨音很响……

佟奉全站在太阳地里，“砰砰”地敲着被子，收拾着房子，茹二奶奶默默地看着他。

冯妈跟佟奉全唠叨着：“旁的你也别多想，小北屋给你腾出来了，你先住下吧。跟你说我们这院子里可没个正经男人，进屋出门你可得打声招呼，天热天凉的都得穿严实，穿整齐了，不叫你别往上房跑。”

佟奉全说：“要么我搬出去住得了。”

茹二奶奶从上房出来：“没门儿！怎么着，我都不怕，你还怕了？住这儿怎么了？白住，白吃，白喝，还给你掏工钱，等会儿再拍，听我把话说完了。佟先生，旁的我不多说了，你可还欠我钱呢！”

“我记着呢！”

茹二奶奶叮嘱道：“旁的人要真问起来了，你就说是我们雇的管事的，多了的话什么也别说，里里外外的我可也就叫你管事的，佟先生。”

“我答应了。”

冯妈又说：“一天三顿，太太让咱一块儿吃，太太不让了，自己端自己屋里吃去，什么也别多问，什么也别多想。”

"我听您的。"

茹二奶奶瞅瞅收拾好的小屋："行了，铺盖自己铺吧，缺什么说一声。冯妈叫车吧，回头听戏耽误了。"

佟奉全依旧很认真地拍着那床铺盖。

人是从牢里出来了，人家花钱赎的，还欠着人家钱了，这是出了一牢又进了一牢。佟奉全记住了罗先生说的话，负债而逃是病，佟奉全不能跑。他想着在将来的日子里能把那欠下的钱都给还上。

佟奉全悄悄进了范家小院，先去莫荷的西屋看看，里面没灯，也没人。佟奉全唤了几声莫荷，见没人应又往正屋走去："五哥，五哥。"也没人应。

佟奉全只好到了东屋："生子妈！生子妈！"

生子妈开了门："佟先生啊，屋里坐吧！"

"不进去了，范先生、莫荷都不在啊？"

生子妈说："按理该回来了，屋里坐吧。您这是？"

"我让一朋友接出来了，您给传个信儿，就说我出来了。"

"恭喜您啊，屋里坐坐等等吧，一会儿就回来了。这生子也不知跑哪儿去了，进来坐坐吧。"

"不了，您回吧，怪冷的，我走了。生子妈，您给莫荷传个话，明天下午三点，让她到禾丰茶社等我。"

佟奉全说完走了。

泰丰楼的小包间，茹二奶奶正在请孟小楼吃饭。茹二奶奶听了孟小楼的身世流泪了。冯妈赶紧递过手绢。

孟小楼有些歉意："是我的不是了，说是听戏能把人听哭了，我这说自己的事倒把您说哭了，该罚！来，咱喝一杯。"

"我以为自己算这世上最苦最委屈的人，听了你的事，倒觉着自己的那点儿苦算什么呀！"

"姑，我这儿给您满上了，来，喝。"

茹二奶奶看着孟小楼的眼睛说："可别再叫我姑了，叫秋兰不合适，你后边加个姐吧，你就叫秋兰姐得了。"

“好，秋兰姐，那我这算是得罪了，敬您一杯。”

两人又喝酒，茹二奶奶冲冯妈一伸手，冯妈把一张银票递上来。茹二奶奶说：“我知道你们吃开口饭的也难，师父一家要养，亲爹亲妈又病在床上，还有个傻妹妹，家里的事儿不算，行头要置，场面要讲，没别的，我当姐姐的也不能白陪着您掉一回眼泪。今天没多带，这五千块钱您收下了，给老的治治病。旁的以后再说吧。”

“我不要，秋兰姐。这让您流泪就是我的罪过了，还拿钱，那我成什么了！”

“拿着，我乐意。”茹二奶奶的手推过去，孟小楼的手再推回来。两人的手来来回回地碰在了一起。冯妈闭上眼，假装什么也没看见。

孟小楼显得有些盛情难却：“那我收下了。”

茹二奶奶却是一脸的怜爱：“收下吧，你不收就是不想认我这个姐姐了！”

大凡倡优人家，以情而谋人钱财者，必以一身世凄凉的故事做铺垫，你不问则已，一问都有一本血泪账，不为别的，为了给那些寂寞的情感一个堂而皇之的理由。所谓怜爱怜爱，先是有了怜惜之情，方能生出爱意来。殊不知真正可怜之人，他怎么会轻易地把心内的话就那么公开地说出来？他若爱你，他为什么要以苦痛来做爱的引子？这些理儿茹二奶奶这个时候是顾不上了。

莫荷呆呆地坐在床上，灯也不开，一个哥逼自己嫁人，一个佟奉全出来了竟去了茹二奶奶家，这两件事加在一起，莫荷不光是伤心，更多的是心烦意乱啊。

“莫荷，莫荷！”窗外传来生子妈的声音。

“哎！大姨儿，我睡下了。”莫荷说。

“怎么才回来呀，睡下好，别起了。佟先生刚来过，见你们不在又着急走了，没什么事，留个话说他出来了，住着不方便，等不了你们回来，走了。对了！说了让你明天下午三点，到禾丰茶社等他，有话说。”

莫荷鼻子一酸，两行泪终于落下：“我知道了，谢谢您。”

“那行，你睡吧。”

莫荷先是无声地落泪，听见轻轻的脚步声渐渐消失，这才哭出声来，随即将脸埋在了被子里。

二

佟奉全卖了东西，从外边回到茹府，从自己屋拿出抽子，抽着自己身上的土。冯妈从正房里出来，后头跟着茹二奶奶，在门口停下了："佟先生这么快就回来了？"

佟奉全说："啊！卖了就回来了。"

"这可是真快啊，行里串的货？"

"没惊动行里，原来夹包袱的老宅门，西城的唐家，他们稀罕这路货，去了就办成了。"

茹二奶奶面显喜色："进来喝口水吧。"

"哎！我洗洗手就过去。"佟奉全回身进屋了。

佟奉全进了堂屋，把银票拿出来："唐家人没还价，三千大洋把那只盖碗收了，说了再找着一只给五千。秋兰太太，卖货有时是这样，成对儿的卖价儿高，可真正的好东西拆了卖，头一只看着不高，第二只就能翻出跟头来，不为别的，他为了配齐了，成双成套！所以分着卖有时倒有更大的利了！"

"冯妈快把那只也拿出来给佟先生。"

"那可不能这么急，这么急就像是故意的了，人知道你做了手脚，那就伤了主顾了。秋兰太太，钱您收着吧，买卖的事儿您放心吧。没什么事我回屋了。"

茹二奶奶有些失望："等等啊，三千有你三百，说好了的一成，冯妈给佟先生点钱。"

佟奉全稍一沉吟："我……先不要呢！"

"什么叫你不要啊，不是说好了管吃管住还管工钱吗？这是佣金，跟你说，我是阎王爷不欠小鬼的账，咱们一笔一了，拿钱。"

佟奉全从怀里掏出个小账本："不是不要啊，秋兰太太，我欠着您钱呢，这钱算是还您了，我记上了。钱我就不拿了，大洋三百，您签个字吧。"

"这么急啊，可没人催你啊！这是惦记着还完钱走人是吧？"

佟奉全商议说："我要能搬出去住……也行。"

茹二奶奶突然有些生气："没门儿！你欠着我的呢！跟您说佟先生，一般二般的人想住进来我们还不让呢！字我也不签了，你写的账我认。"见冯妈刚要收起银票，茹二奶奶赶紧抢了过去。

佟奉全说："那有五十块零钱先支给我吧，下午出趟门。"

索巴进了通古斋，见王财打着算盘记账，就说："王财啊，给我支点儿钱。"

王财拉开抽屉数着里面的钱："三十六块，要是够了，您先使着。"

索巴脸色一沉："咳！怎么连个整数都没有啊？跟你说，王财，我伙着跟你开买卖，就是为了使钱方便，你要是让我不自在了，我可撤伙。"

王财也有些不乐意了："索爷，不是那话，钱都在账上呢！这些日子您支了一千五百多块了，我收东西花了两千多，可正经买卖还没开张呢，钱可不是紧吗？要么您看看账。"

"我不看那个。王财，这铺底子的货还没卖出去呢，收那么多东西干吗？"

"铺底子都剩摞跤货了，出不了手了，咱不进货卖什么呀？"

"我不管，多余的跟我说不着，告诉你啊，铺子你好好掌管着，让爷我花不上钱，那我可不干！"索巴手一抄，"哗啦"的一声，把三十多块大洋抄走了，然后出了门。

王财赌气地"哗啦哗啦"拨拉着算盘珠子，后来干脆把算盘摔在桌上。坐了一会儿，再拉另一只抽屉，将一排大洋捞出来，揣进怀里，冲后边喊道："福山啊，看着点儿铺子，我出去会儿。"

莫荷为了下午的约会，在摊前边买了一双鞋垫子，走到胡同口，莫荷回头看见王财站在墙根下盯着她看，生气地加快了脚步。不料王财不远不近地一直在后边跟着，莫荷快走两步，王财也快快地跟上来；莫荷快步小跑，转过弯看还是甩不下王财。莫荷突然停下，冲王财走去："你是要买烟，还是要买旁的，你干吗总跟着我？"

王财一惊："我什么也不买，我找你哥，我……我给你哥送钱来了。"

"真好！多少钱？"

王财赶紧掏钱："一百大洋。"

"哈，这么多啊，你这就不是要买烟了，你这是要买人了！"莫荷哼了一声。

"莫荷，说那么难听干吗？"

"难听的还有呢！你少叫我名字。跟你说别总跟着我，我可不卖！"莫荷回头就走，"趁早把你的心收了。"

王财望着跑走的莫荷，并不生气。

头晌，阳光很好，范世荣靠着琉璃厂的一个墙根，神情散淡地晒着太阳。范世荣一眼看见禄大人从一辆车上下来，站起招呼："哈罗！"

禄大人一看又是他，跟躲鬼似的，紧走几步："拜拜！"

范世荣朝地上啐一口："他妈的臭鬼子，有你求我的一天。哎！蓝掌柜，早啊！"

蓝一贵马上回天合居，并不理他。

范世荣叹口气："世态炎凉，这帮孙子，要搁以前还不大老远地过来给我请安啊，人真是不能没钱。"

眼睛刚要闭上就听有人叫他："五哥！"

"哎！谁啊？王财啊，怎么开着铺子不好好盯摊儿，我可等你半天了。"说着要往通古斋走。

王财说："五哥，您有空咱喝一杯去。"

他们进了一家酒馆，刚刚坐下，王财将一百大洋推给范世荣："五哥，话我跟您说明了，莫荷我是娶定了，这钱您拿着。"

范世荣盯着那堆大洋："是啊！好啊，可听着怎么那么悲壮啊，不像是要娶媳妇，倒像是下战书的，算什么啊？聘礼呀？"

"什么也不算，你给莫荷买两身衣裳，还有打今儿个起，烟筐子就别让她挎了，抛头露面的不好看。五哥，实话跟您说，趁着现在我还是个掌柜的快把事儿办了，我王财不是娶不着媳妇，可您这妹妹我看中了！"

"你说实话，我也说实话，我妹妹不待见你，可我缺钱，再比这多百位数的钱五爷我见过，可现在我是镚子儿没有了，看着这一百大洋，我不能不伸手。没法子，王财我跟你说，我妹要嫁给你是没法子！"范世荣将大洋真的揣怀里了。

王财说："五哥，您别再说了，咱们俩就喝吧！"

佟奉全在一家小百货铺买了些香粉、油脂和一瓶花露水，看了下钟表，发现已经两点半了，急忙来到街上，拐进一条胡同。正走着，突然看见前头站着几个人，是包袱刘、包袱李、包袱钱等人，把佟奉全给堵在胡同里了。

包袱李说："佟哥，肥肉一人吃了是不是？我们五个憋了半天的玩意儿，你一脚把我们买卖踹了，咱们夹包袱的可有规矩，你不让我们活，我们可让你死！"

佟奉全一副见过大阵式的派头，掸掸衣裳："好说，你们一人一刀把我捅死得了。"

包袱刘说："没那么容易。"

佟奉全冷笑："没这胆吧，不陪几位了，我有事！"

包袱李说："好啊！学会三青子了是不是？哥儿几个上手，先花了他。"众人就要上手。

佟奉全喝道："慢着！别动手，我等会儿要见人！有本事拿刀子杀了我，想打我可不成。拔刀子扎我，我不还手；想打我，我脸皮薄，别怪我不客气！"

包袱李也提高嗓门："怎么着，蹲了几天笆篱子，你倒学了不少的东西！哥儿几个上手！"

光喊没人动。

佟奉全从长衫里捅起一件枪一样的东西："好，你们不动手，我这儿可有带响的。"

包袱钱毕竟岁数大些，忙说："哥儿几个，慢着，都是夹包袱的，不容易。佟先生，事儿是这样，您吃肉我们喝汤。好歹你得拿出点儿来，咱们今天的事算完了！"

佟奉全说："我也没吃着肉！我欠人家钱呢！我也不愿在茹家待着，没辙，我欠着人家钱呢，我挣钱还债。都是做这行的，有本事捡漏挣钱，挤对行里人不算本事。哥儿几个让开条道，今天我有事，有什么话明天再说。"

佟奉全顶着手里的东西往外就走，五人不敢再动，默默地让路，佟奉全出了五人圈就跑。包袱钱马上反应过来："蒙人，追他！"

佟奉全玩儿命地跑着，众人在后面追赶。

包袱刘急中生智："抢钱了，捉住他，抢钱了，抓住他……"胡同口突然笛声大作，紧接着出现了几个警察。

三

莫荷站在禾丰茶社对面，拉拉衣裳，拢拢头，不时朝东边张望。挎着的烟笸子里有一双崭新的鞋垫。莫荷看看日头，又盯着禾丰茶社的门口进进出出的人群，但还是没有看见佟奉全。

莫荷看见一个人在看怀表，马上追上去问道："先生，先生，几点了？"

"三点一刻。"

莫荷一听三点一刻，马上过了马路往禾丰茶社里走去，刚要进去，被轰了出来。莫荷把烟笸子放在门口，左右看着，还是不见佟奉全的人影。莫荷心里急躁，不觉又开始叫喊："抽烟啦，洋烟卷儿啊，红锡包、大双刀啊，飞船、蜜蜂啊，洋烟卷儿啊！"莫荷生怕人没有看见她，又往东跑了几步，见还是没人又跑回来，在茶馆门口，探身子往里看着。

这时佟奉全被带进了警局，警察看着桌上搜出的粉盒、花露水瓶子、小绒花。佟奉全等人都蹲在墙根，手抱着脑袋。

警察问："谁有枪啊？啊！谁有枪，谁说的他有枪？"

包袱刘被拉出来。

佟奉全说："警爷，谁也没枪，是花露水瓶，我们几位都认识，闹着玩儿，急了。警爷不用您费事了，放我们走吧！"

众人附和说："对，闹着玩儿呢！闹着玩儿呢！"

警察气乐了："哈！闹着玩儿，好玩儿是吧，好玩儿都蹲好了，大爷陪你们玩儿！"开始逐个打他们的头。

佟奉全说："警爷，我有事，您放了我吧！"

众人说："放了我们吧！"

警察吼道："没那么容易，让家里人带钱来领！"

佟奉全抬头看桌上的钟表，已经五点了。

茹二奶奶听了有人传信儿，来到警局将佟奉全接了出来。

茹二奶奶怨道："这叫什么事啊，刚出来就进去，喜欢在里边待着啊，赶明儿给你打张票，害得我戏都没听成。"

马车过来了，冯妈要扶茹二奶奶上车，佟奉全说："秋兰太太，您先回吧，我还有点儿事，见个人。"

茹二奶奶生气了："不成，你要刚说有事，我们就不保你了，立马给你送回去！"

佟奉全心里着急，却不便顶她，假装跟车走了两步，猛地回身，跑了。佟奉全边跑边说："我去去就来，一个时辰回去！"

茹二奶奶和冯妈哭笑不得。

天色暗了，起了点儿风，莫荷冻得有些发抖，她还等在禾丰茶社对面。莫荷看着茶社的门口，一个一个的人出来，都不是佟奉全。莫荷拿着那副鞋垫看着，见伙计举灯出来要上板子，急忙跑过去，问那伙计："老哥，里边还有人吗？"

"有人我能关张啊，没了，你等谁啊？啊，问你呢！"

"谁也不等。"鞋垫掉在地上，莫荷又生气又伤心地走了。

莫荷沮丧地回到家，听见正屋里范世荣在唱曲儿，她在院子里站了会儿，想了想回到自己屋，坐在炕上发呆。

范世荣哼着小曲儿，走到莫荷窗前："莫荷！莫荷！"

莫荷应了一声。

"回来了怎么也不说一声啊？吃了吗？过来一趟吧，哥有话跟你说。"

"我不饿。我累了，想睡了。"

"说完了再睡，把烟笸子带过来。"

莫荷犹豫了一会儿，无奈开门，挎着烟笸去了范世荣的房间。范世荣"哗"地抖出件长旗袍："回头去屋里试试，虽说不是手绣的，也是正经杭缎。"

莫荷见桌上还堆了些花粉，心里有些疑惑："哥，哪儿来的钱买这些东西？"

“王财给的钱，什么都不算啊，没说到实处呢。烟笸子放下吧，打明儿个起，咱不上街了。”范世荣说着，看着一桌子花粉什么的。

“您把东西还人家，我不要。”

“什么话，怎么不识好歹呢！”

“哥，我不嫁人。我挎烟笸子上街卖烟我乐意。”莫荷说着捡起烟笸子就要出去。

范世荣上手一把把烟笸子拉住了：“等等，你贱啊！”

此话一出，莫荷伤心了：“哥，您说我什么？”

“放着好好的人家你不嫁，你不是贱吗？”

“哥，趁着我还叫您一声哥，您把这东西还给人家。我穷我苦我认了，您说我贱我也认了，可我就是不嫁！”莫荷一抖手，烟笸子飞起，散落，莫荷夺门而出。

范世荣先还拉着烟笸，一看烟撒了一地，把笸也扔了：“莫荷，你……你别走！你给我站住，你给我站住！”

范世荣追出门，看莫荷进了自己的屋。范世荣冲过去，把门锁上了：“好啊！好！莫荷，我……我不逼你，跟你说长兄如父，虽不是亲的，我不逼你！你待里边好好想想吧。”

佟奉全一气儿跑到禾丰茶社外，晚了，人早没有了。

四

茹二奶奶起得挺早，对着镜子化完了妆，望着镜子里的自己，说：“冯妈啊，叫佟先生。”

冯妈应了一声，到了门口，喊道：“佟先生，佟先生。”

“哎！来了。”

佟奉全眼睛红红地进来了：“秋兰太太早，冯妈早！”

茹二奶奶看了他一眼：“少再惹事了，昨儿的事前边不赖你，后边自己跑了可不成，着急忙慌地你去见谁，见着了？”

“没有！晚了！”

“活该！拣件东西吧！”

“今儿就不拿东西出去了，秋兰太太。”

“不行，我短钱。这话说春天到了，我换季的衣裳还没有呢！”茹二奶奶说着，捽了下衣裳。

佟奉全解释说：“东西就卖个稀罕，隔三岔五地出一件，人有个新鲜劲儿，咱这行说大也不大，有一件东西就能传得人人都知道了。咱又不开店，太招摇了不好。”

“我不管，你今儿个得给我找出钱来。还有啊，出了门上亨得利看看，最好的洋表多少钱，要最好的。”

“男表女表？”

“问那么细干吗？男的也看看，女的也看看。”

“行！我先给您瞧瞧表去，下午再串宅门儿，那我走了。”

“去吧。哎！对了，表链子也一块儿问问。”

范世荣出了正屋，走到莫荷那儿从门缝往里看了看，见莫荷在炕边上坐着，放心地走了。

范世荣刚走，生子从东屋跑了出来：“莫荷姐，我救你来了。”

莫荷在屋里问：“生子，你有钥匙？”

“不用钥匙，我有撬杠。”生子把一根撬杠拿过来，伸进吊扣，使劲撬，吊扣原本就不结实，哪吃得住生子的猛劲，“咣当”一声，锁掉了。莫荷夹了个包袱卷出来：“生子，谢你了。”

生子问：“姐，您上哪儿去？”

“生子，姐待不下了，姐回老家去。”

“姐，您要走啊？姐，舍不得您走。”

“生子，姐也舍不得你，没法子。”

洪副官进了天合居，端端正正地坐下。蓝一贵态度谦卑地亲自为之沏茶。

洪副官说：“三万以下的东西，别往出拿！”

蓝一贵瞅着洪副官的脸，心里揣度着说：“洪副官您这话说的，您这是要留着玩儿啊，还是要送人啊？”

洪副官说：“我们司令是个粗人，不懂这些破铜烂纸片的，自然是送人了。”

蓝一贵又问：“送谁呀？这些大员都喜欢什么，我不能说个个知道，大概有谱。您说说，我给您参谋参谋。”

洪副官摇着头：“不能说，说出来对人家不好。明告诉你吧，那人喜欢字画，软片。”

“那我这儿一时还没有，您别急，我给您访着去。”

“蓝掌柜，我一事不求二家了，这事不怕花钱，但得办好，不办可以，办不好吃不了兜着走，办好了少不了您的。”

“这我懂。”

“得，我走了。”

“哎！等等，刘祥！”

刘祥赶紧托着个盘子上来，上面摆着一百块大洋。

蓝一贵说：“洪副官，您受累了，拿着喝茶。”

洪副官系着皮带：“不要！别维持我，想着把事办成了，就算我得利了，一好百好！”

蓝一贵正好就坡下驴，给刘祥使了个眼色，刘祥将托盘收回了：“那下回给您送家去！”

五

佟奉全进了范家小院，看着莫荷那屋被撬开的锁，刚要推门进去，范世荣进院来了：“这是谁啊？”

佟奉全说：“五哥，是我。”

“你出来了？”

“啊，出来当天晚上来过，没碰上您。五哥这是……”佟奉全一指莫荷的房门。

“我还想问你呢！”范世荣说。

“我这刚进来，什么也不知道啊。”

“你可别蒙我，你要想拐我妹妹，我可报官。”

“哪儿和哪儿啊，莫荷被拐了？”佟奉全脸色一变。

“不见了。”

“好好的为什么？”

“我想让她嫁人!”

“好事，嫁谁?”

“王财!”

“那可不对！五哥，不是说好了，我……我……”

范世荣发火了：“你他妈的屁！你……你太没谱了，白天还风光呢，夜里就进去了。这出来了，也不照个面，谁指着你呀！让你给做个旧，你还小萝卜扎堆——拿一把了，指着你，我什么时候出这大杂院。”

“旁的先不说了，莫荷什么时候不见的?”

“今儿个早上!”

“五哥，你不找找?”

“我顾不上。”

“我……我一人去!”佟奉全说着，急忙冲出院门。来到街上，在路口询问着过往的人们，又拉住一个卖烟的打听着。当听说有人看到莫荷和生子在一起时，又开始到处寻找生子的影子。

佟奉全是在禾丰茶馆对面的街上看见的生子：“生子，可找着你了，莫荷呢?”

“回老家了。”

佟奉全朝左右看看，看见了一辆大骡车。佟奉全扑过去，一把拉住缰绳，跟老板说：“车！骡车！老板，快着点儿，往北追，钱多给!”佟奉全掏钱，上车，抢过鞭子，“啪”地狠抽一鞭，骡车疾驰起来。

第十章

一

骡车狂奔在郊外的大道上。牲口满身是汗，终于追上了前边的小驴车。佟奉全扔了鞭子跳下来。

坐在驴车上的莫荷也早已看见他了，兴奋、委屈、伤悲一下化作泪水，在眼眶里打转，她抱紧包袱，低着头咬着嘴唇。驴车还在走，蹄声“嘚嘚”。

“莫荷下车，莫荷下车，跟我回去!”

佟奉全追过来，伸手去拉莫荷，莫荷急了，挥拳去打佟奉全。佟奉全并不躲闪，迎着冲上去，一下将莫荷抱下车。

“你管不着我，你别管我!”莫荷挥打着佟奉全。

“莫荷，听我说。”两人挣扎着站住，莫荷蹲下身，低着头谁也不看。

“我昨儿个出了点儿事，我去了，可晚了。”佟奉全说。

“出事，在小寡妇家能出什么事?”莫荷不信。

“不是那回子事，你听我说……”佟奉全有些语无伦次。

莫荷猛地捂住了耳朵：“我不想听。”

“哎，姑娘还回不回遵化了?”赶驴车的走过来问。

佟奉全赶紧说：“不回了，不回了，谢您。”

赶驴车的见莫荷垂着头，就说：“你说了不算，我得问她。姑娘，他是你什么人? 这又打又闹的!”

莫荷还是蹲着不说话。

佟奉全忙说：“我……我是她家先生。”

莫荷听到这句话哭了。

赶驴车的说："没问你，问姑娘呢。怎么还哭了，别怕，要回家我捎你走，没什么可怕的！"

"大爷，您走吧，我不回遵化了。"莫荷伤心地哭着说。

"得，有您这话就行！两口子吵架别赌气。"赶驴车的边走边说，说完赶着车走了。

"莫荷起来吧，咱回去，我就是有错，也得容我认个错啊。"佟奉全挓挲着双手，想将莫荷扶起来又有些犹豫。

莫荷嘴唇动了动，没说出话来。

赶骡车的在远远看着，看着驴车走了，也赶紧说："哎！还回不回京呀？不回结账。"

"回！回！等会儿。"佟奉全说着陪莫荷蹲下了，"莫荷，咱回去吧。"

莫荷伤感地说："回哪儿去？我没家了。"

茹二奶奶见晌午都过了，佟奉全还没回来，百无聊赖地在地上走着，对冯妈说："这佟先生怎么还没回来呀？让他去趟亨得利，他这是去意大利了。"

"也是的，太太就那么一说，他还当真了，问问价又不是真买，还不快回来。"

茹二奶奶盯着冯妈："冯妈，您这话什么意思，谁说我不真买啊，我可是当真要买的。"

冯妈解释说："是啊！我也就那么一说，我是觉着那东西怪贵的，不如买个金镯子戴戴，好歹是个金的，真没钱了，拿出去，也能换点儿嚼裹儿。"

茹二奶奶不再看她："金镯子，给谁戴呀？冯妈，您可别拿话呲嗒我！我想买就买，想给谁买就给谁买，谁也管不着。"

冯妈没等听完，就默默走出去了。

正这工夫，佟奉全满头汗水地回来了，冯妈让他进堂屋给茹二奶奶回话。

"佟先生，您这是跑着去亨得利的？怎么这一头的汗啊！冯妈，带上点儿茶叶，戏园子的茶叶我喝不惯，收拾收拾，咱走。问你话呢！"

“秋兰太太，我没去亨得利。”

“那干吗去了？冯妈拿条手巾，先让他擦擦汗，他这样，我看着别扭。没去，你去哪儿了？我这儿溜溜地等了一天。”

“秋兰太太，实在对不起，家里有点儿事。”

“你不是没家吗？怎么没家的比有家的人事儿还多呀？我听戏去了，有什么事咱回来再说！”

“秋兰太太，您等等。”

茹二奶奶扭回脸：“干吗呀？还非要说啊！”

“您等等，我这儿给您行礼了，我求您件事。”佟奉全说着要行大礼。

“等等！先说事，没那么多礼，什么事急出一脑门子汗啊？”她看着男人冒汗拿过手巾就给他擦。

佟奉全赶忙说：“我自己来。秋兰太太，求您件事。”

“说！”

“我有一亲戚，什么都能干，现在没落脚的地方了，您看留下她在您这儿帮个工吧，有吃有住就行，旁的什么也不用。”

茹二奶奶很爽快：“行啊，回头我见见。”

“这会儿在院子里等着呢！”

茹二奶奶这可不高兴了：“嚯！你这是逼宫啊，你就为这事出汗啊？”

“没求过人，实在挤对得没法子了，您看看。”

茹二奶奶终于发话了：“叫进来，我看看。”

冯妈推门出去，把莫荷带进来了。

冯妈向莫荷介绍说：“这是我家太太。”

莫荷说：“太太您好！”

茹二奶奶一看年轻的姑娘原就不喜欢，再一看，认识：“哟！见过呀！不是来传过信儿吗？佟先生，这是你什么人？”

佟奉全笑笑：“亲戚！”

茹二奶奶说：“那回她可没这么说，就说是你的街坊来着。我还以为要来个小伙子呢！丫头子我这儿不缺，有冯妈呢！年轻的我使不惯。冯妈，叫车吧，我要听戏去了。”

佟奉全和莫荷沮丧而尴尬地站着，茹二奶奶面无表情地从两人身边过去了。

天晚了，街上人少车稀。佟奉全和莫荷在街上走着，莫荷还夹着那个包袱。佟奉全有些自责：“莫荷，怨我没能耐，给你叫回来了，吃住都安排不下。”

莫荷无言。佟奉全看着行色匆匆的路人：“天晚了，要么先回你哥那儿住去，先住一夜。”

“我不去。佟哥，我不怨你把我叫回来了，可我不想回去了！”停了停，莫荷又说，“你能赶着接我回来，我知足，要么我真就觉这世界冰凉无比了，我不怨你。佟哥，有住没住我都不怨你。你能大老远地把我追回来，跟着我在这街上走走，我就知足了，我觉着踏实，能走一夜，走一辈子我都不怨，什么都不想！没什么怕的，只要不让我嫁人，我什么都不怕。”

“那行，就着琉璃厂近便，我给你找间房吧！”佟奉全说着，叫住了一辆洋车。

佟奉全领着莫荷，按照小吃摊老人的指点，进了一处小杂院。矮胖的房东老太领着莫荷、佟奉全看着一间房子。

房东大婶看着莫荷：“这是刚进京啊？”

佟奉全说：“啊，刚下车。”

“我说怎么这么晚呢！两人住？”

“不是，她一人住。”

“哟，单身女客啊，先可说好了，可不能往这儿带人。”

莫荷一听拉着佟奉全要走。

佟奉全站着不动：“大婶，我们就一人住着，没人来！”

“别怪我说话不好听，这年月说不上了。真要一人住着您放心，我也放心。这院里住的都是厚道人，东屋是卖果子的陈家，西屋住个臭脚巡，都不惹事，安全。看看屋里的东西啊，要使我的被袱一月二块五，不使，二块。”

莫荷说：“我自己带了。”

佟奉全忙说：“使吧，垫底下暖和，不差这几毛钱。大婶，这月房钱先给您。”

莫荷看了一眼佟奉全：“租半个月吧。”

房东大婶冷冷地说：“半个月我可不租。”

佟奉全又急忙说："租一个月的。得，钱我给您了！"

二

孟小楼散了戏，跟茹二奶奶去泰丰楼吃饭。他们进了一个单间，茹二奶奶叫了一桌的菜，孟小楼有些心不在焉。

茹二奶奶看孟小楼没动筷子，不禁问："孟先生，菜不合口啊，怎么不吃啊？"

"也不是，您吃您的，我这儿唱了一大出，乏了，看着油腻的没胃口。"

茹二奶奶听明白了，这哪是菜没胃口啊，怕是看着我们没胃口。于是离席走出包间，冯妈跟着出来。茹二奶奶问道："冯妈，你别跟我藏猫猫，你身上没带着钱？"

"吃饭的钱有，旁的钱您也没说让带啊！再说了，咱看他戏请他吃饭，哪能天天带银子给他啊！"

"冯妈，你别跟我说旁的，没带就没带，你可找着辙了，是我没嘱咐你。是，全怨佟先生搅的局。"说完又走进了包间。

孟小楼打着哈欠，桌上的东西还是没吃，见茹二奶奶进来，就说："秋兰……姐，明早上我还得吊嗓子，我先走了。"

"您走您的，冯妈送送。"茹二奶奶坐着没动，心里很难受。

孟小楼边穿衣裳准备往外走边说："那我走了。"

茹二奶奶依旧坐着不动。她无声地流泪，心里对自己说，我没出息，我让人给脸子看："冯妈，您别笑话我，丢人呢！可我真的觉着孤单啊，您担待吧，我寂寞！"

冯妈安慰她："太太，别那么说，我懂，我懂！"

"您别笑话我，我没脸！"茹二奶奶说着"啪"地给了自己一个嘴巴。

冯妈急了："太太，您这是干吗呀？"

这夜，王财也来到了范家，与范世荣喝着酒。

王财借着酒劲儿，抱怨说："五哥，不是我说话怨您啊！人丢了，您怎么不找去啊?!"

“有人找!”

“谁啊?”王财奇怪地盯着范世荣。

“你认识,佟奉全。”

“平白地他插什么杠子啊!跟您说钱我可给您了,您一女可不能许二家。”王财急了。

范世荣喝了盅酒:“那种事我不办!”

“人丢了,您该让我找去呀!哪能让不沾边的人找去呀!”

“不是我让,是他愿意的,明跟你说了,让你找你找不着。”

王财不服气:“他怎么就能找着啊?他姓佟的凭什么?五哥我钱可给您了!”

范世荣懒得理他这一套:“王财,按你的吩咐我都买了东西了,你瞧瞧,烟笸子也不挎了,衣裳也置了,粉也买了,这都是你的主意。你要不乐意,把东西全拿走,咱两不欠。”

王财软中带硬:“五哥,您这是欺负人了。跟您说,我……我可不怕您。”

范世荣一笑:“现在天底下没人怕我了。”

“我也不怕姓佟的。”

“他许也不怕你。”

“好,最好了!跟您这么说,事要是成了咱好好的,好上加好!事要不成,一百块大洋,真金白银,你还给我,一百不成,一百二。”

范世荣不动声色:“没有,都花了。”

“没钱我要人!”王财说完拿起帽子,走了。

范世荣这时简直就是个无赖了。他喝了口酒,笑着自言自语:“真是的啊,莫荷,莫荷,看见没有,你真是我们范家门的人,一个挎笸子卖烟卷儿的,都这么招人待见。抢,抢去吧,一人不香,抢着吃有味儿!有能耐抢到手,我不多说一句话了。”

正这时门又被推开了。

“怎么着,你还没完了?”范世荣说着,回头看时却没人,过一会儿佟奉全进来了,“得,又一个,幸亏没碰上,要碰上了得演《叶甫盖尼·奥涅金》。奉全啊,找着了?”

佟奉全很气愤:“您还记着问啊!”

“这话怎么说的，今儿个怎么都这么冲啊！又喝酒了，跟你说啊，你要是喝了酒了，我不跟你说话，说了也不算！”

“一口没喝！”

“怎么着，怕把时运再喝回去？”

“闲话少说，不是你妹妹怕你操心，非让我来说一声，我他妈的才不来！”

他这一说，范世荣终归有点儿心动，手里夹着的肉片掉了：“怪不得抢呢，是个好妹妹。行！我知道了，你走吧！”

佟奉全气得把帽子摔到桌上：“这么好一个妹妹，干吗逼着她嫁人！”

“我没钱！”

“你没钱，你他妈的连点儿人味儿都没了，没有莫荷这两年挎篮子卖烟，你早他妈的饿死了！这么好的一个妹妹，供你，养你，一点儿怨言都没有，你就这么舍得伤她？”

“我是浑蛋，这我比谁都知道。今天这是怎么了，不对的都在我这儿呢，都冲着我来了?！你好，你心疼，她那么记挂你，你为什么不娶她？王财怎么了，好歹他真金白银拍这儿了！你他妈的腻腻歪歪的，就会喝多了说点儿酒壮㞞人胆的屁话。今天我的话搁这儿，她要跟了你，一辈子准倒霉！”

佟奉全听了他说的这番话，气不打一处来：“我他妈的宰了你！”说着举瓶子就砸。范世荣手一撑，伸手一拳。两人撕巴着摔在地上。椅子翻了，旗袍掉在地上，酒瓶子里的酒“咕咚咕咚”往外流。

这时，生子推门进来，站在门口看着。

范世荣觉得有点儿不好意思：“谁啊，生子啊！没事，我们喝多了，打着玩儿的，没事，你走吧，把门关上。”

生子问：“我莫荷姐呢？”

佟奉全说：“回来了，生子，你姐让你放心，回去睡吧，没事！”

两人撕扯得累了，重新坐下，把撒了的东西收拾了收拾。范世荣看着酒瓶说：“还有这么一口酒，咱分了！”

佟奉全说：“五哥，说归说，闹归闹，我要娶莫荷！”

“好啊！你娶吧！”

“可我现在娶不了，我没钱，我得还账。我是上无片瓦下无寸地，可我就是要娶莫荷!”

范世荣摇摇晃晃地走过去，把那轴画“哗”地打开了。古旧之气扑面而来，一沓子拓片撂桌上了，说：“想有钱也容易，你别守着一身的手艺饿死了。不用你为我，为莫荷，为你自己吧！我不让你杀人越货去。你把这张画给做了，我不让莫荷嫁王财。莫荷出苦海，我也出苦海，你娶我妹妹。”

三

大白天的，天合居里光线也有些昏暗。蓝一贵打开一张画儿看着：“何先生，您说这张画是巨然和尚的?”

“哎！上边有诗，下边有款，您拉下去看!”

“不用拉，拉出一尺来我就知道是仿的。”

“何以见得?”

“所谓前有荆关，后有董巨。巨然后居汴京，跟着李后主，由南而北，他可是学了北方画派，如关仝等人的一些手法，他是用披麻皴法的。这张画，皴法先是不对。再说了，天底下宋的图章哪有用蜜印的，多是水印。一错百错，旁的不用看了。”蓝一贵说完“哗”地把画卷起来。

何先生求道：“蓝掌柜，我急等钱用。”

“行！一百大洋搁这儿吧。钱不多，卖不出去我还压得起。”

何先生显得可怜巴巴：“蓝掌柜，这就是仿的也不是现在仿的，就这张纸，老绫子也不止一百大洋啊，你添点儿。”

蓝一贵不再看他：“没有，您别家吧，刘祥送客。”

“您留步，我走了。”何先生说着夹了东西准备出去。

蓝一贵这才有些让步：“何先生，算了吧，一百五，我留下，算帮你个忙。您要出了这门，这条街可再没这价了，不是我说啊，从我这儿夹着出去的东西，没人敢要了。”

何先生有些不甘心：“蓝掌柜，您……您真有点儿霸气！得，我割肉了，给您留下吧，要不是短钱……”

蓝一贵不听：“刘祥，给何先生包银子。”

佟奉全想了一夜，心里想通了，来向茹二奶奶请假。佟奉全慢慢走向堂屋门口，小声地叫道："冯妈！冯妈！"

茹二奶奶听见了："别叫了，进来吧！"

茹二奶奶也是一夜没睡好，眼睛都有点儿肿了。看佟奉全进来，有气无力地问："什么事儿啊？"

佟奉全说："秋兰太太，亨得利去过了，最好的男表，金壳金链子大洋一万二。女表……"

茹二奶奶打断他的话："知道了。佟先生，你说这男女之间，有没有跟利害一点儿关系都没有的感情？"

佟奉全不明白她的意思："您说的利害指什么呀？"

"譬如钱啊，物啊的。"

"有啊，比如七仙女啊，梁山伯什么的。不过也不能完全地跟物没关系，那样，好不过三天，就饿死了。"

"要真有这样的，好三天也值！"

"不那么好碰。"

"你这话算说对了。碰不上又想可怎么办？"

"要么就光这么想着等着，要么找个人把日子当戏过了，两人相互蒙着，演着戏，也算个安慰。"

茹二奶奶不无讥讽地说："哟，佟先生你是没成过家，可这男女之事可参得真透啊！"

"听说书的悟出来的。"

"可不就得这样吗，我想我是个王宝钏，可那个寒窑我可守不了；我想我是个祝英台，一咬牙殉情我也做不到。我就是我，我把日子当戏演了，演到哪儿是哪儿吧。佟先生你看我这眼睛是不是肿着呢？"

"看……看不大出来。"

"离近了点儿看！"

佟奉全觉得有点儿不大合适："您让冯妈看吧。"

停了会儿，茹二奶奶问道："昨儿个你那亲戚住哪儿了？"

"租房子住了。"

"为这事你生我气了吧？"

"没有，原就是来商量的，不成也应该。"

“佟先生，记住了，我可不愿身边一堆丫头片子围着，那种日子我过够了！她跟你不是亲戚吧？”

“不是。”

“那是想成了亲戚？”

“是。”

“两人之间没利害？”

“想有也有不了，我还欠着您钱呢！”

茹二奶奶感叹：“多好啊！什么时候穷人有人爱了，那可是真爱了。不过，话我给你说在前头，也许到头来是一场空。你的话，情这东西没粮食撑着，也扛不过三天去。书里的话，贫贱夫妻百事哀。好了，没事说说闲话真好，你忙去吧！”

“秋兰太太，我想请几天假。”

“干吗去呀？”

“帮人也是帮自己。”

“不是成亲吧？”

“不是。”

“几天啊？”

“五天。”

茹二奶奶这次答应得很痛快：“行！你走吧，今儿个话算说高兴了，记住了五天后回来，你可欠我钱呢！”

四

佟奉全与范世荣把桌子抬进西屋，佟奉全把一堆大大小小的石头印章料堆在桌子上，又将一把一把的刻刀排好。

范世荣摸着那些石头：“别的我不懂，要这么多石头干吗？”

“不懂就别问，《宣和书谱》《石渠宝笈》，能用都用上，既要做就都做绝了。”佟奉全忙着手里的事情问，“这些拓片子？”

“王财拓下来的，没一方不是真迹。”

“你走吧，把门从外边锁上，我不叫，您别来！”

“那吃饭呢？”

“放外边窗台上就行。”

“那我走了。”

“请吧。不说了，说是这事不再干了，您别让我后悔。”佟奉全边说边把一张拓好的印纸贴在一方合适的印章上，选取了刻刀，准备刻石了。

范世荣退出，把外边门锁上，走了。

佟奉全准备做伪了，他想通了，再干一次。他一直回避着这是为了自己而做的，他总那么劝着自己，为了莫荷做一回，就算让一个原该得到幸福的人得到幸福了，旁的，他一个草民也管不了那么多了。

底局子是旧北京纳鞋底的小作坊，有许多女工在此纺线、搓麻，也有手工纳底子的。莫荷也想找份工做，她悄悄走进底局子，一个算账的先生在拨拉着算盘记账。

莫荷小心地说：“先生，先生！先生您要人工吗？”

“要！会纳底子吗？”

“纳过。”

“一双八分。你是领家纳去，还是在这儿纳啊？”

“家没材料，在这儿纳吧。”

“结婚了没有？”

莫荷犹豫了一下：“没……没结。”

账房摘下眼镜，又细细看了她一眼：“那不能要，没结婚的大姑娘不要，怕出事。去年就吊死一个，肚里有孩子了。大姑娘不收，怎么还不找个人家结了婚再出来呀？去吧，不要。”

莫荷灵机一动：“我拿家纳去。”

“那行，支一块大洋领材料。”

“我没带钱。”

“找钱去吧，找了钱过来！”

莫荷还想再说什么，见账房已经转身去忙了，也只好出来。

禄大人进了天合居，蓝一贵急忙迎过来。禄大人穿着长衫，很想学中国人那种撩袍子坐下的利落劲儿，一撩坐下觉得不对，站起来又一撩坐下还不对。

蓝一贵感到奇怪："禄大人您这是干什么呢？"

"我不信就出不来那个帅劲儿。"禄大人说着还要撩。

蓝一贵明白了："您这样，二拇指头捻住了边，抽着捋一下，又有响又利落。来，你看我，哎！对了，对了！"

禄大人学着又做了一次，问："有样了没有？"

蓝一贵奉承道："有样，有样！练多了就熟了，也是难为您了，我们从小就学这个，您这大老远地来了，说话要学，还要学这学那，可是真不容易了！"

禄大人还挺谦虚："不学您看我不是行家。"

蓝一贵继续恭维："那哪敢啊！街面上都传出来了，整条街就您眼力好，好东西都让您拿走了。"

禄大人这次得意了："别架着我，我是大头我知道。闲话少叙，书归正传，有什么好东西，拿出来看看。"

"刘祥啊，把门关上。"蓝一贵故意造气氛，这也是行里的道儿。坐商卖货都爱造气氛，一件一件东西给你拿出来看的过程，也是他试探你的眼力的过程，你眼力再好，可架不住他总想在一种诚意和诡秘的气氛中影响你。"甭让闲人进了，把咱那副对子请出来给禄大人看看。"

蓝一贵说："唐寅唐伯虎的对子，也就给您看看。"

禄大人说："别打开了。"

蓝一贵一愣："对子，您不要？"

禄大人说："世人只知三笑，唐寅以风流闻名，满街都是唐伯虎，腻了，真的假的都不要了。还有什么？"

"老窑瓷器，您看这个小豆。"

"不要。"

蓝一贵赞叹："禄大人，您眼力真好，这件玩意儿，在三年前，我看着都是真的，这会儿看有点儿可疑了，您这眼一搭就看出来了。刘祥呀，把巨然那幅画拿出来给禄大人看看吧。禄大人，不给您点儿真东西，您以后不来我这儿了。"

刘祥抱了一个楠木画盒子出来。画还是何先生一百五卖给蓝一贵的那幅巨然的明代仿作，配了个金丝楠木盒子，做了做旧，面目就不一样了。

"禄大人，您看吧。"蓝一贵帮着把画拉了出来。

禄大人细细地看着："北宋巨然的，所谓前有荆浩、关仝，后有董源、巨然，辟六法之门庭，启后学之蒙聩，皆此四人也。什么价钱？"

"禄大人，提什么钱啊，喜欢了拿家玩儿去。"

"不用客气，说个数吧。"

"我不说了，您看着给。"

禄大人没说话，竖了一根手指。

蓝一贵又故意说："一块！您不能够！您说的是一万吧？"

"我拿走！"

蓝一贵心中暗喜，但嘴里还嫌少："禄大人，慢着，少了点儿。您好歹再添点儿，要不我不赚钱！"

禄大人很坚决："就一万，不卖我走！"

"那银票？"

"带着呢。"

"禄大人您眼真毒，价真是噎脖子，这个价，我才赚您三百大洋，等于没赚着。刘祥给禄大人包上送府上去！"蓝一贵的心里真是高兴啊，真是狠赚了一笔，表面却是一脸的无奈，像是受了多大的委屈。

莫荷在街对面，看着范家小院的院门，鼓了半天的勇气，却不敢进去。正在这时生子出门了，一眼看见莫荷，跑了过来："姐。"

莫荷从怀里掏出支棍糖，给了生子："想姐了吗？"

"想。姐，您住哪儿了，没事我看您去。"

莫荷刮了一下他鼻子："臭嘴真会说，吃吧。我哥在不在？"

"出门了，佟叔在呢！"

"他怎么来了？住哪儿了？"

"西屋门锁了两天了，姐我从门缝里看见了，他在里边刻石头呢。"

"刻石头？现在院里有人吗？"

"没人。"

"我去看看，你在门口站着，我哥来了，咳嗽一声。"莫荷说着就急急往小院进。莫荷进了小院，看见窗台上还有吃剩的窝头和剩菜。莫荷趴在门缝上，往里看着，见佟奉全蓬头垢面，刻好了一方印，正在打着印泥往纸上盖呢，看着累坏了。

莫荷低声喊道："佟哥，佟哥！"

"谁啊？"佟奉全机警地问，边说边赶快从桌前过来了，眼睛在门缝往外看，"莫荷啊！你怎么来了？"

"您干吗呢？我哥把您圈起来了？"

"没有，我让他锁的门。"

"佟哥，那事儿你应了？"

"好不容易来一趟，咱不说这个，找着事由了吗？"

"找着了，在家纳底子呢。一双八分，自己买料一双一毛六。佟哥，我一天能纳一双了。一天八分，十天八毛，三十天两块四，佟哥，我够活了。"

"让我看看手，勒出口子了吧？别使手勒线。"

"您别看！佟哥，您别为了我干违心的事！"莫荷背对门坐在台阶上，"我好着呢！这会儿，咱没条件，您娶不娶我都没关系，千万别急着干了对不起自己的事。就是成不了家，这么相互惦记着不是挺好的吗？"

"我不能这么想！"

"我知道您为难呢！"

"你越这么说，我越着急！"

"我可没催过您，我把这锁撬了，您出来吧！"

佟奉全急忙阻止她："别！我不能出去。莫荷你走吧，三天之内别过来。"

"为什么？"

"别问了，莫荷，你走吧。"

"佟哥。"莫荷刚说到这儿，听到外面生子咳嗽了，莫荷一看，情急中跑进生子家。

王财跟着范世荣进来了，还边走边吵。王财气愤地说："五哥，这是人也不见，钱也不还，跟您说，我局子里可有人呢！"

"你爱哪儿有人哪儿有人！有本事让他们来抓范五爷来。王财，别说现在找不着人了，就是找着人了，也不嫁你了，你他妈的小人一个，怪不得我妹不喜欢你呢！"

王财不听他说话了，扭头看着西屋。

范世荣心里有鬼，故意激他："看什么看，门锁着呢，你还不信吗？

小家子气！”说完往上屋进。

“哎！你欠我的钱，该我的人怎么倒是我小家子气了？五哥，跟您说，我这掌柜的可当不长远了。您这会儿办事，我还能办得起。”王财说着跟进去了。

小院里一下又安静了。莫荷悄悄地跑出来，逃出了院子。

五

蓝一贵挣了大买卖，到坤书馆，将唱大鼓的小九宝带回了天合居的后院，大白天地就跟小九宝腻在屋里，听九宝浪声浪气地唱着《王二姐思夫》：

“王二姐……哎！哟！你这干什么呀！大白天也不把帘子拉上，你要总起腻我可唱不下去了啊！”

蓝一贵指着自己的腿说：“唱，坐这儿唱，我听得清楚。”

小九宝没说话，继续唱着。

小院里很安静，正屋的门猛地开了，蓝一贵的原配冲出门，把一只茶壶砸在院子里，忍无可忍地骂道：“这是谁家的浪货啊，不到二八月就闹起来了，这是贱到秤盘子外边去了！”

蓝一贵从西屋出来了：“吃饱了撑的你！大爷挣的钱，大爷乐意。你他妈的管不着！”

“你可是蒙出东西去了，有俩骚钱了是不是，可不知怎么花了，大白天往家领人，你还让不让人活！”

“我挣的钱，怎么花我乐意。”

“你乐意，我让你乐大发了。”蓝夫人说着抄起棒子就往蓝一贵头上砸，“砰！”这下真的砸脑袋上了。

蓝一贵捂着头，咧着嘴骂道：“你个王八泼妇……今儿个你就给我搬家。”

小九宝穿着十分摩登，拎着一个精致的小包出了西屋。她说：“蓝先生您好自为之吧，我走了。”

“砰”的一声，正屋门关上了，蓝夫人也进屋了。

蓝一贵自己站在院里，这才觉得有血流了下来。蓝一贵捂着头，邪邪乎乎地说：“刘祥，刘祥快叫大夫！”

已经深更半夜了，西屋里还亮着灯。范世荣披衣服出来，他趴在门口细细看着，见那张画上大大小小地盖了很多的印章，佟奉全正拿滑石粉一把一把地往那画上撒着，撒完了之后，轻轻拿着羊毛排笔掸着。他身上一激灵，在院子里撒了泡尿，赶快回屋去了。

佟奉全还在紧张地工作着，细心地一笔一笔补着那张画。然后又点着了烟，一段一段地熏那张画。几天过去了，佟奉全脸上长出了粗粗的胡楂。佟奉全把画挂起来了，细细地拿放大镜照着看着，轻轻地用小刀刮着一些痕迹，终于做好了，佟奉全举灯照着那画又看了看，这才把灯放到桌上，走到门口，有气无力地喊道：“五哥，开门！”

范世荣听到喊声把门打开了，见佟奉全走出来了，脚步飘飘，似乎地是软的。范世荣忙问：“成活儿了？”

佟奉全扶了一下门框，停了停，才说：“您看看去吧！”

第十一章

一

范世荣冲进了西屋，看着那张在墙上挂着的旧画，半天，范世荣才说：“跟真的似的，跟真的似的。”说完才又反应过来，“呸！说的什么话，可不就是真的吗！”

佟奉全靠门框站着，感叹道：“哎！这是春天快来了！”

范世荣没听清：“您说什么？”

“我说春天快来了。”

“是啊！是啊！爷我的春天到了。”

“把这画埋在长虫的米面口袋里，再让它蛀些个虫眼，就更好了。”

“说得对，说得对，埋在虫子堆里蛀眼，没虫眼那还叫古旧啊？你们这些招儿都怎么想出来的？”范世荣说着上手摘画，小心地卷着画，“奉全啊，《红楼梦》里说过的啊，假作真时真亦假，说是传承有续，也都是假的，最后生说成是真的了，想变假都变不过来了。我们家原来‘四王’‘八大’的画儿都有，后来来了个行家说十之有九是假的，你信吗，花了成箱的元宝买回来的！奉全啊，奉全！”说了半天，听不到佟奉全的声音，探头往外一看，“哟！走了。哎！叫辆车，叫辆车啊！”

索巴和王财的买卖老开不了张，想了想，觉得还是得找茹二奶奶。他们在堂屋里坐了好半天，茹二奶奶这才扶着腰出来，像是病得厉害。

索巴假装关心：“姑您慢点儿！”

茹二奶奶埋怨道：“索子啊，姑病了，你都不来看我，没良心。”

索巴赶紧说："姑，您怎么这样了，我这阵子忙，没给您请安。"

"用不着，你们好就行！"茄二奶奶口里虽这么说，可心里明白，他们是无事不登三宝殿，得先发制人。她大声问道："杨子找着了？"

索巴心虚："没……没有……"

"别蒙我了！你大铺子都开出来了，会没找着人？没找着人哪儿来的钱啊？"

"铺子您不是去了吗？我和王财伙着开的。"

王财也说："姑您看见了。"

茄二奶奶说："他原来是个伙计，他哪儿来的钱啊？没关系，跟姑说实话，人找着了就找着了，东西我不要了，也别让杨子不落忍，过来看看我啊，该走动还得走动，亲戚嘛！"

索巴心想，好啊，到底是大户人家出来的，我还没说什么呢，她就堵了我的嘴了，我得跟她见点儿真着儿。想到这儿，他说："姑，当初开那买卖我可真的是为了您！"

茄二奶奶讥讽道："好心，我可没让你开什么买卖。我这一个没亲没故的寡妇，开买卖卖什么呀？咱卖东西是没有了，卖人人家不要。"

索巴干脆挑明了："姑，话说到这儿，咱也别绕弯子了，今儿个我和王财来，就是想从您这儿拿几样东西过去，一是壮壮门面，二是给您把那些玩意儿变成钱了。侄子知道您短钱花呢！"

茄二奶奶也不再绕弯子："好！真心疼我。这屋里的东西，你看着什么好搬吧！可有一点，拿一件，你留我一件的钱。我说多少是多少，你说的不算！"

索巴脸上挂不住了："您开玩笑了，我说的是您收在银行里的玩意儿，原来那些给我看过的。"

"哟！你们不说那不值钱吗？生气全摔了，早知你们要拿走，白给了你们，可你当时又不要。"

"姑！您别揣着明白装糊涂，街上可传您卖了大货还养了人呢！侄子今天把话挑明了，您可不能给老祖宗丢脸！"

"放肆，我养什么人了？你这可真是踹寡妇门、刨绝户坟了，你跑我这儿撒野来了？"

"姑，话到这份儿了，玩意儿拿出来个一件两件来，咱还是亲戚！拿不出东西可别怪我不客气！”

“我好害怕，冯妈！打电话叫局子给我轰人！”

索巴一不做二不休：“好！叫人最好！王财去北屋看看那个佟奉全在不在。”

“我看你们谁敢！我雇伙计还犯了法了，我寡妇怎么了，我寡妇也得活人吃饭，我不能雇人侍候我吗？冯妈叫人！”

索巴不管，跟着王财出门冲向北屋想拉佟奉全出来，拉开门一看，里面却没人。

茹二奶奶急了：“好！这真是砸明火了，茹安把街门关上，别让他们跑了。把那火枪抄出来，冯妈递我把刀，咱们这叫关起门来打狗！”

茹安把火枪都抄出来了，把门关了，冯妈哆里哆嗦地将一把刀举给茹二奶奶。

茹二奶奶比画着刀说：“以为寡妇好欺负是吗？”

索巴看见枪可有些退缩了：“姑，没那意思，你雇那人不行，有我们干吗还雇人！”

茹二奶奶说：“你们？他比你们好十倍！跟你说我自小在横人堆里长大的，最不怕的就是别人欺负我！茹安上药！”

“太太，上好了，顶着火呢！”

“冲他们来一枪，别怕，打，打坏了有我呢！”

“好了！”茹安说着端正了架势。

王财慌了：“没我事，没我事！”

索巴脸都黄了：“哎！别别！茹安别动！”

两人躲着枪抱头鼠窜，正在这时，有人“咚咚”敲门。

冯妈怕出事，急着说：“太太，警察来了，警察来了！”

“来得好！茹安开门！”

茹安放下枪，打开门，是佟奉全，胡子拉碴摇摇晃晃地进来了，在门口站了会儿：“秋兰太太，我回来了。”他说完就往屋里走，没走到屋里就瘫倒了。

茹二奶奶脸色一变：“哎！这是怎么了？”

索巴和王财一看，趁机赶快跑出大门。

“拦住！拦住！”冯妈故意咋咋呼呼，见茹安真要追赶，使劲拽了一把，“茹安，别追了。”

茹二奶奶也说：“跑就跑了，关门。这是怎么了？这是干什么去了，累成这样了！茹安，来，快，快抬屋里去！”

洪副官又来到了天合居。蓝一贵头上缠了绷带，小心地接待洪副官。

洪副官觉得今天的蓝一贵有些怪模怪样：“蓝掌柜，您这是怎么了，我们当兵的打仗挂彩，你这做古董的也挂彩？”

蓝一贵随口说：“干我们这行的，跟行军打仗差不多，龙潭虎穴，虎穴龙潭，也是水深火热的。”

“你可在意点儿，为件东西别出了人命。东西找着了吗？”

“不凑巧，淘换半天没访着呢！您放心，不是要宋的吗？合适了一定给您找一件。”

“怕我不给钱吧？”洪副官说着就掏出钱来，“我给你撂一万大洋银票在这儿，定金。”

蓝一贵眼睛一亮：“不要？不要！我哪敢这么想啊，再说您也不能够啊！”

洪副官脸色一沉：“不要，敢不要我明儿个派人来封你的铺子。”

蓝一贵急忙赔笑：“看您这话说的，还有逼着给人钱的，您看咱这交情，还用提钱吗？”

洪副官站起身：“这钱也不是白给你的，我给你说两条，一是要真，二是要快。就要换防了，说了你知道就行了，指着这东西保官呢！”

蓝一贵清楚了：“明白！一定办到，一定办到，那我就收了，给你打个收条。”

“不用！不信你还能为这一万块关了铺子跑了！”洪副官说完，走了。

佟奉全睡得真香啊！茹二奶奶悄悄进来。她静静看着，心说，这是干什么去了，睡得这么香？刚要拿手绢给佟奉全擦口水，突然冯妈一声咳嗽。

“冯妈您怎么进来也不吱一声啊，吓我一跳！”

冯妈也小声说：“太太，饭得了。”

茹二奶奶又看了一眼佟奉全说：“给他端进来吧。”

“睡两天了。”

“我都怕他睡死过去，叫吧，再不叫成木头了！”茹二奶奶说着就上手捏鼻子。佟奉全醒了，睁眼看了看，又翻身向里睡。茹二奶奶和冯妈都看着他，他突然反应过来，赶快回身坐起：“哟！秋兰太太，您这是……”

“别动，睡两天了，怕你睡死过去，该醒醒了，吃点儿饭。”

佟奉全赶紧说：“我起，我起！”

茹二奶奶看着他，笑道：“等我们出去了你再起。我算是养了个废物了，不是伤就是病，要么就是坐监了，想睡觉时你倒认门。冯妈，咱出去吧，让他起来！”茹二奶奶说完出去了。

二

莫荷挎了个大筐子，背了大卷的袼褙和麻绳正往家走。突然一辆洋车停在她身边了，拉洋车的是一个硬朗的小伙子，叫良子，他和莫荷同住一个大杂院。

良子赶上来：“上车吧！”

“我不坐车。”

“上来吧，您是住在东跨院西屋的吧？我住六号，反正我也是回去，得，捎上您吧！”

莫荷推托：“不用，不用。”

“不收您钱！”良子伸手就装东西。东西被拿上车了，莫荷只有跟着。

良子催促道：“坐车上吧，要么我跑起来，你可跟不上。”

莫荷推托不得，只好坐上。良子拉着车上的莫荷飞跑起来。

茹二奶奶、佟奉全还有冯妈在一起吃饭。佟奉全大口地吃着，突然觉得哪里有些不对，一看，见茹二奶奶和冯妈都在看着他，赶快斯文起来，慢慢嚼了起来。

“你吃你的，能吃能睡，这天底下就没什么事儿了。”

冯妈问：“饿了吧？”

“吃之前还没觉得饿，这吃了一口就觉得真饿了。”

茹二奶奶说：“饿也别吃太多，不是怕你吃，猛一吃多了积食。这些日子干什么去了?”

佟奉全边吃边说:“给朋友帮忙去了。”

“你朋友还挺多的啊!不是我说你,天底下除了‘利益’两个字,哪有朋友啊。”

“您说的也不是没道理。可自古至今,挂印封金,千里走单骑,为了‘义’字过五关斩六将的事儿也有,那是大义,活得壮烈。咱做不了那事儿,学点儿样总该差不多。”

“你为了还我钱,忍气吞声地在这院子里忍着,也算个‘义’字吧,这回出去是为那姑娘吧?叫什么来着?”

冯妈接话:“莫荷。”

佟奉全说:“为她,也为自己个儿!”

茹二奶奶感叹道:“有个人为,可是透着有精神呢!忙也罢,累也罢,饿也罢,都乐意!你算有福气的。”她说完离座往院子里去了。

佟奉全赶快拨拉着碗里的饭。

外面茹二奶奶突然喊道:“哎!冯妈、佟先生,快来看啊!快来呀!”两人以为怎么了,赶紧冲出堂屋。

茹二奶奶指着一棵小树说:“这树可有了芽了。”

冯妈说:“可不是,六九都过了。”

佟奉全也说:“这是春天来了。”

春天来了,新春伊始,万象更新,蕴藏了一冬的沉寂在大地的变化中都昌盛起来了,谁不想在一个新鲜的春天里改变点儿什么呀!该红的红了,该绿的绿了,该改变的都变了。

蓝一贵戴了个帽子,戴副墨镜,墨镜后面的眼上还有着伤呢,手里盘着一块古玉,在串货场的人丛中走来走去地挑东西选货。

刘掌柜拿着一张画说:“哎!蓝掌柜,您要不要都没关系,您给掌掌眼,这东西说是李成的,您看对不对。”

蓝一贵手都不动,眼镜都不摘,说:“打开我瞧瞧。”

刘掌柜赶紧打开半尺多。

蓝一贵说:“收起来吧,清仿的。刘掌柜,有宋的画,不论是谁的,给我送过去啊,价好商量。”

他的话都让王财听见了。王财赶紧迎面走过来，毕恭毕敬地说：“师父，您忙着呢！”蓝一贵一看是王财，理都不理，扬长而去。

刘掌柜说：“怪不得叫蓝半尺呢，眼镜都不摘，一搭眼就说不对了。”

李掌柜说：“人家不挣钱谁挣啊，赌的不就是个眼力吗？王掌柜，您收点儿什么？”

“收了俩罐子，拣着玩儿吧！”王财没好气地说，走了。

范世荣进了通古斋，见索巴正在急着找什么：“王财去哪里了？”

福山忙说：“掌柜的说他上串货场了。”

“准是他妈的又收破烂去了！早晚把钱变堆破烂，砸手里关买卖算。”索巴拉不开抽屉，举起算盘摔地上，“哗啦啦”珠子撒了一地。

范世荣夹了个画包袱轴站在门口：“这是冲谁啊？”

索巴赶紧说：“哟！五爷，跟您没关系，我骂王财呢！”

“该骂！他人在哪儿呢？叫出来我也骂他两句。”

福山赶紧收拾算盘珠子。

索巴说：“没在铺子里。”

“没在你骂他干吗呀，那多没劲啊！要骂就当着面骂。索巴，这么些年了，你可没什么长进啊！”

“五爷，我没长进不要紧，您扛住了，别趴下就成。”

范世荣不高兴：“说得好，是我招的。我还拿儿辈前你们索家给我们范家当包衣说事呢！这会儿变了，我该叫您一声索爷索掌柜的，您接着骂吧，我走了。”

索巴张口结舌，好半天才反应过来：“五爷，您喝口水再走。”

“不喝了。”范世荣说完出门去了。

索巴怅然若失：“福山啊，收拾了。他妈的，得罪也就得罪了，改朝换代了。福山，这才是爷呢！甭管到什么份儿上，驴倒架也不能倒了，活的就是那口无缘无故的气势！”

莫荷还是挎了个篮子，来到老邢的小食摊边上：“大叔我坐会儿。”

老邢说：“坐吧，姑娘不卖烟了？”

“不卖了。”莫荷说着从筐里拿出鞋底，把针在头上刮了刮，纳起底子来。老邢把一碗热汤端过来给莫荷。

“谢您了，我不用。”

“喝吧。姑娘你这是等人呢吧?”

“不等。”莫荷话刚说完，看见佟奉全出来了，高兴得刚要喊，又看见佟奉全让茹二奶奶出了门，马拉轿车也过来了。佟奉全让茹二奶奶和冯妈上了轿车，然后他也上了轿车。

莫荷看着心里不是滋味儿，手也停了。

老邢不时朝对面看着，边干活边自语：“孤男寡女的，真住一个院子里，他再没事也有事儿了。”

莫荷回到住处，开门进来，筐子往地上一扔，趴床上哭了起来。房东大婶端着一碗白薯进来：“莫荷，你回来了，刚出锅的快趁热吃了吧。哟!这是怎么了?”

莫荷赶快抹泪坐起，笑笑：“没事!”

房东大婶关心地问：“谁惹你了？想谁了?”

莫荷掩饰道：“谁也不想。”

“有什么烦心的事儿，跟大婶说啊！一个姑娘家家真是怪不容易的。莫荷啊，大婶问你句话，问得不对，你可别怪大婶。一个人孤苦伶仃的，那天带你来租房的是个什么人啊?”

“亲戚。”

“你说下人家了吗?”

莫荷不好意思了：“没有呢。”

“没有就好啊，一个人挣巴多难啊，咱们女人早晚得嫁人，大婶给你留意着。”

“大婶，不想这事。”

“想不想的单说，早晚得嫁了，不图钱多钱少，人好是第一的，人好了一好百好，人坏了一坏百坏!”

良子在院子里叫：“林婶，林婶——”

“哎！我在西屋呢，等会儿啊。”房东大婶说，“是良子，人怪好的,跟婶出去认识认识?”

“不了，不了，您忙去吧，我也该做活了。”莫荷说着拿起鞋底纳了起来。

“行！等下回吧，他在我这儿搭伙，总能见着，跟你说啊，人好，有力气。你趁热吃啊。”

“谢您了，林婶。”

“谢什么，街里街坊的！”

房东大婶一走，莫荷放下纳着的底子，又伤心起来。

三

范世荣拎着个画轴包袱走在琉璃厂的大街上。范世荣踌躇满志地走着，看是中气很足，其实有些失落，心说，满街的人，连绵的铺子，我这一上午走了三个来回，竟没有一人一店伸手张嘴问我夹的是什么。时过境迁了，没人认咱了，今日的范五爷，不是过去的范五爷了，想通了这理儿，我……我也只好主动去找一家铺子给人看了，这是没辙，我总不能天天拎着画儿在街上神游吧。

范世荣无奈，朝蓝一贵的天合居走去，走到门口，上了台阶，正要推门，王财在他身后说话了：“五哥！您找过我？”

范世荣终于听到人叫，这口气才算舒出来。回头一看，中气又来了：“是啊，你小子跑哪儿去了？”

王财说：“您过来，跟您说句话。”

范世荣转身下了台阶，跟着王财走了。

蓝一贵在里面一看范世荣都要进来了又转身走了，倒觉得有些不正常，隔玻璃看着，对伙计说：“哎！范五夹的是什么？”

刘祥说：“像是一轴画。”

“他怎么不进来啊？”

“跟着王哥走了。”

“这王财，这是抢我买卖啊！”

王财和范世荣来到一家酒馆，两人吃着聊着。王财说：“五哥，买卖快干不成了，索巴不是做买卖的人，胡造。”

“干不成就别干了。”

“我想成家。”

“好事！可我管不着。”

“我也想好了，莫荷不莫荷的我也无所谓了，您那钱得还我。”

“指定了还你，可有话在先，你再借我点儿。”

王财急得差点儿噎着：“天下哪有这道理，您欠着我钱呢，我还借您，我傻啊？”

“您再借我点儿，合二为一，回头一总我加利息还。”

王财不相信：“你指什么还我？”

范世荣把画轴往桌上一放：“董源的画儿。”

王财说：“做得了？”

范世荣急忙掩饰：“什么叫做得了呀，家传的原件。王财，这画儿卖谁合适？”

“当然得卖行家了。”王财突然想起了什么，“五哥，我可知道谁急着要这路货呢！”

范世荣精神一振：“是吗！那就好办了。来，喝酒，喝酒，先别提钱的事，多俗啊。”

王财却卖起了关子：“你可以不提，我不能不提。”

佟奉全买了一小篓糖炒栗子，拎了一块肉，进了莫荷租住的小院，径直往莫荷的窗根底下走去。正屋房东大婶透过玻璃看见了，高声问道：“那是谁啊？进院子也不吱一声，找谁的？”

佟奉全正往屋里看，赶快应道：“大婶是我，我找莫荷。”

房东大婶推门出来：“噢！是您啊，莫荷不在。”

“她上哪儿了？”

“上底局子交活儿去了。您上屋坐着，等会儿。”

“不等了，我还有事。”佟奉全愣了愣，说着就往外走，这才想起手里的东西，“这东西撂您这儿吧，麻烦您等她回来给她。”

佟奉全在街上急急忙忙地走着，想找洋车却找不着，等了一大阵子，才看见一辆洋车跑着过来，刚要喊住，一眼看见了车上的莫荷，她正笑着和拉洋车的良子说话呢。佟奉全半张着嘴愣住了。

“莫荷你坐好了，前边有沟。”良子说。

“您慢着点儿吧，慢着点儿，都要回家了可不急了。”是莫荷的声音。

佟奉全心里有点儿七上八下了，反复想着莫荷刚才的笑脸，又觉得看到的好像是另外的一个人。佟奉全接着往前走，走走又觉不对，反过身，追着那辆车往回跑着紧追起来。

佟奉全一直追到莫荷租住的小院门口才给追上。良子已经把车停好了，先把领回来的布、袼褙料拿下来，又忙着扶莫荷下车："我给你拿屋去。"

"不用了，良子哥，我自己拿吧，你忙去吧。"

房东大婶迎出来："哟，回来了。来，我拿点儿，我拿点儿。良子，别出车了，饭得了，吃了再走。"

"哎！都甭动手了，我来！"良子说着，将东西一抱，拿进去了。

三人全进去了，街门口空落落的。佟奉全呆呆地站着，一时漫无目的，拽了拽长衫，摸了摸脸，自言自语道："良子哥，都叫良子哥了，怎么看着跟一家人似的。她……她进门，大婶该跟她说我来过了呀！她这会儿要反身出门来，看看门外有没有我，我就迎上去，她要是不出来，这事怕有变了呀！不会吧，这房租的，别把个人给租没了！莫荷你可不能负我。"

佟奉全盯着门口又舍不得动弹，回了身又回过来。等了一会儿，院门根本没人出来，心里更难受了。街门空落落的，佟奉全又不能再进去，此时正好来了辆车。

佟奉全伸手拦住，上车走了。在车里头还回过头，街门口依旧空落落的，莫荷还没出来。

佟奉全这时的心里空空落落的了。

王财隔着门，看着对面的天合居。范世荣清闲地喝着茶，那轴画包袱还放在桌上。范世荣看着鬼鬼祟祟的王财，心里有些受不了："王财啊，点灯吧。"

"不能点，这一点我就不能在门口张望了。"

"今天过了还有明天呢，你这么鸡零狗碎的样子，我可不习惯。"

"再忍会儿，一会儿就出来了。哎！他那屋点灯了。五哥，来，快来，拎东西出门。"

通古斋的门"砰"的一声推开了，范世荣夹着画从门里出来，紧接着，王财追了出来。蓝一贵刚从天合居里出来，站下，看着范世荣在前，王财紧跑几步，拉住范世荣：“五爷，您别走啊！又不是说没商量，一切好办，一切好办。”

范世荣不理他：“甭拉，甭拽，甭跟八大胡同做生意似的，你还做到街上来了，甭拉，我明白了，你买不起。”

“这话说的，一家买不起，我找人伙着还不行吗，五爷。”

“留步，买卖不成仁义在，你小子开眼了，我还没收你学费呢！”范世荣说完一甩胳膊走了。

王财有些不甘心地喊道：“五哥，五爷！”

蓝一贵一直站着，看着。王财被甩，沮丧地急急回店，好像很偶然地看见了蓝一贵。蓝一贵已下了台阶。

“师父您出去呀？”

蓝一贵淡淡地问：“啊！你这一声叫爷、一声叫哥地忙什么呢？”

王财应付说：“哎！哎！没事，没事。”

蓝一贵说：“什么好东西啊，做买卖还做到街上来了？”

王财好像隐瞒着什么：“没什么，不是什么好玩意儿，您见笑了。”

“我看也是，他范五都到这份儿了，他还能有什么呀！”

“是，是。师父您忙，您忙。”王财说完走进铺子去了，“福山啊，怎么还不点灯啊？电话打了吗？”

福山回答：“打了。”

蓝一贵本来是要出去的，看了刚才这一出后，倒不想出去了，站了一会儿回了铺子坐下。

刘祥迎出来：“爷，您没走啊？”

“啊！等会儿。”蓝一贵心里想事，越想越觉得不明白，“刘祥啊！范五他今天白天夹着一轴画都到了咱门口，让王财叫走的，是吧？”

刘祥说：“啊！长长的看着像个画轴。”

蓝一贵盯着刘祥，却像是在问自己：“刘祥，你说他范五，还能有玩意儿吗？”

刘祥说：“爷，您让我说呢，许是这样，您要问平民百姓家能不能出件好东西，我能说十有八九不成，贵重东西都传承有序，不是一般的人家能出来的，可要问范五爷家，咱不敢说了，好歹是个大门大户的，备不住……”

蓝一贵恍然：“犄角旮旯是藏着东西呢，找出来了就不得了是吧？”

“我也是这么一说。”

“刘祥，先不上板了，范五刚过去，你认识他那个院子吧？”

刘祥点头：“认得。”

蓝一贵吩咐：“你追下去，请他在街上吃顿饭，夹的东西要是画，你想办法让他上铺子里来一趟，我在这儿等着，他要回家了，你也想办法去他家让他过来。有一条，别显得咱太上赶着。”

“明白了。”刘祥说着跑了出去。

蓝一贵这一激动，倒水的手都有些抖了。

良子、房东大婶，还有莫荷，一起吃完了饭，正要收拾，良子说：“婶，您别动了，我来。”

房东大婶说：“莫荷，以后你也就在这儿搭伙吧，一人做一人吃多没意思啊。钱不钱的，也不多你一口，有了你就给点儿，没有欠着也行。”

莫荷说：“怕……怕住不长。”

房东大婶嗔怪道：“这是什么话啊，多伤感情啊，也许就住下去了。哎！我忘了，”说着赶快进屋，拿着栗子和肉出来了，“我说总觉得有什么事没说呢，你下午送活的时候，那位送你来的先生过来了，这是给你留的东西。”

莫荷问道：“什么时候？”

“下午。看我给忘了。”

“他……他没……”

“让他等等，不等，急着走了，他前脚走，你后脚就回来了。”

莫荷下意识地站起，往大门口走去。莫荷站在大门口，左看右看都没有人。莫荷也不急着回去，春风卷着惆怅从街上吹过，莫荷呆呆站在门口，看着街上的洋车叮叮而过。

街上空落落的。

四

茹二奶奶、冯妈要去看戏了。茹二奶奶边打扮着边说：“冯妈，问问佟先生去不去，要去一块儿去，这夜场，咱俩人去，让人闲话。”

冯妈应着出来，到了北屋窗根下，冲里边问道：“哎！佟先生，太太问您看戏一块儿去吧！哎！佟先生，听见了吗？”

佟奉全有气无力地回答：“哎！我就不去了，不舒服！谢秋兰太太。”

茹二奶奶都收拾好了，出来问冯妈：“一块儿走吗？”

“佟先生说不去了，不舒服。”

“爱去不去，怎么一请假出门回来就不舒服啊。冯妈咱快走吧，别耽误了！”

院里静了下来。佟奉全自言自语：“……良子哥……一起吃饭……一起坐车……一起接活送活……一起说……一起笑……一起纳鞋底子……一起……”

佟奉全在床上蜷缩着，想着莫荷坐在洋车上的笑脸，他猛地坐起来，穿衣，戴帽，出门，喊道：“茹安啊，给我留着门啊！”

茹安说：“哎！别太晚了。”

范世荣打开一个烟盒，空的，再打开一盒，还是空的。莫荷的烟笸子里光了，范世荣蹲在地上满地找烟头。这时有人敲门，范世荣问：“谁啊？”

刘祥问：“范五爷在屋吗？”

“谁呀？进来！”范世荣仍在找烟头。

刘祥推门进来：“五爷您吉祥，我是天合居的伙计刘祥。五爷您找什么呢？”

范世荣假装想了想：“天合居刘祥，走错门了吧，上我这儿干吗来了？”他仍旧低头找烟头。

刘祥刚进门就看见那个画包袱还在，这下放心了：“五爷，您别这么说啊，我们掌柜的想请您到铺子里聊天去。”

范世荣不理：“没空。”

刘祥急了："五爷，我车都叫好了。"

"不去，刘祥呀，你带烟了吗？我这一时忘了买烟了。"

"有，有，给您备着呢！"刘祥说着赶快递上烟，点烟，"您这儿敢情找烟呢！"

范世荣抽了几口烟："啊！你们掌柜的想找我了？"

"掌柜的想请您到柜上一叙。"

"他想见我，让他上我这儿来。"

"您这儿不是太乱了吗？"

"不光乱，还凉呢！爱来不来。"

刘祥看着那画包袱，露出来的轴上有虫子眼儿。

范世荣抽完一根又接上一根："你不抽根？"

"您抽吧。"刘祥说着，把烟都放下了。

刘祥赶紧回到天合居，给一直等他的蓝一贵回话："爷，东西看了，外面的轴是个老轴，旧绫子，有虫子眼儿呢！"

蓝一贵有点儿着急："他不来？"

刘祥说："不来，说没空。"

内间电话响了，蓝一贵赶快过去接："哎！洪副官，哟！怕我跑了吧，没有，不好找。有……有眉目了，有眉目了，可能会贵一点儿，咱不是太急吗？不怕啊？行，行，我办，一定办！再见，再见。"

出了内间，蓝一贵说："范五你小子算是给我挤对到墙根底下了，刘祥叫车，我去一趟。"

佟奉全来到莫荷租住的小杂院外，做贼似的，贴着街门走过去看看，又走回来看看，犹豫着该不该进去。

屋里的莫荷也没心思纳底子了，佟奉全送来的栗子，一个也没吃，一个一个地摆在桌子上，看着发呆。灯花"砰砰"爆起来了。莫荷自语："灯花跳，有人到。人是到了，没碰上又走了，他就不能多等会子啊?!"她剥开个栗子，仇恨地吃着。外面突然传来一个声音："莫荷，莫荷！"

莫荷先是不信，再一听，果然是佟奉全的声音，急忙抓起梳子梳头："佟哥吧，等会儿！等会儿！"

佟奉全原本就有些怀疑，哪有工夫等啊，腾地推门进来。莫荷看着他，他看着莫荷，就那样相互呆看着。

佟奉全一肚子的话不知该怎么说，莫荷也有点儿生分了。两个人想象的情景在心里都有疙瘩了。

佟奉全不自然地说："吃……吃了吗？"

"吃过了。"

"是啊，莫荷，我……我有话跟你说。"

"坐下吧。"

"我……我下午来过了。"

"房东大婶跟我说了。"

佟奉全不知该怎么说，迟疑半天才说："莫荷，咱搬家吧。"

"往哪儿搬？"

"不管往哪儿搬，咱搬家吧。"

"你来就是为了说这事？"

"就是。"

"干吗要搬，一个月的房钱都交了。"莫荷不明白，"怎么了，佟哥？你把话说明了。"

"下午我来过了，我来了没见着你，走时见你了。"

"在哪儿？"

"在街上，你坐在你良子哥的车上，我见你了。"

"那干吗不叫我？"

"没认准，你有说有笑的，我想叫，叫不出来了。你下车，他帮你拿东西，你们一块儿吃饭，我在街上站着，想进来，没进来。莫荷，咱搬家吧。"佟奉全说着上手就要收拾东西。

"佟哥，你这是信不过我了！"莫荷嗓音有些哽咽。

"我……我心疼，从下午到现在了我心疼，堵得慌！"

"你也知道心疼，堵得慌?!"

"不说了，咱搬家。"

"等等，你心疼了、堵得慌还能上这儿找我来，说啊叙的，多少回了我看着那门，盼着你出来一下，哪怕见你一个影，听你一句话呢。好容易盼出来了，你扶着人家一个一个地上车，然后绝尘而去，头也不回，我想喊都不敢喊，在大街上我想流泪都没地方流去，我心疼，我心都疼伤了。

这会儿你知道心疼了，老天爷真公平，你让人受的罪，反过来也得让你受受。”

“莫荷，我不对，咱搬家。”佟奉全也有些唏嘘。

莫荷赌气又有些幽怨地说：“为什么？就因为街坊帮了我忙，你……你这是信不过我了，街坊帮我个忙你就看不下去了？我不搬！”

自古谈情说爱，有一大半时间其实是谈误解，谈仇恨和怨气。要想两相好合，别的不说，先是要换脑、换心，把两个人的脑子搅在一起，然后再装回去，那才是你中有我、我中有你了。要么哪能有安生的一天！

第十二章

一

刘祥扶着蓝一贵在范家小院下了车。

“爷，我先知会一声，您慢点儿，在门口候候!”刘祥说完飞快跑进去。蓝一贵站在门口，回身看着夜色里的街市。

范世荣没有出来，让他进去。蓝一贵走进范世荣的屋里，范世荣连起来让座的面子都不给，懒懒地说：“自己找地方坐吧。”刘祥赶紧把一只椅子上乱七八糟的东西拿开，吹了两口，让蓝一贵坐下。

蓝一贵尊一声：“五爷!”

“不敢，叫我范五就行!”

“五爷，您住的地方可该拾掇拾掇了。”

“再怎么拾掇也拾掇不回大清国去了，不拾掇了，就这样我也惯了。蓝掌柜您大驾光临有什么见教?”

蓝一贵见包袱里的画轴露了一半，可一时还开不了这个口：“没什么大事，傍黑看您跟王财在街上谈买卖，正好让我碰上了。王财原是我徒弟，我这徒弟人灵活，但不地道，我这儿来是跟您提个醒儿。”

“师父说徒弟不地道，那这徒弟肯定就不地道了，蓝掌柜，范五这儿心领了。”范世荣双手抱拳在右肩上一摇。

蓝一贵心想，他这儿不接我茬，我这话还不好说呢！这边范世荣也自忖，他这叫打外围，正经话在后边呢，看他怎么张嘴!

“刘祥啊，把咱带的茶叶给五爷沏上。”

范世荣说：“别沏，没烧水呢!”

“烧水还不快吗？来，腾个地方，放杯子。”蓝一贵终归也是江湖，说着话，这手就上去拿那幅画了。

“您交我，”范世荣说着伸手要接，“您交我吧！”

蓝一贵拿在手里就不想放了：“是张画吗？”

“是张画儿，董源的。”

“董源的画儿可多了。”

“是啊，我这可跟人家的不一样。”

“哪点不一样？”

“我这画儿叫董源一声他能答应，别人的姓董不姓董都未准。”

“哪儿淘换的？”

“不知道，家里的老底子，找烟头在床底下找出来的。”

“我看看。”

“不行。”

“有主儿了？”

“没有。”

“那我算有缘了，匀给我吧！”

“我这东西可贵！”

“就不怕贵，多少钱？”

范世荣这才有些认真了：“先别问价，你先看半尺再说，你蓝半尺看这半尺后，我听你的。”

蓝一贵把画摊桌上慢慢打开半尺，又半尺，图章、印鉴、玺印都对了，纸也对，题跋、笔锋也对。蓝一贵还是不放心：“我再往下看看。”

“行！明儿个我给你改个名，叫蓝一丈，半尺名你就该收起不用了。”

蓝一贵听了有点儿生气又不好表现，心浮气躁了。买古玩一类，一怕志在必得，一想着志在必得，就伤了“缘分”这两个字，天下原没有志在必得的道理，往往想着得时，就把不得之心排除在外了；二是怕急，下家有了，东西看见不容易，无非是甲花钱买乙的东西，自己坐收渔利，这一急，心就失了那种花钱的负担，以为只有赚呢；再有怕躁，人家一句话把火拱起来了，那时眼就该飘了，不对了。这会儿，蓝一贵是三忌都犯了，哪还能看得准。

蓝一贵把画匆匆看到底。范世荣嘲笑说：“慢慢看吧，蓝一丈都不行了，得叫您蓝十丈了。”

蓝一贵终于说出价来：“五万。”

“不成，这价有人开过了。下午王财开过了，你们师徒俩倒想到一块儿去了！”

“你说个数。”

“七万，现钱，一手成交！”

蓝一贵还是有点儿不放心：“我再看一眼，成吗？”

“您再看十眼都成，江湖上的话不能信。”

蓝一贵不明白：“怎么讲？”

“看画儿哪有只看半张、半尺这么一说。您看吧，刘祥把灯举高了，让你师父看！”

蓝一贵急了：“五爷，您这是不想卖给我啊！”

“你不买，我绝不求你！有好东西还怕出不了手？”

蓝一贵想发火又不敢，怕砸了买卖：“五爷，您真就是个爷，这四九城里就没您这么横的。得，我要了。”

范世荣说：“现钱！”

蓝一贵一口应了：“现钱！”

当下乘车来到天合居，两人落座喝茶。那轴画儿在桌上卷着放着。蓝一贵本来特想再看一看，范世荣喝着茶，故意拿话激他：“好歹是七万的东西，你不再看看？”

“七万是个不小的数，可这钱我不花，有人买了。”

“多少钱？”

“十万。”

“好，你有本事，一晚上挣三万，我不眼气。行，走了。”范世荣起身要走。

“刘祥，给五爷拿银票。”蓝一贵也不再挽留。

佟奉全、莫荷两人呆呆地相对坐着，半天没话。佟奉全很伤感地说：“莫荷，我……我把你看得可重呢。”

莫荷说：“我也一样。”

佟奉全央求：“你搬了吧。”

莫荷问："搬哪儿去？搬出去没了良子，可能还有祥子，往哪儿搬？因为这个你让我搬，我也有话。"

佟奉全盯着莫荷，不知所措。

莫荷赌气说："你从那个茹二奶奶那儿搬出来。"

佟奉全笑了："不讲理了，我欠人家钱呢！"

莫荷很失望："是啊，你欠人家的不欠我的。"

佟奉全挪近莫荷："我欠你的，我要一辈子好好还你。"

莫荷手指戳了一下佟奉全的额头："真会说。佟哥，你假老实，你就会说。"

佟奉全急忙表白："说的都是心里话。"

莫荷说："你就会说，说了不算我都信，我可真傻呢。"

"你不傻，莫荷，你好……"佟奉全说着上手就要抱。这时上屋门一响，房东大婶说："都回来了吧，我关街门了啊。"

两人急忙分开，莫荷说："佟哥，你走吧。"

佟奉全伸出手指："嘘，我不走了……我……"又要上手。

莫荷制止他："不行！佟哥，好日子有呢，我等。咱俩不在一起时，你可不能把我看贱了。"

"我错了，你也往好了想我。苦是苦，不苦不甜。"

房东大婶在外面听到莫荷屋里好像有说话声，便问："莫荷，你屋里有人吗？"

里边的两人都慌了，停了会儿，莫荷说："林婶，您别管了，街门我这就关去！您歇着吧，我关！"

房东大婶的影子在门口晃了晃："太晚了，咱这屋里可不能留闲人。"

"哎！你走吧，闲了来看我。"

"恨不得天天看着你。"

"走吧，别瞎想。"

"不瞎想，咱俩都好好的。"佟奉全说着出了门，莫荷跟出，马上把街门关上了，背靠着门子，听着听着，直到什么也听不到了。

佟奉全孤独伤感地走在街上，苦人啊，相思最苦，人生在世先是怕无情，英雄也难免为情而落泪，要么辛弃疾怎么会写"倩何人唤取，红巾翠袖，揾英雄泪"呢！人怕无情也怕有情，有情就有了惦记，那种惦记让人一天天地失魂落魄。

二

太阳老高了，佟奉全站到院里，想到上房说话，又担心她们还没起来，喊道："冯妈，秋兰太太起来了吗？"

"进来吧。"门开处，茹二奶奶穿了一身戏装正练着舞水袖，"昨儿个你没去可是真的亏了啊！多硬实的戏码啊，倒二是《失子惊疯》程老板的，大轴是《白门楼》孟老板的，我这巴掌都拍疼了。"边说还边舞水袖，自我欣赏地走着台步。

佟奉全说："秋兰太太，这是这几天串宅门收回来的账，一万八，您收好了。"

"好啊，您该提的呢？"

"我记账上了。"

茹二奶奶嘲讽说："倒是不吃亏，还欠我多少钱？"

佟奉全沮丧地说："还有一万多！"

"行！接银票。佟先生，你把这钱卷跑了我可没地儿找你！"

"我腿跑不动。"

"你这人实诚，现在这路人少了。"

佟奉全小心地说："秋兰太太，我想出趟门。"

"干吗去呀？还不嫌兵荒马乱的啊？"

"古董这行，就指着兵荒马乱收东西呢！"

"你急着收东西干吗呀？我的还没卖呢。"

"您是您的，实话说了，我想快点儿还您钱。"

茹二奶奶一听就恼了："还！还了我钱，好出这院子是不是？跟你说我可没轰你。"

一缕阳光斜射进来，蓝一贵得意地把那张董源的画挂了起来，小心又小心地把轴落下。先是近观，然后退而远观，嘴里还轻声哼着大鼓书，眯着眼睛细心地看着，突然不哼了，走近再看。

"刘祥啊，拿放大镜给我。"

刘祥赶快拿来放大镜。

“把铺子门关上！”

刘祥又赶快把铺子门关了。蓝一贵拿放大镜一照那印泥，觉得太鲜红，掸了掸。放大镜在画儿上游移，发现一只米虫子还在爬呢！蓝一贵头上的汗冒了出来。

“刘祥，开门透口气，透口气。”

刘祥又赶快开门，门一开，光更亮了。

蓝一贵这一看更觉不太对了，暗自琢磨：纸对，墨对，绫子对，其他都不对了。他把画卷了起来，问：“刘祥，那包袱皮呢？”

刘祥说：“在后屋呢，我给您拿去。”

蓝一贵来到街上，尽量扬着脑袋，夹着画轴急急忙忙地走着。走着走着又突然站住了，想想，觉得不能去，这没法去找。

回到天合居，蓝一贵进屋把门关上了，急不可待地把东西放下，然后蹲地上，腾出手来就抽自己的嘴巴，“啪啪”地抽，嘴里还骂：“让他妈的你牛！这回可现大了，蓝半尺，蓝棒槌！”古玩一行，东家西家都说会捡漏，掐尖找秀气的故事多了，真说自己被人蒙了，打了眼的少。不是没有，天天都有，收了打眼货，能蒙的再蒙出去，不能蒙的，找块布包起来，束之高阁，偷着养伤吧，怕跟人家说出去，丢钱事儿小，丢人就没法再混了，这一行也是舌头底下压死人。蓝半尺，这名一叫出去人就丢不起了，打掉了的牙只有咽下去。蓝一贵从后边过来，表面一点儿伤心都看不出来，看见店里有客人还热情招呼：“罗先生，您来了，有什么喜欢的，尽管拿啊。刘祥照顾着。”说着话去了内间，开始打电话：“洪副官吗？我天合居蓝一贵。对！找着了，真不容易，您过来吧，好，太好了！舍不得给您呀！玩笑了，您过来吧，带着钱最好。东西对，可是怕丢了，我也没给人家呢！好！候着您啊！”

蓝一贵从楠木盒子中拿出一幅画，把那幅画放了进去，心里盘算，这局要是细算，该是那天王财和范世荣在街上拉拉扯扯算起才对。这是憋好了要算计我呢！行外的没这本事，就怕行里人使坏。王财呀！你他妈的欺师灭祖，你就不怕造孽！可这画是谁造出来的，造得我一时都没看出来，这条街上还有谁有这份手艺？

三

范世荣和王财在酒馆里喝着酒。

“旁的别问，钱说了加倍给你就加倍给你。王财，这事不是什么好事，你嘴可得积点儿德。”范世荣说着推过一张小银票。

“那您放心，五爷，您就不怕人家找后账？”

“不怕，他心气儿高，丢得起七万块也丢不起这人。再说了真真假假的古董行的事多了，看他能不能逃出去了。”

范世荣和王财分了手，又去买了盒点心，在手里拎着，从从容容地走着。虽挣了钱了，身上却没什么改变。

范世荣来到莫荷住的地方，看见良子正从门口往外挪个小缸，房东大婶在后边跟着。范世荣问：“莫荷住这儿吗？”

房东大婶上下打量他：“您……您是她什么人？”

范世荣说：“是她哥。”

良子忙招呼：“您请吧，在西屋呢！”

莫荷已经听见了，开门出来：“哥，您来了！”

范世荣说：“啊！进屋说吧。”

莫荷端过一碗水：“哥您喝水。”

范世荣埋怨她：“租了个房也不跟我说一声，不是生子告诉我，真以为你回老家了。房子退了，跟我回去吧。”

“不回。”

“别犟嘴，跟我走，你一人住着我可不放心。”

“哥，我想一个人住着。”

“跟我回去，王财的事儿了了。”

“我在这儿挺好！”

“你不回，我也不硬劝你了，给你留点儿钱，底子别纳了，看把手给勒的。”范世荣掏出五十块大洋来放下，“闲了买两身衣裳换换，想吃什么可口的外边叫点儿，别总对付。”

“哥，我……我不短钱！”莫荷第一次看范世荣拿这么多钱给自己，又开始伤心落泪。

“拿着吧，哥原先可太对不住你了，让你卖烟卷儿养活我。”

“我拿一块。”

“都拿着，我惦记发达了，请丫头侍候你呢！”

“哥，您哪儿来的钱？”

“别问了，不是什么好道来的，说着愧，给祖宗丢人。不回就不回吧，过不了多少天，哥开出铺子再来请你回去享福！”

莫荷说：“哥，我给你存着吧！”

“花了！都花了！”范世荣说着起身出门。

“哥，慢走。”

“待着吧！奉全来过？”

“他去山西了。”

范世荣一愣：“嘿！我说怎么找不见了呢，去山西干吗呀？”

佟奉全真的到了山西。正逢兵荒马乱，难民奔逃，佟奉全逆着人往前跑着。“嗵！嗵！”几发炮弹炸响，一群人倒下了，更多的人趴下了。身边有个老头问他：“先生，你去哪儿啊？”佟奉全说：“侯、侯马。”老头说：“俺劝你回头，看不见吗？打得凶呢！”

佟奉全跑进一个荒野小山村，这里已没有什么人了，街上横躺着几具残尸，让人看得毛骨悚然。佟奉全跑到一个门前，叫道：“家里有人吗？家里有人吗？”半天没人应。佟奉全推门进来，院子里没人，几只鸡生疏地看着他。“屋里有人吗？”话音还没落，街上又是几声炮响。佟奉全赶紧向一个柴火垛跑去，拉过一垛柴就挤了进去，突然听见里边传出声音：“别往里挤了，另找地方吧。”吓得佟奉全跑了出来：“喊了几声了，您怎么不答应啊？”

“兵荒马乱的，生人来了，哪就敢乱答应。”老汉也不躲了，爬出来，“京城来的？”

“您耳朵真好，我这刚说一句话就让您猜着了。大爷，村里没人了？您贵姓？”

“姓何，村里人没了。你大老远地跑这儿干吗来了，村里有亲戚？”

“没有。”

“屋里坐吧。”何大爷说着进了屋，佟奉全也跟着进去。

何大爷又问：“有事儿啊？”

佟奉全支支吾吾：“也没什么大事，想淘换点儿东西。”

“这么说你是为了利而不知害了，命都不要了？”

“没想到这么乱，早知这样不出来了，我也是逼的。大爷，不瞒您说，既欠了人债，又欠了人情，想着一次给了断了。”

何大爷感叹：“人生在世，什么债能了断啊！今儿个还了，明天又来了，无情时觉寂寞，有情时觉累赘。俗了吧，怕滑落下去；超然点儿吧，又禁不住诱惑。你这次出来要真死了，你那相好还不欠你一辈子情？你这是害人啊，哪是救人。”

“宁可人家欠我，我不欠人家的。心疼！”

“你这人倒是也难得，吃点儿干粮吧。”何大爷拿出一块馍，两人分着吃。

佟奉全听着外面传来的爆炸声：“何大爷您怎么没跑？”

“一动不如一静，跑出去死，不如在家里死，听天由命。”

佟奉全赞叹：“您心胸真大。”

两人又聊了半天，何大爷像是记起了什么。“佟先生，你坐着，我出去一趟。”何大爷说着回身拿把锹要出去。

“您上哪儿啊？天晚了，外边怪乱的。”

“街上有打死的乡亲，趁着晚上清静给埋了去。”

“那……那我跟着您搭把手！”

佟奉全背着死尸，跟着何大爷的火把往前走着。

何老汉说：“人死，入土为安，人把人打死了扔在大街上，这不是连牲口都不如吗？这张老三平日给乡亲们打铁置锄，说话死了，孤零零地在街上躺着，孤魂野鬼，造孽啊！你说人杀人为什么啊？滥杀无辜，这世界没道义了。人生一世说是一了百了，无缘无故被打死总不是事。我老了，死就死了，可我活一天，就看不下去这个！”

何大爷举着火把。佟奉全挖着土，突然一排子弹打过来，何大爷哼了一声，缓缓倒下了。佟奉全赶快趴下，弄了一脸的土。

“先生，何老先生，您……您中枪了。”佟奉全说着起来要背。

何老汉声音已经很微弱：“滥杀无辜，说死还真要死了，不用救我，不中用了。佟先生，求你件事。”

"您说!"

"帮着把街上的乡亲埋了。我那屋床底下有个瓮，瓮里有个尊你拿走吧，也算是没让你白来!"

"老先生，您挺住了，我背您，老先生……"佟奉全再看，人已经气绝了，佟奉全哭道，"老先生，听您一席话就没白来！我什么都能忘了，今晚上也忘不了啊!"

天亮了，郊外田地中堆起一排坟头。山乡之中总有那种为精神而活的高人，佟奉全这回下来，别的先不说算，接了地气儿了。想想人可不就说死就死吗，死谁也逃不了，可怎么死终归不同。埋过乡亲们疲惫至极的佟奉全回来，把锹放在一边，把床底下的大瓮掏出来，伸手进去把尊掏了出来，是一只完整的尊。佟奉全抱着那尊哭了。

四

佟奉全从山西回来了，一身褴褛，拎着包袱走在街上，进了莫荷租住的小院。房东大婶看见了，忙说："哟，这是谁啊？要饭怎么进院里来了，出去出去。"

佟奉全说："大婶，是我！您看清了，我找莫荷。"

房东大婶奇怪："哟！您啊！这是去了哪儿了，抓了兵了，还是走了西口了，逃出来的吧?"

莫荷出来了，看着他那样子，不知是伤心还是心疼："你……你就没死外头!"

佟奉全笑了："差……差点儿。"

"你等着，我给你买身衣裳去。"莫荷说着就要出门。

佟奉全忙拦住她："不用，不用！我就这……这身了。莫荷，我还得回去,东西你先放好了。"

莫荷不高兴了："干吗？急着表功啊?"

佟奉全压低声音："除了跟你能表功，跟她们表不着。莫荷，这东西来得不容易，有工夫我跟你细说，收好了，咱俩的未来全在这儿呢！收好了!"

天合居里，蓝一贵呆想着什么，看见刘祥，就问：“刘祥啊，画儿卖了有三天了吧？”

“两天，洪副官前天来的。”

“日子都记不住了，刘祥，我想暂时把铺子关了。”

“爷，好好的为什么？”刘祥愣住了。

“也没什么，东西卖给官家，就是顶上雷了，万一有个不到，雷可说下来就下来。我给你十块大洋，你另找铺子干吧。”

“爷，那您去哪儿？”

“不管谁问，就说我去东北上货了，记住了。”

“记住了，师父，我这儿给您磕头了。”

“起来吧，算我对不住你了，好在一房的人都回了老家了，要么我连个去的地方都没有了。”

范世荣筒着手从街前路过，看着关了门上了板的天合居，范世荣顺路进了通古斋。王财正在算账，赶快接住范世荣。范世荣问他：“对面的铺子上板可有些日子了？”

“三天了。”

“没出什么事儿吧？”

“那天在街上碰上刘祥，说蓝掌柜的上东北上货去了。”

“那就好！那就好！回头，街上有要盘的铺子给我打听着，不要太大，货底子别太多。”

“谁要开铺子？”

“我！”范世荣说完走了。

茹二奶奶躲着站在堂屋的台阶上，见冯妈拿了佟奉全的脏衣服出来，便吩咐：“冯妈就院子里给烧了。”

“挺好的衣裳，没破，就是脏了，给叫花子吧。”

“别给了，不定多少虱子呢！洗了澡就扔了吧，还往回带。佟先生收着什么了？”

“什么也没收着，差点儿回不来！”佟奉全在屋里说。

茹二奶奶又问：“为什么呢？”

“抓兵的抓我来着，瞅空跑了！”佟奉全说着话收拾干净出来了，系着扣子。

茹二奶奶看着变得光鲜的佟奉全又有了好心情：“叫我说您活该，放着好好的太平日子不过，非得往枪炮堆里钻，那不是自找吗?”

佟奉全说：“也好，出门受教育！知道活人不容易了，知道活好人更不容易了！秋兰太太，有什么事儿吩咐吧！”

“我短钱了，你挑件东西串去吧！”

“秋兰太太，钱是为花的不错，可花钱得花得是地方。”

茹二奶奶可不想听他教训自己：“花得高兴就最是地方，钱有什么用，能高兴了多可贵。”

“真高兴了可是好呢！就是别自己骗着自己高兴。”

“你以为呢！天底下能自己把自己骗高兴了，就是境界了。别给我讲道理了，我经的事可不比你少，上屋来！”茹二奶奶边往屋里走着边说。

五

王财尽管当了通古斋的掌柜，却还有着当伙计的习惯，总喜欢一件一件地擦着古董。屋里一暗，索巴领着禄大人进来了。索巴讨好地说：“禄大人，我有玩意儿可是不能给别人，除了您，我让都不让他们看。”

“要光听你们说啊，我觉着天底下好人都跑这条街上来了。”禄大人随便拿了一只香炉，“这多少钱?”

索巴说：“您给五十拿走。”

王财赶快咳嗽。

“怎么了，王掌柜?”索巴问。

“这只炉子当时咱花五百收的，现在一条街就没见过。”

“那怎么了，那就至于咳嗽啊，这不是禄大人吗? 五百收的，给禄大人五十，拿走吧。”

“是啊，再看看。”

“禄大人心疼我，知道开错价了，不忍心拿。没关系，禄大人您再过一会儿要可就不是这个价了，一分钟长一百。”

“别给我演戏了。两人开店一人出价，一个假装生气说出低了，这叫

‘兄弟杵’，我懂。”

“禄大人，您可真行，连兄弟杵都知道，我们俩不是啊，我们俩犯不着跟您要这个。我外行，这是我真开错了价了。”

“对了错了我都不要。”

“嚯！看我这儿费了多少话啊，您一点儿都不照顾我。”

“想照顾你们，买这么一件两件的小东西不叫照顾，有大买卖不知你们做不做!”

话刚说到这儿，范世荣焕然一新地进来了：“几位都在呢!”

索巴行礼：“五爷，您这是……”

范世荣不屑地瞟他一眼：“看着眼生是不是？五爷前十来年哪天不是这模样啊。”

“那是，那是。”

“用不着一惊一乍的，来，索巴，王财，给你们两份帖子，敝店后日开张，敬请光临。”

索巴惊道：“开铺子了？”

“区区小店，不是什么大买卖。”范世荣说着到了门口，“就在天合居旁边，原来的雅集堂，我盘下来了，还用老名。”

禄大人问道：“怎么，不请我吗？”

范世荣装作才看到他：“哟！这谁啊，禄大人啊！对不起，对不起，恕不接待，一个洋人不请。别看我是学洋文的，我他妈的最恨你们这些洋贩子了，说好了啊，洋人的买卖我不做，我不挣你们的钱。”

禄大人说：“那你不是跟自己过不去吗？”

“对了，大爷我，富过，也穷过，没关系，就当大风吹来的，吹走了也没事，就当是玩儿了，回见!”

索巴和王财都说：“回见!”

禄大人说：“这人他记仇。”

索巴说：“禄大人，咱别理他，接着说您的大买卖。”

禄大人耸耸肩：“他让我很不高兴。”

索巴说：“您别理他不就结了。跟我们说，什么大买卖照顾我们啊？”

莫荷正在纳底子，佟奉全推门进来了。莫荷嗔怪说：“哎哟，怎么也不敲个门啊！”

“想看你干吗呢。”

“你这个人有多坏啊，我能干什么呀?!”

“不是说不纳底子了吗？怎么还……”

“闲不住，苦命，不干活不会过日子。”

“我带你上隆福寺逛庙去，今儿个天好。”

“可是好，多少日子没出门了，都捂白了吧?”

“让我看看。”佟奉全故意细看。

“呸！告你，你可学坏了。”

“等着你管好了呢！哎，说正经的，咱把那只尊带上，顺路让罗先生看看，罗先生是北大的大学教授。”

“敢情不是为了带我出去呀！”莫荷说着小心地去床下拿尊。

“顺脚，顺脚，交我吧，我来！”佟奉全忙说。

“那我不去了。”莫荷故意说。

“那怎么成！说好了的，先把尊放罗先生家，咱俩逛完了再回去取去。”

两人收拾好出了屋门。莫荷说：“我哥铺子后天开张。”

佟奉全说：“不去！”

“为什么?”

“你别问了，我反正不去。”

厨房门口，良子正在低头喝粥，假装什么都没看见。莫荷边走边看了他一眼。

那洪副官陪着司令坐在大员的书房里，大员正在讲话：“当然有职才能有位，有位才能有权，有权才能有政，所以孔子说不在其位不谋其政。位很重要，没有职位怎么实现自己的抱负呢！你来寻更高之位我很理解，我很理解啊！”

司令马上起立：“多谢恩公！”

“不用谢，我知道了，请用茶！”

“恩公，卑职偶得一幅宋人之作，卑职一介武夫，得此无用，请恩公笑纳。”

大员眼睛一亮："是吗？这样不好吧，像是一种交易了。"

司令道："一幅画儿而已，哪算得上交易啊！小小玩物，闲趣而已！"

大员点点头："你这么一说，也还有道理啊。"

司令一使眼色，洪副官赶快献上那个楠木盒子。一直神情严肃的大员突然对他们有了笑容："好！好！那我就挂着看看。"

几天后，洪副官陪着司令又去了大员的书房，见那只楠木盒子还在写字台上搁着。司令和洪副官等了半天，大员终于从里间出来了，态度一下子变得冰冷："来了！"

司令说："恩公您好！"

大员打着哈哈："我好！越庭啊，上峰委状下来了，派你去安徽管水利，也好嘛！科学救国，科学救国。"

司令不解："恩公?！怎么……"

"还有，这幅画你拿回去！我有一句话，人间有因果，恶行必结恶果！好，我有客人，我先走了！"大员说着把盒子推过来走了。

司令站起，已气得够呛："洪副官！"

洪副官立正："在。"

"按理在人家的家里我不该发火，可我实在忍不住了。""啪"，司令说着就给了洪副官一个大耳刮子，"你成事不足败事有余！"

第十三章

一

重张大喜，老雅集堂匾摘下，换了新雅集堂匾。范世荣一身华服矜持地在门口抱拳施礼，迎候那些来贺喜的人。

“范五爷您开出买卖来了，早我就看出来，您前一段是装的。”

“那么大的家业哪就那么容易塌了。”

“这不买卖又开出来了吗？”

“五爷，恭贺恭贺，您这份儿的在这条街上开出买卖来了，给我们都长脸不是，您可是皇家门里的亲戚。”

范世荣气宇轩昂地答礼着：“几位别捧我了，往后有生意了，多想着我范五就行！里边请，流水席啊，别拘着，有好话说两句，没好话吃了就走！”

索巴和王财等人也都来了。索巴还用老满族礼：“五爷，给您道贺！”很多人都抱拳祝贺，也有很多人聚在外边聊天。司仪说：“吉时已到，放炮亮匾。”遮匾的红绸子哗地落下，炮仗刚要点上，突然一群当兵的持枪跑步，紧跟着洪副官进了胡同。所有的人都噤声了。

洪副官经过众人面前，到了旁边的天合居。众人都直起眼睛看着，炮也不敢点了。洪副官一看天合居上了板子，朝众兵士一努嘴，兵士们拥上去，开始砸门踹门。里面没声。

洪副官拎着枪过来，问众人：“这是谁家的铺子开张啊？”

范世荣平静如常：“在下。”

洪副官问：“隔壁天合居的蓝掌柜去哪儿了？”

范世荣大爷劲儿上来了："没给您看着，不知道!"

索巴赶紧说："好几天没下板子了，像是关了张了。"

"关张了？有认识的给他传句话，他跑得了和尚跑不了庙!"

索巴说："军爷，我多一句嘴，这是为什么呀?"

洪副官没好气地说："他敢卖我们司令假画。"说完一梭子枪打了出去，众兵士也都对着铺子乱打枪，子弹打在了门板上。

本是来贺喜的众人，一听枪响，瞬间全都跑光了。只有范世荣还筒着手站着，心想，悬啊，蓝掌柜多亏跑了，要么他指出我来，这帮当兵的还不把我突突了，吉人天相，吉人天相。

洪副官打完，带人向另一边胡同跑走了。范世荣这才反应过来："哎!都别走啊，十几桌席呢，你们都走了，谁吃啊?"哪里还有人应，范世荣捡起扔在地上的香火头，把地上的炮仗点着了，一阵噼啪爆响。"没人也好，我自己算给自己开张了。"

罗先生手里拿着一个放大镜，细细地看着那只尊上的二十多个铭文，然后抬起头，有些欣喜若狂："好东西，商代的，多亏埋在西北，这么多年这字都还没有脱掉。好东西，佟先生。"

佟奉全忙说："罗先生您可别叫我先生，叫奉全吧。"

罗先生看看四周问："刚才那个女孩子呢?"

"不方便，我让她回家了。"

"有什么不方便的，你给我看这么好的东西，我要请你们吃饭。"

"罗先生您看这东西还对吧?"

罗先生望着那只尊说："岂止是对，精品啊，价值连城。青铜之器，铭文最要紧，铭文越多价值越高，这一个字值一万，二十万该不会错。"

佟奉全看着罗先生那种珍惜劲儿，想了想，才说："是啊，罗先生您喜欢就留下吧。"

罗先生摇摇头："我没有这么多的钱，但我有一句话奉劝你，千万不要把这国宝卖给洋人。自己人要，钱少点儿都可以卖，洋人买走，虽然东西还在这世界上，但毕竟不同，那这只尊也就算漂离故土了，咱们也接不到这几千年的精气神了。"

佟奉全点头："您说得对，压根儿就没想给洋人，这件东西来得也不容易。罗先生您看这样好不好，铭文您帮我拓下来，尊呢我拿了照片去卖，好歹的不给人看真东西，有了好买家再说。”

罗先生说：“很好啊，这事儿我来办，我正想留一幅拓片，好，我们一同为保护这只尊出力。”

禄大人打开一本画报，对索巴说：“这是龙门石窟的《众生礼佛图造像》，把这卖给我，别说你这一个铺子的东西了，十个铺子的东西我都给你收了。”

索巴有些怀疑地问：“禄大人，几天没来这是又来勾我们了，您这不是开玩笑吗?”

禄大人皱了皱眉：“我不跟你们似的爱耍贫嘴!”

索巴说：“我们再耍贫嘴也不敢说把前门楼子卖给您啊！您这东西长在山上呢！我们卖您个画片差不多，这怎么卖您?”

王财插嘴：“禄大人的意思是说，从山上凿下来卖给他。”

索巴还是不肯深信：“这么大一片那还不凿零碎了。”

“零碎了我可不要，看你们的本事，这是笔大钱，够你们花十辈子的。”禄大人说着把书合上了。

索巴说：“禄大人，您可真敢想，好好的东西凿下来弄哪儿去呀?”

禄大人说：“欧洲，哪国你可以不知道，给我就对了!”

索巴说：“这么大的动静可得使钱买路、买山、买地、买地头蛇、买官、买匪。”

禄大人不在乎：“都给你，只要东西给我。”

“是啊，要这么说，成不成的您先得花点儿钱。”

“不怕花钱，怕你们不干。”

“王掌柜，这是有送钱的了。”

“是啊，只要你敢要。”

“王掌柜，想想光探路去得要多少钱?”

王财也只是顺嘴一说：“十万。”

禄大人好像并不觉得太离谱：“我看五万尽够了，五万出差买路!”

王财稍停，好像还真的心算了一番：“五万，省着点儿也行!”

“我给你。”禄大人说着把银票拿了出来。

“哈！哈！这回可开了眼了。禄大人不瞒您说，就前半分钟我还想着这是个玩笑呢，您这一把钱掏出来了，那这事就像是真有了。啊！这是真事啊，我再看看那图。”索巴有些跃跃欲试了，翻开看着那本画报。

“除了钱还有合同。”禄大人又拿出一份合同来。

“这是要签字画押啊！王掌柜，你也不能跑，咱俩都签上吧。我们可不是见钱眼开，禄大人，我这是为朋友帮忙啊！”

王财早已忍不住了：“对，为朋友帮忙。”

索巴和王财真的把各自的名字签上了。

看完戏，茹二奶奶又在泰丰楼请孟小楼吃酒，她正比画着动作给孟小楼表演。孟小楼指点着她：“碎步，抬脚，开门，嗒嗒台，亮相！兰花指对了，念一句白我听听。”

茹二奶奶念道：“屋里有人吗？屋里有人吗？”

孟小楼赞赏地说：“嗯，对了！哪天啊给您换上行头，化了妆彩唱一回，秋兰太太，您悟性可真高。”

茹二奶奶有些害羞地说：“您可别再叫我秋兰太太了，我想起个艺名，叫着玩儿的，换个字叫爱兰怎么样？”

“秋兰就不错，比爱兰雅。”

“这名可是您点的，行，还叫秋兰，别加太太了。小楼，您教了我这么会子戏怪累的，我给您变个魔术。”

孟小楼故意装傻：“想不到您还什么都会啊。”

“不是跟您瞎说，要不是长在侯门之中，大概我也能学成个角儿。”茹二奶奶拿了三只小盅，翻来翻去看着都是空的，翻了一会儿，用筷子轻敲其中一只，说，“就是它了，您翻开看看。”

孟小楼一脸担心：“别有虫子、蛤蟆什么的，我胆小。”

茹二奶奶笑着鼓励他：“翻吧，吓不着您。”

孟小楼小心地翻开，一只金灿灿的手表！这么贵重的礼物连他都有些意外，欣喜地说：“秋兰，您还真有些本事呢！这是块手表啊，怪时兴的，大三针，劳力士。”说着放耳朵边听听。

“你什么都认识，戴上看看，够不够样。”

“我不戴，这么贵重的东西，我戴不合适。”孟小楼推托。

茹二奶奶怪道："让你戴你就戴上，你要是不戴，我数一、二、三，可就把你给变没了啊!"

"要是把表变没了我信，把我变没了，您没那本事。"

"真就想把你变没了，把你变成个纸片，叠巴叠巴揣在怀里，想看了，打开让你出来我看着你。"茹二奶奶边说边把那表给孟小楼戴上，"这好东西也分人戴，你戴上就是好看。"

孟小楼伸着胳膊让茹二奶奶看着："秋兰，秋兰。"

茹二奶奶的心"咚咚"地跳着，脸颊红红的，猜想他要说什么了，便叫门口的冯妈。冯妈正在打瞌睡，听见叫她赶快答应，茹二奶奶说："你先回家吧，我跟着孟老板去他们班子里学跑圆场去。"

"哎！那我先走了，我走了啊!"冯妈边走边自语道，"圆什么场，这是要圆梦了。"

二

佟奉全看着桌上罗先生送来的尊的照片和铭文拓片，拿到光亮处看了又看，准备拿着这些东西去碰买家，突然有人敲门。

"佟先生，您方便吗？我有话跟您说。"是冯妈。

佟奉全把东西收起："方便，方便，您进来吧！冯妈您坐。"

"闲着呢？哎！佟先生，我可不多耽误您工夫啊！佟先生，按理说下人可不该议论主子的事，可这事不议论也不成了，咱太太靠上人了。"冯妈一脸的忧虑。

佟奉全并不关心："是啊。"

冯妈又说："靠上的要是个正经人，哪怕像您这样的，虽然没钱没势，但是个本分人，咱也不说什么，原本的一辈子孤苦伶仃的也可怜，应该的，明明白白地嫁了多好，可偏靠上个蒙钱的骗子！搭上咱太太也愿意让人蒙!"冯妈不平，"自己别提多省了，您没发觉啊？最近肉都不让我买了，这不让花，那不让花，抠着，大把大把的钱往小白脸儿身上贴!"

佟奉全劝她："人生在世，只要她高兴。"

"我就为这想跟您说呢，这些日子可别帮她紧着卖东西了，东西有数，日子可长呢！佟先生，我想了，那事就是钱堆出来的，您把钱给她断了，那事也就断了。我知道您欠着她钱，急着还了好出去，我这是没办法了，要么我也躲出去不管了。您这些日子别给她上劲了，有钱哪怕先慢点儿往回收呢。佟先生，我怕她苦了一辈子，到这会儿再有这么一劫，禁不住啊，可怜呢！”

“冯妈，我原想着早卖东西，早提了佣金还钱好出去，您这么一说，也让我为难了，再说事或许往好了走呢！”

“佟先生，我给您磕头了，我……”冯妈说着就要下跪。

佟奉全慌忙拦住：“别，您别这样。行，我应下了，咱绷两天。”

冯妈担心地说：“谢您了，这是瑞家门里的人不知道呢，要真知道了得打上门来！”

冯妈的话一点儿也没错，这阵儿，茹二奶奶和孟小楼已经躺在了宾馆的房间里。好事做过了，孟小楼懒懒地躺着。茹二奶奶意犹未尽，闭着眼睛紧紧搂着孟小楼，似乎还在品味着。孟小楼伸手摸烟，把床头柜上的手表拿起戴上了。茹二奶奶真没想到这事还能这么好，真是头一次体验这幸福的感觉，羞涩得有点儿像在梦里，捂着被子悄然流泪了。

孟小楼看着腕上的小金表，左看右看，一偏头，看见茹二奶奶哭了：“哟！这是怎么了？您……秋兰，秋兰。”

“没事，你别看。”茹二奶奶赶快用手挡住脸，翻过身去。

“秋兰姐，您这是？”

“没事，小楼，姐我可把心都给你了，往后不管怎么说，你可不能欺负你这苦姐姐。”

孟小楼伸手抚慰她：“姐，您想哪儿去了，我是疼还疼不过来呢！姐，姐，您可别这么着，你这一哭我……”

“小楼，你家里的事从今就是你姐我的事，钱你别多想，有我呢！”茹二奶奶说着要下床拿钱。

“秋兰姐，你可不能为了我太费心思。”

“别说那么生分的话，说句让旁人笑的话，怕你让我省心呢！小楼，我苦，长这么大，没这么由着自己过，我……我美，我觉着美。你等着，钱我带了。”茹二奶奶下了床去拿银票，孟小楼默默地望着她的背影。

范世荣筒着手坐在雅集堂里，跟前放着一个唱盘正在听戏。突然有人推门，范世荣眼都不开：“请进，喜欢什么自己看。”

蓝掌柜的伙计刘祥悄悄进来：“五爷，您吉祥。”

“谁啊！”范世荣一看是刘祥，吓了一跳，“哟！你不是刘祥吗！蓝掌柜呢？”

“五爷，我是刘祥，给您请安！”

“哎！小子还敢往这儿跑啊，你们掌柜的呢？跟你说见了你们掌柜的快说一声，能远就躲远点儿，要么有十个他也打成筛子了，天合居的门脸你见了？”

刘祥点着头：“见了。”

“那你还往我这儿跑，你这不是给我招事儿吗？”

“不往您这儿来，我没地方去啊。”刘祥坐下。

范世荣有些紧张：“你……什么意思?!”

“五爷，没别的意思，您这刚开张，不是没伙计吗？我给您当伙计来了。”

“好小子！我听明白了，你这哪是来给我当伙计啊，你是成心要往这儿招枪子儿啊！对不对？”范世荣哗地拉开抽屉，“你伸过头来看看，自买卖开了到现在还没开张呢，十几桌酒钱还没跟人结呢！这点儿钱，你伸手全拿走，我不拦你。”

“那不成抢了吗？”

“我不说你抢，没人说你抢。”范世荣想早点儿打发他走。

“我不拿，我这儿有件东西，”刘祥说着拿出一只瓷瓶，分明是新的，“您收了吧，我不抢钱！”

“你还挺讲理的？多少钱？”

“那抽屉里的钱不够！您怀里要有银票给我一张，大的我也不要，五百就成。”

“五百，你……你这让爷可不高兴。”

“那成，我上门口坐着去，真等洪副官再来，我说那画……”

刘祥又要耍无赖，范世荣上手就给刘祥捂住嘴了，腾出只手从怀里掏出张银票：“小子有种。别让我再见着你，再见着你，爷我豁出去了让你横着出去。”

刘祥抓了银票，可怜巴巴地说："五爷，我也是没办法。学了三年徒，让我师父十块钱给打发了，想想只有从您这儿找补了，您多见谅。"

范世荣喝道："滚！"

刘祥走了不大工夫，佟奉全又推门进来了。范世荣依旧筒着手坐在那儿，面前放着那只刘祥强卖给他的瓷瓶，听见有人来了也不说话。佟奉全咳嗽一声："五哥，来了客人也不说话，这可不像做买卖的啊！"

"我这辈子就没想像个做买卖的。奉全，开张那天干吗不来？"

"还好没来，来了还不叫枪子儿崩死！"

"也是。奉全，这买卖一开出来，我就觉着没什么意思了。要么你过来支应着，我……"

佟奉全看着那只瓶子："多少钱？"

"五百块。"

"快找一个旮旯藏起来吧，别丢人了，又不是卖锅碗瓢盆的地方。"

"回头我砸了它。奉全没回我话呢，过来帮我支应吧。"范世荣生气地说。

"还了钱就出来。"

"你可别找辙了，还钱？都是男人谁不知道啊，还了钱债还得还情债呢！跟你说佟奉全，我这妹子你可不能再委屈她了！我这当哥哥的对不住她，你要再对不住她，我知道了咱可没完！"

"说吧，我算把你们这帮遗少看透了，说话跟画花似的，一朵一朵地口吐莲花，心到不到不知道，嘴是一定说到了。我问你，你开了买卖了干吗不把你妹接回来？"

"她不愿意回来。"

"就没诚心。不说这个了，开张了没有？"

"没开。"

"我这儿有样东西，给你开个张。"佟奉全掏出拓片照片。

范世荣看着："这是什么呀？这也能卖钱？"

"钱少了还不干呢！"

"东西呢？"

"东西有，来得不容易，你就给客人看看这个，懂行的人自然知道。商代的尊，款啊、年代啊这都写清楚了，别的你别多话。"

“我总得给人开个价儿吧！”

“三十万。”

范世荣摇着头：“我卖不了。”

佟奉全继续说：“你听我把话说完，三十万这算便宜的，洋人不管东洋的西洋的一律不卖，三十万卖咱自己人。”

“我这儿不来洋人。”

“就因为这个才给你呢！卖了东西，我钱也就还了，我和莫荷办事！”

范世荣有些不耐烦了：“奉全，我真不想听你说那么多美事儿了，娶我妹妹你现在就能娶，干吗非得卖了三十万再说啊？这话你可说了几遍了，跟我说成，别再跟我妹妹说了。”

佟奉全叹道：“我娶她不让她过好日子，我不落忍。”

三

良子拉着车进了小杂院门口，把车停下了，从车上拎下个包袱皮。良子拎着东西进院，房东大婶赶着出来，给良子使了个眼色：“哟，良子收车了，等会儿吃饭啊。”一努嘴，意思是莫荷在屋里。正好莫荷推门出来，良子有点儿不好意思了。

房东大婶说：“莫荷，良子收车回来了，你们说会儿话吧，我做饭去啊，你们聊着。”

莫荷看出了大婶的意思，不愿让良子进门，挡在门口：“良子哥，今天早啊。”

“早。”良子不知该怎么说，抱着个包袱皮站在门口。

房东大婶假装剁菜，眼睛往外张望着，看见良子戳在那里没辙，赶快倒了壶水，出去解围：“呀！这大日头底下多不方便啊！来，我沏了壶茶，莫荷，你们进屋吧。”她自作主张地让良子进屋了。莫荷没办法，只好也跟进屋。

良子将包袱皮打开，拿出一个红木镜台放在桌上，呆坐着。

莫荷推辞：“良子哥，这东西怪贵的，我可不能收。”

良子有些发窘，不知该说什么，还是呆坐着。

莫荷说：“我真的不能收，您拉车也不容易，我给您包上，您拿回去吧。”

话说到这儿，良子心里一着急，哭了，默默流泪。

莫荷不知所措：“呀，您……怎么哭了？”

良子哭，抹泪，半天才说：“莫荷，不知大婶跟你说没说，我多余的话不会说，我有一身的力气，能吃苦。你要跟了我，我不让你受半点儿委屈。你要嫌我穷，我挣够了钱再娶你！”

“不是这话，良子哥，我有人了。”

“见了，他可不比我强。我见过，他可不比我强！”

莫荷这下冷静了：“良子哥，不说这些话了，我知道你是好人，东西我不能要，您包上拿走吧！”

房东大婶从窗户望着外面，见良子抱着东西从莫荷屋里出来了，房东大婶放下刀，出来：“良子，饭这就得了，你上哪儿去呀？”

良子没说话，走了。

房东大婶愣了愣，推门进了莫荷屋，见莫荷呆坐着，这下有些不管也不顾了，张嘴就说：“莫荷啊，不是我说你啊，你早晚得吃亏。多好的小伙子啊，为了给你买件东西，几天都没睡着，不是为了钱，是怕你不要，好歹你接了给他一个念想啊。”

莫荷没好气地说：“大婶，我的事您就别跟着掺和了，还不够乱的吗？”

房东大婶也生气了：“狗咬吕洞宾，不识好人心！行，我不掺和了，跟你说这房钱也到期了，不是我轰你，这房我不想租了！”

“您不用说气话，您不说我也要搬了，我今儿个就搬！”莫荷说着站起身收拾东西。

房东大婶也没想到会闹成这样，讪讪地说了声：“随你！”转身就走。

莫荷生气地收拾东西，最大的火气还是生在佟奉全那儿，恨恨地骂道：“佟……佟奉全，你个臭袼褙！”

莫荷挎着包袱出了小杂院，正吃力地走着，突然一辆洋车停在她旁边，是良子。良子二话不说，抢了她的东西放在车上，又扶她上了车。莫荷坐在车上，看见座位旁边的那个镜台包袱，心里真不是滋味儿。

莫荷进了范家小院，生子妈、生子一看莫荷拎着包回来了，生子赶紧跑出来接东西。生子妈说：“呀，莫荷回来了，这回你可不用卖烟卷儿了，你哥店都开出来了。”

莫荷瞧着生子：“生子长个儿了，还没上学呢？”

生子拎包，进了西屋。莫荷回头看，良子没跟进来，莫荷赶紧出了街门，良子的车已经走了，只有那只包了镜台的包袱孤零零地放在门口。莫荷看着远去的良子，街道一下变得模糊了。

生子问：“姐，他是谁啊？”

“拉车的。走，帮姐收拾屋子去！”莫荷说着飞快地抹了泪，抱着包袱皮儿进了院。

四

茹二奶奶在堂屋里飞快地走台步，舞着水袖，“啪”，一个卧鱼。“哎哟！哎哟！坏了，扭了腰了！冯妈！冯妈！冯妈！”冯妈半天没应声，茹二奶奶没办法，自己爬起来。其实没怎么扭着，是想撒娇，一看没人疼，只有自己起来。刚起来，冯妈进来了。

“太太，您叫我啊？”

茹二奶奶一脸痛苦状：“啊，扭了腰了。”

“走得好好的，怎么又把腰扭了，快别练了，快别练了！人家都是童子功，您这要想练着上台得几时呀！”

“待着不是闷吗！冯妈咱中午吃什么呀？”

“素面！”

茹二奶奶皱眉：“怎么又是素面啊？我想吃天福号的肘子。”

“没钱。”

“钱都哪儿去了？”茹二奶奶问完了又觉有些心虚。

冯妈说：“太太这话您别问我！”

“那什么佟先生怎么还没卖出东西呀？快叫佟先生。”

“咱那东西又不是萝卜白菜，想卖就卖出去的。再说这会儿正打着仗呢，谁家也不想收一堆吃不上用不上的官窑瓷器。”

茹二奶奶没好气地说：“我不管，贵了贱了先卖了再说。你讲话怕打仗，真打起来了我留着它们干吗呀！佟先生。”

冯妈说：“不用叫了，不在家。”

茹二奶奶从冯妈的神情里看出什么了："这难不着我，他不在家我找索巴去，我卖给我侄子，今儿晚上我可得用钱！"

冯妈急了："咱不是跟人吵过架吗？"

"那是因为不卖给他东西，这会儿给他东西，看他还跟谁吵！"

王财进了雅集堂。没了莫荷那档子事，王财对范世荣也不那样低三下四了，一见范世荣就说："五爷，我在对面看了十几天了，您这儿可没什么人进来。"

"又不是开茶馆，整天进进出出的。真进来人了我还烦呢！"

"说得对，三年不开张，开张吃三年，能坐得住的人才能发财。蓝掌柜有信儿吗？"

"不知道，跟爷我没关系了。"

"你那手活是佟奉全做的吧？我知道他也看上了莫荷了，这条街除了他，旁的人还真做不出来。"王财敲打他说。

范世荣"啪"地一拍桌子："你有事儿没事儿？没事走着，就他妈的你知道得多是怎么着？跟你说王财，出了这门你再嚼舌头，我可饶不了你。"

他这一拍桌子，把那拓片和照片震起来了。王财看着照片："你别生气啊，我嘴严着呢，商的吧，没错，商代的。哟，还有铭文啊，好家伙，二十多个字，东西是谁的？"

"我的！"

"请出来我见识见识。"

"想看拿钱！"

"多少钱？"

"三十万！"

"不贵，不贵！好东西，少见了，我先定了啊！"王财说着拿起照片拓片就出了门。

范世荣望着王财的背影急着喊："哎！你别拿走啊，听好了，洋人贵贱可不卖！"

五

茹二奶奶心里有了实实在在的甜头，更急着用钱，也顾不上依靠佟奉全了，让人把索巴叫进府来。索巴看着茹二奶奶递给他的一件瓷器，半天不吭声。

“索子，东西你先拿走，身上带的钱给我点儿。”

“我就带了五十块，您不是不短钱吗？我这是零花的，也没想着要拿东西。”

“钱也不怎么短，你看就我和冯妈能花多少啊。五十块你先拿着东西看看去，出了手再给我送来也行。”

“那您放心，谁让咱是至亲呢！”

“你拿走吧，哎，快收起来，千万别让冯妈看见啊。”说着话冯妈进来了，马上扯开了别的，“索子啊，你别生姑的气啊，该来还来。我这儿可真没什么亲人了，你再不来，我多孤单。”

“姑，您放心，闲了我就过来看看。”

茹二奶奶和冯妈在广和楼看完夜场戏，走向后台，手里拿了个小花篮。突然坤书馆的小九宝咯嗒咯嗒地扭过去。龙套喊道：“孟老板有人送花来了，有人送花来了！”远远地，孟小楼化着妆跟小九宝说着话，还给小九宝点着了烟。

茹二奶奶看着有气：“冯妈！喊他！”

冯妈喊道：“孟老板！”

茹二奶奶以为这一喊，孟小楼就得赶紧过来，没想到只应了一声，身子没动。茹二奶奶问冯妈：“那女人是谁啊？”

“不知道。”

“再喊！”

“孟老板，孟老板！”

“哎，来了。”孟小楼送小九宝出来，正好从茹二奶奶身边走过，竟然看都不看她一眼。

茹二奶奶的火气一下子就要蹿起来了，冯妈赶快止住：“太太，这可是戏班子。”

“我知道，我哪能真动火啊，我才不生气呢。”

孟小楼回来了：“秋兰太太，对不住啊。是冯司令的姨太太，不好惹！”

“真有礼啊，孟老板你这一上了妆，我还就真觉着就近都不认识你了呢！你看着我，我想看看你这是笑呢，还是不笑！你把脸对着我啊！”

孟小楼一时无言。

茹二奶奶转身，说：“冯妈，咱走！”

茹二奶奶回到府里，这可真的生气了，举起唱机就扔地上了，大喇叭也摔扁了。还不解恨，又用脚踩，踩了几脚也还不解恨，又“啪啪”地把唱盘折了。

冯妈看着心疼：“太太值当的吗？别摔了。”

茹二奶奶喊道：“我不干，昨儿还好好的呢，今儿个怎么就跟换了个人似的。冯妈，你去把他给我叫来，我得问问他，我得好好问问他。化了妆了我就看不出来了吗？这是给谁脸子看呢！”

冯妈劝道：“不理他。早不让您动心思，这下可好，伤着了吧。婊子无情，戏子无义，您干吗那么较真儿！”

“你去给我叫去，我心里难受，我心疼，冯妈我心疼，见不着他，今天我过不去了。”“砰”，又摔了一样东西。

冯妈劝道：“您消气儿，消气儿！”

佟奉全听见叫嚷声进来了：“这是怎么了？”

冯妈说：“佟先生您来得好！我算说着了，伤着了，您给劝劝，您快劝劝。”

“秋兰太太，别闹了，不好看，哎，别闹了。”佟奉全先是劝说，一看拦不住，突然声调一高，“冯妈，松手！让她闹，闹吧！”

没想到这一下真给震住了。茹二奶奶这才开始慢慢尖声哭出来：“佟先生，佟先生！”

佟奉全一见茹二奶奶朝他扑来，急着想躲，冯妈却把他推过去。“佟先生，快扶住了她！”

“佟先生，咱快把东西卖了吧，花多少钱我都愿意！我要收了他的心，我要收他的心!"

"心哪是钱能收上来的。"佟奉全说。

"我不管，我命苦啊，我要拿钱收他的心。佟先生，我命苦啊，我命真苦啊!"茹二奶奶说着靠在佟奉全的肩膀上哭了。

折腾了一天，茹二奶奶累了，躺在卧室的床上，面色苍白，像是得了一场大病，头上敷着冰毛巾，脸上的汗擦了又冒。佟奉全、冯妈陪在旁边。

茹二奶奶睁开眼："佟先生您先别走，我跟您说句话。佟先生，我出钱，您找个探子，探探他孟小楼今天夜里干什么了。"

佟奉全劝她："您先躺下，您听我说。"

茹二奶奶急了："不行!您一定给找个探子探探去。"

"这事儿还用探吗?!"

"怎么呢?佟先生您也那么想了，冯妈您看，佟先生是外人都看出来了。"

"我什么也没看出来，这事不用探子，您就想他跟别人一块儿了，又能怎样?"

"干吗这么想?"

"干吗不这么想?这么想不成，你愿意他怎么样了?"

"我愿意，他……他想着我呢，他要来看我呢!"

"那也行，那您就这么想吧!"佟奉全说着要走。

"可我不敢信!"茹二奶奶又说。

"那您就想他靠着别人呢!就这两种可能。不用探子，探子探完了，您的病就更重了，拣愿意想的想想，然后睡一觉，天亮了该干吗干吗。"

"那不成了自己骗自己了吗?"

"感情这东西可不就是自己骗自己吗?"佟奉全说得很平静。

茹二奶奶难过得像是万箭穿心："佟先生，您这是往我心口捅刀子带剜肉啊!"

"疼了好，知道疼就知道什么是不疼了，就这世上多少人越疼越往里冲呢，放着好日子不过。"

"这是剜我的肉啊，佟先生，他跟我说的话都是假的吗?他跟我讲的身世，骗了我那么多的眼泪都是假的吗？钱不钱的我不在乎，他骗得我心惊肉跳。佟先生，人怎么能这样！”

“不这样又怎么样，吃亏了不怕，看清楚了最好！睡吧！”

茹二奶奶又哭：“我这是豁出去不要脸地把心放出去了，谁承想‘啪嚓’掉地上摔碎了，这还没几天呢就这样了。”

佟奉全劝慰她：“没什么大不了的，摔碎了拾起来，再装回去。秋兰太太您那冲劲儿哪儿去了？”

茹二奶奶眼神呆呆地望着房顶：“别的事儿能冲，这事儿冲不起来了。佟先生，我是不是傻啊？我可笑吧，是不是十五年守着寡，出来就思春，我老房子着了火了，我除了烧了自己，什么也没烧着。佟先生，我可怜吗？您说一句，我是不是可怜、可笑、可恨!!”

“秋兰太太，您明白了比什么都强，不算什么，就跟我们买东西打眼了一样。您别恨了，往好了想吧，就当花钱买乐子了。”

“我不乐，我伤心，明知道伤心傻，我还伤心。”

“不是傻，您是好人！这年头能肝肠寸断的都是好人，内心有矛盾的人都是好人，咱好自为之吧！过日子就是这样的！”

茹二奶奶扭脸看他：“是吗？就是这样啊？”

佟奉全点头说：“就这样，不如意事多了，咱还得活着，什么也别想了，自己能过去就过去吧。睡吧，沟沟坎坎的做着梦就过去了。”

六

禄大人来到通古斋，索巴递上茹二奶奶偷偷给他的那只瓷瓶。禄大人细细看了，问道：“单只？”

索巴说：“单只。”

“那只能不能找到？”

“您收了这只我去找那只。”

“两只都配齐了，我要，不要用一只来吊我胃口。”禄大人扭过脸去。

“禄大人，那许就轮不着您了。”

“我不生气！洛阳怎么还没去，咱们可是有合同的。”

“王财过两天就动身。”索巴说，“王掌柜是不是？”

王财正在打算盘，应付说："啊！对，说好了。禄大人，这儿有件东西您看怎么样？"

禄大人正看别的，爱搭不理地问："什么东西？"

"一只商尊。"

"有铭文吗？"

王财说："二十多个！"

禄大人马上放下手里东西，走过来。

夏商周，青铜多是礼器。尊乃是王、侯专用的礼器，铭文乃是当时历史的记录文章，其史学意义、书法意义都很重要，所以禄大人听完满眼放光，也不足为怪。禄大人看了照片和拓片，问道："东西呢？"

王财说："不在我手里。"

"那在谁手里？"

"这我不能说，回头您隔过我找他去了，我算白忙。"

"不会让你白忙，东西我要。"

"四十万。"

"可以，看过东西，只要成交了，给你一成的谢金。"禄大人说完拿起拓片就走了。

"还没说完就走了，这也太快了吧！"

索巴听得愣了，这会儿才问："谁的东西？"

"朋友的。"

索巴："怎么着，有事还瞒着我啊！单做起买卖来了？"

"你那只瓷瓶不也瞒着我呢吗？"

"王财，你别跟我说气话，咱现在想散伙都不能散了！跟你说咱可收了禄大人的钱了，洛阳明天你立马就去！那只尊是谁的你给我说清了！"

第十四章

一

范世荣出门倒茶叶，倒完转过身来偏头一看，洪副官带着人正在天合居门口整齐地站着。范世荣扭头就想往屋里躲，洪副官厉声叫道："站住！蓝掌柜有信儿吗？"

范世荣甩着缸子里的水："没有，我这儿没听说。"

洪副官走过来："这是我的名片，有他的信儿给我打电话，亏待不了你！"

范世荣一指对面："我这儿没电话，回头误了您的事。您看对门，通古斋，他们有电话，您烦他们吧，掌柜的叫王财。"

洪副官又往通古斋走去。范世荣赶紧拉门进屋，自语道："这蓝掌柜的到底去了哪儿了？"

范世荣回屋后拿着放大镜，看着一件东西对着书上的图，看得很仔细。门响了，索巴进来说："五爷，东西卖出去了？"

范世荣头都不抬："好啊！什么东西啊？"

"您那只尊啊！"

"哪只尊啊？索巴我可没让你卖东西，我也没尊！"

"王财从您这儿拿的照片拓片，我给拉着买主了。"

"王财这小子，藏不了事儿的东西！谁要买？"

"路德维希，禄大人。"

范世荣很决绝地说："不卖！"

索巴不明白："那是为什么？"

“王财没跟你说呀，不管东洋人、西洋人都不卖。”

“五爷，您开玩笑呢吧？”

“没工夫跟你说笑！”

“还记恨你们老爷子受洋人气那档子事呢！大清国都跟着受了气了，您那点儿气算什么，再说了您不是指着说洋话挣钱呢吗？”

“我说洋话是为了蒙他们，别跟我这儿废话了，洋人不卖！”

“卖谁不是卖呀，五爷您怎么想不开呀！就是您卖了国人他再卖给洋人还不是一样，中间还让人骑了一道呢！”

“东西不是我的，人家嘱咐了洋人不卖，您别跟着忙了。”

“五爷，这百十年您还没看出来呀，最得罪不起的就是洋人，连皇上……”

“皇上得罪不起，我得罪得起！我是旗人，我这回得给旗人长一回脸！把照片要回来，王财这王八蛋，怎么满世界吆喝去呀！你走吧，别等着我说不好听的。”

索巴找了个没趣，只好说：“得，您有骨气，我走！”

佟奉全不知道莫荷搬家了，高高兴兴地拿了东西来看她。听见屋里有动静，来到窗根底下喊，没人答应。正要推门，门开了，出来一个小老头，是个侏儒，吓了佟奉全一跳。老头问：“你找谁啊？”

“找莫荷。”

“没有叫莫荷的，走吧！”

“哎！这人去哪儿了？前几天还在这儿呢！”佟奉全回头又对正屋喊，“大婶，莫荷搬哪儿去了？哎！”

小老头说：“院子里没人，别喊了。”

佟奉全着急了：“搬家了，这是搬哪儿去了呀？”

佟奉全拎着点心包在街上跑，先是去底局子询问，没有得到结果，又跑到雅集堂，不料那里关了门。这一通折腾把点心包快颠散了。万般无奈，佟奉全到了范家小院，向着西屋就喊：“莫荷，莫荷！”喊完了才看到门锁着呢。正在着急，突然身后传来莫荷的声音：“没看锁着门呢吗？喊什么呀！”

佟奉全回头一看，觉着天都旋转了。那个跟着他跑来跑去的点心匣子终于松弛着零散了，噼里啪啦，点心掉在地上，像是佟奉全的一颗心落地了。

“莫荷，你搬家了怎么不跟我说一声啊？”

“想跟您说也找不着人啊！”

“莫荷，搭上这回你……你可让我着了好几回急了。这日子咱可不能再这样过了！”

“不这么过怎么过？我搬出来时跟房东大婶说了呀，她没告您？”

佟奉全笑了：“没见着，我以为你跟良子私奔了呢！”

莫荷一听马上绷起脸，生气地开门进屋：“你想的也不是没影，差点儿！”

“你别吓唬我，你离不开我了！明说了吧，我也离不开你了！这几回把我急的，算是看明白了，你就是到了天涯海角，我也跟过去，你算跑不了了！”

“进来说吧，什么话啊，也不怕人家听见！”莫荷说着一下把他拉进了屋里。

“什么话，真心话！光天化日说这话才是真的呢！我不藏着掖着了，我离不开你。”

茹二奶奶吐得天昏地暗的，冯妈拿着盆子给她接着，她边吐边抱怨：“快拍拍，拍拍，吐死我了。”

冯妈说：“快喝口水，喝口水，漱，漱，漱漱，哎！”

茹二奶奶喝了口水又要吐：“哎哟！哎哟！冯妈，这是怎么了?！叫大夫吧。”

冯妈早已明白了八九分：“先别急，太太您坐好了，我得先问您一句，您跟那个孟老板那……那什么了没有？”

茹二奶奶不好意思说：“冯妈您别问了，我说不出口。”

“我明白了，那我再问你，身上多久没来了？”

“问……问这干吗？”茹二奶奶眨巴着眼。

“你没生过孩子，你不懂，你告我多久没来了就行！”

“冯妈，没生过孩子我也懂啊，我从来就不准，一次两次的，不会就怀上吧？冯妈，冯妈，您说会吗？”

"反正看着像。要真是了可怎么办，太太您先拿主意吧！"

"没想过呢，原来想没有，这会儿怎么说来就来了呢！冯妈，要是真有个孩子也不错。"

"看怎么说了，要是瑞家人知道了可不得了，太太，您想过没有？"

"有个孩子能跟我就伴。"

"是啊！可他管谁叫爹呀？瑞家人能答应？"

"有了。今儿咱就看戏去，我把这事跟他说了，他不接着也得接着了！"

"您……您还没死心呢？"

"冯妈，我想死心都不成了，这孩子不死心呀！"

"是不是孩子还不知道呢！"

茹二奶奶突然高兴起来："就当是吧，好歹是个机会。冯妈，快收拾收拾，今儿晚上看夜场。"

二

小西屋里没有点灯，两人紧紧相拥着。莫荷靠在佟奉山的肩上："佟哥，你可不能对不起我。"

"我对不起你比对不起自己还心疼呢！我这小半辈子了，没过过什么好日子，我有过钱，也没过钱。我这会儿就想着挣了钱还债跟你过日子，生孩子，过日子。"

"总说钱，俗不俗？"

"你哥也这么说我。老话说贫贱夫妻百事哀，没钱用什么养活你？我说钱，想挣钱是为你！"

"听着怪甜的，真不真的不知道，我等着。"

"等着吧，说话咱就全有了，到时我拿八抬大轿接你，两班吹鼓手，五队执事，仪仗，凤冠霞帔，风风光光地把事儿办了，让你一辈子忘不了。"

"你这一说，我像是都看见了呢！"

突然外面有人喊："莫荷！莫荷。"

莫荷和佟奉全慌忙分开，一起出来。佟奉全招呼："五哥！"

范世荣一愣："你也在呢！正好，有事跟你说，屋里坐吧。"

范世荣买回些吃食，莫荷给他们摆上筷子，又去端馒头。佟奉全给范世荣倒满一盅酒，范世荣却在抽烟，像是有什么心事。

范世荣说："成了，成了。你也喝点儿。"

佟奉全自己把酒倒上："五哥，什么事成了？"

"东西有买主了。"范世荣说。

"是吗？"佟奉全说着高兴地看了看莫荷，莫荷也很高兴。

范世荣看看他俩："先别高兴，洋人，禄大人。"

佟奉全沮丧地说："洋人不卖！这事，五哥，怎么得的这个尊我跟您说吧，背死人背了半夜不说，罗先生一再跟我说了，洋人不卖，卖自家人，钱少点儿咱认。五哥您把东西要回来吧！"

"你先别急呀！我也不愿意卖洋人，咱不说这事，咱吃饭。"

"是啊，他总不能抢吧！"

"他抢也没地方抢去，东西在你这儿呢。喝酒。"

过了一会儿，佟奉全说："五哥，那人拿着您的短儿呢？"

"你怎么这么问？"

"我看出来了，还是那张画儿？"

"他敢？莫荷，把这羊头切切，撒点儿椒盐啊，买的时候我没让切，现切的好吃。"

"五哥，说句气短的话，我指着这尊呢！"

"我知道，许是我多想了，不会有事。喝酒，喝酒，他能怎么的？再说了，蓝掌柜的人在哪儿都不知道了。冤有头，债有主，他找也找不着咱。"

"五哥，那画儿……"

"没事，没那画儿莫荷这阵子备不住嫁人了。我这铺子也开不出来呢！不说了，喝酒。"

莫荷边切肉边听着，一不小心把手指切了，"哎哟"了一声。佟奉全听见了莫荷的声音赶快过来，抓起手指头就吮："怎么不小心点儿？没事，别的事儿你别想。五哥快找找有没有白药。"

禄大人来通古斋催问买尊一事，听了索巴有些添油加醋的话十分生气："他说什么？不卖给洋人？"

"他是这么说的。禄大人，谁知道他来这么一手！"

"你为什么说要卖给我？觉着钱少了还是他跟钱也有仇？"

"不像，他们家祖上跟八国联军有仇。禄大人，范五爷您又不是不认识，他见过钱，大爷的劲儿，没钱时都没倒过，别说给他钱了，给他金山他面儿上也不在乎，荤素不吃！"

禄大人忽地站起："我去找他。"

王财急忙拦住："您别去，您去事就没缓了，我去吧，我知道他的短处。"

"那最好了，王掌柜你去吧。"

王财得寸进尺："洛阳的事，我还去吗？"

"缓一点儿办也可以，这事一定要成功！"索巴很清楚王财又在动心眼，却没有办法，只得依他。

茹二奶奶和孟小楼坐在泰丰楼小包厢里说着话，突然茹二奶奶忍不住了，"哗"地吐了起来。"冯妈，快，您家太太吐了。"孟小楼说着急忙起来，拿手绢捂住鼻子。

冯妈飞快地跑了进来："太太，吐吧，别忍着。"

孟小楼捂着鼻子站起来想要离去。茹二奶奶急着说："小楼，别走，对不住你了，你忍忍，我有话跟你说。"

孟小楼厌恶地说："有话快说吧，一闻这味儿嗓子都疼了！"

"对不起了，我坐了这半天，是一直说不出口，臊得慌，可事儿做了不说也不成了。小楼，跟你说吧，我有了。"

孟小楼不明白："有什么了？"

冯妈在一旁听不下去了："哎！您这是装糊涂呢！"

孟小楼一脸冤枉："我装什么糊涂啊！有什么了？跟我有什么关系啊？"

冯妈气得噎住："你……"

"冯妈你出去吧，我自己说。"等冯妈出屋，茹二奶奶才说，"我肚子里有你的种了！"

"嘿！嘿！这……这我算中了头彩了。"

孟小楼还拿着手绢捂着鼻子，那感觉有惊愕也有不屑。

“你把那手绢拿开了，别那么瞧着我，听我把话说完了。我这辈子打小时都没过过什么好日子。亲娘打小就死了，我是看着人家眼色长大的。不怕你笑话，长到现在就认识你的那么几天，是我过的半辈子里的蜜糖。我不怕人家笑话，我大绳小绳地被他们勒够了，我是豁出去了，真了心地喜欢你了，哪怕是花钱买来的一场梦，我乐意。我想，我也该梦一回，搭上老天爷可怜见儿的，日子没给我好日子，梦给了个好梦，让我有了痴情的那么几天。你是跟我做戏呢，你给我演了几天的戏，等我看出是戏时，不瞒你说伤了几天心。我想把心掏给你看，再一想，没用，两相情愿的事一个人再较真儿也没用。”

孟小楼忙说：“不是那么说。”

“你听我把话说完，人生是不如意事常八九，我想通了，就当梦醒了再回，回不去了。真是命运弄人，我这刚一想通，谁知这种事又出来了，人间事了犹难了，了犹难了。”

孟小楼还不认账：“是谁的还不知道呢！”

茹二奶奶先是吃惊地看他，然后就流泪了：“知道你要说这话，男人嘛，捅完刀子再剜肉，你说吧，我不生气。我说了这么多话，最想说的就一句还没说呢，我不怕丑了，我要嫁给你，你娶了我，你想唱戏接着唱你的，你不想唱戏我穿金戴银地养你一辈子，不为别的，为肚里的孩子。”

“我不想要孩子。”

“孩子不用你管，生下来我管，你给个名分就成。”

“我凭什么给他名分？”

“小楼，这才几天，你怎么跟换了个人似的？你哭着跟我讲身世那劲儿哪儿去了？”茹二奶奶真的不敢相信他竟会这样。

“事过境迁了，演戏就是演戏，你把演戏的规矩破了，吃亏的当然是你。”

“我吃亏我认，你娶了我，再不见我都成，我给你钱，就当我买个名分。”

“我这名分，不是什么人都卖的！”孟小楼不再看她。

茹二奶奶不再说了，静静坐着，突然，随手抓起桌上的东西，举起“砰”地向自己头上砸下，“砰砰”地砸，面无表情。孟小楼吓得赶快喊道："哎呀！救命啊！死人了！"冯妈飞快地冲进来，小二也冲了进来。茹二奶奶还在砸着自己的头，早已血流如注。茹二奶奶倒在地上，血溅在孟小楼一尘不染的白色西服上。孟小楼仓皇而逃。

冯妈蹲下大哭："太太，太太！您这是干吗？快来人啊！快来人啊！太太您这是为的什么啊？"

佟奉全要走了，莫荷出来送他。街上起风了，佟奉全说："莫荷别多想，回去吧。"

"没多想，佟哥，千万别急，万事总有个结果。"

"有些事，应了人家就不能反悔，罗先生是好人。"

"我明白，你放心吧，莫荷不是那不懂事的人，什么事都有定数，别惦记我。"

莫荷又回到小院，范世荣在唱，唱腔沧桑悲凉。然后，又听到生子妈说："生子，你别再气妈了，妈也想让你上学，可咱哪儿来的钱啊！你别逼妈了。"生子也哭，生子妈也哭。莫荷经历了下午的美好的憧憬，又听到了晚上他们的一番话，觉着幸福遥远、缥缈，不知在何处，鼻子一酸，想哭。

莫荷刚刚吹熄灯，王财就进了小院，直奔北屋。范世荣还在唱着，听到敲门声学着念白："何人在外敲门？"

"五爷，我是王财。"

"来得正好！里厢有请，里厢有请。"范世荣还是念白。

王财进来了。范世荣用着京剧念白："王财小儿，你来得正是时候，嗒嗒嗒……看刀！"一双筷子比画着就要砍头，王财引颈就刀。

"您来一刀吧。这是喝美了，多来几刀都没事。"王财说。

范世荣借酒撒疯在王财脖子上来回锯着筷子："啊，王财小儿，怎么砍你不死啊？"

"砍不死，刀钝了，磨磨，磨磨。"

范世荣拿起筷子看了看，冰冷道："什么事啊？"

"想请您喝一口。"

"懒得动了，有什么话说。"

"五爷，那只尊禄大人看上了，价儿可不低。"

“我不卖！我烦他！”

“您不卖许都不成，有主意让您卖了。”

“王财，这是吓唬我呢！我好害怕啊！你这是拱爷我的火儿呢吧，我理不着你，你走人！”范世荣说着站起来。

“哪敢拱您的火啊，您听我把话说完了，这洪副官可没走呢，他正找不着蓝掌柜的抓瞎呢。只要跟他说画是你卖的，旧是佟奉全做的，怕是他得找您来。”

“王财，耍三青子是不是，我打小就会。我今儿个告诉你，画是你卖的，旧是你做的，我明儿个就找洪副官，把你算计了，跟我玩儿这套你还真嫩点儿。”

“您这主意我也想过了，您讹不着我，到时候我能找着蓝一贵做证，您找不着。”

“我怎么就找不着？”

“五爷，您别忘了，我是天合居的大徒弟！他们家在哪儿我知道，什么事能瞒得了我！”

范世荣一听有点儿蒙了。

“别的我也不多说了，我走了，您接着喝！”

“王财，小子有种！有句话我撂这儿，画是我卖的，那只尊也是我的，你小子怎么跟我较劲都行，别惦记我妹妹和奉全。”

“五爷，不用您嘱咐，我有分寸，该怎么不该怎么我心里有数。您撂下架子回头想想，卖谁不是卖啊，卖也就卖了。”王财起身走了。

“我要总回头想我活不到今天，你他妈的滚蛋！”范世荣骂道。

三

佟奉全从范家回来，刚到茹府门口，就见院里一群人吵吵嚷嚷的，拔腿飞快地跑过去。堂屋内灯火通明，大夫们忙着。不大一会儿，那些人出了堂屋，冯妈送了出去。佟奉全局外人一样在院里的台阶上看着。

冯妈反身回来，这才看到他：“佟先生，您快别在院子里站着了，进去看看去呀！”

佟奉全问道：“冯妈这到底是为什么呀？”

"为什么，先不说了，您会说话，赶紧劝劝太太。"

佟奉全进了堂屋，见茹二奶奶的头包扎上了，身子背对着外面："秋兰太太，这要真是吃亏了，用不用给您报个警？"

"用不着。"

"您这是为着什么呀？出去还好好的，回来成这样了。"佟奉全看茹二奶奶不转身过来，悄悄站起来往里边看看，见茹二奶奶正在流泪，赶快又坐下了，"秋兰太太，凡事想开吧，皮肉伤点儿都没事，可别太伤心。"

茹二奶奶流着泪说："佟先生，您不用劝我，我活该！"

"可不能这么说！有什么疙瘩解开就好了，天底下没有过不去的河！"

"佟先生，您不知道，您说我怀着人家的孩子了，我贱，觍着脸去找人家让人搡回来，是不是活该！"

"您什么？您怀了孩子了？"佟奉全吃了一惊。

"您别再问了，没拿您当外人才说了。"

"是啊，秋兰太太您……您可是伤得不轻，也没什么，您歇着吧。"佟奉全说着站起来准备出去。

"佟先生，您别急着走，您有见识，我问您一句话。"

佟奉全只好又坐下："您说。"

"我这孩子能不能生下来？"

"生下来啊，您要真愿意，生也就生了，可有一条，瑞贝勒府的人怕要找麻烦，您好歹还是人家的儿媳妇呀！那还真就有点儿不好支应了！我……我先……"

"孩子就不能生了？"

"我也就这么一说，也许生出来怕也没什么事儿。"

"那您说生也就生了？"

"不是，秋兰太太，我也不是这意思，这事……这事……哎呀！哎哟！"佟奉全说着捂住肚子，"我……我肚子疼。"

茹二奶奶明白了："佟先生，不为难您了，原就自己活该嘛！您走吧！"

"秋兰太太，那……那我先走了，哎哟！哎哟！"

佟奉全真是不得不走。说是寡妇门前是非多，佟奉全这会儿不只是在门前，实实在在，他是在门里了。这真要有点儿撇不清的事，哪能再往里钻啊，他明白了，这事好赖不能管了，躲远点儿，远远地躲着。

四

罗先生正在书房里看着书，外面有人敲门："罗先生。"

罗先生开门一看："谁呀？奉全啊，来来来，坐下！"

"罗先生您忙着呢！我也没让门子传话，我说在院子里喊一声，您要忙，我不进屋了，拿了东西就走。"

"没事，快快坐下，东西卖出去了？"

"还没有呢，我打算行里串串。"

"奉全啊，这东西几千年撑着熬过来了，是祖宗的心哪！想三千年前他们干吗刻了字把这东西埋地里呀？还不就为了让子孙们从这少而又少的文字里知道点儿当时的事儿吗？这就叫悠久的文明。你懂这个，我是跟你多唠叨两句。"

"您说得对，我们整天就是看东西长眼力了，留下东西为什么早给撇一边去了，您说得对！"佟奉全不停地点着头。

罗先生把尊拿了出来，实在有些不放心："奉全，跟你说句许是不得体的话，我整天看着这东西过日子呢，一天不看一眼我心里空落。三千多年啊，这是什么，这就是时间通道，你看着它你就跟三千年前有关系了！再看这细而又细的纹饰，你跟三千年前的那些工匠都有关系了！这可真不是凭空而来的。来，你细看看这纹饰的表情，工匠的心情我都能感觉到，实在是太好了。"

"罗先生您这么一说，我也有了感觉了。"佟奉全瞅着尊上的铭文。

"奉全啊，你不来，我也想去找人了。我现在手中实在没钱，要么我想把这所房子押给你，东西算是我预留下了，你容我些日子凑凑钱。"

佟奉全为难了："罗先生……罗先生……"

"没关系，有话说。"

"罗先生您这么喜欢，按理我给您留下也就留下了，押不押房子咱不说那个，货卖识家。好东西有个好归宿咱不是也高兴吗？可罗先生，我这话说出来都像现编的，我实在缺钱呢！我碰着事了，欠人家钱，我想快快地还了钱了，了一桩心事。罗先生，实在对不住您了，东西我得拿走，您多担待吧！”

罗先生有些失落：“是啊，是啊！算我多话了，能在我这儿放几天，就该知足了，还想留下，非分之想，非分之想。君子不掠人之美，好吧，留不住便是无缘，人生总有那擦肩而过的遗憾之事。好了，但我有一句话还要嘱咐你，千万不要卖给洋人，找个牢靠的主顾嫁姑娘一样地嫁出去。千万，千万，把祖宗的东西留住！”

“罗先生，这句话我能应，我应您了，您放心吧。”佟奉全说着，把尊小心地用包袱皮包上，“那我就先走了。”

以前是范世荣在街角等着禄大人出来说话，现在反了，禄大人站在琉璃厂的街上等着范世荣。禄大人远远地看见范世荣从雅集堂里出来，假装偶然碰上了，迎了过去，迎过去就说洋文：“范先生，很久不见啊，您好吗？”

范世荣乍一听英文，有点儿愣了，慢慢回头，用中文说：“哟，这不是禄大人吗？您可真客气，英格力士您都赏脸跟我说了。我谢您，谢您。也是啊，你们说话看穿着吧？”

禄大人继续用英文说：“说什么客气话啊，说些乡音而已。”

“不劳您说乡音了！我密斯特范前些日子落魄的时候，想巴结您一口乡音，您上手就给我回了。不是我记仇啊，实在是那个劲儿没缓过来呢，这会儿总不说，我可把您的乡音给忘差不多了，受累您说我的乡音吧！”

“好啊！好啊！去你的雅集堂看看！”禄大人紧走几步。

“这我不能拦着你，咱是买卖人，有买卖来了总得应承。来，请。”范世荣从外边开门，引着禄大人进门，“禄大人您请，跟您说好了啊，有话说话，买东西您别家！”

禄大人走进雅集堂，看着架子上的一排东西：“烦您开了回门了，我哪能不买东西啊？中国人买东西很有意思。我指的是买古董，那种一买一卖间，大爷的气氛就都高扬起来了，买的人也是大爷，卖的人也是大爷，这是为什么？”

“跟您说禄大人，大爷不是装的，胎里带的。元、明、清六百来年，再到民国，这地方的人给养出来的劲儿，一时半会儿地改不过来了！禄大人，说句不客气的话，我要不这样了，还真就不会活人！”

禄大人挥了一下大手："很好！很好！这一排瓷器多少钱？"

范世荣心里说，买古董哪有论排的，这是想拿钱砸我呢，也不细看，买一排，算是情义投资了，接着就要跟我说尊的事儿了，我一客气回不了口，他就得手了。想到这儿，便大声说："禄大人您说的是这一排吧，对不住您，不卖！"

"为什么？"禄大人实在不解。

"不为什么！我这屋里啊有的玩意儿卖，有的玩意儿不卖。您也别叫价了，这排我不卖！"范世荣的大爷的劲儿又上来了。

"这件呢？"禄大人说着又随便拿起个瓶。

"十万！"

禄大人笑了："开玩笑！一万照顾你！"

"那我宁可不开张。"范世荣看也不看他。

"密斯特范，您这是不想跟我做买卖啊？"

"说对了，您有钱我知道，但有的东西不能给您。我这话您听明白了吧？"

"直话说吧，那只尊我一定要拿到，请你不要太固执！"禄大人想胁迫他。

"好啊！有本事你拿走，走吧。"范世荣一脸的不在乎。

五

佟奉全小心又小心地拎着包袱，进了范家小院，径直往西屋走去。生子妈正在晾白薯干，看到有人进来，就问："哎！这是谁啊，找人吗？"

"啊！大嫂，是我。"

"哟！佟先生啊，您进了院子，我都没瞅见，瞧我这眼神，我以为是……佟先生，拎的什么呀？"

"没什么，一点儿吃食。"

"瞧瞧，还怪会心疼人的呢！"生子妈说着说着凑近了，"佟先生，跟您说我不是那种嚼舌根子不吐核儿的人，您该来就来，不用这么躲躲闪闪的，有什么事，我就是看见了也不会说去。您是个好人！"

"哎，谢您啊！"佟奉全说完细想，又觉谢得不对，"生子妈，我其实也没什么事儿啊！”

“啊！对！没事儿，没事儿。”生子妈一脸诡秘样。刚说到这儿，“砰”的一声，莫荷的门开了，“哗哗”抖着床单，收起被子。

“哎！您忙吧。”佟奉全倒显尴尬了，对莫荷说：“在家呢！”莫荷不理他，仍旧弄被子。佟奉全站着，进也不是，退也不是，搭讪着：“五哥在吗？”

“没回来！往后进院子里该找谁，就大大方方的。就是说找我谁也管不着，干吗呀，让人家看了像审贼似的审你？别这儿站着碍事，进屋吧！”

生子妈听了生气地说：“这是冲谁啊？生子，生子，小袼褙的死哪儿去了，快帮妈收东西。”

莫荷也狠拍被子，然后拿回屋，回腿关门。佟奉全怕把尊碰了，躲闪，腾不出手来接。

莫荷说：“躲什么呀，躲？还不接一下！”

“不凑手，不凑手，你自己放炕上吧，这东西我放不下。”佟奉全东找地方西找地方都不好放。

“什么东西啊？怪不得人说，跟做贼似的。”莫荷说着把被子扔炕上了。

“什么东西？莫荷，一会儿你就看见了，按报纸上的新词是说‘幸福、明天、未来’。莫荷，就这东西，我为了抱着上你这儿来，来来回回坐了一圈洋车了，不小心不成！”

“我不稀罕！”莫荷白他一眼。

“你可别说这话，指着它跟你过日子呢！把窗帘子拉上！”

“干吗呀？一进门就拉窗帘，人家不是更有话了吗？”

“人家往哪儿想我不怕，莫荷我可不为这生气，我是怕人家把咱的幸福看跑了，拉窗帘子啊！”

“我不拉。”莫荷生气地说。

“怎么了今儿这是？你不拉，我拉上。”佟奉全说着把窗帘拉上了。

索巴进了堂屋，看着头上绑了绷带的茹二奶奶，殷勤地问：“姑，您这是怎么了？好好的，怎么还挂了彩了？谁啊，跟我说，这是吃了豹子胆了。”

茹二奶奶说：“没谁，我自己摔的。”

“重不重啊，看您不小心，我给您找大夫去！您等着我找大夫去！”

“用不着，瞧过了。”

“这话是怎么说的，这不是人在屋里坐，祸从天上来吗？姑，有什么事您可别瞒着我啊，跟您说，您要不跟我亲，我还跟您亲呢！您想啊，侄儿我在街面上，好歹的也算有一号的，欺负您了，我这脸可没地方放！”

“真的没事，自己摔的。”茹二奶奶说。

“没事最好，可不能有事儿不说！”索巴说着拿出银票放在桌上，“姑，上回那个瓶子人家定了，再给您一百块，这算是定金啊。”

茹二奶奶看着钱，脸上有了笑容：“你留着花吧！”

“我不要。姑，人家说这瓶子有两只，您把那只也给我吧，我给您卖，亏不了，三百大洋没问题。”

茹二奶奶心想，我说今儿个太阳怎么从西边出来了，又说大话又看我的，敢情惦记那只呢：“哪有两只啊！这要成双成对儿了，还不值个一万两万的，就一只了。”

“不对吧，您可跟我说过。”

“说过吗？那只让我生气给摔了。”

“姑您这么说话我可不爱听，哪有成天拿着钱摔着玩儿的。姑，咱是至亲，比不了那种外人，不是我挑理啊，您可有点儿信外人不信自家人呢！”索巴说着，看茹二奶奶难受了又要干呕。索巴看着怀疑：“这是怎么了，几天我没来是又挂彩又干呕的，姑您可得小心。”

“索子，你走吧，我这儿难受了。”冯妈赶紧跑进来，用盆接着。茹二奶奶又说：“把山楂糕给我拿一块过来，压压！”冯妈拿过来，茹二奶奶大口吃着，索巴看着都牙酸。

“索子，你走吧，那瓶子你卖多少我也不问了，东西光了，你姑现在是个穷光蛋了，有事我找你啊！”茹二奶奶说完，自己又抓了两块山楂糕回内间了。

冯妈送索巴出来，索巴快走到大门口，突然小声问冯妈：“冯妈，我姑她这是怎么了？”

“没什么，吃不对付了，怕是胃有毛病了。”

“冯妈您别蒙我了，您给我姑带句话，有的事可瞒不住人！”索巴说完，出门走了。

冯妈这才醒过神来，呆了。

第十五章

一

窗帘挂着，那只尊堂堂皇皇地摆在桌子上。佟奉全和莫荷看着那只尊，如同看到了伸手可及的未来幸福生活，踏实又满足。佟奉全说："夏、商、周三代的青铜器，看着像烧饭的锅啊、喝酒的杯呀什么的，但大多是礼器。上下尊卑的尊就是这个东西，尊严的尊，尊敬的尊，都是这东西。平民百姓不能用这，用这杀头。"

莫荷憧憬地看着："你不是平民百姓啊？"

"所以话说的呢，我拎着它就心慌。这东西都是该摆在罗先生那种人家里的，咱一个草民哪压得住啊。"

"趁早拿走。"

"早晚拿走了，不想别的，换个好日子回来。这盖儿呢换座房子，这肚儿呢换个小铺子，把你和我都装在里面，生儿育女。这花花的纹理就像咱以后的日子斑驳灿烂，每天早上你从这里爬出来，扫地做饭，我出去奔食吃。"

"说得真美，就跟这日子你已经过上了似的，趁早拿走！"

"拿哪儿去呀？"佟奉全有些奇怪。

"不管，回头我怕给您的好日子看丢了，那可赔不起。"

"我想过了，别人赔不起，这天底下就你能赔得起，东西丢了不怕，你赔过来就行了。"

"就会说疯话，想赔人家还不见得要呢！等着吧，等着扔大街上都没人捡了，我就赔了你了。"

“莫荷，着急了吧？”

“佟哥，是着急了，我不怕东西丢，怕你丢了。”

“莫荷，实话说了吧，我比你还着急呢，我今儿个把这尊拿回来就是想快点儿从茹家出来，就因为这，罗先生都不高兴了。”

“那么急干吗，待着吧，我可没催你。”

“我自己催了，秋兰太太怀孕了！”

“什么！她……你？”莫荷下意识地朝后闪闪身子。

佟奉全赶紧说：“跟我没关系，你想哪儿去了？”

“跟你没关系，跟谁有关系就嫁了吧！”

“咱不是背后说人家啊，想嫁都嫁不了，人家不认，这回真伤着了，也怪可怜的。我想通了，有钱怎么着，有钱无情还不是一样，好歹我应的事给办了，欠人家钱我还。罗先生不让卖外国人，我不卖。然后我娶你，一个尊把三件事都办了。哎，说人家的事儿你怎么哭了？”

莫荷流着泪说：“当个女人可真不容易，那她可怎么办？”

“别哭，别哭，人家的事咱也管不过来了。”佟奉全伸手给莫荷抹泪，莫荷没再躲闪。

索巴坐在通古斋的太师椅上，看着打算盘的王财在琢磨事情。过了一阵儿，嘴角掠过一丝笑意，问道：“王财啊，你今年多大了？”

“属猪的，二十三了。”王财忙着手里的事情，懒得看他。

“没成家？”

“索爷，这您可多余问了，我成家了，还至于天天住在店里？”

“这事，包哥哥身上了。”

王财仍打着算盘，以为他是吃饱撑的，没话找话。索巴见不理他，又说：“怎么着，不给面儿啊？”

“索爷，谢您。您能给我找人家，巴不得的，就怕我不配。”

“找个殷实的好人家，原来宫里的，有产有业的，包我身上了！你明儿个去洛阳吧。去过了洛阳，回来咱就看人家说亲。”

王财一听不乐意了：“行是行，禄大人那事还没办利落呢！”

索巴说：“你不用管了，少不了你的，回头你办喜事的时候，我必有一份大大的人心！”

“范五爷那儿的事可不好办。”

“他不好办，我才要办他呢！把蓝一贵老家的地址给我，你走你的，龙门的事是桩大买卖，咱不能撒手。”索巴说着把纸笔推过来，“写吧，蓝掌柜家在哪儿？”

王财有些无奈：“您要地址干吗呀？您还真能找他去？”

“你别管了！这范五我不让他低回头，他不知道我们索家也是吃皇粮长大的。”

范世荣把门板一块一块地上好了，锁好门，打着灯笼，走在街上，刚过一个胡同，突然一个声音说：“五爷灯笼吹了。”

范世荣吓了一跳，问道：“谁呀？！”

“我，王财！”

“滚远着点儿！王财跟你说啊，有本事你把爷我做了，总他妈的跟个苍蝇似的绕着我，我可烦透了！”

王财一看他不吹，自己上来一口吹了。

范世荣急了：“哎！这是要干吗呀？”

“不干吗，为您好，索巴没走呢，别让他看见了！”

王财拉着范世荣就走，脚步很急。

范世荣问道：“这是上哪儿去呀？”

“去喝酒！”

两人进了酒馆，要了酒菜，酒过三巡，王财才说：“五爷，俗话说人为财死，鸟为食亡，您是爷，您不信这个，我们小门小户的人家没境界，不信这，那就真得饿死。上回的事您往低了想就怨不着我们了，我也想穿金戴银地过宅门日子！”

“你这算是赔礼啊，还是道歉啊？舞舞扎扎地唬了我一道，这是又来找后账了啊，有什么话直说。”

“五爷，您得去大城一趟。”

“没事我上那儿去干吗呀？”

“您得去一趟，找趟蓝掌柜，让他快点儿躲躲，先躲一躲！”

范世荣有点儿惊讶：“躲不躲的碍着我什么了？”

“五爷，您别说硬气话了，您不去，索巴就先行一步了。这蓝掌柜的一请回来，一串的人得跟着倒霉，您、佟奉全都跑不了，这您还不明白吗?”

“索巴要去大城?”

“必定要去，除非您在禄大人那儿低回头，把尊卖给他。”

“他怎么知道蓝掌柜的老家?”

“我告诉他的。五爷，我是个小人，小人有小人的活法。还是刚才那句话，人为财死，鸟为食亡，我不白告诉您。”

“要什么?”

“顺顺当当您把尊给卖了，给我一成利，我回老家种地去。”

“蓝掌柜的地址给我。”

“给您写下了，您收着。”王财说着拿出写好的地址给了范世荣。

范世荣急急忙忙地回到家，看见自己那屋亮着灯，里面有人说笑，就先咳嗽了一声，这才上台阶推门。

莫荷正在炒菜：“哥，回来了?”

佟奉全也说：“你不经念叨，再不回来可等不起了!”

范世荣摆着架子：“都在呢！我吃过了，你们吃吧。”

“有酒一块儿喝点儿!”

范世荣看到有酒，舌尖发痒：“给我倒上。奉全啊，明儿个我出趟门，家里你照应着。”

“兵荒马乱的这是去哪儿啊?”

“啊！有件货下去收收，五六天就回来，来喝一个。”

“喝一个！莫荷你也坐下吧。”

莫荷似乎隐隐感觉到了什么，看了范世荣一眼。范世荣这时只望着桌上的酒盅。

二

茹二奶奶头上的绷带拆开了，赵大夫小心地看了看：“没事儿，结痂了。二奶奶，这绷带我看就不用了吧。天越来越热了，捂着容易发炎。”

茹二奶奶心不在焉地说：“那拆了吧。”

赵大夫说："别出门，别着风头，先别洗头，痂掉了就好了。"

茹二奶奶说："哪儿也不去！冯妈给赵大夫取点儿点心来。"

冯妈一听就明白了："哎！"

冯妈刚一走，茹二奶奶就手把门关上了："赵大夫您坐。麻烦您多少年了，我是有话从来没瞒过您。"

"应当的。"

"赵大夫，我想把这孩子做了。"

"不想要了？"

"想要也要不成，瑞家人知道了饶不了我。"

"二奶奶，事儿是这样，我这么一说您那么一听啊。您这岁数了，有份骨血也不容易。再说了，现今也不是就这么一条路，想好了再说吧。"

"想好了。没别的路，我这一辈子就是来世上受苦的。好容易有个孩子，还不能留下，想通了也只有苦到底。求您给想个办法吧！"

"二奶奶，不是我推托，这事儿我干不成，我在教呢！再想想吧，一条人命啊，瑞家人许顾不过来呢！"

"求您吧，别再让我拿主意了，这孩子要真一天一天长成了，我怕更狠不下心了。"

"二奶奶，我再胡说一句，不行找个人嫁了，也是条路。"

"都到这份儿上了，谁那么冤大头啊！再说嫁人，也得嫁个合适的人啊，那要委屈了自己，下半辈子也就交待了。"

冯妈正好端着点心进来，插嘴说："太太，甭瞒着我，我都听见了。赵大夫说得对，咱再想一条路吧，好容易有个孩子，咱还不给他留住了？您别嫌我多嘴，我认识点儿老门老户的人家，咱寻访寻访！"

茹二奶奶和赵大夫都不言语了。人间事往往这样，想时不来，不想时倒来了，来对了是好事，来错了就成愁烦了。冯妈是好心，她本着有子得继的想法想给主子留个后，殊不知这个后要留还要找个幌子遮着，后人是半辈子的事，幌子更是半辈子的事，哪就那么好找呀？

冯妈给茹二奶奶领回几个觉得门当户对的满族遗少，不是大烟鬼就是弱不禁风的病秧子，看了几个，连茹二奶奶都没有心思了，看着自己的肚子说："冯妈，你看看，再不拿主意，这事儿可就大了，盖不住了。还是做了吧！"

“怎么找个人这么难！也是的，好男人早成家立业了。”

正说到这儿，佟奉全在门口叫道：“冯妈，秋兰太太在吗？”

“在，快进来！太太，佟先生来了。”说完她先笑了。

茹二奶奶一直看着自己的肚子，这下赶快放了衣襟。

佟奉全进来：“秋兰太太好，冯妈好！”

“好！好！来，坐，坐！刚沏的茶，给您倒上了啊。”冯妈比平素热情百倍地招呼道。过分的热情，让茹二奶奶和佟奉全都觉有点儿意外。

茹二奶奶问：“什么事啊？”

“上回的小粉盒的账结了，这是八千的银票，您收好了。”

冯妈赶紧说：“不急，那么急干吗呀！您留着花吧！”

“冯妈，您看我的药熬得了没有。”茹二奶奶觉得冯妈的热情有点儿露骨，就把她支走了。

冯妈又望了茹二奶奶一眼：“哎！佟先生您先坐着啊！”

佟奉全倒不知所措了：“秋兰太太，冯妈今儿个心情真好！”

“甭理她，老糊涂了。佟先生，这钱的佣金？”

“我记账上了。秋兰太太，您要没事呢，我正想跟您念叨念叨呢！”说着拿出小本子来，还有一个小算盘，“咱前前后后的，卖了有五件大的、七件小的，第一件盘子一万八，第二件对瓶一万，第三件洗子三千五，第四件小捧盒九千……”

茹二奶奶没有心思细听佟奉全说的那些账目，只是专注地看着佟奉全一开一合的嘴唇，还有拨拉小算盘的手指。

佟奉全长舒一口气：“拢共有六万多了，我的佣金……”

茹二奶奶有点儿神经质地说：“甭算了！”

佟奉全莫名其妙地挨了抢白，呆了，看着她。茹二奶奶说：“我信得过你。”语调里流露出几分亲切。

“信归信，账您可以不看，我这儿不能不清楚。”

“不用算了，我要信不过你，还不见天儿地问你账啊，收起来吧。我问你，你还欠我多少钱？”

“一万一千三百块！”

“这么说你还得待一阵子？”

“你要急着使钱，我也正想辙呢！”

茹二奶奶眯起眼睛："我不急！我要是把这钱免了呢？"

佟奉全吃了一惊："不是小数，秋兰太太，欠账还钱，出不了俩月，我给您还上。"

茹二奶奶生气地说："我也就是那么一说，没催你的意思，跟你说句玩笑啊，还不上你可不能走！一辈子还不上，一辈子不能出去！"

"行！那我先告退了。"佟奉全再次挨了抢白，有些委屈，低下头刚要退去，冯妈风风火火地端着碗进来了："哟！佟先生算完账了，别急着走啊，厨下我调了茶汤了，吃一碗再走。"

茹二奶奶噘着嘴谁也不看，也不说话。

佟奉全说："谢您冯妈，我不饿，我还有事，先走了。"说完径直走了。

茹二奶奶见冯妈愣在那儿朝外张望，问："冯妈看什么呢？"

冯妈说："太太，我真是老糊涂了，想抄近路反倒绕了脚了，这不明摆着的吗！"

茹二奶奶喝了口药，苦起脸："苦！真苦！"

冯妈叹道："苦不怕，总该有个头啊！"

三

佟奉全有所不解地在街上走着，总觉得今儿这事怎么有点儿怪怪的。正走着，生子跑过来了："佟叔，我莫荷姐让我找您呢！"

佟奉全回过神来："是啊！她干吗自己不来？"

"她说这会儿不能跟挎筐子卖烟卷儿那会儿似的满街跑了，说了人家了，上街不方便。"

佟奉全不觉笑了："是啊，知道害羞了。"

正说到这儿，一辆马车在他们跟前停下了，禄大人从车上下来了。佟奉全想躲，禄大人叫住他说："佟先生，我是否能请您喝杯茶？"

"谢您，我这会儿有事，不方便。"

"那好，我们说两句话。"

"有什么话您就在这儿说吧，我听着，"然后又扭脸转向生子，"生子你先回去，我一会儿就回。"

“佟先生，据说你很擅长做旧。”

“禄大人，我可跟您没打过交道，您犯不着跟我说这话！”

“我很想与你打交道，我知道有件东西你不想卖给我。”

“我不能卖您，有东西没东西再单说。”

“我要让你卖，我能让你卖给我。”禄大人有些盛气凌人。

“您凭什么？”

“凭你犯的错误。”

“您吓着我了禄大人，我不识吓，胆子在这儿呢，懂吗，有错也怕您抓不着把柄！”佟奉全说完要走。

禄大人威胁说：“佟先生，你可把我看低了。”

佟奉全冷冷地看着他：“禄大人，说句心里话，压根儿您就不怎么高明，回见。”说罢，加快脚步离去了。

索巴一副农民打扮，按照王财写给他的地址，找到了大城县蓝一贵的家。正要进院儿，被挤满院门口的一群女人给拦住了，其中有蓝一贵的大夫人、姨太太、仆人、丫头子。索巴一脸诚恳：“我跟蓝掌柜的是朋友，好歹让我见见！”

蓝夫人操着浓重的河北口音说：“你叫个吗？”

“您就说索巴求见他就知道了。”

“我说吗他也是见不了你，回去吧！”

索巴不自觉地也染上河北口音了：“为吗？”

众人笑他。

蓝夫人说：“他不在了，出门了。”

“去哪儿了？”

“他出门子了，早几天就走了。关门，关门！”

索巴还想再问，一群女人猛地把街门关住了。索巴望着人生地不熟的街道，不知何去何从了。刚一转身想要离开，突然看见了在街对面小摊上喝着酒吃着猪头肉的范世荣。索巴想要溜走，却被范世荣叫住了：“索巴，留步！”

索巴装着刚看见的神情：“哟！五爷，您怎么也在这儿呢？”

“新鲜吧，大老远地咱都从京城到这儿聚齐了。索巴，别跟五爷装蒜了，你来我来为的都是一件事!”

索巴赶紧将范世荣请进一家还算像样的酒馆，要了几个像样的炒菜，又喝起酒来。索巴说：“五爷，您是老江湖，我敬您一杯，到了几天了?”

“有几天了!”

“蓝掌柜呢?”

“不在家!”

“五爷，人不在那您怎么不回去呀?”

“我好容易来一趟，等不着他，能等着你也行!”

索巴一愣：“五爷，您等我干吗?”

“想在这儿跟你把话说明白了。”

“您就算准了我要来?”

范世荣喝酒，没说话。

索巴突然叫道：“王财，王财小子说的? 他妈……”

“别骂他，骂你自己。”

“……”

“索巴，我们家老爷子事你也知道，我也不细说了。禄大人是干什么的我不管，这玩意儿打我这儿给不了他，你也别想拿蓝一贵的事压我，我经得多了，什么也不怕了。”

索巴有些心虚：“五爷，我没想着压谁，我得吃饭。”

“我们范家对得起你们。”

“五爷，别总提老话了，走一步说一步吧，我不压您，人家也得压您，一样的。再说东西不是你的，我知道，我压佟奉全!”

“跟他没关系，那画是我卖的。”

索巴语气一横：“有关系没关系回头说吧，小二结账。”

范世荣问他：“你这是要急着去哪儿?”

“回京城!”

“我话还没说完呢!”

索巴将钱拍在桌面上，说：“五爷，我的话说完了。”

茹府堂屋当间，搁了一张八仙桌子，上面摆满了菜，很丰盛。茹二奶奶不时看看钟表，有些不耐烦了：“冯妈不等了，撤了吧，这事我张不开嘴!”

冯妈耐心地劝她:“奶奶呀，怎么就张不开嘴啊？这理儿掰开了，揉碎了，我不是跟您说了三遍了吗？您要累了，您里屋歇着去，等他来了，我叫您。”

“我不累！他要不乐意呢？”

冯妈给她鼓劲儿:“他凭什么不乐意，欠着一万多块钱呢，咱给免了，连着娶媳妇，带娶个铺子给他开，一个穷光蛋有什么不乐意的！太太别的我也不说了，您觉着他成不成？”

“……我……我说不清。”

“说不清就是认可了。”

“冯妈，咱可没为人家想。”

“还没为他想啊，这全是为他想了，他要知道了，还不撂着蹦儿地跑着来呀！太太别再多寻思了，没有比这主意更两全的了，我是觉着委屈您了呢!”

“天底下的委屈都受了，也不多这一回。”

“这就对了，九点了，怎么还不回来呀？”冯妈说完，侧耳听着外面，有人在敲门，冯妈兴奋了，“不经念叨，回来了。我开门去。太太您坐直了，别……别心慌啊!”

茹二奶奶又有些慌了:“冯妈！等等，再让我想想!”

冯妈等了一会儿，外面的街门又响了。

茹二奶奶突然站起来照了下镜子，梳理了一下鬓角上的头发:“开门去吧!”

佟奉全被热情地让进堂屋，他马上觉得气氛有点儿不太对头，忙说:“秋兰太太，还没歇着呢？哟！这……这是干什么呀？什么日子啊？都是好吃的呀!”

茹二奶奶好像累了:“坐下吧。”

佟奉全又问:“您还没吃呢？”

“等你呢。”

“秋兰太太，您可别这么说，我当不起。”

“冯妈给佟先生倒酒。”

冯妈早就凑到了桌跟前，招呼说："来！来！满上！满上！"

"我……我吃过了。"

冯妈怪道："吃过了再吃口，喝杯酒，又不当什么！"

"那也行。"佟奉全刚要坐下，又说，"秋兰太太，您这么隆重，我也不知什么事。今儿要是您的生日，我明天补份礼！"

茹二奶奶这会儿反倒平静了："不是生日，您坐下吧。冯妈，劳您出去把门带上。"

冯妈原想在这儿听着，提个醒壮个胆什么的，免得茹二奶奶又半途退缩。一听让她出去，有些不情愿地转了个圈儿这才出去，随手关上了门，重重下了台阶，然后又悄悄地走回门边。

屋里有些憋闷。

茹二奶奶一脸平静："佟先生来，咱们先碰一杯。"

佟奉全举杯一碰，茹二奶奶一饮而尽。佟奉全也都喝了。

"佟先生，您许是看出来了，我跟您有话想说。"

"有话您吩咐就是了。"

"……这话不是那么容易说出来的，我……"茹二奶奶又喝了一杯，"我借这酒遮遮脸。咱们也不兜圈子了，跟您明说吧！"

佟奉全微微低头。

"我要嫁给你。"茹二奶奶看着他说。

佟奉全一点儿反应也没有，呆坐着，过了一会儿自己摸住杯子，一扬脖把酒喝了，放下杯子，刚要说话，茹二奶奶给打断了："成不成的，您先别应对，听我把话说完了。"

佟奉全还是微微低头。

"我从瑞家门出来前，吃的苦你都知道了，我不说了。我出瑞家门，觉着跟鸟出了笼子一样，心也松了，人也飘了。我劝过自己不能白来这世上一回，我想活回人呢！我由着性儿地花钱，觉着那是应该的，我要买高兴呀！我花钱捧小楼，一掷千金，晚上把钱花出去，白天我自己想想都害怕，以为情啊真要想买，他就能给我，往深了想，就是假的我当成真的不是一样吗？我那么想，我不怕骗，只要他能把我骗高兴了，我就觉得值。我以为'情'这个字，钱花到了一样能有！我愿意当个睁眼瞎，他要有本事骗我一辈子都成。佟先生，不是我贱，是十五年苦伤了！谁承想天底下来得最快的是情，走得最快的也是情，眨眼间我再看着他就跟吃了个苍蝇一样。”

佟奉全不知该说什么，赌气似的端起杯子，又干一杯。

“您吃菜，凉了！”

佟奉全机械地吃了一口：“不凉！不凉！”

茹二奶奶还是一脸平静：“人生如此，等我把事儿想明白的时候，孩子来了，这孩子来得不是时候啊，我愿意为这孩子活下半辈子，可我不能要他。前些日子想过把他打掉了，可我一夜一夜地睡不着，我觉着深更半夜的，他瞪着那双小眼睛看着我呢！”

佟奉全落泪了。

茹二奶奶又说：“我想留也留不住啊！名不正言不顺，瑞家饶不了我。我想嫁个人吧，你不知道，这些日子见了不少的人，都不行，我想了半天，我愿嫁你！”

“秋兰太太，这事儿可不是那么容易的。”

茹二奶奶还是一脸平静：“你再听我把话说完，我明白，你吃亏了，这我明白，天底下没有娶媳妇带着娶人家孩子的，你吃亏了我也不落忍，我想法子给你补回来。钱的事儿，我不说了，嫁了你我跟着你好好过日子，你只要不欺负我，我全听你的，我侍候你一辈子。”

佟奉全说：“秋兰太太，这话不是这么说，我……”

茹二奶奶还是一脸平静：“你再听我说，成了家，你想开铺子，咱开个大大的铺子，东西我有，买半条街的钱敢说都够了，让你穿金戴银的我乐意。”

“秋兰太太快别说了，不是钱的事儿，我有人了！”

“我知道，那个小丫头片子。”茹二奶奶竟然笑了。

“秋兰太太，她叫莫荷，我们谈婚论嫁了。”佟奉全说着站起要走。

“我明白，佟先生，我不该这么强人所难，可我没办法，我想留下这个孩子。要么这样也行，你跟我把婚结了，只要孩子生出来有个名分，孩子生出来了，你再不要我了都成。佟先生，算是你救我一回了。”

“秋兰太太，我说句心里话啊，您干吗非得选了我啊？”

“你……你非得问吗？”

“天底下那么多人，我想不明白。”

“你非要知道?”

“我想知道。”

“好，我告诉你，你欠着我钱呢!”

“我想办法还您，我还您。”

“砰”的一声，门开了。冯妈扑进来，满脸是泪：“太太您别怨我莽撞,佟先生这是多么美好的事啊！我们太太都服了软，说算救她一回了，你这儿还说三道四呢！我这老泪都流了一桶了，你这人怎么心肠这么硬啊!”

茹二奶奶扭转了脸。

“不是这话，我这边心软了，可对莫荷那边可就心狠了。”

“那边能给你什么?”

“冯妈，别说了。佟先生，多的话我也不说了，就是这么个事，你也别忙着应对我，三天，你想三天，我等你三天!”茹二奶奶说着，起身回屋了。

四

清晨，满街都是雾。

佟奉全来到范家小院，一看街门还关着，再看，雾团里，范世荣蹲在门口睡着了。佟奉全叫道：“五哥，怎么在这儿呢?”

范世荣醒来：“奉全啊，早回来了，街门没开，大清早的，你干吗来了?”

“睡不着。”

范世荣抽烟：“出事儿了?”

“没事儿!”

“奉全，我走的时候，没跟你细说，怕你和莫荷跟着操心，这一回跟你说说也没什么，我去了大城找蓝一贵了。”

佟奉全一愣：“您找他干吗啊?”

“让他别回来，远着点儿躲，长着点儿躲，把事儿躲没了再回来。”

“又是那张画的事！早知，不做了。见着了?”

“没见着。”

“去哪儿了？”

“不知道。见着索巴了，他是想着把蓝掌柜抓手里，抓着咱的短，好挤对着咱把尊卖给禄大人。”

“是啊！五哥，这是事儿和事儿套上了。”

“奉全啊，你别想那么多，这事儿跟你没关系，我多一句话啊，赶早你跟莫荷把事儿办了吧！”

“五哥，我何尝不想呢，可我一是欠着人钱呢，二我又不能把尊卖给禄大人。”

“较上劲了！找旁的人卖卖。”

“串货场去了，索巴放了风，没人敢伸手。五哥，我想了一夜了，我……”

刚说到这儿，门吱地开了，莫荷端了盆水刚要泼，一看有人，赶快收住了：“哟！吓了我一跳。你们俩怎么在这儿说话呢？哥你回来了，怎么也不叫门呀？你们不嫌冷啊？！快进屋吧！”莫荷把水泼到一边。

三人一起进了小院，莫荷说：“我这就捅炉子起火，你们先上屋里坐吧。”

范世荣径直去了北屋。莫荷看着面色怪怪的佟奉全：“出什么事儿了？”

“没什么事儿。回头，我把那件东西拿走。”

“趁早拿走，搁在我这儿不保险。”莫荷生气地进了屋，拿着锅出了院门。佟奉全还在院子中间站着，这时天空飞过一群鸽子。

这真是事儿套上事儿了。按佟奉全的话，做人有准则难，没准则活着没意思，人活一世就是在这两难中煎熬着，小小的草民想着这么大的事，按理是多余吗？可真是下定了决心当个妥协的人，哪还有快乐呢，佟奉全明白这理。

茹二奶奶怅然若失地坐着，冯妈端着脸盆水进来了：“太太，洗脸吧。”

茹二奶奶开始洗脸照镜子，看着自己红肿的眼睛。

冯妈说：“一大早就走了。”

茹二奶奶问：“谁啊？”

“佟先生……”

茹二奶奶把水撩得挺响：“不用管他。”

冯妈端水去倒，低声嘀咕：“怎么就不识好歹呢？”

茹二奶奶说：“冯妈，别急着走，问你句话。”

冯妈把盆放下：“太太您说。”

茹二奶奶问：“冯妈，你明着告诉我，我是不是不招人待见？”

冯妈一听这话就伤心了：“太太您可别这么说，是他们没福气。”

茹二奶奶叹道：“原以为出了瑞家门就能有快乐了，这些日子下来，我这心要不是石头做的，不定碎了几回了呢！孟小楼躲了也就躲了，一个伙计他也瞧不上我，冯妈您说，我活得有多么失败啊。”

“太太别这么说，他傻！真傻！”

“怨不着人家了，经了这些个事，我……我从今往后都不知该怎么活人了！在瑞府的时候我还存一个念头，出去就好了，可到了现在，我真不知怎么活下去了。”茹二奶奶眼圈红了。

冯妈劝道：“太太您千万别这么说，您那劲儿可不能泄了，您要泄了劲儿，我们做下人的更就没了谱了，还有三天呢，不怕他不回头！”

“回不回头又怎么着，我真不知道该怎么活人了。冯妈，天底下就真没人能帮帮我吗？”茹二奶奶的声音很冷，像是在说一个不相识的人的事情。

冯妈忙说：“有！有！太太咱等着，不急，咱等着！”

佟奉全把那只尊小心地包上了，莫荷端着炒肝进了屋：“你就在这屋吃吧，我哥睡了。”莫荷看着他飘忽的眼神，“说吧，有什么事儿瞒着我呢？”

“没事儿！”

“我才不信呢！你那一脑门子官司样会没事儿？告诉我出什么事儿了，先别吃了，说啊！”

“什么事儿也没有。”

“你不说是不是？那行，你没事儿，我有事儿。”

“有什么事儿说吧！”

“我要成亲！”

“别急，快了!”佟奉全知道莫荷在跟自己赌气。

“我想就这些日子成亲!”莫荷的话很强硬，“奉全哥，事儿你不告诉我没关系，可就你这样，我怕，我真的害怕呢!”

“怕什么?”

“我怕你跑了。”莫荷再也无法忍住，猛地扑在佟奉全的怀里，哭了。

佟奉全紧抱着莫荷：“不怕！不怕！什么事儿也没有。等着我，过不了几天咱成亲。”

没有人能逃过爱情中女人的眼泪，莫荷的担心，难道不是佟奉全的担心吗?他觉着一切都不在掌握中了，唯有一个办法可以化解所有的危机，但他实在不能做，他不能向禄大人妥协!

第十六章

一

通古斋里，索巴穿了一身白色的洋西装，拄了一根文明棍在台子前站着，给马淑兰小姐打着电话：“要等到晚上才能再见着你，我可有点儿心急，要么中午咱六国饭店吃大餐吧……吃腻了……换个地儿，我接你厚德福吃河南菜……想喝东安市场的可口可乐呀！那容易，我派人买了给你送去啊！喝着时想着可口就行，别想可乐啊……跟别人没话，跟你有说不完的话……行！行！姑的白。”

索巴放下电话，朝后门叫道：“福山，福山，福山！”

前门响了，一个风尘仆仆的人背着个破麻袋进来了。“谁呀？去，去，东西不要，”索巴说着，一眼认出是王财，“你这是打洛阳回来了？乍一看跟街上要饭的似的，我都没认出来。”

王财将麻袋往台上一撂，噗地扬起一片尘土，索巴赶紧躲闪：“索爷给禄大人拨电话吧，龙门的事儿跟他念叨念叨！”

“东西见着了？”

“见着了！福山，福山！”

索巴见福山跑过来，就问：“哎！刚叫你去哪儿了？”

“掌柜的，我在后边烧水呢！”

王财说：“正好给我打点儿热水洗洗脸！”

索巴说：“打完了水去东安市场买一打可口可乐给马小姐送去啊！王财，我可答应你了啊，回来给你说媳妇。你出门这几天我认识了密斯马，别提多摩登了。”

“索爷，喝可口可乐的这路人我可不要！尊收上了？”

“尊？坏了，忘跟禄大人说了，正好一块儿打个电话吧！没收上来，范五爷跟咱较上劲了。王财，他怎么也知道蓝一贵的老家啊？是不是你跟他说的？”

王财瞪他一眼：“我犯得上吗？”

佟奉全回到茹府，把尊拿了出来，悄悄地爬进床底下，藏了起来。然后到了院里，把洗的衣裳收进去，又抱着被子出来晒上。茹二奶奶坐在堂屋里，很专心地绣着一只枕头，听着外边的声音头也不抬。佟奉全做完这些琐事，朝着堂屋喊了一声：“冯妈我出去一趟！”然后就出了茹府，来到破烂市场，蹲在破破烂烂的青铜碎片前，挑选破铜片子。摊主告诉他那些带纹的可贵，佟奉全拿出来，扔到一边。后来看到一堆青铜片，又花了五块大洋全都买下了。又买了一堆蜂蜡，顺便还捎带了一个小木箱。把买的东西分门别类地包好，雇了辆车运回了茹府。

佟奉全正在收拾买回来的东西，冯妈进来了，看到地上的一堆东西，问道：“哟，这一地的是什么呀？您这是收破烂去了？”

“冯妈，我想请几天假出去一趟，秋兰太太在吗？”

“回老家啊？你要跟太太说话是不，我给你回去啊！”

佟奉全看冯妈出了门，小心地把铺板掀开，把那只尊拿出来。用被和旧棉衣裹着，装进了木箱子。佟奉全进了堂屋，茹二奶奶正在绣着花，也不说话，也不让座，像没见着这人似的。

佟奉全说：“秋兰太太。”

茹二奶奶不理。

佟奉全又说：“秋兰太太。”

茹二奶奶还是不理。

佟奉全进也不是，退也不是。

冯妈说：“太太，佟先生来了。”

茹二奶奶半天才说：“坐吧。”

佟奉全坐下：“秋兰太太，我想请几天假出个门，有个十天半个月就回来了。那天晚上说的事……”

茹二奶奶身子一颤，手指给针扎破了，扔下绷子，给手指挤血，使劲地挤。佟奉全不敢说了。茹二奶奶看着手上的血珠。

“算您给我脸了，我没兜着。”

茹二奶奶平静得出奇：“佟先生，我就那么不招人待见？”

“跟您没关系！我……我没打算过您给我的日子，我要这样了，那我想着的日子，这辈子就过不成了。”

“佟先生，要是没有您说的那个莫荷，我的话你应不应？”

“秋兰太太，您……您这话我接不下去了。”

“没旁的人，说着玩儿的，要是没有莫荷，你给我脸吗？”

“秋兰太太，我……我叫了车了，我走吧！”

“还没让你走呢！你要是真就这么跑了，我上哪儿找你去？”

“我跑不了。”

“把我这句话回了，您跑了我都不找你。要是没有莫荷，你应不应我？”

“那……那我也应不了。”

“为什么？”

“秋兰太太，我从来就没往您这儿想过。”

茹二奶奶拿起绷子，接着绣花，平静地绣着：“你走吧。佟先生听好了，你不回来，我也不找你，就当你把欠我的钱都还了！走吧。”

佟奉全退着出了门：“钱，少不了您的。”

佟奉全走了，茹二奶奶一下变得连说话的力气都没有了。见冯妈进来，就问：“冯妈，几点了？”

冯妈看表：“快五点了。”

“冯妈，让茹安快去把赵大夫荐的那个打胎的大夫找来！”

“太太，您……您再想想吧，再想想！”

“想好了！”茹二奶奶突然疯了样地抽出那块绸布，一下一下撕开，又揉成一团，扔到地上，“想好了！这个世界这么冰冷，这孩子指定不想来！不愿来！”

冯妈以她那个年纪不相符的快疾动作拦阻茹二奶奶的疯狂举动：“太太，太太，消气，消气，为个伙计值不当，值不当！”

茹二奶奶歇斯底里地尖叫：“别拦我！别拦我！别拦我！”

二

佟奉全来到郊外的一家铸厂，忙着点炉子烧火。金师傅用一只翻砂用的砂箱把那只真的尊从铸造用的砂箱中取了出来。“奉全啊，两年都见不着你了，以为你洗手不干了，怎么又弄上这了？”

“金师傅，原来是想不干了，事儿逼到头上了。金师傅，人生最害怕的事儿，只要它来了就都不可怕了，就怕事儿还没来，进退两难的时候等着。”

“你想得太多，这才哪儿到哪儿啊，少想一步什么难也没有了！”金师傅对着那只尊，细细地修着砂箱中的模子，“奉全啊，这些字可不能铸！”

“那个不铸，我单刻。拓片早就备好了，金师傅您经点儿心，砂模子修细一点儿。”

“放心吧，回头我先铸个蜡的，一定不走样！”

“金师傅，您看看那些铜片是不是汉以前的。”

“我查过了，有两片不是，我挑出去了，放心，从料上他挑不出毛病，都是上三代的成分。”

“铸着快，十天之内能上上锈吗？”

“将将够时候，得先拿镪水烧一遍，我这儿有老锈末子，这铜片我都刮了一遍了，锈末子留下了，不行就和上水胶粘。”

青铜做锈，原来最方便的途径是埋在公厕男子小便池下，上锈快而生动，弊病是有异味儿。用镪水先烧一遍然后上锈快而有效，现在坊间依然沿用此法。

茹二奶奶打开一包药，拨拉着检看那包里的药，对着手里的药单子，一味一味地看着：“冯妈，咱唱盘还能不能放？”

“太太，不行，喇叭摔坏了。”

“这么静静的，我连自己的心跳都听见了，那把话匣子打开吧。”冯妈把话匣子打开，茹二奶奶走过来，调到了京剧，坐下来听着。那药丢在了一边。冯妈也不张罗着熬药了，等在旁边。茹二奶奶双手抚在肚子上，听着戏说：“冯妈，按大夫说的，把药煎了。”

“太太，这药咱扔了也不心疼。”

“冯妈你这话我没听懂。”

“这事儿还能再想想呢！”

“不想了，天底下的事儿想不通的太多了，煎药。”

茹二奶奶说着，把收音机的声音一下开得挺大。

冯妈进了厨房，给火上坐了一只药罐子，手里托着那包药怎么也不想往里放。瞧瞧窗外，抓起一把药扔到炉灰里，随后再瞧瞧窗外，又抓起一把药扔到炉灰里，然后这才把那些药倒在了药罐子里。

冯妈进了堂屋，对茹二奶奶说：“太太，对不住了，药煎了，要是这样再不打下来那是天意！”其实，冯妈自有冯妈的想法，她的想法有着那种淳朴的意义，可天下事就是那样地不遂人愿，好心未必能办好事。

冯妈端着煎好的药进了堂屋，茹二奶奶正听着话匣子里的京剧唱段——正是孟小楼的唱段，眼中含着泪，面目都有些变形了。

“太太，煎好了。”

“冯妈，快坐下，你说怎么这么巧，你听听正是小楼的唱段呢。这真是天谴的，老天安排好了似的，让他儿子听着他爸的唱段离开人世！唱吧，让你儿子听听你的唱段，让你儿子到了阴间变厉鬼杀你，唱吧！”茹二奶奶端起碗来，在越来越激越的唱腔中把那碗药一口一口地喝下去，喝完把药碗轻轻放在托盘上。

“儿子别恨我，你妈没辙。”茹二奶奶脸色一下苍白了，“咯噔”的一声，话匣子关上了，“冯妈，给我拿条毯子，盖上，我冷！”

夜色里，一辆汽车到通古斋的门口，老远就能听见里边的男女嬉笑声。索巴开车门下了车：“密斯马下来看看，这就是咱们将来生出花园、洋房、汽车、浴盆的摇钱树！通古斋，看见没有，三个字——通古斋！”

马淑兰下了车，着一身旗袍：“哟，就这么个破铺子啊，我还以为最起码像个瑞蚨祥呢！”

索巴郑重其事地说：“铺子虽小，你可不能小看了，从里边随便拿件东西，都能换所院子。”

马淑兰说：“那我可不信。”

两人正说着话，王财开门出来，一看到妖艳的马淑兰马上垂手而立：

“索经理您回来了。”

“王掌柜，跟密斯马说说今天的流水，她不相信咱的买卖有多大！”

“索经理，今天匀出去一件清三代的五彩，五万一千块！”

索巴扭脸看着马淑兰：“听见了吗？进来坐坐！”

“我才不进呢！坐在一堆旧东西中间把人都坐老了，我要回家了，太晚了爹地该说我了。”

“那好，小刘把马小姐送回家，慢点儿开！马小姐姑的白！”

马淑兰朝他挥挥手：“白——”

车走了，王财也进了铺子。索巴还在外面站着，对身后说：“王财啊，看见没有，密斯马，外交部交际处马处长的千金，以后咱可就不拍着一个禄大人了，咱生意大了！”突然看见街对面天合居中很久没亮的铺子里透过一块破了的门板亮起灯了，好像还有人影在晃。索巴脊梁骨一凉，细看，惊叫一声，慌慌张张地跑回铺子。

索巴冲进来，定了定神，往门外看着。王财问他：“怎么了？”

“闹鬼了！看见没有，天合居里亮着灯呢！这是谁啊？”

王财说：“看看，能是谁啊？不会是蓝……哎，开门了！”

天合居的门开了，蓝一贵走了出来，若无其事地拍打着椅子垫上的土，打完一个，又进门拿出来一个。过了一会儿，挑着一盏灯笼出来，照着把门口的地扫了扫。

“哎！胆可真大啊，找他找不着，他倒自己回来了，是作死吗？这下好了，范五那只尊他想不给咱都不成了。王财，出去打个招呼！”

“合适吗？”

“那有什么不合适的，他都不在乎，难道咱在乎？”

索巴和王财推门出来，索巴说：“嘿！我当是谁呢，蓝掌柜回来了，蓝掌柜您一向可好？”

蓝一贵继续打着垫子，不卑不亢：“托您的福活着！”

“师父，您回来了。”

“不敢当，王掌柜的，没跟您知会，我这是回来了，咱屋里坐吧。”王财接过灯来，三人相跟着进了天合居。因为好久没人来过了，古玩上蒙了一层尘土，满屋里陈腐味儿。蓝一贵说：“对不住二位，没烧水，这垫子打干净了，坐下吧。”

“师父，您这是……回来看看，还是就……就回来了?”

蓝一贵说：“回来就回来了，自己的铺子有什么看的?”

王财说：“师父，您走了后的事，还不知道呢吧?”

索巴也说：“是不是没人给您传话啊?”

蓝一贵说：“用不着人传，城里头有亲戚呢！再说了，这一门板的枪眼子，我会看不见吗?”

王财说：“那您就不怕人家来拿您?”

蓝一贵说：“怕就不回来了，等着他们来拿，来，抽烟。”

索巴说：“蓝掌柜，趁着事儿还没出呢，我劝您一句，凡事不和气争，不是要强的时候，我劝您今晚，这会儿就走人，我们俩就当什么也没看见。”

蓝一贵心说，这是表面上说的话，其实要探我的底呢！不用探，我全都交给你们。于是大声说：“真来拿我，我跟着人家走，该怎么办，出去这几天我想好了，东西卖炸了，无非我把钱再退给人家，我总不能这么着躲一辈子吧。二位要有洪副官的电话帮我摇一个，就说我蓝一贵回来了，钱凑够了，他把东西拿回来，我还他钱！”

索巴说：“怕是原数不行吧。”

蓝一贵说：“行不行的，谈吧！我认罪服输亏不了他的！王掌柜，你要是还认我是师父，就帮我中间给调停调停，事了了亏不了你。”

王财说：“师父您说哪儿去了，我这就打电话。”

蓝一贵说：“我这电话人家给毁了，你回铺子打吧。”

索巴忙说：“哎！哎！对，对，回铺子里打。”

索巴和王财回到通古斋，王财找出洪副官的电话，摇了几下，刚要说话，索巴冲上前“砰”的一声就把电话挂断了：“你他妈的脑袋进水了，你想想，咱要是把洪副官、蓝掌柜的事给化解了，咱指着什么逼范世荣、佟奉全卖咱东西啊，咱不就指着要他们的短儿呢吗？你这电话一打过去，咱原来算是白忙活了。”

王财还没明白过来：“咱不打，人家也能接上头啊。”

索巴说：“就怕这个，所以我这儿想主意呢！你先想想啊，这件事连着下一件呢！这事儿了了，下边也就没戏了。给禄大人打电话，明儿个一早让他带着钱，在老裕泰茶馆候着。”

三

王财引着洪副官走在街上，洪副官此时一身普通人的打扮，礼帽，常服。

洪副官说："王掌柜，怎么这么巧？我跟您说这画督军走的时候生生地甩给我了，拿枪逼着，七万大洋，要么要脑袋，我一辈子的钱都花光了。这且不说，职也解了，什么也不是了，砸手里这么张假画，我找不着他蓝一贵人我冤死了。"

"想找人怕找不着了，人不知跑哪儿去了，我和索掌柜给您找了个洋买主。"王财站住，故作神秘地说，"可话说回来了，东西蒙是蒙出去，可没那么高的价啊！"

洪副官说："不指望，不指望，差不多我就卖了，真多卖了，我多谢您二位。"

在不远处的老裕泰茶馆里，索巴等来了禄大人。索巴一见禄大人就说："禄大人您先坐下，事儿有变了！您听我说啊，咱买这张画只为了拿蓝一贵，咱拿蓝一贵是为了要挟范世荣、佟奉全，咱要挟他们俩才能顺顺当当地把那只您要的尊收到，所以今儿个您得掏钱买这张画，禄大人您听明白了吗？"

"听明白了，孙子兵法，围魏而救赵。索先生，你是个坏蛋。"

"禄大人，您真夸我，您算把我夸到家了！"索巴一眼看见王财引着洪副官进来了，"来了，来了！禄大人，您别动啊，拿着点儿派！别动，记住了，就给他五千啊！"

禄大人点点头，继续喝茶。

也许是煎的药起了作用，茹二奶奶又开始不停地呕吐，吐得天昏地暗的。冯妈一边帮她拍背，一边说："这是作的什么孽啊，好好的人这是干什么呀！太太，太太咱不吃那药了，不吃了，行不行？"

茹二奶奶脸色苍白："冯妈，你别这么说了，药都吃了几天了，你可不能给我说泄气话，你去熬药，你别说那么多了。冯妈，扶我躺着点儿，我冷！你可千万别给我把药停了，我没事，可心再禁不住折腾了。"

铸砂厂附近，生长着大片的槐树，这季节，槐花已经开了，满树的槐花，一片一片的，看去雪白，风一吹，花瓣飘落，空气里充溢着淡淡的香甜。佟奉全打开铸砂箱，小心地把砂子拨开，露出一只新铸的青铜尊。金师傅拎着油锤过来：“有毛病吗？有毛病我油锤再给砸了。”

佟奉全仔仔细细地看着：“没有，完整，好东西。金师傅您远远乍一看，怎么样，跟那尊没区别吧？”

“别说远了，近看都没有。”

“那我就刻铭文了。”

范世荣穿着衣服要出去，看着莫荷在收拾碗筷，又坐下：“奉全这两天怎么又没见来呀，吵架了？”

“没有，说是出去几天。”

“他也是急着的，这事儿怪我。”

“哥，您干吗说这话？”莫荷惊异地看着范世荣。

“多余的不说了，你们要办了事，铺子只要还在，你和奉全就接下来了，我不想干了，太熬人。”

“哥，别想那么长远了。”

“这怎么叫长远啊，早晚得帮你们把事儿办了呀！莫荷，咱可不能怨奉全，他有他的难处。”

莫荷知道范世荣错会了她的意思：“哥，我没那意思，说句不该说的话，我也怕呢，他这一去不知什么时候回来了！”

四

王财拎着个大箱子，和洪副官向火车站走去：“洪副官，不是我和索爷催您，说好了的东西出手了，您就得走。您晚走一天就危险一天，您想啊，禄大人他要反应过来了，还不找您玩儿命，毕竟是张假画，洋人也不好蒙！”

“这我懂，我懂，不好惹，不好惹！”

“对不起您，东西没卖个好价，七万的卖了五千。来，这张车票我和索爷送您的。”

“不行！我出钱，我出钱！这就够麻烦您二位的了，说实话到北京这二年就交你们两个实诚朋友，咱后会有期。”

“相互惦记着吧，车快开了，我送您上车。”

“不用了，这就谢您二位多关照了，回去问索爷好！”

“哎！那咱就告别了！”

“有这五千块，我回家够东山再起了，后会有期。”

王财一直看着洪副官拎着大箱子进站了，这才回身往回走。

世上就有让人家给卖了，还帮着人数钱的这路人。古玩一行龙潭虎穴，自己骗自己的事儿怕是人人都经过，真骗自己一辈子也就骗了，真啊假的，自己不知道也就无所谓了。

莫荷正在打水淘米，范世荣急急地进了院子。莫荷有些奇怪：“哥，怎么回来得这么早？”

“莫荷，奉全去哪儿了，你真不知道？”

“我哪能骗您呀，怎么了？”

“也没什么事儿，你想办法给传个话，这几天能不回来，最好就别回来，跟他说蓝一贵回来了。”

“蓝一贵是谁啊？”

“甭问了，就这么跟他说吧。”

蓝掌柜穿着打扮一如既往，为了展示自己回来了，故意在最热闹的时候从街上走过。各家各铺的伙计掌柜都觉着奇怪，纷纷出来，前前后后地看。

蓝一贵也主动地跟人家打招呼，走到了雅集堂的门口，范世荣出来了，端着一只要倒茶叶的茶杯，看着蓝掌柜。蓝一贵看见范世荣，干脆假装什么也没看见，昂首而过。范世荣自然也不会跟他打招呼，呆呆看着，等蓝一贵过去了，把手中的茶叶哗地往外一泼：“找他找不着，他倒是回来了，这不是作死吗？那档子事了了？不能这么快吧？”看了看，想了想，就回了铺子。马上又出来了，把门一锁，走了。范世荣刚一走过，一辆轿车驶过来，在天合居门前停下。禄大人从车上下来，怀里夹着一个包袱皮包着的楠木盒子，大摇大摆地进了天合居。

蓝一贵一见禄大人进了他的天合居，急忙上前招呼："禄大人，您请坐，您想喝咖啡也有，就怕伙计煮不好。"

"我喝茶，我很习惯喝茶了。"

"那好，贵山给禄大人沏茶。禄大人，这伙计是新来的，叫贵山，原来您见过的那个刘祥走了，以后来了，我万一不在，他侍候您。禄大人，我这儿是总没开门了，今儿个头一天，您又是第一位客人，看看有什么喜欢的东西，我让贵山给您送家去！"

"不急，记得我在你这儿买过一只盘子，清仿明的，还好，还好！我这儿有张画儿您看看。"

这一说，蓝一贵有点儿吃惊了："禄大人，您要出手？"

"我不卖。蓝掌柜，这条街都知道您叫蓝半尺，您给看看。"禄大人说着话把包袱皮解开了。蓝一贵一看楠木盒子，惊异地看着，双手哆嗦起来。画打开得很慢很慢，这画儿蓝一贵再熟悉不过了。蓝一贵想着该怎么说："禄大人，不用往下看了。禄大人，您这画是买谁的？"

"一个朋友交代给我的，洪仁贵洪副官。"

蓝一贵脸色有些变了："交代的什么事？"

"让我找你，跟你算账！"

"禄大人，不用说了，一定说我蒙了人，找我退货来了。"

正好有几个客人要推门进来，蓝一贵马上离座，赶快过去，拉开门说："对不起了您呢，铺子里有事，您改天再来吧，对不起。贵山门口站着去，什么人都挡着，我这儿有话跟禄大人说呢！"

禄大人坐着喝茶。

"禄大人，话不多说了，什么事儿我明白了。"

"蓝半尺，蓝掌柜，你不该叫蓝半尺，该叫蓝半句，别人说半句话，你就知道要做什么事儿了。我的朋友说了要退货。"

"可以！禄大人，原来指望您头一个进我的门买我的玩意儿呢，没想您拿着别人的东西找后账来了，您可真心疼我，照顾我。"蓝一贵说着拉开抽屉要拿钱。

"不着急，我想问问这张画是谁卖你的，谁做旧的。"

"那我可不能说。"

“为什么？”

“寒碜！事儿全由我起，就断在我这儿了！禄大人，你不来，我也是当着洪副官回来了，银票早就备好了，多少钱，您说个数，咱们一笔结账。”

“你要是把那两个人说出来，我只要一万，那些钱找他们出。你不好意思，我可以出面。”

蓝一贵摇摇头：“刚我说了，我不能牵出别人来。”

“那就不好谈价了。”

“再不好谈，原价七万我退您总成了吧？古玩一行，买了东西退货的可是该减二成的。”

“加二成我都不退，我不是因为你，是因为你后边的那些人！我有用！”

“禄大人，您把画留下，银票拿走吧，咱这儿事算了了，我亏得起，有什么事儿我兜了。您走了，我接着做买卖，就当什么也没发生。”

“那不成，你要付出代价！”

蓝一贵还想说什么，“砰”地门子一响，贵山跑了进来。蓝一贵往门口走去，隔玻璃一看，一群荷枪实弹的警察把门给封了。蓝一贵回头看着禄大人：“禄大人……”

禄大人慢慢踱过来：“蓝掌柜，我报了警了，说你欺诈国际友好人士，警察来抓你了。”

“这他妈的真是笑话了，我当天开门，当天就给拿了！”

禄大人说：“可以不关你。”

蓝一贵把银票锁在抽屉里：“关不关的理也不在你那一头。贵山看着铺子。”说着，“砰”地推开门子，走了出去，站在台阶上，问道：“哪位是警官啊？”

瘦高的警官问他：“你是谁？”

“蓝一贵！”

警官一时没明白他是什么意思：“怎么着？”

“不怎么着，我跟几位爷走，”见一个警察要拿铐子，又说，“用不着，我不跑。”蓝一贵说完，很潇洒地一撩袍子，下台阶径直往前走去。

警官在后面跟着，惹得满街的人都出来看着。范世荣从街上回来，两人相互看了一眼，蓝一贵扬着脑袋。范世荣一直看着他，回头看着他。

“五爷，瞧见了？”

范世荣头也不回：“王财啊，这禄大人一掺和这事，就是冲着我来了吧？”

“五爷您怎么那么明白啊，我看着也像。”

“有能耐他妈的抓我呀！这算什么？”

“他哪能抓您啊，禄大人他是为了买您东西，不为抓人，抓了您回头东西买不着，那不更坏了事儿吗？五爷，您别冲我，索巴是您家原来的包衣，他喜欢做洋庄生意，您姑且听之。”王财说完要走。

“甭走！我范五爷随时候着，有本事抓我！”

王财嘲讽道：“五爷，都什么年头了，大清国都没了，您何苦还这么撑着呢！”

范世荣听完不动声色，还是慢悠悠地：“想知道吗？告诉你，让我不那么活着就不得劲，腻歪。”

王财一直看着他回了铺子：“还真就是个爷！”

莫荷拉着生子在街上跑着。刚才范世荣躲躲闪闪的眼神，让她真的有些不放心，想到茹府门口看看，佟奉全这几天到底在不在。他们跑到茹府门口对面的摊子上，背对着摊子坐下了。

老邢说：“姑娘吃点儿什么？”

莫荷头也不回：“生子，你要碗馄饨吧，怕是得等一会儿呢。掌柜的您给这孩子来碗馄饨，别放辣子。”

天色渐渐暗了，莫荷和生子还坐在茹府对面的小食摊上。生子说：“莫荷姐，天黑了，我该回家了，咱别等了。”

莫荷说：“一整天了，怎么一个人都不出来呀？生子，别走，姐去敲门。”

莫荷拉着生子跑过街去，使劲敲打着茹府街门的门环。

第十七章

一

蓝一贵被连推带搡地推进牢内，一位警官喝着茶在看报纸。矮胖的警察对警官说："报告长官，琉璃厂的蓝一贵带来了。"

"蓝掌柜，"警官翻着报纸，"什么事啊，跟洋人过不去？"

蓝一贵小心地说："其实跟他没关系，他非要搅事！"

"说得有理，跟他没关系，他搅着了不就跟他有关系了吗！服个软认个输吧！"警官面无表情地说着，这时不看报纸了，低头看着空空的桌面。

"我服了也认了，他不饶人。"蓝一贵说着从怀里掏出一块表、几块大洋，放在桌上。

警官假装生气："你这是干吗呀？"

"老总，先存您这儿，回头进号里别让人家抢了。"

警官说："也好。看好了啊，一块表十五块大洋，代存！押七号，让青子照顾照顾！蓝掌柜，跟洋人犯不上的，没大事儿就服个软吧！"

来开门的是冯妈，她望着莫荷问道："哟！这是找谁啊？"

"我找佟奉全，有话跟他说。"

冯妈不客气地说："我们这儿还想找他呢，请假出门了。"

莫荷又问："去哪儿了？"

"呀！你不是那莫荷吗？他去哪儿了，你最该知道啊！你要不知道，那没人知道了，怎么还问起我们来了？"

茹二奶奶在里边叫道："冯妈，冯妈！"

“得，我们奶奶叫了，您走吧！”冯妈边说边把大门关上了。

莫荷傻了，在台阶上呆呆地站着。天都黑了，路上行人也稀稀拉拉的。生子着急地问：“姐，怎么办？”

“回家！”莫荷伤心又沮丧，拉着生子慢慢地往回走。

冯妈进了堂屋，茹二奶奶都脱了形了，蓬头垢面的，坐在一张躺椅上，身上盖着毛毯：“刚才谁敲门啊？”

“那个莫荷。”

“她干吗来了？”

“问佟先生去哪儿了。”

“我还想问呢！冯妈，你说，这佟先生到底去哪儿了？他这会儿要是回来了，肯定认不得我了。冯妈，我刚照了回镜子，自己都快认不出来了，我有一半都变成鬼了，还有一半在这世上撑着呢！冯妈，你说我这肚里的孩子死了没有？”

冯妈理亏：“怕……怕……怕是……死了……”

“找那个王大夫再来看看吧。”

“那大夫不是说了吗，吃完了这儿服药再来。”

“我吃了这么些药了，怎么还难受啊？”

“太太，那咱不吃了行不行？干吗这么自己作践自己？”

“不吃了，这孩子若真生出来半死不活的，不是更加罪孽吗！冯妈，从喝第一碗时我就想好了，要喝就得喝下去，要么就不喝！冯妈，熬药去吧，我能受！”

冯妈拿药出了门，偷偷抹了抹眼角。

佟奉全已经几天几夜没合眼了，胡子拉碴的，睡在那堆破铜片子和工具旁边。天亮了，他手边那只刻过字、上过锈的假尊已经做好了。

一只手伸过来，轻轻抱起了假尊，是金师傅。金师傅想趁着佟奉全睡着之机，用这只完好的假尊，再用砂箱对半地印出一对儿模子来，自己做一个偷偷地留下。

佟奉全睡得太沉了，金师傅边看着他，边很快地在砂箱中印着模子。佟奉全一点儿不知，仍旧沉睡着。

日头高了，范世荣筒着手迎着阳光而行，觉得有些晃眼。走着走着，忽听耳后传来几句英语：“范先生，蓝一贵那天被抓，你看见了吗？要不是那天我拦住，会连你一块儿抓走的。”

范世荣听出是禄大人，不理他，照旧往前走。禄大人在身后跟着，不停地说着。到了雅集堂门前，范世荣掏钥匙开门，禄大人跟着进来，一会儿英文一会儿中文地说着：“按理说我不该说这话，但不说你就不知道！”范世荣先把头天的茶根倒在一个茶海中，然后沏杯子，拉开门倒茶叶根，跟街上人打招呼，好像禄大人根本不存在。禄大人还在说：“我所有的心思你也该明白了，我这是为了那件东西来的！”

范世荣打开一个叫罐，惊动了里边的一只油葫芦，兴奋地叫了起来，听禄大人还在不停地说，不禁烦了：“禄大人您别说了，说什么我也不念您好！东西不是我的，是我的我也不卖您！”

禄大人问：“为什么？”

“不为什么！你他妈的洋眼看人低，有本事你把我抓进去，那我倒谢谢你了！”

“范先生，您说什么我都不生气，照片已经寄到博物馆，他们已经和我签了合同，这东西不会放手了，请您看看。”

范世荣只顾逗着油葫芦：“甭给我看，我管不着！”

金师傅小心地把那只做了模子的尊，还回到熟睡的佟奉全手旁。刚一放下，佟奉全就醒了。佟奉全伸伸懒腰：“嗯！金师傅，我这是睡过去了？”

金师傅说：“这会儿正想招呼你呢！”

佟奉全看着那只尊：“金师傅，这锈乍一看像是熟坑的，可不像生坑了。”

“想像生坑了也行，还得十天。”金师傅说。

“生坑熟坑不那么要紧。”佟奉全说着把刚才枕着的装有真尊的木箱子打开，小心地把那只尊拿出来，和假的摆在一起看着，简直分辨不出来。

“金师傅您搭一眼，哪个是老活儿。您先回头去，我掉个个儿，您再回头。”

“甭回头，”金师傅说着还是回头了，佟奉全没动，“看不出来，我要看不出来，这就是真的了。”

“是啊！我要再看不出来，可就该弄混了。”佟奉全说完，又很仔细地看，发现那只新尊上沾了一点儿翻砂的砂子，他不动声色，看着地上的一些工具砂箱什么的。他看见了远处角落里的那两只砂箱。

“奉全啊，车给你雇好了。”金师傅说。

“啊！啊好！来了吗？”

“来了一会儿了，在那边树底下歇着呢。”金师傅边说边干着活。

“金师傅，钱您收下，说好了二十块的，我给您二十五块，多了的打酒喝。”佟奉全掏钱出来。

“放那儿吧。”金师傅还在忙着做别的模子。

一切都像是平平常常，那两只砂箱搁在角落里。佟奉全把东西捆好，向在远处停着的马车招招手：“老板过来搭把手！”

车老板过来了，佟奉全搭讪：“老板子贵姓？”

车老板说：“姓董。”

“好了，董师傅，装车上吧，小心点儿。”

“放心。”老板背起两个木箱子走了。

“金师傅我走了。”

“闲了过来。”金师傅还是干着活。

佟奉全说走，并不真走，走到那个角落，把那一对砂箱子翻开了，一看果然是尊的模子。佟奉全也不说什么，“哗哗”上脚，狠狠地把砂模踹散了，把木箱踹一边去，拍着手上的砂子过来。金师傅手里的活儿都没停，看也不看。

“金师傅，这东西就是造也只能造一件。不是为了钱啥的小事，连带着人呢！要不我也不至于这十天不离开这炉子。对不住了，我走了。”佟奉全拍着手上的砂子走了。

蓝一贵被吊起来了，刚吊起，便惊出一身虚汗。警官说：“蓝掌柜，不是我要打你，上峰吩咐了，得见伤。”

蓝一贵忍着痛说：“您先别动手，给我放下来，不用打！”

警官又说：“我也不愿意打你，怪累的，可我担着责任呢！”

蓝一贵央求道：“容我两天，我见个人，见个人后或许就没事儿了。

薛爷，您那责任，我给您担着！”

警官对手下说：“放下来吧。”

蓝一贵被放了下来，一落地就瘫了。刚瘫在地上，一把红血就抹过来，又是警官。蓝一贵赶紧说：“哎！哎！我自己来，我自己来！”他把血抹得满脸都是，“人啊人，他妈的要做回英雄也不容易！”

警官问他：“你要见谁啊？”

“雅集堂的范世荣，您受累传个话儿。”

警官想了想说：“明儿个再说吧。”

二

一连数日的折腾，茹二奶奶再也吃不住了，身子虚得昏了过去。冯妈把盆摔到地上，急着喊道：“太太您这是怎么了？太太，茹安快叫车！茹安，太太昏过去了！茹……”

这时，街门开了，佟奉全正好让车老板抱了两只木箱进来。

冯妈一下冲出来：“茹……佟先生您回来得正好。快！快！太太昏过去了！”

“什么？怎么了？”佟奉全扔了手里的东西就要往上屋跑，被冯妈拦住了：“叫车，去找赵大夫，找赵大夫。”

佟奉全刚要出门叫车，车老板从南屋出来了，佟奉全喊：“车！正好！还得用您的车，受累跑一趟。”

冯妈跑进堂屋又跑出来：“佟先生，快搭把手，昏了。”

“哎！来了！快把车赶门口来！”佟奉全说完也冲进堂屋。

冯妈喊着：“太太，太太醒醒，醒醒！”

佟奉全冲过来，伸指头按住人中。茹二奶奶一下醒了，喘着气不明白地看着他们：“怎么了，我睡过去了？”

“冯妈，找床被子铺车上，快！再接了大夫来怕误事，快点儿。”佟奉全说着就要抱人。

“怎么了？这是怎么了？”茹二奶奶有点儿不知所措。

“没事儿，咱看大夫去。没事儿，没事儿啊。”佟奉全用力把茹二奶奶抱起，抱在怀里。茹二奶奶苍白病容的脸上也有了一种幸福感。佟奉全抱着她，两人的脸贴得很近，几乎能觉到对方的鼻息。假若两人再敏感些，也许都能听到对方的心跳。

莫荷买了一小篮子菜，正要往回走，没想到在街口碰到了良子。准确说是良子拉着车从叉街北跟上来的。莫荷最初并不知道是谁，只是下意识地觉着身边有人，稍一回头，发现是良子，于是走得更快了。良子追上来："您买菜呢。"

"啊……巧啊……买点儿菜。"

"放……放车上吧。"

"不了，到家门口了。"

"莫荷，我……我有话跟你说。"

"这街上可都是我们街坊熟人，赶明儿说吧。"

"我在海王村那儿等您，您可得来！您可得来！"

莫荷怕人看见："您……您走吧，我去还不成！"

良子不跟了。莫荷紧走几步，进了院，"砰"地开门进门，把菜撂在地上，靠在门上喘气，心里跟自己说，我怎么就答应了呢，多不检点。佟哥你可该回来了吧！

在赵大夫处，只有一个护士不停地进进出出。佟奉全、冯妈都坐在白屏风外面，里面传来赵大夫问诊的声音："没什么大事，身子太虚。二奶奶，您是吃了那药了？"

"吃了。"茹二奶奶的声音，很弱，幸亏冯妈年高耳不背。

"按说不该这样的，孩子还好好的，听见胎音了。"

"孩子……还在……"不知是惊还是喜，或许是无奈、伤感。

冯妈听着这话马上就跟佟奉全说话："佟先生，听见了吗？"

佟奉全声音冰冷："冯妈您别问我，我什么都不知道，什么也不想知道！"

茹二奶奶扶着屏风出来，脸很苍白，却有了一种宿命给予的幸福感，眼神异样地瞅着佟奉全。佟奉全不知所以地看着她。

天上下着绵绵小雨。

琉璃厂海王村其实就是一个繁华之外的背街。莫荷低着头往这边走着，边走边低头小心地朝四周看一眼，心里不断地谴责自己：就是答应了也可以不来呀！我干吗又来了？不检点了，我一边埋怨佟哥，一边自己也……我不管，就这么走一圈，找不着，我回去。她刚想到这儿，有人叫她："莫荷。"

莫荷站住了，良子就站在她面前，身上已经湿了。

"莫荷，来了，坐车上吧。我拉着车跟您说。"良子赶快擦了擦车座儿。莫荷手捏着衣角，扭扭捏捏地上了车。良子拉起车，一个在车上，一个拉车，边跑边说。

"莫荷，莫荷。"

莫荷很小声："听见了。"

"你……你走后，我天天都能见着你，我就在你家院子旁边拉活儿，天天都能见着你，有时买菜，有时担水，有时跟着生子说话，还有时就那么自己站着，想事儿。"

莫荷不知说什么好，就那么坐着，听着。

"莫荷，自你走了，我从来没有那样地心疼过，心疼得不想活了。"

"良子哥，可别那么说。"

"我想对你好，我想十倍百倍地对你好！可我知道，你……你不让。我那一片心真是没地方放！我看着你每天没着没落地一个人进进出出，我比什么都难受。"

莫荷伤心抹泪。

"这世界上，要是你活着不顺心了，我觉着什么都不顺心。要是能让我死了，让你顺心，我也愿意。"良子说着也伤感，泪都在脸上。

"良子哥别说了。"莫荷听不下去了。

"莫荷，我不要脸，把心里想说的话都给你说出来了，我这些天来看着你天天恍恍惚惚的我心疼。"

车停下来了，雨中的两个年轻人都有些伤感。

"良子哥，您是好人。再别这样了，咱没缘！"说完莫荷下车，捂着脸往后跑去。

良子拉着车，满脸是水，不知是雨还是泪。他大喊："莫荷，记住了，碰着难事来找我，天底下你还有个良子哥呢！"

回到茹府，佟奉全抱着茹二奶奶，进了堂屋，将她轻轻放在单人榻上：“冯妈，快找床毯子给盖上，淋了雨可别再着凉了。”茹二奶奶双手从他的肩上滑过，那手放得很缓慢，心里有一种想象中的幸福感，却很踏实，摸得着。

“我想喝口水。”茹二奶奶对佟奉全说。

“哎，您等着，我给您倒。”佟奉全马上回身去倒热水。

冯妈拿着毯子过来，盖上：“太太，您躺着吧，我熬粥去。”

茹二奶奶根本没听冯妈的话，眼睛一直盯着倒水的佟奉全。

佟奉全把水端过来：“秋兰太太，温的，您喝吧。”

茹二奶奶小心欠身喝了一口：“有点儿烫，您帮我吹吹。”她有点儿撒娇地看着佟奉全。佟奉全假装什么也看不出来，轻轻吹着。

“您这十来天去哪儿了？再不回来，我怕是死都死过了，见不着了！”

“不烫了，您喝水吧。”佟奉全不接茬。

茹二奶奶根本不喝，把水放一边：“头晌我昏过去了，我都不知道，这一睁眼看见您了，新刮的脸，那时我还以为自己在梦里呢！您想想啊，十几天没见，这睁开眼了，头一眼看着的是个修得干干净净的您，那能不像梦吗？”

佟奉全心里说，我可不能给她做梦的由头，这可不是玩儿的，比着火还要加小心呢！我可不能对不起莫荷！

“秋兰太太，水回头凉了，您喝一口。”

“这会儿又不太想喝了。”

“您要不渴了，我先回趟屋，东西撂地上还没收拾呢！”

“行，那您先过去吧。可别再出去了，我这病不知什么时候犯呢！”

“远门暂时不出了，那我走了。”佟奉全说着出去了。

茹二奶奶闭目养神。佟奉全回到南屋，把床铺拉出来，把那只真尊仔细看了看，用一把小铲子起了两块地砖，然后飞快地挖了起来。佟奉全要把那只真的尊埋在茹府的这间屋子中。

三

莫荷头发湿湿的，坐在炕上，呆呆地坐着想心事，接着又伤心落泪，任凭泪水掉在手上。

院子里有了脚步声。

“莫荷，莫荷。”是范世荣。

莫荷赶紧抹泪：“哎！哥，一会儿就做饭！”

“我不在家吃了，我出去一趟。”

“哎！您去吧！”莫荷说着又坐回到炕边。院里的脚步声远了。莫荷稍稍被打断了一点儿思绪，坐在炕上转过身来看着镜子里的莫荷。她问，莫荷，你喜不喜欢你佟哥哥？莫荷说，喜欢。她又问，那我再问你喜欢不喜欢良子？莫荷不说话。她催促，说啊，喜欢不喜欢？说真话。莫荷犹豫半天还是说了，也喜欢。刚一说完就觉不对了，不再敢瞧镜子，我怎么能这样，可不敢乱说了呢！……我……我这是无意说出来的，不经意，我说的是瞎话！是瞎话。不对呀！“啪”，自己抽了自己一个嘴巴。无意时说的才是真话呢！可不是无意才说真话呢吗？佟哥哥，实在地对不起你，你再不回来，我可不知该怎么办了！

佟奉全举着伞进了范家小院，一眼看见莫荷屋里没灯，范世荣屋里也没灯，黑黑的家里像是没人，佟奉全在雨中站了会儿，正犹豫着，突然看见莫荷那屋的灯亮了。佟奉全看见莫荷的影子，心中一股暖流，能说这……这是没缘分吗？我不来，灯就不亮。这时屋门开了，莫荷拎着菜篮子一眼看见在雨中打着雨伞的佟奉全。

两人呆呆地互相看着。

莫荷菜篮子一扔，转身哭着进屋了。

“莫荷，这是怎么了？”佟奉全慌了，追着进屋。

灯火摇摆，佟奉全和莫荷连在一起的影子在墙上晃来晃去，有些变形。两人似乎都有些愧疚，又都有了实实在在的依靠。

“别哭了，知道你想我，我可更比你还想呢！”佟奉全说。

“你……你再不回来，我可就不理你了！”

“哪能不回来呀！这不是回来了吗！别哭，哭得我难受，哭得我心疼。”

“佟哥，你有没有对不起我？”

“没有，没有，我不能对不起你！”

“我也没对不起你过，我不能对不起你！”

佟奉全把莫荷从自己的怀里慢慢移开，看着莫荷的脸：“莫荷，你干吗说这话，有什么事儿吗？干吗说这话？”

“没什么，佟哥，我……我把身子给了你吧。”

佟奉全看着深情的莫荷，一把把她紧紧地搂在了怀里。

范世荣都在酒馆里坐着喝上了，王财才来，收了伞进门，走过来：“五爷，您喝着呢！”

“偏了你了，坐下！小二再烫一壶酒！”范世荣说。

“莲花白，别的我喝不了。”王财坐下，“五爷，有事儿啊？”

“别跟我装傻！”

“五爷，这不是平白地冤我吗？我跟您这儿装聪明还装不过来呢，还敢装傻啊！”小二过来把酒倒上。

“大狱里今儿个有人传话来了，蓝一贵想见我一面。”

“您应了？”

“我没应。我纳闷儿，不知什么事，非得上狱里说去。”

“那也不是说话的地方啊！要是再进去出不来了……”

“那我倒不怕，真出不来，我心里还踏实了。说句实话，我想不到蓝一贵还算个人物。”

“五爷您真心疼他。”

“我这人不以利分人，以事儿分人，不是说这人对我有利了，我就觉得他好。他对我不利，事儿办得地道，我也诚服他。”

“那您还是打算进去看看？”

“打算进去。”

“那您找我干什么呀？”

“找你自有找你的道理。你跟禄大人熟，给他传个话，就卖尊那件事，别想歪主意，这件事到我范世荣这儿算断了。”

“这话我能传，放心，这话我一定传到！五爷，跟您喝一个。”

“喝一个！王财啊，也做一件让我看得起你的事，也不算白活了。”

“好！您这话我记住了，来，干了！”王财举杯，干了。

范世荣也干了最后一杯，说：“青子，结账。”

灯灭了，莫荷与佟奉全在床上。

“佟哥，这会儿我心里踏实了。”莫荷的脸有点儿烫。

“为什么？”佟奉全问。

“我心里踏实了，就是心里有小鬼儿也跑了。”

“莫荷，你是不是碰着什么事儿了？”

“没什么事儿，只是心里乱来着。”

“就是碰着事儿了也没关系，谁都保不齐有个晃悠。”

“佟哥，你干吗说这话？你可不能辜负我。”莫荷警觉了。

“那哪能呢，打我这儿你就别那么想！”

“佟哥，我心里踏实着呢，我信你。”

“没信义哪有情啊！咱都信。”

“佟哥你还得出去躲几天。你走后，我哥让我找过你，说是什么蓝一贵回来了。”

“他回来他的，”佟奉全的心放下了，“这事儿我想过了，早晚得了。”

“他回来就被抓了，没事儿吗？”

“没事儿，有事儿这会儿也不起来，我舍不得你！”

突然院里有了轻重不一的脚步声，停在了西屋的窗根底。两人惊得缩紧了身子。

“莫荷。”

莫荷听到范世荣的声音更加慌乱了：“哎，哥，您先过去吧，我一会儿就去。”

范世荣又问：“奉全回来了？”

佟奉全刚要答应，嘴被莫荷一把捂住了。

“一块儿过来啊，有话说。”范世荣说完就回屋了。

四

茹二奶奶盖着毯子在榻上躺着，冯妈在旁边坐着打瞌睡。茹二奶奶听了听院里的动静说：“冯妈，几点了？”

冯妈醒了，抬眼看条案上的钟，发觉停了：“哟！钟不走了，我上里屋看看去。”看完出来，“太太，快十一点了，来，我扶您睡去吧。”

“再坐会儿，冯妈，夜里静静的有多好啊！睁着眼做梦，想什么事儿都似隐似现的，白天一醒什么都没了。”

冯妈知道她又在伤心了，忙说：“我给您煮碗汤去。”

“不用，跟我说会儿话，你这一忙活，我连个说话的人都没有了。来，坐下。”

“没有人说话，就找一个吧。”

“那么容易呀！这世上能找一个听你说话的人有多难啊，我在瑞家十几年哪说过什么心里话啊，都当唾沫给咽了。”

“也是，不过老百姓成了家了，也不就是问问吃什么喝什么吗！这世上过心的话都自己跟自己说了。”

“说得可真好，可不是都跟自己说了吗？世上活人就是越活越孤单。”

“将来就不了，这孩子甭管那一半是谁的，生出来了就是您的，贴心。这回他命硬，愣是活过来了。”

“那么多的虎狼之药都打不动，天意该着，可……”

“太太，什么也别多想了，走一步说一步！”

“话可以这么说，事儿可不能这么想，真走到走不下去的时候，瑞家人就该来闹了。”

“太太，您甭担那个心，咱们都不出门了，他来闹不着。太太睡吧，为了孩子。”

“佟先生还没回来呢？”

“没有呢，怕是让什么事儿给绊住了。”

“什么正经事儿啊，还不是那个叫莫荷的丫头片子，能让人惦记着，真是福气！扶我起来！哎哟，冯妈，这孩子他……他在肚子里动上了。”

“好，动动好，知道您孤单，给您解闷儿呢！”冯妈说着本想笑笑，却又眼窝潮了。

莫荷和佟奉全进了正屋，莫荷还算从容，忙着给范世荣倒茶。范世荣拿牙签剔着牙，佟奉全正襟危坐，有点儿不好意思了。

“回来也不吱一声，碰上了，晚上好歹得喝一杯啊！”

“五哥，晚上是想着会您来了，没碰上，莫荷说您前脚走，我后脚就到了。”

“莫荷没说别的?”

“说蓝一贵回来了没两天，开了铺子就给抓进牢里了。还是为那张画?”

“也为也不为。奉全啊，你还得出去躲躲！你不明白啊，为画是幌子，禄大人冲着你的尊来的!”

“我要躲了，蓝掌柜怎么办?”

“说得好，你这才叫事后假仗义呢，跟你说有我呢！明儿个我上牢里瞧他去，你带着莫荷出去吧，有我呢!”

“我也去，五爷，就为那只尊的事儿我不怕，大不了应了他!”

佟奉全和范世荣去了牢里，佟奉全拎了个食盒子。狱警将他们带到一个接待室。佟奉全和范世荣坐下。外边传来“哗啦哗啦”的锁链子声。两人齐往门口看，蓝一贵满身是血地进来了。佟奉全不忍，上去就扶。范世荣毕竟是大爷，一动不动地坐着。

“蓝掌柜，您受罪了。坐！坐!”

“该着，该着！五爷，您来了!”

“坐吧，吃苦了您。”

蓝一贵扶着凳子慢慢地往下坐：“谢您惦记。”

第十八章

一

串货场里十分热闹，各色人等忙来走去，砍价的，聊天的，吵嘴的，闹哄哄的。佟奉全抱着东西进来了，进来后左看右看，像是在找人。禄大人坐在远处的茶桌边，早就在等他了，一看他进来急忙挥手打招呼：“哈罗！佟先生！”

佟奉全看着别处，身子不动，假装没看见。

王财赶快过来：“佟爷，禄大人等半天了，这边请。”

“我不去，跟禄大人说，在这儿我可不卖。”佟奉全依旧左顾右盼，却又有几分漫不经心。

王财激他：“您别跟我说啊，您过去跟他说去。”

“说不着，想交易老裕泰茶庄，在这儿出给他东西，那不是生生地往我脸上写字吗？”

“什么字？”

“汉奸！卖国贼！卖祖宗！”

“瞧您说的。”

“跟禄大人说，有诚意老裕泰见，我还有旁的话说呢！”

王财往东边一指：“您还有什么可说的，您瞧瞧蓝掌柜都放出来了，您瞧不是在那边喝着茶呢吗？”

蓝一贵果然在一张桌前坐着。

“好啊！好，我不进去了，您受累传个话，我在裕泰茶馆包间里等他。”佟奉全说完，拎东西出门走了。

佟奉全坐在裕泰茶馆的包间里，喝着茶，看着外面的街景，静静地想着心事。有人敲门，佟奉全坐着不动：“进！”

禄大人推开门，谦恭地进来：“嗯！很雅，很雅啊！”

“来了，您坐！”

“中国人就是雅，卖东西都要选地方，卖也不叫卖，说匀给您，或叫出让。出让，表面的意思是东西好我也喜欢，但您要是更喜欢就让给您了，这不是很雅吗？其实就是卖东西。”

“您说的这是好的，也有不雅不讲理的叫强买强卖、欺行霸市。”

“佟先生，你在说我呢吧？我不生气，中国还有句话叫志在必得，不择手段，买卖跟打仗一样，雅致要讲，气势也要讲，谁强谁胜！有时钱都在其次，为的是争个行市！”

“禄大人您算是把中国这点儿事儿吃透了，书归正传吧。”佟奉全将盛尊的盒子打开，小心摆在桌上。内心话：他这话算说到我心里去了，势不强不行，没什么可说的。我得咬住了不能有一丝的懈怠，许他霸王硬上弓，也就有咱暗度陈仓的份儿，觉着你是个中国通了，学吧，够你学三辈子的！

禄大人拿出原来的照片、拓片、放大镜，和那只尊对照看着。

“禄大人，这么对可不成，对照片也不成，要是这么对您就等着上当受骗呢！上三代的玩意儿，先看锈，再看看底、口，然后鼻子凑上去闻闻有没有烟火气，都对了看铭文是不是后刻的。”佟奉全边说边做，动作十分娴熟自然，“最后，最后看看有没有补的，是不是源头货，然后离远了看看，器形对不对，喜欢不喜欢。”

佟奉全说完这些，撩袍子坐下：“喜欢吗？”

“喜欢！”

“您别对着我说啊，自己问问自己就对了。”

“问过了，喜欢。”禄大人还在细细地看着。

“好！出个价吧！”

范世荣正坐在雅集堂里发呆，莫荷推门进来了。

“哥，看您中午也没回家，我这儿做得了，给您送过来了。”莫荷边说边往外拿吃食。

“不饿。莫荷，哥问你，佟奉全出去十来天干什么去了？”

“我也不知道。”

“没问他？”

“问了，没说。”

“这小子没什么出息。”

“哥，您怎么这么说啊？”

“他关键时刻，往后退。”

“哥，这话分怎么说。”莫荷脸色有些阴沉了。

“还有什么说的，他要是我妹夫，这不是给我丢人吗？我都说不卖了，他拿着东西找人家洋人去了！”

“哥您要这么说，我可得为他说两句了。当初，那张画是您逼着他做的，要不是为了我他不做，再有没那张画您这铺子开得出来吗？还有不是为了您那张画儿，禄大人怎么要短也要不着他啊！这会儿您又说他没出息往后退了，出息这东西不是想有就有的，也不是扎架子能摆出来的。”莫荷说完自己也有些吃惊，她可从来没有这样顶撞过范世荣。

“嘿，我这儿才说一句，你倒……”范世荣奇怪地看着莫荷。

“您招的！”

“这还没怎么着呢，你先疼起他来了！”

“我没疼他，我疼的是理！”

“什么理呀？哥再没出息，哥是跟自己家人没出息来着，哥跟外人可没倒过大清国的架，我比皇上强！”

“没房顶就剩强（墙）了！我走了，您强吧，我走了。”莫荷拾掇东西要走。

“哎！我跟你说啊，你们俩的事儿我还没点头呢！”范世荣还想装大。

“晚了。”莫荷说完走了。

二

佟奉全说：“禄大人，蓝掌柜的那张画您退回去了？”

“退了。”

“多少钱？”

“七万银票。”禄大人拿出银票。

“好，您放这儿。”

“啊，很好，这个价钱我能接受。”禄大人说着放了银票就要抱尊。

“等等！要是这个价钱，我就不卖您了，您一定也不要。”

“为什么？”

“您还不以为是个做旧的呀！”

“还要加多少？”

“三倍得出头。”

“超乎想象，我不能接受。”禄大人有些生气。

“不能接受，好啊。我呢，也不能从您兜里往外掏钱，这会儿我把东西抱走了，您可能也不答应，这么着吧，咱两人都想想！”

两人暂时都不说话了。买卖古玩在陷入僵局时，往往先说话的会让步，可总不说话也不成。这时候是谈价钱，最关键的时刻，一定要绷得住。

佟奉全看着那张七万的银票，不说话。心里告诉自己，不能说，等着，看他什么态度。禄大人掏出鼻烟，嗅了两下，等着一个喷嚏打出来，这才说：“佟先生，我只能给你二十万。”

“不行，您再添点儿。”

“二十一万？”

“再添点儿！”

“没有了。”

“我要不卖给您呢？”

“二十一万五千。”禄大人停了停。

佟奉全心说，差不多了，别卖炸了，最后一搏。

禄大人开始往外数银票。

佟奉全故意说：“禄大人，我还没答应呢！”

“二十二万，OK！来握个手，握个手！OK！”禄大人突然声音提高了，“来，这是二十二万。”

包间的门突然开了，一群记者冲了进来，紧接着就是不停地拍照。佟奉全纵然再精明也根本没想到禄大人会跟他来这一手，脸色变得苍白，呆呆地站着，手里拿着银票，傻了。

禄大人高举着尊高兴地笑着，对佟奉全说："佟先生，你不是不卖给我吗？明天中国，过两天欧洲的报纸都会登出来，你把这只尊卖给我路德维希禄大人了，你想再花二十二万告诉公众你不是卖国贼也难了。"

佟奉全先是无奈地站着，心里突然有了一种冲动，大声喊道："你不能拿走，那是个假的，假的！"

禄大人得意地笑着："谁信啊，谁信啊！"

佟奉全对记者们喊着："那个是假的，是假的，是个假的啊！"却没有人相信他，后来也没有人理他了。

三

佟奉全的东西卖了，但因被禄大人设计照了相，心里非常沮丧，郁闷地走在街上，走过了范家小院都不知道。莫荷在门口的阴影中看着他，等他走过去了，才跟了上来。

佟奉全走着走着，蓦然回头，看见了莫荷："莫……莫荷！"

莫荷心疼地问他："你这是要去哪儿？"

"找你。"

"走过了都没觉着吗？"

"刚觉出来。"

"你怎么跟打败了的兵似的？"

"心里乱，心里乱。"

"跟我回家。"莫荷回身就走，佟奉全默默跟着。

莫荷和佟奉全进了正房。范世荣正在吃饭，没有抬头。

"五哥。"佟奉全的声音有些嘶哑。

"当不起，您别叫我哥了，我得喊您声爷。佟爷，您回来了，您请坐！"范世荣揶揄说。

"甭听他的，坐下吃饭，我给你盛去。"莫荷小声说。

"佟爷，您这该是发财回来的呀，怎么一点儿笑模样没有啊？"

"五哥，您别寒碜我了。"佟奉全站着不动。

"寒碜，我寒碜，您不寒碜，您风光，怎么着，没卖出去？"

"卖出去了。"

“卖便宜了?”

“没有。”

“那你应该乐啊!”

“乐不起来。”

“那是为什么?”

“我让人给照了相了。”佟奉全终于说了。

“照相?照相是怎么回子事儿啊?照相怎么了?”莫荷看着佟奉全失神落魄的样子,更心疼了。

“他禄大人早就憋着坏呢!先是想让我上串货场去交易,好让行里人都瞧着我给他服了软了,我没答应。可谁知在茶馆包间里他早安排好了,事儿一成,就有人冲进来咔吧咔吧地给我都拍下来了。”

“拍就拍,那有什么了不起的?”莫荷舒了口气。

“说是明儿个就见报了,丢人啊!”

“活该!”范世荣气得脸色都变了,“叫你扛着,你不想扛我给你扛着,这下好,天下人都知道你是汉奸了!活该!!”

“哥,您怎么这么说话?”莫荷也急了。

“这么说是轻的。”

“他不是为了蓝掌柜为了您能这样吗?!牛都让你们偷了,橛子让他一人拔了,你这会儿还说便宜话。”

“莫荷!”

“我活该,我……这会儿心里有什么堵心话都说不出来,想想就是活该着的!我跟他说那玩意儿是假的,他们都不信了。我假东西卖了个真名声,我活该!活该!我这话都不知怎么跟人家罗先生说了。五哥,您别再挤对我了,我给您跪下了,您别再挤对我了,我心里也难受啊,我……我他妈的活该!”佟奉全真的给范世荣跪下了。

范世荣看着别处,莫荷扑了过去:“哥,你还不扶扶他,起来起来,不怕,真的假不了,假的真不了,起来。”

佟奉全备了一份小点心盒,来到罗先生的门前,是想解释清楚,免得罗先生也误解怨恨他。上了台阶,门子让他等等,门子自己进去了。

过了一会儿,门子出来了,手里捏着一张报纸:“佟先生,您回吧,我们罗先生说了不见您。”

佟奉全求道：“您跟罗先生说说，我有几句话想跟他说。”

门子朝他一抖报纸：“佟先生，我劝您也不用说什么了，事儿都做了，报纸都登出来了。我家先生当时想卖了房先交钱定下来，您都不答应，现在是到底给了洋人了，还说什么呀！”

佟奉全想要强行进去，却被推了一把：“不是这话，这里边有事儿呢！您让我进去，我自己跟他说两句。”

门子翻脸了：“不行，说了不见就不见！”

不料罗先生从影壁后转过来了：“别拦他了，还有什么说的？君子不信则不立，商贾之人从来见利忘义，还要说什么？是要当了婊子，还要立牌坊吗？嗯，你当时怎么应的？绝不卖洋人！刘河关门！”

门子刘河把佟奉全推了出来，点心盒被挤在门外，撒了一地。刘河手里的那张报纸也落在地上。佟奉全愣了，呆了，捡起那张报纸，看见了自己和禄大人握手的照片，那只尊就摆在桌上，位置很明显。

佟奉全愣了一阵儿，几下把报纸撕得粉碎。

四

索巴因为没钱，被马淑兰狠狠抢白了一顿，于是下定决心，又上茹二奶奶这儿来抓钱，索巴还穿着为和马淑兰约会才买的花格子西服。

茹二奶奶在榻上半躺着，看着索巴：“索子你倒越来越洋派儿了啊。”

“不瞒您说，我交了个好洋派的女朋友，外交部交际处马处长的千金，好穿乔其纱的裙子，法国高跟鞋，吃西餐跳华尔兹，坐欧斯玛璧的汽车，喷法国香水……”

茹二奶奶不耐烦地打断他：“行了行了，别说了，我一听就熏得慌。洋派好啊，洋派摩登！”

“姑，我既来了也就不绕弯子了，我跟您说句实话，交上这朋友后我短钱。”

茹二奶奶愤然：“你跟我说不着！”

索巴并不甘心：“姑，您先甭拿话堵我，哪怕是借，您也先借给我点儿！我跟密斯马交朋友也不是白交，我跟着她认识洋人多了，要做百万千万的大买卖呢，到时也算您一股。”

“我不惦记，不是不给你，想给也给不了，没钱，你走吧！”

“没钱？姑，您别轰我啊，有钱没钱的，也不是说说就是的。”索巴要开了赖皮。

“还要怎么着？”

“您还别以为我不知道。”

“嚯，我好害怕啊，你知道什么？”

“您金条、洋表地养着小白脸儿有钱，亲侄子向您借俩钱，您都这么不给面儿，我这话再要说出来可就不中听了啊。”

“怎么着，想吓唬我啊？！你给我滚蛋！”茹二奶奶气得别过脸去。

冯妈怕惊了胎气，赶快跑进来：“侄少爷，您可不能这样，太太身子不爽。得，我这儿有两块大洋，您拿着走吧。”

索巴瞪起眼：“干吗！打发要饭的啊！今儿我不拿上千儿八百的我不走！”

“有种的你别走！茹安！茹安！冯妈叫茹安喊巡警！”

“太太，您别急，消消气！侄少爷您还不快走！走吧！”

索巴的声音更高了：“这吓唬谁啊，叫巡警，最好了！让巡警来看看，来看看你这寡妇家家的怎么养汉怀孩子了！”

“我……我乐意。”茹二奶奶突然一捂肚子。

冯妈慌了：“太太您别真生气！跟他犯不上，侄少爷您走吧！”

索巴冷笑：“您乐意，跟您说有不乐意的，别逼我，逼急了我可不想闲着。”

茹二奶奶喊道：“茹安，茹安！”

茹安闻声赶来，手里握着一把刀。

茹二奶奶依旧捂着肚子：“茹安，把……把这王八犊子给我轰出去！”

茹安上来拉扯索巴，举起了刀。

“好小子还动了刀了，有能耐砍死我！砍我！跟你说，我来闹是轻的，您别以为不出门了，人家不知道，瑞家人早晚知道了，饶不了你！”索巴大声嚷着，推门走了。

茹二奶奶满头是汗，紧紧捂着肚子：“冯妈！快叫赵大夫，叫赵大夫！我……我肚子疼！”

冯妈忙说：“哎！茹安！快拦车找赵大夫，找赵大夫！”

佟奉全回到茹府，正好赶上冯妈送走赵大夫回来。佟奉全刚要回小南屋，冯妈叫住他：“佟先生，您回来得早啊，您不上屋里瞅瞅去？太太病了。”

“是啊，我回头去吧，这会儿怕不方便。”佟奉全说完要进小南屋，冯妈又说：“佟先生，您要得空，我跟您说句话。”

佟奉全愣了愣说：“那……那您请过来吧。”

他们进了小南屋，佟奉全给冯妈倒了杯水，冯妈慌忙接过：“哎呀！我这一辈子净给人家倒水来着，让人倒水，我可是当不起！佟先生，您要不嫌我，我坐会儿。咱太太怪可怜见儿的。”

“是，是啊。”佟奉全并不接茬。

“孤苦伶仃的，一辈子净受人欺负，受外人欺负也就受了，自己家的人也真能下得了手！”

“寡妇难当！”

“您算说对了，在论的踹寡妇门，刨绝户坟，家里没个撑门立户的就是不成，什么人都敢上门敲一杠子。”

佟奉全没吭声。

“佟先生，闲了您跟太太多说说话，就算是怜惜她一个可怜人了。”

“怕是没机会了。冯妈，正好您在，我有个事也先跟您说明了吧。”

“什么事儿啊？”

“我挣着钱了，太太的钱我想还上了。”

“哎哟！这么快啊！佟先生您可真的有本事。”冯妈的脸一下子变得很难看。

“冯妈，您别笑话我了，我想一会儿过去就把这话说了，把钱还了，夜里就走。”

“应该的，这院里天天这么多麻缠的事，搁着谁也想走。何况您也急着，应该的，怎么这么巧，赶上这么个时候。”

“什么时候？”

“赵大夫说了，不能惊着、吓着、气着，止是这时候您要是再跟她说了这话，她……可您也得走啊，应当的，应当的。”

佟奉全不再接话："冯妈，没什么事儿吧？"

"没事儿，我走了。"冯妈嘴上那么说，却磨磨叽叽就是不想走，"那什么，佟先生，要是我的话说错了，您就当没听啊，我一个老妈子，不会说话，您见谅。"

"有什么话您说吧。"佟奉全说。

"我过来，其实就是想求您娶了我们太太，就当救一个可怜的人了，可不知为什么进了您这屋，我就张不开嘴了。想着您也有您的想法不是，事儿不能强求，也不该强求，我这嘴几次想张都张不开了，我不是那不懂事儿的人。这些日子，我们太太总念叨您好，厚道、仁义，知道疼人，要么我也不能有这想法了，这是前段的话，我总算说出来了。我知道说了也白说，可说出来了，说就说了，您别怨我。"

"我不怨。"

"这事儿就算过去了，您不娶也就不娶了，可您说今晚就想还了钱走，我这可有句话想求您了，容几天吧，太太正不好着，怕急、怕惊、怕气，您这一说万一要了她的命呢，不是一条是两条呢！按理这话不该我说，可实在没别的主意了，求您了，我这儿求您了。"冯妈突然给佟奉全跪下了。

佟奉全赶快扶起她："可不敢，可不敢，冯妈您快起来，快起来，可不敢这样。"

冯妈就是不起："我求您了，您容几天，您容几天！"

佟奉全只好答应："成！成！我不急着走，等两天！"

冯妈连连磕头："我代太太谢您了，代太太谢您了！"

人间事，看似无序，其实一环套一环。那些命运的大车往往在飞驰之间，被一粒小小的石子一碰，就改变了方向。人生啊，那种偶然的小小的石子常使得命运大变。

五

索巴一气之下，来到了瑞贝子府院里，气哼哼地推着那些拦他的人，嚷着非要见大奶奶不可："嘿！怎么着，大清国的时候，我都是想进就进，这会儿都民国三十多年了，我进个贝子府还不成了，啊?! 别拦着我，放开，我要见主事的，主事的出来！"

这话一出，两边厢房廊子下站了一群各门里的遗老、遗少们，乍一看很像漫画里的人物，样子都怪怪的，衣着旧而脏，神情消沉而迟钝，听着索巴吵闹都若无其事地看着。

索巴看了一眼他们又大喊："有主事的出来一个，出来！"

大奶奶终于从北屋出来了，春天了还穿着厚厚的棉衣，叼着个水烟袋，大襟袄上都有了污渍了："这是谁啊？"

"大奶奶，咱们见过，我是茹家的侄子索巴子！"

大奶奶皱了皱眉："茹家的？二奶奶家的侄子索巴子？我们跟茹家早没来往了，您上这儿干吗来了？"说完要回。

索巴忙说："等等！您有没有来往我不管，可她给你们瑞家门丢人了，您总不能不管吧？"

大奶奶已回身进屋了，这下又回过头来。廊子两边，原来的人嗖的一下都没了。大奶奶喊道："给我们瑞家丢人了，来人，客厅侍候！"

客厅里很潮湿，里面的摆设显得又旧又破，椅垫子的棉花都露出来了，帐幔子上也油脂麻花的。瑞家大少爷早就坐在一张老躺椅上流着口水，半瘫了。

大奶奶招呼索巴："进来吧，坐，看茶！"

索巴进来，觉得有点儿瘆得慌，看着大少爷："大、大……这是大爷吧？"

"中风了，自打老太爷一走，这家算是败了。"大奶奶又跟大少爷说，"哎！这是二奶奶家的侄子，别生气，不碍的，我问他个事儿啊，你歇着吧！"

大少爷嘴里呜呜着。

大奶奶说："他一提二奶奶就生气，家里的好东西老太爷给了她不少。这会儿，这一大家子人全仗着卖东西撑着呢。你进来见了，一大家子人横草不拿，竖草不拈，除了吃喝什么都不会，这家我也管腻了，东西卖光了那一天就散了。"

索巴说："你们在这儿受苦，我姑她可活得新潮呢！按理说这话不是我当侄儿该说的，可我也要脸呀！再说了您这也丢不起那人啊，我也顾不得了。"

大奶奶狐疑地瞅着他："怕不只是为这些个吧？"

“您爱怎么想我不拦着，您先听我把话说完。”

听了索巴的一番话，大奶奶把府里的人都叫到了客厅，气氛显得很紧张。大奶奶坐在太师椅上，索巴坐在旁边。

“老三、老四、五格格、六婶你们都听好了，那个死妖精方人败家的茹秋兰可是给咱们瑞家的祖宗丢脸了！”大奶奶说着气得拍了一下桌子。

众人默默听着，都不说话。

大奶奶又说：“饱暖思淫欲，一点儿也不错。她偷人养汉子肚子里还有了种儿了，虽说是寡妇，她可还是咱瑞家门的媳妇呢！咱要看着这事儿不管可就让人戳脊梁骨了。旁的我不想多说了，这件事就是我想饶她，祖宗也饶不了她！该怎么办，让这位索巴先生说吧！”

众人七嘴八舌地嚷道：“饶不了她！饶不了她！”

莫荷一见佟奉全回来了，急忙站起，有些紧张地问：“钱还了？”

“没呢。”

“不是说今儿个给还上吗？”莫荷心一沉。

“不急吧，再停两天。”

“早还早出来，怎么着，你还恋着那个院子大呀？”

“不是那话，得对了机会。”

“还钱还有什么对机会不对机会的，是你还她钱又不是她还你钱！天底下还有怕人还钱的事儿吗？”莫荷说着将手里的一副鞋垫摔到床上。

佟奉全无言。

“我知道，人家不是怕你还钱，是怕你走了！”

“秋兰太太病着，被家里的人欺负得快小产了，冯妈说这会儿我说这事儿不合适。”佟奉全急忙解释。

“怎么才合适？还钱又不是还情。佟哥，你对别人可真好！”

“说不着，赶上事儿了，找个合适的机会吧。”

“赶得真准，她那边总赶上，我这边总是赶不上。你想过没有，佟哥，我这儿等着盼着，高高兴兴地迎着你来了，可你心里一点儿我也没有，一丁点儿都没有！”

“莫荷，我把你当自己人，自己人委屈点儿早晚能找补回来，我……我这会儿看着她那样儿，我张不开口。”佟奉全凑过来。

“佟哥，我也是个女人，我知道女人的苦处，我同情女人的苦处。旁的事儿委屈点儿，我一句话也不说，可这事儿，我不是觉着委屈，我是怕……我害怕……”莫荷拨拉开佟奉全的手。

“怕什么？”

“怕你把我辜负了。”

“莫荷，我宁可负自己，也不会负你。”

“佟哥，你一天不出了那院子，我听着你这话就像是给你自己鼓劲的，其实你心里也怕。”

“我怕什么？”

“你怕自己嘴上说的和心里想的不在一个辙上。佟哥，你扪心自问地说说，你是不是在犹豫？你是不是想扭了脸从我莫荷这门里出去？”

“没有！”

“那你为什么几次三番地出不来？是不是就不想出来？”

“不是！莫荷，跟你说句心里话，我这人受不了人家对我好，受不了看着人可怜。莫荷，不管怎么说，我在牢里是她给我保出来的，滴水之恩，涌泉相报，我给她当伙计卖东西，一是为了还她钱，二是为了报答她的恩典。要么我一大老爷们儿住一个寡妇门里，我就不怕人家多想？我为自己想我也觉着委屈呢。说这话听着矫情，可谁让赶上事儿了呢！我为别人想我就只有受着。莫荷，你要看准了，你就没错，你佟哥不是那样的人！”

“看的和行的不一样，想的和见着的也不一样。”

“在我这儿都一样！”

“佟哥，你不想她，可挡不住她不想你！佟哥，说实话，她跟你提过婚嫁的事儿没有？”

“没有！”

“再说一遍！”莫荷盯住佟奉全的眼睛。

“没有。”佟奉全眼光躲闪了一下。

“她嘴上没有，可心里有过，我别的看不出来，见她一面，我什么都清楚了，女人和女人之间没有看不透的！”

“……”

“不说这些个了！”

“对，对，咱说点儿别的事儿吧。”佟奉全又伸过手来。

“你什么时候娶我？”莫荷的手没动。

“莫荷你那么年轻、漂亮，这话听着怎么像是逼着我一老光棍啊！”

“就是逼你。”莫荷一下握紧了佟奉全的手。

“还了茹二奶奶的钱，再还了蓝掌柜的钱，咱成亲。”

“还得还蓝掌柜？”

“还。我卖东西时就想好了，有错就得改，就为了这，背个坏名声，我……我也只有忍了，我忍了！”

“佟哥哥，你……你算是个好人啊！放在别人那儿我都不信。”莫荷一下扑到佟奉全怀里。

六

夜深了，天合居里还亮着灯，蓝一贵手里正盘着一件古玉器，望着新收来的一件青瓷碗，细细品味着心里卸下包袱后的轻松踏实。突然听见了敲门声，蓝一贵下意识地一怔：“谁啊？”

“我！蓝掌柜没歇着吧？”

“有事儿吗？”蓝一贵冷冷地问着，却把门子打开了。蓝一贵回身坐下，自己喝茶，也不让佟奉全。

“伙计后边歇了，不知您要来，可没给您备着茶。”

“才喝过了，不麻烦，不麻烦！您盘玉呢！”

“上三代的鸡骨白，刚出来时，软得跟摊泥似的，这慢慢地盘出点儿包浆，盘出点儿润劲儿来了！”

“玉就得盘，离了人就没灵气儿了。”

“那也得看离的是什么人了，君子佩玉，小人藏刀，人和人可不一样了。”

“蓝掌柜，我知道您还为那桩买卖的事儿记恨我呢！”

“佟掌柜，那叫买卖吗？那叫做局撅人、下套子逮耗子，为这个我记恨不着你。”

“记恨也是应当的。”

“我记恨您干吗呀？我恨我自己，我是一个冤大头，自己管自己叫蓝半尺，多响的名号啊，人家不冤你冤谁啊？活该！”

“您说这话我不更不自在了，您骂我几句也成！”

“我不骂，我一骂您不就更透着我傻了吗？佟先生您别有半点儿的不自在，您是高人，您玩儿得地道，使出来的活儿，蒙得我一愣一愣的。您可别让我骂您，我骂您跟抽我自己嘴巴有什么两样，我非但不骂您，我还想跟您学呢，我……”

“我错了！蓝掌柜我给您认个错！我诚心地说一句真话，我对不住您！”佟奉全从怀里掏出银票，“这是您那七万的银票，完璧归赵，算我实实在在地给您认错了。”说着起来鞠了一躬。

蓝一贵愣了，看着那银票，说：“哼！这是寒碜我呢吧！”

佟奉全忙说：“全无一点儿，佟奉全实心实意地认错来了。”

蓝一贵看着银票，心里话：他这是真的？真的又怎么样，造了假卖给你，看着你倒霉一溜够，再拿钱给找补回去，这不是玩儿人吗！这要真传出去，我还混不混了。于是大声说：“佟掌柜，甭管你是真的是假的，你这一嘴巴扇完了我，今儿个是又给了我一个嘴巴，你这叫左右开弓了啊你！”

“你干吗那么想？”佟奉全有些搞不明白了。

“干吗这么想！街面上混的就是一口气，你这打一巴掌揉三揉我要是都受了，我这口气还不全都让你给放光了！”

“架势是撑给别人看的，活人是活给自己瞧的，气这东西太容易鼓也太容易泄。蓝掌柜，我今儿是诚心诚意来的，为什么选了晚上，就是怕您白天有客人，有伙计，一个不小心把话传出去，不好听。我是这么想的，除了咱俩谁也不知道，您怎么想的，我管不了了，错我认过了，我走！”

“等等！佟掌柜你就是真心认错，我也不高兴，这透着你更加比我高明了。说心里话，琉璃厂这条街上，我最不服气的就是你，你让我一辈子不自在。这钱要真是你明路上挣来的，跟你说我一个子儿都不要，可我知道这不是你明路挣来的，这钱我一分不少照单子都收了。”蓝一贵说着“啪”地把登着罗先生一篇文章的报纸摔在桌上。

佟奉全看着那篇文章的题目，是骂他卖国行径的，的的确确署着罗先生的名字。佟奉全为被罗先生误解而伤心了，推心置腹地说：“蓝掌柜，有时人做事是出于无奈。可我也不想用‘无奈’这两个字给自己挖条逃跑的地道，说完就跑了，说是无奈，其实是妥协！我得承认我办过不地道的事，我办过后心里难受，可这件事我办得没什么错。”

“难道你这尊也是……造的旧？”

“从我嘴里你听不着这话了，我什么也不说。蓝掌柜，今儿这事，我算跟您了断了，打在狱里看见您一身的血，我就下了决心了，这钱得还您，认个错。您谅解我也好，不谅解我也好，都没关系了，我心里宽多了。蓝掌柜，日久见人心，人也不是一成不变的，慢慢地品着吧。我走了，您留步。”佟奉全起身出门去了。

蓝一贵没有送他，门一开，风把那张银票吹动起来，蓝一贵赶快用手按住了。

第十九章

一

日头已经一树梢子高了，莫荷起来进了正屋，开始捅炉子坐水。“嗯哼！”里面传出一声咳嗽声。莫荷用围裙罩着头，先是没看。不料紧接着又是一声咳嗽。莫荷的目光透过围裙一看，竟是佟奉全。

“你怎么睡这儿了？”

“早晚得睡过来，先体验体验。”

莫荷不理，继续捅着炉子。

“我想吃油条。”

“想吃自己买去。”

“我想吃你买的油条。”

“你不起来什么也吃不着。”莫荷说完，开门出去。

佟奉全这才起床。范世荣翻了个身。

“五哥，您再睡会儿。”

“我……我是得睡会儿。”范世荣嘟哝了一句。

门又开了，莫荷拿着牙缸、牙刷、毛巾进来，将牙缸放在柜子上了，倒了水晾着。佟奉全明白，莫荷是不愿让自己使用范世荣的洗漱用具。他突然想让莫荷知道他理解了她的用心良苦，就说：“莫荷，你的牙刷子吧？”

莫荷看也不看他：“愿使就使，问那么多干吗？”

“使！使！”佟奉全一脸的幸福，端起牙缸，“二小子，腊月生，刷牙洗脸讲卫生。二丫头，正月生，梳头洗脸好学生……”嘴里说着，出门到了小院里，开始刷牙。

生子妈拉了排子车要出去，看见佟奉全刷牙，心说怎么住这儿了，不好意思搭话，刚要低头过去，佟奉全抬头看见了，心里高兴，不觉就打了招呼："生子妈，出去啊！"

生子妈只好说："啊！佟先生，您刷牙呢！"

佟奉全这才觉到自己满口牙膏沫子："啊，刷牙，回见。"

莫荷慢慢出来，站在门口："今儿个怎么这么高兴啊？"

"看出来了？"

"我傻，看不出来，人家都不好意思跟你打招呼，自己还生怕人家看不见似的！"

"干吗不好意思啊？"佟奉全故意气她。

"你凭什么住这院里来呀？"

佟奉全走到莫荷身旁，小声说："凭你。"

莫荷白他一眼："没事净说好听的填和人。"

"莫荷，今儿个可不光是说了，我一会儿就还账去。"

莫荷假装不在意地看着前方。

"昨晚，蓝一贵的账还了，出来碰上你哥，都喝多了，就跟了过来。今天我跟你哥也说了，还秋兰太太钱去，还完了，我一身轻，你说我能不高兴吗？"

"你真高兴假高兴我不知道。"

"不知道才怪呢，笑一个。"

莫荷紧抿着嘴儿。

"笑一个我看看。"佟奉全又说。

莫荷还是不笑。

"快着点儿笑一个啊！"佟奉全想要胳肢她。

莫荷眼睛看着佟奉全，看着看着，有泪流了出来，却笑了，说不清是委屈还是高兴。"这是干吗啊？快擦擦。"佟奉全赶紧从怀里抽出手绢要给她擦。

莫荷抢过去，自己擦着："甭管我，高兴的！"泪流得更多了。

"结婚前我委屈了你，结婚后都给你补回来，可不能再哭了，你这一哭，我的心尖尖可就疼起来了。"佟奉全又要伸手帮莫荷擦泪，被莫荷推了一下。

“我可没说你委屈我了。”

“你没说，我看出来了。”

“奉全哥，我是觉着高兴，不知怎么说的高兴。”

“来得不容易。”

“就因为这才真的高兴呢！”

佟奉全一把将莫荷抱过：“我……我也高兴，看着你一高兴，这天地都不一样了！”

两人抱在一起，两只颤动的嘴唇渐渐靠近，院子里突然传来范世荣的声音：“莫荷，莫荷，壶开了！”两人不由自主地分开了。

佟奉全恨道：“五哥也真是，什么都不管。”佟奉全看着她，实在有些舍不得，“那我走了。”

莫荷也看着他：“走吧，早去早回。”

“下午，你上茹家大门口等我去吧，等我出来了，咱上照相馆照张相片去。”

“我不去。”

“为什么？”

“我……我没衣裳。”

“照相馆有租的，什么样式都有，今儿个是好日子，怎么也得照一张。”

“我这辈子还没照过相呢！”

“那咱俩照一张，再单给你照一张。”

“莫荷，早点吃什么呀？”范世荣又喊。

莫荷瞅一眼窗外：“哎！来了！”

佟奉全往前凑凑：“就这么说定了，等我啊，等我！”

“行！”莫荷转身，走了。

二

佟奉全回到茹府，进院子就喊：“冯妈！冯妈您在哪儿呢？”

茹安出来了：“佟先生，别喊了，没人。”

"人上哪儿了？"

"上白云观上香去了，该回来了。"

"茹安啊，上回的铁锹借我用用。"

"哎，我给您拿去。"

佟奉全拿着铁锹进了小南屋，搬开了铺板，正起着地砖，准备把那只尊挖出来，突然听见院子里冯妈的说话声："茹安啊，佟先生回来了吗？"

"回来了。"茹安回答。

佟奉全怕人进来，赶快又把砖盖上，又把铺板搭上。这工夫冯妈已经开始敲门了："佟先生，佟先生！"

佟奉全慌忙应道："哎！哎！冯妈，有事儿您吩咐！"

"佟先生，一会儿到太太这儿来一趟，有话说。"

"哎，我这就过去。"佟奉全想了想，只有先收手不干了，把砖盖上。

三

茹二奶奶去过了白云观，心情格外好，这会儿坐在堂屋里，不时朝院里望望："冯妈叫佟先生了吗？"

冯妈进来："叫了。哟，来了！"

"秋兰太太！"佟奉全站在门口叫道。

"门开着呢，进来吧！"

佟奉全进了屋："秋兰太太好，冯妈好！"

茹二奶奶说："佟先生您昨儿个可一夜未归啊！"

"跟朋友叙旧说话迟了，回来敲门怕扰了您的觉。"

冯妈看了一眼茹二奶奶："你不回来就更扰觉了。"

茹二奶奶说："冯妈这话算说对了，坐吧。"

佟奉全有些警觉："秋兰太太有事儿啊？"

"没事儿，扯闲篇儿不成啊！冯妈把咱抽的那个签语给佟先生看看。"

冯妈赶快拿了出来："佟先生您看看，您给读读。"

佟奉全念道："数亩竹荫唯缺鹤，隔江山色欲招人。"

冯妈忙问："什么意思？"

佟奉全含含糊糊地说："说不太机密，大概是说，我瞎说啊，大概是说您缺一点儿寿，但婚事要……要成了。”

茹二奶奶瞅着他：“为什么这么说？”

“欲招人嘛，还是个上门的。”

“观里的道士也是这么说的，缺点儿寿怕什么啊，活那么长了让人厌倦。佟先生您喝茶，但我喜欢‘欲招人’那三个字。”

佟奉全内心话：招吧，我今天无论如何得把钱还了。便大声说：“是啊，秋兰太太您这回算是功德圆满了，招的人还不止一个呢！”

茹二奶奶一怔：“怎么讲？”

佟奉全喝茶，知道自己说话多了，看着茹二奶奶肚子。

茹二奶奶催他：“别躲躲闪闪的，你说得不错，佟先生我也不避讳您了啊，我这孩子能挺到现在真是跟这个俗世有缘，我想通了，大不了该生的时候我去冯妈三河老家生去。我是一门心思地要把他生出来。人生之事，其实就那么四个字——看开想透，什么都过去了！”

佟奉全连连点头：“那最好了，秋兰太太，有句话早就想跟你说，一直没赶对机会。”

茹二奶奶脸颊一红，突然有点儿羞涩：“什么话，说啊。”

冯妈“嗯哼”了一声，似乎想提醒茹二奶奶什么。

佟奉全一咬牙：“秋兰太太，我这么些日子也没怎么给您卖出东西去。”

茹二奶奶一听这事有点儿失落：“那怕什么呀，咱又不太短钱。再说啊，东西还就那么几件了，省着点儿卖也好，不是说行市不那么好了吗？”

佟奉全说：“是行市不太好了，以后您要想出东西呢，只要您信得过我，我还能给您帮忙。”

茹二奶奶有些明白了：“佟先生，您说这话什么意思？什么叫以后啊？”

佟奉全往外掏着银票：“秋兰太太，欠您的钱我给找齐了，这是一万五千块的银票，您收起来吧。”

茹二奶奶的神情当即有些不太自然了，求助地看了冯妈一眼，有点儿不知该怎么办：“不着急，不着急，您这是急着走呢！佟先生您急着想走呢，是吧？”

“不是那么说，欠您的日子太长了，也该还上了。”

“您干吗那么放心上啊？冯妈，我想喝点儿白水。”

“我这就倒去！”

“佟先生，我这哪是欲招人啊，我这是人欲辞呀！还惦记着能让您跟我一块儿高兴呢！”语调里有伤感也有某种乞求。

“是为您高兴来着，从府里出来到这会儿，不是平稳了吗？”

“是啊，转眼都什么时候了，可不平稳了吗？在府里待的日子，十五年也没什么变样的，出来后天天都不一样，佟先生您看得真真儿的。”

“啊，打牢里给我赎出来也到这会儿了，秋兰太太，说到这事儿我还得谢谢您呢！”

茹二奶奶见冯妈把水放下了，就说：“别说那么多了，冯妈，把里屋那只粉彩的笔筒子给佟先生拿出来。”

佟奉全赶紧说：“秋兰太太您这是干吗？我……我可不要东西。”

茹二奶奶说：“您先甭说不要，听我把话说了。佟先生，我跟您这么说了啊，咱今生今世没缘不要紧，您能维护我这么些个日子，我别的没有，‘谢’这字总得说一个吧。其他的玩意儿自打索巴来闹之后，我都存银行了，屋里这些玩意儿都是茹安仨瓜俩枣在厂甸买回来摆着玩儿的，家里就这么一件真玩意儿了，值多值少我也不知道，您收着，就当我说了个‘谢’字。”

冯妈把东西递上，佟奉全缩着手：“秋兰太太，这可当不起，当不起！”

茹二奶奶已经平静了：“您收着，别推，要么我当您面砸了它！”

佟奉全只得接住：“得！我收了！”

“行，您该走……走吧！不过我再说一句话，不是为客气，您早早晚晚就把这地方当您的家了，想什么时候来什么时候来。我是没什么娘家人了，您就算我的娘家哥哥了！”茹二奶奶说着伤心了。

佟奉全心里也有些不忍：“秋兰太太，您可别那么说，您好好的，我记住了。”

茹二奶奶不再看他：“冯妈，把银票接了吧。佟先生，我不送了，您走吧，我也乏了。”

“哎，那我就告退了。”说完这句话，佟奉全全身一松。

佟奉全回到小南屋，再次挪开了铺板，刚把地砖起出来，就听院子里一阵大乱，有人喊道：“谁也别拦着，这是我们瑞家门的私事，谁拦着，我们可不答应！”

佟奉全赶快把砖放回去，将铺板挪回，飞快地透过窗口往外看着。是一群瑞家的人，有男有女，有老有少，大少爷也被推进来了。茹安想拦，已经被打倒在地，一百来号人“哗”地撞开堂屋门，拥了进去。冯妈比画着双手大喊：“不成！不成！谁动我们太太，我跟他拼了！”没人理她，只能听到砸摔东西的声音。

大奶奶站在门口，看着拥进拥出的人群，脸上有着那种久违的亢奋和从容：“上手，上手！”

冯妈拼命拦阻，很快就被人打了出来，一个前趴虎撞到石头台阶上了，爬起来已经满脸是血。再看众人，架着惊慌失措的茹二奶奶，大奶奶揪着她的头发给拖了出来。冯妈爬了过去：“大奶奶可不敢！饶命啊，她……她有身孕了！”

“没身孕还不来呢！瑞家门的子弟们进屋抄东西！”

呼啦啦，一大群人拥进了堂屋。

茹二奶奶的头发已经乱了，也不再争辩，低着头欲活不成欲死不能地被人拎着头发扯来撕去，嘴里反复说着：“让我死！让我死去！”

茹二奶奶疯了似的挣脱了三人的挟持，甩开拖她的人们，想往堂屋里跑，却马上又被众人拦住了，慌不择路地往小南屋跑去。正此时，一直从窗口朝外望着的佟奉全实在看不过去了，冲出小南屋，茹二奶奶这时已再无去路，猛地撞到他像见到救星一样，慌忙躲到佟奉全的身后：“佟先生救我！佟先生救我！”

佟奉全刚把茹二奶奶护住，众人的棍棒就打过来了。佟奉全大声说：“不能打！不能打！出人命了！”

大奶奶见众人有些犹豫，喊道：“打！打死算我的，打死个奸夫淫妇！打！连这奸夫一块儿打！”

“不能打啊！不能打，没我什么事儿啊，不能打！”佟奉全既要辩白又要护着茹二奶奶，“别打了！没我的事儿！”

“等等，等等！”大奶奶凑过来，众人住手，围住，“没你的事儿？没你的事儿你干吗护着她，没你的事儿！你……把手放开！松开了，你走你的，你把手放开！”

佟奉全慢慢松开了自己的手，无奈地看着被逼得不成样子的茹二奶奶，这时才发觉，茹二奶奶身子不停地抖颤着，求助地看着他，佟奉全的手松开了。正此时，街上围观的人群中，莫荷挤了进来，看见佟奉全和身后的茹二奶奶，脸一下白了。

茹二奶奶说：“佟先生，您……”声音低得只有他能听清。

大奶奶说：“没你的事儿，你走啊，走啊！”

佟奉全为难了：“秋……秋兰太太……”

茹二奶奶说：“佟……佟先生，您走吧。”

众人又开始下手打了，这下已经说不清是在打谁了。

大奶奶又说：“肚里的孩子是谁的？不是你的，你走！”

佟奉全求道：“不能再打了，再打就出人命了！求您了！”

大奶奶喝道：“少多事，你走！”

“我不能走！”

“你不能走，就是你的！打！”

佟奉全依旧站着。

大奶奶一看佟奉全还是不走，大喊一声：“打奸夫淫妇，打！连肚里的孩子一块儿打死，打！不打不是瑞家的子弟！”

更多的人拥了上来，有打的也有踹的。棍棒拳脚落在肉体上，响声闷闷的。莫荷眼前一黑，真是晴天霹雳，被人拥着漂来漂去。她看着紧紧地抱着茹二奶奶护着茹二奶奶的佟奉全，哇地哭了，疯了似的挤出人群，跑出茹府，跑在街上，毫无目的地狂奔，只知道就这样跑下去……

茹府小院里还在打闹着，众子弟七手八脚地从佟奉全怀里抢出了粉彩笔筒，从茹二奶奶那儿翻出了银票，打人的也不打了，正争抢争传着。大奶奶怒道：“别光顾着抢东西，给我接着打！”

突然，院门口警笛大作，索巴带着警察分开众人冲了进来。

索巴指着满院子的人喊道：“警爷，警爷，就是他们大白天砸明火。”

大奶奶这才反应过来：“什么？索巴！你……你小子下套！”

“少废话！”索巴伸手把银票、粉彩笔筒抢了过来，递给黄警官，“警爷，这是他们抢东西的证据！”马上又冲向茹二奶奶，“姑！姑！我来晚了，我来晚了！姑，我来晚了！”

黄警官命令属下："兄弟们，将人群驱散，东西没收，打人者收监！"

大奶奶的嗓门已经喊哑了："谁敢！谁敢！我们瑞家门的事，你们管不着！"

黄警官简直不拿她当大奶奶看待："管不着？今天就要管给你看看！你以为现在还是大清国呢！带走！带走！"

大奶奶指着索巴："索巴，你小子连环计害人，早晚有一天……"没等她说完，就被人架走了。

人群被驱散了，院里凌乱而又空寂。茹二奶奶和佟奉全在院中间哆嗦地瘫在地上，冯妈、茹安冲了过来，扶起茹二奶奶回了屋。索巴就像进了他家，这屋进那屋出地看东西，看着摔在地上的破瓷片，心疼地嘟哝："嘿！怎么东西都没了，都空了。"

佟奉全满身是土，失神地瘫坐在地上。起风了，风卷起了地上的土，吹得小院里灰蒙蒙的。佟奉全还在地上瘫着，头上有了几处瘀伤。索巴走了过来："怎么什么也没有了？佟先生，佟先生，起来吧！起来吧！东西都哪儿去了？佟先生，哎，起来吧！"

佟奉全站了起来，吐着嘴里的沙子，突然想起什么，飞快地跑向大门，开了街门，冲上街去，对着来来往往的行人喊道："莫荷！莫荷！莫荷来了吗？莫荷来过了吗？"

命运弄人，谁能想象，那个关键时刻佟奉全如果撂下茹二奶奶不管，走出去会怎么样？谁又能想到为了护一个将死的人而把自己美好的未来都打碎了，除了说命运弄人，还能说什么？

四

佟奉全跑进范家小院，边喊着莫荷，边飞快地向着小西屋跑过去，推门看看，莫荷不在。佟奉全一看没有，掸着身上的土，往正房走去："五哥！五哥！"

一推门，锁着，也没人，又拍了两下土，奔向东屋："生子妈！生子妈！"

生子出来了："我妈不在，你有什么事？"

"生子，看见你莫荷姐了吗？"

“没看见。”

佟奉全赶快又往外跑去，四处寻找莫荷。

生子关门进来，莫荷像只惊恐的小鹿一样在墙角窝着。生子给莫荷倒了碗水：“莫荷姐您喝口水吧，您出来吧，他走了。”

莫荷头发凌乱，眼睛失神，默默地流泪。

生子看着莫荷的泪脸：“怎么了，莫荷姐?”

“生子，别问了，姐什么也不知道了。”

家中一片狼藉，冯妈头上绑着绷带，茹安手上吊着绷带，都在侍候着赵大夫给茹二奶奶看病。赵大夫神情严肃，闭目诊脉。茹二奶奶如死人一般，躺在小榻上。赵大夫半天才把眼睛睁开：“人啊，就是说不清，胎音还有呢，保吧。”

冯妈说：“赵大夫您想想办法吧!”

赵大夫说：“心惊了，有人能给她说点儿舒心的话最好了，不能多动，一切情绪波动都不能有了，安心静养。”

冯妈说：“您放心吧，这回最大的难事都过去了，再不会有事儿了，静养!”

茹二奶奶突然流泪：“佟先生，佟先生，对不住您!”

冯妈忙安慰她：“不碍的，没事了，佟先生好好的!”

赵大夫说：“还说胡话呢！药抓了赶紧给她服下。”

冯妈对茹安说：“哎！茹安快去抓药!”

茹二奶奶睁开眼：“佟先生，佟先生呢?”

冯妈说：“一会儿就来，一会儿就来。”

“冯妈，快找佟先生，咱们让人吃挂落了。”

冯妈给她掖掖被角：“没准儿佟先生乐意，伤不着他哪儿，您睡吧，您睡吧。”

天黑了，佟奉全哪儿也找不着莫荷，沮丧地在街上来回走着。一辆洋车停了下来，帘子撩开，里面坐着范世荣。

范世荣下车，给钱，回头。这工夫，佟奉全一直呆呆站着，也不知打招呼，呆看着范世荣像是不认识了。

范世荣迎面看着佟奉全："你这是怎么了?"

佟奉全半天才反应过来："五哥，莫荷不见了……"

"出……出什么事儿了?!"

"我不知道，我说不清，我说不清啊!"

范世荣这才走近细看，发现了佟奉全身上的伤："哎！怎么这德行了，你这是去了哪儿了?"

"五……五哥，水深火热，我自己都说不清了。"

范世荣又喊住走出不远的车："车！别走了！走！跟我去看大夫去!"

"我不去。"

"走！跟我走!"

"我不去！我要找莫荷！我要找莫荷!"

范世荣把他推上车："看了大夫再说，快走!"

泰丰楼包间里，黄警官和索巴两人已经酒足饭饱。桌上是那一万五千的银票和粉彩的笔筒。黄警官说："就这么两样东西，咱一人拿一样，索爷，哪个值钱?"

索巴说："黄爷，您看呢?"

"一定是这只笔筒值钱!"黄警官说着拿了起来!

"您眼力真好。"索巴不动声色，心里却"咯噔"一下，假装伸手要摸那张银票，"得，归你了，我拿钱!"

黄警官一下把索巴的手按住了："等等，兄弟，就这么两样东西，哥哥我哪能让你吃亏啊？这东西好，放我手里没用，给你正合适，我拿现的吧。"忙把笔筒推给了索巴。

"黄爷，那可就偏了您了，这东西可不止那个数。"

黄警官又觉拿不定主意，暗想，蒙谁呢，我还是拿现的牢靠："归你，归你，这也不少！索爷，那瑞家人怎么办啊?"

黄警官揣了银票穿衣裳要走，索巴说："吓唬吓唬放了吧，没他们咱这东西也到不了手。"

"索爷，你这叫借刀杀人，还是你高，告辞!"黄警官穿好衣裳，一个敬礼，走了。

佟奉全包了头，挎着胳膊，进了范家小院。正赶上莫荷收拾了包袱出来，自己想跑。两人一下子在院中间撞上了，两人目光呆呆地看着。

佟奉全往前凑凑："莫荷，莫荷！可找着你了！"

"让开！"

佟奉全拦住莫荷："你这是要到哪儿去？"

"让开！"

莫荷想从旁边冲过，又被佟奉全拦住："莫荷！你听我说啊！你看见的可不是那么回事儿！莫荷——"

莫荷一看冲不出去，反身就往西屋跑，进屋就把门插住了。

佟奉全在院子中间站着："莫荷你听我说啊！你听我说，根本就不是那么回事儿。"

范世荣这才进来，看了一会儿，进也不是，退也不妥，在黑暗的门洞中戳着，冷眼看着。

佟奉全上手拉门："莫荷，莫荷，开门，莫荷开门！"

"砰！"扔在门上一件东西。

"你走吧！"

佟奉全扶着门出溜在地上："你让我走也成，你听我说完了我就走！"

范世荣走了过来："大晚上的别在我这儿丢人现眼，走，跟我上屋去！走啊！"

佟奉全紧靠着门子："我哪儿也不去！我要把话说了。"

范世荣有点儿火了："大老爷们儿家家的丢不丢人啊！"

"丢就丢吧！我这人都丢尽了，我哪儿也不去！我怕莫荷走了！"

"砰！"又一件东西砸在了门上，"哗啦"的一声，像是摔碎了。

佟奉全坐在冰凉的台阶上，跟屋里的莫荷说着："莫荷，他们拥进院子来的时候，我不想出去，不是怕，是我想着你呢！我不怕人打我，我怕事儿好容易就要了了，又出岔子，我真想锁了门躺炕上两眼一闭，堵上耳朵，任什么也不听，什么也不见，可我做了，不行！打人的声音我想不听也不成啊！我听不下去，看不下去了，只有出去劝！秋兰太太被他们追打的情景，我现在想起来都怕，是同门一家子人啊，就那么能下得去手！打得茹二奶奶披头散发地跑啊！多高心气儿的一个人啊，想死都死不成了，哪儿有地方跑啊！一院子的人，正赶上我出来，也只有向我这儿跑了。秋兰太太一头扎过来了。我没别的办法啊，是个人就没办法，我看不下去，我下死劲地拦啊、挡啊！我挨打这我不怕，可他们骂我奸夫淫妇，这比打我还疼，我一下子就停了，我不能背这个黑锅啊！……这我受不了，我想走，我撒了手想走，我不能为了救人再戴个奸夫的帽子，这传出去了，让人知道了，不是我一个人的事儿，我对不起莫荷！我想走，走不了，我看着秋兰太太那眼睛，满眼都是委屈求救，我能不管吗？那时我问自己了，我不管还是人吗？骂吧！我让他们骂，拳头、脚跟雨点儿一样地打下来，我忍着，我只有忍着，说什么我也得认了，人死了是死两个，我不认许会后悔一辈子。莫荷，那时我什么也听不见了，问我什么也只有应了，我想了先救下人再说吧。”

正屋里的范世荣实在受不住佟奉全的絮叨了，出来站在台阶上看他。

佟奉全还在说着：“我知道，我认了那事，最对不起的就是你，我对不起你太多了。莫荷，咱早上出门还好好的，谁能想到晚上就成这样了，我自己都想不通。我再说一遍，我跟秋兰太太是仆主的关系，什么也没有，什么也没有！话说完了，求你开门让我进去吧，求你开门！”

范世荣下台阶到了西屋窗前：“莫荷，莫荷，有什么话开开门说啊，听哥的，开门，开门！”

屋里没有动静。

范世荣突然意识到了什么，忙说：“莫荷，开门，开门啊！”

“不开门也行，你说句话，说句话！坏了，五哥别出人命！”佟奉全急了，站起来想要猛地撞门，谁知门从里边开了。

佟奉全和范世荣趔趄着冲进屋里，却见莫荷端端正正地坐在炕沿上，风暴像是过去了。

佟奉全从地上爬起来：“莫荷，莫荷，就是有千错万错，你得原谅我这回啊！”

深夜，茹二奶奶一下子从噩梦中惊醒，看看左右，冯妈睡着了。茹二奶奶看着屋里昏暗中的一切，突然涌出两行泪水：“老天爷，干吗生我在世上啊，早早收了我走吧。老天爷，你可别拿苦水再喂我了，我……受不了了。”

冯妈还在沉睡。

茹二奶奶悄悄起来，来到偏房，也不点灯，摸着，找着，找出一根长绫子来，使劲扯，扯不开。伤心地哭。再使劲，终于扯开了，那裂帛之声犹如内心的抽泣，撕心般地响着。扯累了，茹二奶奶停下歇歇，死亡的决心已下了。

茹二奶奶爬上一只绣墩，一下一下地往房梁上扔绫子，扔上去了！茹二奶奶把绫子尽力地系好，看着那个白色的圈套，真是再也没别的办法，只有死了，脑袋往里一钻，脚一蹬，那凳子“砰”的一声摔倒在地。

第二十章

一

冯妈被凳子摔倒的声音惊醒，朝床上一看，不见了茹二奶奶，赶紧跑进偏房，借着朦胧的月光，看到悬在空中的茹二奶奶，急忙用双手托住茹二奶奶，大喊："茹安，茹安快，快！太太上吊了，太太上吊了！"她边喊边用劲把茹二奶奶摘了下来，用力过猛，两人一下摔倒在地。茹二奶奶紧闭双眼，生死不知。

茹安打着灯笼披着衣裳，急急忙忙往堂屋跑："这……这是怎么了？这府里是遇了鬼了？"等他进了堂屋。冯妈已经背回茹二奶奶放在单人榻上了。"冯……冯妈，您看着，我去叫大夫！"茹安说。

冯妈说："来不及了！快取口凉水过来，快啊！"

茹安飞快地跑出去以后，冯妈摸了摸茹二奶奶下身："还好！还好！阿弥陀佛，阳气没走，得亏听着了。太太，太太您可不能死，您要死了我们指望谁去呀！太太醒醒，您可不能死啊！"

茹二奶奶脸色苍白，一点儿血色没有。

佟奉全和范世荣还在门口呆看着，莫荷说："哥，您回屋吧，我没事。"范世荣觉得待下去也没他什么事儿，走了。

范世荣刚一出门，佟奉全"咕咚"一声就跪下了："莫荷，事儿都过去了，天大的事都过去了，咱从打现在开始过好日子吧，过好日子，我这儿给您赔不是了。"

"奉全哥，你起来吧。"

“你不答应我，我不起来！”

“你不起来，我马上就从这屋里出去，立马就走！”

“可不能走，我起来，我起来！”

“你坐那椅子上，听我说一句话。”

佟奉全老老实实坐到椅子上。此时的气氛没有一丝的缓和，只有冰冷。

“奉全哥，一句话吧，你这人太好了，我不配！”

佟奉全听完马上又想跪下。

“别动，这句话我想半天了。奉全哥，我不配你，你走吧！”

“莫荷，你这是骂我呢！是啊，我该骂！”

“再不多说了，你不走，我走。”莫荷拎起包袱要走。

“不走，不走！谁也不能走！”佟奉全赶快拦住。

“奉全哥，你别拦着我了！要么你走，要么我走！这屋里不能待两个人，尤其不能待着你和我！”

“莫荷，你……你这不是要我的命吗？”

“佟奉全你出去，你……你别再逼我了，你出去，你快出去！”莫荷伤心地哭着。

“好，我走。活该，我走！”佟奉全说完出门去了。

一块凉手巾擦在茹二奶奶脸上，茹二奶奶身子一激灵，醒了。冯妈长出了口气：“好了，这算活过来了。太太，醒醒！太太！”

茹二奶奶把眼睛睁开，似乎茫然不知：“冯妈！”

“哎！太太我在这儿呢！”

“我还没死，想死怎么这么难啊！”茹二奶奶说完又流泪。

冯妈也哭了：“太太，好好的干吗非得死啊？这是为什么呀？再说您死了，我们怎么办？我们指望谁去啊？”站在一边的茹安看不下去了，咳嗽一声。

“瞧我，您活过来该高兴才对，怎么又哭起来了？”

茹二奶奶说：“冯妈，您不该救我，我想死。”

冯妈说：“为什么呀？太太为了我们您也不能这么想！”

茹二奶奶说：“我对不住人了，我活在世上对不住人了。”

冯妈说：“只有人对不住您，您对不住谁了呀？”

茹二奶奶说：“佟先生，我对不住佟先生！我让人家吃了大挂落！冯妈，我还得去死，不死一辈子还不了人家这个情啊！”

冯妈说：“不死，不死，咱想办法还，想办法还！茹安啊，快点火熬粥！太太，从打今儿起，咱别的都不想了成不成？咱就想着怎么还了佟先生这个情，好不好？就是为这个也得活着啊，太太您听我一句！”

茹二奶奶说：“冯妈，您可真会劝人，就这么一个活下去的理由了！”

一夜过去了，莫荷连个姿势都没换地还那么坐着，一动不动地发呆。门开了，生子买了油条豆浆放在桌上，看着莫荷说：“莫荷姐吃饭吧，莫荷姐什么也别想了，吃饭吧！”

“生子，姐以后怎么办？”

“什么也别想，吃饭！”生子说，“姐，咱都是苦人，以后是咱想的吗？吃饭吧！”

“是啊，以后，以后，不想也得来啊！是什么样也得来！”

索巴指挥着福山收拾货架：“这儿……这儿这儿！平时怎么打扫的，驴粪蛋表面光，净干些猫盖屎的活儿了，这儿……这儿，对！这儿！”

王财边打算盘边说风凉话：“索爷，铺子不盘了？”

“盘铺子，挺好的买卖干吗盘铺子啊？你支应着吧！”

“你不是短钱吗？”

“来钱的主意多了。”索巴说着话从怀里拿出那笔筒，“先说好了，这是帮我姑卖的东西，跟咱这铺子可没关系。”

王财先还不在意，眼离了算盘，一看那粉彩，可是不得了，好东西。王财心里说，这可不是一件寻常的东西，官窑粉彩笔筒子，又是书房里的物件儿，我……我……我得骑一道。

“怎么着，有没有一眼啊，你倒是看看啊？”索巴问。

“有一眼，太有一眼了，明万历粉彩，好东西打算卖谁啊？”

“谁出的价高就卖谁。”

“你打算卖多少钱？”

“那什么啊，好东西是不是，低了两万不能卖！”索巴胡乱说着价钱。

“两万五。”王财说。

“能卖吗?”索巴有些犯嘀咕。

“卖别人不行，卖禄大人行。可您不能就叫两万五，得叫三万五。”

“叫多少？再给他吓跑了。”

“漫天要价，就地还钱，这么好的东西，没个跑。”

“行！就这么办！回头我卖了请你吃鱼翅席!”刚说到这儿，内间电话响了，索巴说，“别接，我接，我接，一定是密斯马来的电话，我来接!”

王财手在算盘上乱拨拉，眼睛瞟着那只笔筒。

索巴在打着电话：“喂！达令！想啊，每一刻都在想，想得我自己都消逝了，天底下就剩下想你了。不夸张，不夸张!”

“福山看着点儿铺子，把那玩意儿罩上，谁来了也别让看，我出去一趟。”王财对福山交代了一下，很快就开门出去了。

酒馆里，佟奉全喝了一夜的酒。小二又看了一眼趴在桌上睡觉的佟奉全，对掌柜的说：“掌柜的，要不想办法给他挪挪?”

掌柜的说：“让他这么待着吧，头晌醒不了再说。”

小二说：“我这一个菜还没配齐呢，他就放倒了。”

掌柜的叹道：“心里有事儿了，让他睡吧，睡睡就好了。”

酒馆里已经有了进进出出的客人，这下连掌柜的也有些不耐烦了。小二没办法，过去摇他：“佟先生，醒醒，哎！醒醒!”佟奉全抬起头，一双醉眼左看右看，还想趴下睡觉。

“哎！醒醒，佟先生，不能再睡了，我们这儿上座儿了，我给您送家去。”小二不让他再睡下去。

没办法，佟奉全只有坐直了，半天才问：“这是哪儿啊?”

“酒铺子啊！我是连贵。”

“我怎么上这儿来了？我干吗要喝酒？我知道了，我还想喝！小二来酒!”

“不喝了，不喝了，改日吧。佟先生，改日再来啊，日子长着呢！回家吧!”

“家？……家？我哪有家呀!”

“没家总该有个去的地方吧，佟先生，您可别说得那么可怜见儿的，您比我们可强多了。”小二扶着他站起来，“来！说个地方，佟先生我叫个车给您送回去。”

“没地方，别叫车了，我自己走吧！”

二

禄大人从一个铺子出来，在街上走了没几步，从胡同里出来的王财把禄大人叫住了：“禄大人，禄大人，禄大人！”

“王掌柜，老没见了！”禄大人招呼说。

“老没见了，禄大人，您过来一下，跟您说句话。”王财对禄大人附耳几句。

“底价多少？”禄大人问。

“禄大人，这东西叫五万您一点儿别含糊，抱着就走，绝对没有的价！这会儿我告他两万五，他信了，您一定能拿下来！”

“王掌柜，你们不是一起开铺子吗，你干吗跟我说这个？”

“禄大人，您还不明白啊，这东西是他的，跟我没关系，我跟您说……是想骑……”

“我明白了，骑驴，抽佣金！这事儿我在欧洲也干过，明白，放心，到时必有一份儿您的！走！”

“可不能一块儿走，我先回去，您等等！”王财说完就先跑了。

王财悄悄地回来，索巴的那个电话还没打完：“过一会儿就会有一桩大买卖了，你放心，欧斯玛璧红色的，一定给你买！那算什么呀！跟老泰山说说，国外有闲差给我派一个，咱过点儿洋日子去。好！好！晚上六国饭店不见不散！拜哎！”

王财还在打着算盘，索巴捋着头发，吹着口哨出来了。

索巴说：“刚才谁来了？”

王财说：“谁也没来。”

“我怎么听见门响了。”

“我出去了一趟，这刚一眨眼铺子门口卖耗子药的支上摊子了，让我轰走了，这帮打游飞的摆摊也不看地界。”

索巴把盖笔筒的布掀开说：“王财，用不用再问问别家，好有个比较。”

“问也成，问有问的好处，也有坏处。”

“不问了，禄大人来了。”索巴低声说。

果然，禄大人正在玻璃门外往里看呢。索巴大步迎出去：“禄大人，别急，我给您开门，我给您开门！禄大人您请！”

蓝一贵从天合居里出来抖桌布，看着索巴谄媚地把禄大人让了进去，蓝一贵边抖搂东西，边不屑地回了铺子。拿着抖干净的盖布把桌子蒙上，气哼哼地说：“什么东西！”把刚走过来的伙计贵山吓了一跳。

“没说你，说对门的索巴呢！见了洋人跟狗见了屎似的走不动道了！贵山，爷我不是吃了洋人的亏才说洋人的不好，洋人里也有好有坏，可禄大人算是坏人里头掐尖的。他害人，不像有的洋人还有个宗教的忌讳，有信仰，他没有顾忌，下狠手。咱天合居往后，跟洋人做买卖明做，但可不能像索巴那样没皮没脸！记住了？”

“记住了。”

蓝一贵说完涮缸子要往外泼水，一眼瞅见佟奉全头上的绷带快散了，正沮丧地从街上走过。他呆呆看着。

“贵山，贵山你过来看看，那是不是佟奉全？”

贵山跑过来看：“可不是吗？是佟先生，怪可怜的！”

“可怜？你听说什么了？”

“没什么，听街上人说，他吃了挂落了。原本不是他的事，栽他身上了。”

“他活该！贵山，好！这才是报应呢！甭看他表面上是把我救出来了，可我才不念他好呢！没有他，爷我不会丢那个人，现那个眼！我不管他当时因为什么，我的准则是让我吃了亏的人就没好人。也许有我的不是，但我不那么想。哟！来客人了，贵山快给人家开门。”

禄大人放下仔细看过的粉彩笔筒，问道：“多少钱？”

索巴说：“三万五。”

禄大人说：“太贵了。”

索巴说：“禄大人，这路的笔筒哪儿找去？还不是外人的，我们家里祖辈传下来的，没舍得用过，供在多宝槅里当家底儿呢！要不是您我还不急着拿出来呢！”

禄大人说：“是因为我，还是因为密斯马？”

索巴不好意思地一笑：“禄大人您真会玩笑，当然也为密斯马了，我这是为了爱情。”

禄大人说：“爱情与金钱永远是连在一起的。爱情也很贵，要花钱。这样吧，两万，成交！”

索巴摇头：“禄大人，不行！NO！给不了您，我再缺钱也卖不了这个价儿，这个价儿沾不上爱情的边。王掌柜是行家，您问问王掌柜。”

“禄大人您得再添点儿，好歹是个喜兴事儿啊！我们索爷也好不容易碰上个能瞧得上眼的女人。”

禄大人说：“两万一。”

索巴说：“哎哟！禄大人您当我们是要小钱儿的，不好，一千块钱我还值得跟您还价儿吗？两万五，禄大人，您能要就拿，不要咱坐下喝茶！”

禄大人说：“两万五还是贵了一点儿。”

王财此时方显出能耐：“这么着吧，禄大人，您两万五拿走，什么时候觉得不想要了，亏了，您拿回来。索爷不要，我王财加一成的利，两万七千五百块现钱，我给您收回来。您今天拿走，明天拿回来我都给您这个价儿。不是我说啊，索爷开低了，也就是冲着您了，开低了！”

索巴说：“对呀，这不是个至爱亲朋的价儿吗！”

“你们都这么说了，我只有买了。”禄大人说着数银票，“一万、一千、三千、五千，又一万，两万五，我把东西拿走。”

“您拿！您拿！银票我数都不数，信得过您！别急着拿东西走，喝口茶，喝口茶。来来，坐会儿，坐会儿。”

禄大人小心地拿起笔筒走了。

三

佟奉全沮丧地在街上走着，不远处，生子拉着莫荷在飞跑。莫荷一眼看见在街上夜游样的佟奉全，眼泪就快落下来了，对生子说：“生子，你先回吧。”

佟奉全累了，坐在一个台阶上，木然地看着街景。

莫荷躲在暗处，远远地看着他。

佟奉全想了一会儿像是下了决心，叫住了一辆车，坐了上去。莫荷抄小路飞跑，想看看佟奉全到底要去哪儿。左拐右拐绕了几条街，洋车在茹府大门口停住，佟奉全从车上下来。莫荷以为他出于无奈又回到了茹府，莫荷的心好疼啊，有点儿怀疑他那晚上说的话都是真的。她走了几步不死心地回头看看，发现佟奉全并没有去敲茹府的街门，而是直奔茹府对过的小食摊。

佟奉全失魂落魄地坐下。

“哎！佟先生，你吃点儿什么?”

“什么也吃不下!”

老邢半真半假：“想开点儿，大不了把人娶了。”

“爱怎么说怎么说吧，我这会儿要是有一百张嘴说我为了救人吃了挂落了，也没一个人相信。来碗馄饨!”

“别人不信，我信!”

“别说宽心话了，来，帮个忙，把这头上的东西解了。”

“哎！我来！我来！疼不疼啊?”

“不疼。”

“哎！佟先生，这一解开可露了伤了。”

“不碍，绑这个东西更显眼。”

“佟先生我多一句嘴啊，不当的您就当没听见。”

“你说吧。”

“照我说啊，茹二奶奶也怪可怜的。茹安早上来买吃食时说，茹二奶奶昨夜上了吊了。”

“她……上吊了?”

“没死！大半夜人跑人闹的我都听见了。”

“死不死的，那是她的事儿，碍不着我什么事儿!”

佟奉全做梦也不会想到，他四处寻找的莫荷躲在不远处一个卖菜的摊子后边，正偷眼看着他。

莫荷此时心里很矛盾，不知该怎么办。退一步谅解他了，也许生活还会照常走下去，那样的早上，那样的夜晚还会来，可人家会说我什么。即使人家说的不重要，可我内心会有多么大的委屈，一生都委屈。再说了谁又能告诉我，他昨夜说的是不是真话。好吧，倘若我数十下，他不去茹家敲门，我就一切如风吹散。但十下之内，他去了，天意如此，再不想了，就这样吧！就这样！一、二……

那边的佟奉全已把馄饨吃完了，自言自语："我来得不是时候，可不是时候也得进去啊，我的东西还在他们那儿呢！"

老邢问："你说什么？"

佟奉全说："没带钱，欠着吧！"

"走您的吧，一碗馄饨还值一句话啊！"

"哎！有，给您。"佟奉全浑身掏，掏出五大枚铜钱扔在桌上，站起来，慢慢向街对面茹府大门走去。

而这边莫荷正期望地看着他，心里数着：八……九……

佟奉全走到大门前，拍打着那只门环。紧接着，街门打开了。

"嘭嘭"的敲门声变成了一声尖锐的磬声。莫荷眼前的人影模糊起来，泪水流出。"天……意……啊！天……意！"莫荷失魂落魄地站起来，撞倒了前边的白菜摊子，跑了起来。

莫荷跑进家门，靠在门上哭了起来。哭完扑回炕上，稀里哗啦把原来那个要夹走的包袱拆开，再往里塞了些东西，拎着包袱，飞快地出了门。回身把门锁上，把钥匙往门框上一搁，出了街门。

莫荷出门就拦了辆人力车，坐上。车夫问她去哪儿，莫荷想也没想，就说去棉花胡同。

莫荷抱着包袱伤心地流着泪，心想自己该怎么面对良子，搭上她对佟奉全的一份未了情。她无意间望见空中北归的大雁，一下想到了自己在北方的家，她一时渴望马上回到老家。回家去，家中即使没了亲人，那片土地也会安抚她伤痛的心。

莫荷撩开帘子："师傅，不去棉花胡同了，上德胜门外！"

范世荣悠悠地晃回小院，路过西屋门口，习惯地喊道："莫荷！莫荷！"

没人应，随手把门框上的钥匙取下来，开门进屋。范世荣一看床上一片零乱就知道莫荷真的走了。

“走了，走了，真走了。”范世荣把东西摔在炕上，突然喊道，“佟奉全，你他妈的赔我一个妹妹！”

范世荣回到正屋，火也灭了，饭也没人做了。范世荣呆坐着，不知该怎么办，摸起烟来抽，又打不着火，把烟扔了。

“这莫荷去哪儿了？莫荷！”范世荣急得自己在屋里乱喊，以为这样能把人喊出来，“莫荷！”

一个拿着鞭杆的北方汉子进了小院，生子妈正好出来倒水，忙问：“哎，您找谁啊？”

车老板说：“这是七号吧？”

“是啊！”

“有个范世荣先生吗？”

“有啊！找他们什么事儿啊？”

“传个口信儿。”

“您等等啊，我给您叫叫。”生子妈朝正屋喊，“范先生，范先生——”

范世荣从屋里出来，看着车老板子。

车老板子说：“您是范先生吧？”

“我是，有事儿吗？”

车老板子说：“您妹子方才在马甸上了回围场的车了，让我进城给您捎个信儿，她回老家了，说让您放心。”

范世荣说：“回老家了，这是真走了，走多久了？”

车老板子说：“快马大半天了，您想追怕追不上了。”

“我不追，有了信儿就成。来，屋里坐，屋里坐！”

“不坐了，还赶着出城呢！”车老板子说着要走。

范世荣掏着钱，追出去：“等等！拿着，买盒烟抽！”

生子妈站在院子里，等范世荣送人回来，问道：“范先生，好好的莫荷干吗走啊？”

“不知道！”范世荣气哼哼地回了正屋。

“这……这都怎么了，前儿个早上看着还好得跟一个人似的呢，转眼天崩地裂了。生子！快出去，捡煤核去！”生子妈怎么也想不明白。

佟奉全躺在小南屋的床上，望着房顶发呆。

冯妈站在门口劝他：“佟先生，好歹看着人死又活过来的分儿上，您去上房看一眼太太吧！她着急给您赔不是呢！我都来了三趟了，您好歹给个面子吧！”

“用不着！我想自己待会儿！”佟奉全懒懒地说。

“您去一趟再回来待着不行吗？”冯妈又说。

“不去！你让我待会儿！”“哗啦”，胳膊一胡噜桌子，茶杯摔在了地上。

“哟！怎么还摔东西了？得，您待着吧！”冯妈吓了一跳。

佟奉全见冯妈走了，从床上起来，听了会儿，立马把铺板悄悄掀开。佟奉全心里说，我得拿了东西走，我得快走！

佟奉全把地砖又起开了，正要往外拿那只木箱子，冯妈扶着茹二奶奶来了。冯妈说：“佟先生，我家太太来看您了。”

佟奉全赶快把砖盖上，将铺板挪回，定定心神：“我歇了，您回吧，什么话也甭说了，我不想听！”

茹二奶奶说：“佟先生您开门，我跟您说句话。佟先生，我对不住您，您开开门，我……我一定得当您的面赔个不是！”

佟奉全只好过去开门，冯妈扶着茹二奶奶早已站在了门外。

佟奉全从屋里出来：“秋兰太太，事儿过去了，有话明天说吧，我要出门了。”说完也不管茹二奶奶就在门口，把灯关了，径直往街门走去。

茹二奶奶在冯妈的搀扶下转过身，看着佟奉全的身影渐渐模糊，消失。

四

范世荣一个人喝着闷酒。门响了，扭脸看，是佟奉全，正倚着门框，手里拎着吃食酒瓶、点心盒。范世荣喝道：“谁让你进来的！谁让你进来的！出去！”

佟奉全不理他，见屋里没有莫荷，才说：“五哥，我想跟莫荷说句话。”

范世荣说：“跟鬼说去吧，跟风说去吧，跟土坷垃说去吧！这会儿想说话了，你早干吗来着？别放东西，跟你说我还没让你进来呢！”

佟奉全一听莫荷不在，也来火了，越不让放越放，“砰”，把东西放在桌上。

“佟奉全，你他妈的现在我都觉着你是装孙子。跟你说，我这妹妹不容易，没亲没故的，投奔我来了。我原是打算七个老妈子、八个丫鬟子供着她捧着她的，我现在有心没力了，怎么着，交给你了，你他妈的这边掐着花心，那边傍着寡妇，你佟奉全算是浑蛋到了十八层地狱了你！你把东西给我拿出去，从今往后，你不能登我们范家的门！”范世荣说着，抓起东西就往外撇。

佟奉全上手抓住：“五哥，您听我说，您听我说！五哥，您听我说！五哥您也这么说我啊！五哥，您这么说我，说不着，你自己拍拍胸脯子问问，我冤不冤？我冤不冤？五哥，您要是这么骂我，我……我这天底下还能找谁说理去！不是您非要嫁了莫荷，逼着我做张假画，我……我佟奉全能是今天这样吗？我夹包袱串宅门我看人脸，受人短，我辛苦劳累，我至于连带着坐监、被赎，卖尊还情到了今天这一步吗？这会儿了，没一个人信我了，大事上说我是汉奸，小举上说我傍寡妇，五哥，您也这么说我，我……我佟奉全真他妈的是活该了！我活该！我活该！”

范世荣不说了，只顾喝酒。

佟奉全又说：“五哥，这些日子我什么委屈都受了，我原以为我‘委屈’这两个字能冲着您说出来，今儿个您这么一说，我连说这两个字的人都没有了，我可不是活该吗！我活该有今天！”说到伤心处，狠狠抽自己大嘴巴。

“奉全，住手！奉全，住手，住手！”范世荣上去连拉带抱，两个大男人抱在一起哭了。

“我活该有今天，我活该有今天！”

“不说那个，不说那个，五哥对不住你，五哥因为莫荷走了生气！五哥不该怨你，五哥不该怨你！”

“莫荷去哪儿了？”

“回老家了。”

“回老家了，我找去！”

“奉全，别找了，伤了孩子心了。”

“五哥，不找，那我活着还有什么意思？”

“有，有意思，活着本身就有意思。活着，看着，活着，看着。来，把扔地上的东西捡起来，来坐下，喝酒，喝！”

“活着，看着，我冤！”

“活着，看着，别觉着自己冤，我原来什么样啊？大清国一完就差当街要饭吃了，还不是活着，看着？活吧，有意思。奉全，哥今儿喝了那点儿酒，说的气话你可别往心里去，哥给你认错了，人各有活着的道理，哥不该说你。”

“我对不起莫荷，我上围场找她去。”

“要是我就不去了，她要回，自己能回来；她要不回，就追也追不回来。”

“我去！五哥，现在就走！”

“奉全。”

“各人有各的活法，您甭管我了。”

佟奉全站起来出了门，佟奉全心不死啊，连夜去了围场。他要真的找着了，故事可能就不是后边那个样了。他没找着，莫荷自那夜搭了夜行的车后就再没音信，佟奉全在整个围场找了一个多月，那个车老板也问了，说那夜她跟着辆车走后就不见了。

第二十一章

一

一辆来自北方的光板大车驶进琉璃厂大街。佟奉全从大车上下来，付了车把式脚钱，径直往雅集堂走去。晌午头上，没有什么买卖，范世荣正在打盹，一眼瞅见佟奉全进来，急忙站起："哎，回来了，瘦了啊！"

"五哥，回来了。"佟奉全往地上放着各色土产。

"人找着了吗？"

"没有。"佟奉全找水洗脸。

"等等，我给你倒点儿水，先洗把脸，先洗把脸再说吧。"

"整个围场、承德、隆化都走遍了，没找着。"佟奉全边说边洗脸。

"甭多想，孩子命大该没事儿！"

"五哥，莫荷不会在北京吧？"

"不可能，她在北京没亲戚。"

"没亲戚有朋友啊。"

"那她这一个来月了，能不露面吗？不说了，不说了，你今儿个刚回来，五哥给你接风，洗了脸咱上泰丰楼！"

"改日吧，她或许就在北京，不好来见您。我走了，您忙吧！"佟奉全说着要走！

范世荣抢前一步："奉全啊，以后的日子该怎么过还怎么过，吉人天相，莫荷不是那种命短的人，你好自为之吧，能通就走，走一步说一步！"

"五哥，您这话什么意思？"佟奉全站住了。

"没什么，找不着的人咱先不管了，你得想开点儿，就是我妹妹我也是这话，不就是个女人嘛?!”佟奉全想了一下，似乎想说什么，后来还是走了。

佟奉全边走边想心事，突然觉着不对，正巧看到一辆洋车过来，急忙挥手拦住。

佟奉全坐着洋车刚拐到一条胡同内，就见前边围着一大群人，正红红火火地闹结婚呢！车慢下来了。车夫说：“先生，前边办喜事呢，咱要不绕着走吧!”

“不绕，不绕，您停了吧，我下车!”佟奉全下了车，迎着娶亲的人群往前走着。看见一溜的人力车停在路边，佟奉全心里“咯噔”一下，朝一个正在放炮的车夫走过去：“谁办喜事啊?”

“良子!”

“新娘是谁，新娘是谁啊?”

那个车夫边放炮边喊：“问新娘干吗？新娘是个大姑娘!”

几个车夫也跟着起哄：“大姑娘！新娘是个大姑娘!”

佟奉全心里更加疑惑了，踩着炮纸，推开众人往良子那个街门走去。佟奉全挤进小院，看见新娘穿着一身红，蒙着花盖头，端坐在院中央，看那身段跟莫荷没有什么两样。佟奉全一阵心跳加速，实在忍不住了，冲上前，不顾一切要掀开盖头，内心有个巨大声音：是莫荷，是莫荷，你不能，你不能!

有人要去揭盖头了，这可有点儿过分了。大姑娘小媳妇加上十几个车夫都想拦他，哪能拦住，佟奉全发疯似的把人家新娘子的盖头掀开了，新娘惊恐地望着他。佟奉全先还惊讶，接着松了口气，却没想到背后落下一阵棒子、拳头，把他打倒在地。佟奉全始终满脸含笑，嘴里胡乱嚷着：“不是莫荷，谢天谢地，不是莫荷!”

“别打了！别打了！都散开点儿!”一个声音拦住众人。

佟奉全睁开眼，看见了头上戴着新郎帽挎着大红花的良子。

“佟先生，是佟先生吧?”

“是我，良子！是我佟奉全！莫荷找不着了!”

“别找了!”

“为什么?”

“我也找了，听北方来的车老板子说，人死了!”

“什么？……死了……”佟奉全的耳朵里突然有了尖利的蝉鸣，成群结队的蝉们好像都在重复着一个声音——莫荷死了，莫荷死了。那边，鞭炮炸响，迎新娘、拜天地的仪式开始了，人们高声地笑闹着。

佟奉全睡在自己的床上，沉睡着，死了一样地沉睡着。一只手轻轻地给他脸上的瘀伤抹着药，佟奉全醒了，发觉茹二奶奶的脸离他很近，他又闭上了眼睛。

茹二奶奶说：“冯妈，把窗户打开，有点儿热呢，透透气！佟先生，您不愿看见我，就别睁眼，您就闭着眼待着吧。我这是给您上点儿白药，伤得虽不重，可瘀着化不开可不好。”

佟奉全把茹二奶奶又要上药的手挡开，背过身去。

茹二奶奶的药空在手里：“是一个拉车的把你送到这儿来的，赵大夫来看过了，说没大碍，说你心瘀气滞，气迷了心了，给你开了睡觉的药，你都睡了两天了。赵大夫说让人多跟你说说话，让你想开点儿。我有这体会，你要想说就说两句，不想说就甭说，听烦了想骂，骂我两句也成，总之你得发散！”

佟奉全脸朝里躺着，又想起了莫荷，默默地流泪。

茹二奶奶慢慢站起来，肚子更显笨了，慢慢地托着腰往门口走去。冯妈开了门端了药要进来，茹二奶奶赶快嘘了一声，让冯妈退了出去。

屋里安静下来，佟奉全用枕巾擦着泪，心里还在念叨：莫荷死了？莫荷死了!!!

索巴给王财带了许多女人的照片，声称由他随便挑随便拣。王财正仔仔细细地看着，索巴有些不耐烦了，讥笑他：“王财，别光翻来翻去地翻啊，都看了三遍了，挑花眼了吧！”

“我看着怎么都有点儿风尘样啊！索爷，我这可是娶媳妇！”

“什么话呀！什么叫风尘啊，这叫摩登！跟你说啊，想找柴火妞我可找不着，一个都不认识，老土！”

“这……这张还好点儿，索爷这个怎么样？”

索巴差点儿将嘴里的茶水喷出来：“翻了半天，就找了她啊？知道你什么眼力了。行，那就她吧！有两口唱，学过两天的青衣，好打个小牌！”

王财将那张照片挪到不同的角度看着："那我倒不怕，到时不给她钱，她好什么也没用，就是……就是她吧！"

"行，她就有个哥哥，再没旁的亲人了，简单！"

"就是生活上别太随便了就成！"王财对索巴认识的女人实在有些不放心。

"那个能保证啊，一准儿没问题！好玩儿，但不出格，不出格。"正说到这儿，禄大人的脸又贴门上了。

"哟！禄大人来了，您别急，我给您开门。禄大人破里斯，请请。"索巴拉门，禄大人满面白光地进来了。

禄大人坐下："多的话不说了，洛阳的事该办了。"

"禄大人，您别急，那东西就跟长在山上似的，跑不了！"

"我不急，你们就更不急了，合同在这儿，请你们快一点儿！"

"快！可有时想快也快不起来呀！王财，你也说两句啊！"

王财收了照片："禄大人，洛阳我去了，那东西不好弄。"

禄大人鼓励他："心想事成！"

"不是不敢想，东西太大，弄不好毁了东西，再出事儿。"

"我不管，合同在这儿，我很需要！否则我会起诉！"禄大人突然口气一变。

索巴凑到王财身边嘀咕："这洋人怎么这样啊，说翻脸就翻脸！"见禄大人看他，又大声说："没问题，没问题，包在我们身上了。禄大人，不是吹牛啊，只要您钱给够了，您要天上的月亮都给您摘下来，没有办不到的！"说完拿胳膊肘顶顶王财。

王财只好说："放心吧！"

"我已经来过两次了，我不想第三次来还是看到你们的工作没有任何进展！记住了我们有合同。"禄大人说完，起身走了。

二

蓝一贵在玻璃门口看见禄大人从通古斋里出来，拿着苍蝇拍子打着苍蝇："苍蝇可真不少，该安纱门了，贵山啊，你说咱这铺子是不是小了点儿？"

贵山说："铺子大没客人，也着急。"

"铺子大了必然有客人，来逛街的，别家不去，也得来这家。贵山，来人了，开门。"蓝一贵看见来客人了，急忙坐回到太师椅上。

进来个客人，大摇大摆的，看去像个有钱人，蓝一贵却看出，这人不是买主。

贵山迎上去："爷，您进来看看，喜欢点儿什么？我给您拿！"

客人是河北口音："旁的不看，什么青铜、石章都不看，鸡血石也不看，田黄也不看……有龙泉窑的东西我来两件。"

蓝一贵说："爷，对不住，您要的东西，甭说两件了，一件怕这条街上都找不着。"

"开的什么买卖啊，想找个玩意儿都找不见。这是我的片子，"客人拿出一张名片，"有龙泉窑给我打电话啊！我急用，不怕贵，多贵都能要！"

"哎！得了！淘换着一准儿地给您打电话，您坐会儿喝口茶！"蓝一贵没兴致，觉得他是个棒槌。

"不坐了！忙！"客人说完就要走，又回头拿出一沓钱来，"要不要订金？钱咱有，给您留点儿花着啊！"

蓝一贵摆手："不用，不用，玩意儿淘着了再给您打电话。"

"行了，那我不找别人了，我走了。"客人说完推门走了。

"贵山，你看这是个买主吗？"蓝一贵问。

"说不好，有钱！"

"有钱给人看的，真有钱的人不给人看。贵山，不说他了，我还说啊，我想把铺子扩大，把间壁的雅集堂买过来，从这儿打通了，弄个街上最大的铺子。来这条街，谁不往这铺子走啊！"

"怕那雅集堂一时接不过来。"贵山清楚掌柜的心思。

"为什么，想辙总能有办法！"

不能光说做买卖的人不安分，哪一行都一样，谁不想做大啊，谁不想当第一啊。想做大没毛病，可为了做大想着害人可不好。蓝一贵又拿起了苍蝇拍子，追着一只苍蝇，看见门外又来客人了。贵山开了门，这回进来的是一个和善的有几分文雅的男人，看上去有些落魄。

"这位爷，喜欢点儿什么东西进来看看！"贵山招呼道。

"劳您驾了，谢谢！谢谢！谢谢您！"客人很文雅地进来。

“先生，您请您请，请坐!”蓝一贵让座。

“不客气，您瞧我这身衣裳，进您这店也不给您添彩，您还对我这么客气，我得谢谢您。”

“说哪儿的话，坐，坐!”

“那我就告坐了。”

“请坐，进门都是客，我们要光指着衣裳看人，那我可就真成势利眼了，您坐，贵山沏茶。先生贵姓?”

“姓关。”

“在旗?”

“正白。”

“姓关是瓜尔佳氏，可是出过大人物的。”

“这会儿不兴这些了，山崩地裂，江河日下，落魄了。”

“您玩笑了，真落魄了该住粥厂去了，不往这琉璃厂跑。”

“您说得在理，可我今儿来不是买东西，我有件东西要……”

“出手，割爱出让?”

“家传的玩意儿，不到万不得已，实在不想拿出来，给祖宗丢人啊!”

蓝一贵说：“也不能那么说，这是祖宗福荫啊，祖宗福荫。东西带来了吗?”

“带来了，”客人往外掏东西，拿出一龙泉窑的洗子，“掌柜的，是什么东西我说不好，只是听老辈儿的人说是龙泉窑。”

“您放这茶几上吧。”蓝一贵内心话，这不是天和，就是给爷我做局呢！哪有这么巧的事，前脚要货的客人刚走，后脚送货的人就到了。我得好好看看东西，要对就是天和，不对就是做局。蓝一贵也不拿东西，冷冷看着。

客人还是很儒雅地坐着，蓝一贵看出问题了：“关先生，您是不是走错门儿了?”

“掌柜的这话怎么讲?”

“怎么讲？凭理讲。您要是想下垫子，铺路子也该找对了人家啊，”蓝一贵拿起那张名片，“这片子上的人你认识吧，先有人许我要买龙泉窑，多贵都不怕，接着就往这儿送，还有什么落魄的故事，正白旗的世家！你好歹地再多绷两天啊，绷得我快忘了再说啊。做这路局你也不看看字号，怎么着，我天合居好欺负是怎么着？贵山拨电话，找局子里朋友,别让他走了。”

“哎！别别！天合居，您这是天合居啊！真看错了，看错了，该去间壁，间壁，都说您间壁是棒槌，走错了，走错了门了。掌柜的别打电话了，我走！我走!”慌乱之中，客人的痞子相出来了，抱了东西就想走。

“等等！我问你，间壁是哪儿?”

“雅集，走错门儿了，该去雅集！我们换个地方去雅集!”

“是啊,”蓝一贵心中一动,“去雅集你这法子不成。贵山电话别打了，我教训教训他。来，来，你坐下!”

“哎！蓝掌柜的您多指教吧，您多指教。”客人有些不安地坐下，这次只坐了半个屁股。

禄大人推门进了雅集堂，看着范世荣坐在一堆落满尘土的古董中打盹。禄大人抬头看匾：“我今天怎么走到这个铺子来了!”

范世荣嘲讽他：“我也说呢！您走错了门儿了吧?”

禄大人用英文说：“范先生，我看了这一条街就您的铺子没什么起色，开和不开一样！用不用我照顾照顾你?”

“不给您脸，禄大人我没钱的时候想让您拉拔我一把，您不伸手，这会儿我好歹有口吃了，您还上这儿来挤对我，您可是蹬鼻子上脸了。我有没有买卖碍不着您英吉利的事儿吧！您是客人我没法轰您，可话说头里儿啊，这屋里的东西不卖您。全世界就你禄大人一个人我不卖!”

“范先生，你这种人就不该让你翻身，我看你的铺子也开不了多少天了，你不像做生意的人!”

“你太像做生意的人了，再说像不像的也不是你说了算的，我没买卖我爱在这儿坐着，我乐意!”

“我是为你好!”禄大人说。

“谢谢！你自便吧!”范世荣又眯上了眼。

三

茹二奶奶坐在门口的风凉之处，肚子越发明显了。茹二奶奶望着空空的院落，听着墙外悠长的市井之声，又瞅了一眼小南屋：“冯妈，佟先生这几天都没出屋吧?”

冯妈在内间边叠床边说：“没瞧见，可上茅房怎么也得出来一趟啊！只是出来就进去了。”

“按理说这阵子我该撕心裂肺地闹才对呢！可我自己都觉得奇怪，也不怎么着，自己哭着哭着，看见旁边有一个人比自己还不幸，就不想哭了，好像哭得没有别人有道理似的。”

“按我话啊，这么大岁数了，都不值当的。”

“什么叫值当啊，这么大岁数怎么了，一辈子能肝肠寸断一次不也是种体验吗！没什么值当不值当的。”

“吃不上饭的时候才肝肠寸断，吃饱了就不断了。”

“冯妈，人家谈风月，你在说窝头，煞风景！不跟您说了!”

冯妈却有些不肯服输：“风月这东西啊，是比窝头境界高，可没窝头实在。不说了，太太您坐这儿可别受了风啊，回屋吧。”

冯妈扶起茹二奶奶，正往里走，突然听到“砰”的一声脆响，茹二奶奶身子一激灵：“冯妈，这是怎么了?”

冯妈说：“像是南屋的动静。”

茹二奶奶下意识地看看小南屋：“佟先生不会出事儿吧？快去看看，快去看看!”茹二奶奶推了冯妈一下。冯妈松了手就跑向南屋，茹二奶奶慢慢走向门口，扶着门框担心地看着。

刚才佟奉全拖着虚弱的身子起来了，还想挪床板拿那只尊，人躺了几天真是没什么力气了，挪了一下门板，没拿稳，“砰”的一下把门板弄翻了,正在地上坐着喘气。冯妈推门进来了：“佟先生，佟先生您这是怎么了?”

佟奉全掩饰道：“没事儿，没事儿，坐偏了摔着了。”

“看看，可得在意点儿！来，我扶您，我扶扶您!”

冯妈正扶着佟奉全往起站，茹二奶奶挺着大肚子进来了：“挺稳当的床怎么摔了呢？佟先生，您可不能想不开!”

冯妈给这句话吓了一跳。

佟奉全：“秋兰太太，谢您惦记，不是那么回事，真就是坐偏了，寸劲儿了，我……我可没往那儿想呢!”

茹二奶奶一直眼睛湿湿地瞅着他："佟先生，您要是好点儿了呢就出门下地走走，一个人总闷在屋里也不是个事，心里有什么郁闷的就说说，千万不能总一个人待着。我是那么过来的，这情境我明白。"

冯妈也说："对了！去上屋吃晚饭吧，也好有人说个话。"

"冯妈，受累咱把床板搭上。"佟奉全更惦记盖上那块砖。

"让茹安弄吧。冯妈新买了五月的桃，您过来尝尝吧。"

"对，对，让茹安弄吧，好久没在一块儿了，咱说说话。我扶您一把。"

"不用，我自己走！"佟奉全回头看了一眼那只盖尊的砖，见确实好好的，这才舒了一口长气。

茹二奶奶和佟奉全都在堂屋里落了座，冯妈洗了桃子，递给两人。茹二奶奶看着一脸伤感的佟奉全，心里更有了几分同是天涯沦落人的亲近。

"佟先生，不知道你小时是怎么吃的桃。记得我也就五六岁的时候，家里院子里有棵桃树，原本是看花的，不想有年意外地结了几个拳头这么大的桃子，我天天盼五月槐花香，五月槐花香着桃子长大变红了，好摘下来吃。我家里有姐姐也有妹妹，我盼着它长，人家也盼它长啊！有一天我实在地等不及了，非让家里的老妈子把桃子摘了下来，摘下来我就揣怀里了。谁知那东西那么扎人啊，弄得我一身的刺痒，越痒越出汗，越出汗越刺痒，弄得桃子没吃成，去看大夫了，打那儿就怕吃桃。佟先生，您吃，您吃！"

"事儿就是这样，想着，盼着，等着，未必能等来好结局。"

"真是这么个理儿啊，可不是吗？好事也不是盼来的。"茹二奶奶看着佟奉全，"怎么样，有点儿鲜味儿吗？"

"鲜味儿尝不出来了，是个桃味儿。"

"佟先生，按理说您这会儿正不遂心呢，有的话我不当说，可不说呢，事儿就总也过不去。说话、聊天就跟解绳子疙瘩似的，解着解着就开了，顺了。佟先生，您吃着您的，咱就跟家常话一样地说着、听着，可有一句话说在前头，对了错了，都不许动感情了，好不好？"

"您说吧。"

"佟先生，打瑞家来闹到现在了，有一个多月了，我还没当着面谢过您呢!”

“有什么可谢的，事儿我都忘了，不说这个。”

“您忘了，我可没忘。先是我那么闹心的时候，您一句话一句话地宽我的心，没您那些话我挺不过来，这该谢您。再有瑞家人来闹，没有您我死两回都不多了，您给我护住了，您救了我两条命，我更该谢谢您，这是二。”

“都过去了。”

“您听我把话说完，为了救我您吃了多大的挂落啊！最不该的是把自己的事给搅黄了，这我说什么都不恰当，我该跟您赔罪，赔大罪，我拿我的命赔您都赔不起。佟先生，我不是不想死，我对不住您，我想以死来赔您，可我没死成!”

“秋兰太太您可不能这样！您……”佟奉全这才望了茹二奶奶一眼。

“说了不动感情的，我倒……佟先生您……”

“秋兰太太，咱不说了吧，我都知道了。”

“佟先生让我把话说完。如果人这辈子过得不好，上苍允许他再重新过一遍，前边三十多年就是还那么过，我都不怨恨了。守十五年活寡，我都不说自己苦了，可我从瑞家门出来就这么一段，我想重新过，我要重新过一过。吃了这么多的苦，我才知道什么是好人，什么是歹人了。佟先生您是大好人，这天底下要是没您，我早就不想活了。佟先生，我可是对不住您了!”

“秋兰太太，您千万别这么说了，凡事都是赶上了，该着。我是什么人我知道，您这边的事我是赶巧了，其实我害了人了，我害了人了我活该！秋兰太太，这些事儿咱不再说了，赶巧了，赶上了，跟我这人没关系，我有多不是东西我知道！我对不起莫荷，我对不起莫荷，我……”佟奉全垂头抹泪。

冯妈劝他：“佟先生，说好了不动情的，您可不能这样!”

“说说吧，说说也好！都是我不好!”

“秋兰太太，莫荷一死，我这一辈子都欠人家的没法儿还了，欠一辈子了!”

“您不在的时候，我们也去了范家，没别的，想跟人家姑娘说明白了，您吃了挂落了。可人走了，范五爷说人走了。佟先生您说句松快的话吧!

您这一难受，我就更觉对不住了，不单对不住您了，也对不住人家姑娘。”

佟奉全一看茹二奶奶又大哭起来，就忘了伤心，劝道：“秋兰太太，可不能动了情了，看伤了胎气了。您别哭了，事儿都过去了，不哭了，好歹的咱还得往前看，不哭了，往前看吧！”

冯妈抹着眼角：“对！事儿都过去了，谁也别哭了！”

“这些个事儿，真是越想越想不通，我只觉着只有两个字——该着！”佟奉全又开始长叹。

“到了这会儿了，您这二位说说、叙叙，说敞亮了，哭明白了，可也不是该着吗？该着，该着！太太，这么着吧，我上馆子里叫点儿菜吧，咱今儿不做了。今儿看着您二位说得这么交心，该高兴，该高兴！”

茹二奶奶含泪笑了：“好主意，给佟先生叫个啤酒。佟先生，话到没到的，从今天咱什么也别想了，就当重新过日子吧！”

“该着！我该着！”佟奉全只管悔恨地说着。

四

王财听从索巴的安排，将那个照片上的女孩子红娟带进了一家旅馆，包了个房间。一阵颠鸾倒凤，王财便没了兴致，不高兴地点起烟，抽，再抽。红娟看着王财的样子也生气了：“怎么着？这是到了手了，一个‘好’字都没有啊！”

王财把红娟伸来的手扒拉开：“跟你说我要娶的是媳妇，我可没工夫跟个二手货吊膀子。”说完要穿衣裳。不料红娟杏眼圆睁：“怎么着，这是念完经了打和尚啊，吃完了食了摔盘子啊，想甩手啊，没门儿！”上来拉扯王财。

两人正在撕扯，门“砰”地被撞开了。一个中年汉子带着几个警察冲了进来。“臭贱货真的让我逮着了！警爷，您看清了，这小子勾引良家妇女！”中年汉子气得嘴唇都哆嗦了。

警官说：“带走！”

王财穿着衣裳问那个中年汉子：“等等！你是谁啊？”

“我是谁？她是我媳妇，我是谁？我还想问你呢！”

两警察上前押人，王财这才醒神：“等等，问一句，谁的主意，是不是索巴？哎，你给我说清是不是索巴，你个王八蛋，你做局害我不得好死！”

范世荣正坐着喝茶，门口有人推门。范世荣坐着不动：“使劲儿，推。”那人推门进来，是个很精干的军人。进来给范世荣行了个军礼：“掌柜的您好！”

范世荣也赶紧挺挺胸脯：“哟！哟！军爷您好！您好！坐坐！我们这条街上正经穿官衣的可少见，坐啊！坐！”

“掌柜的您贵姓？”

“免贵姓范。”

“范掌柜，那我不客气，就坐了。”

“坐坐，到这儿了您是客人，我得侍候您！”

“谢谢！”

“不兴这么板正啊，不兴这么板正。放松，说话也别那么高腔大调的，聊天，随和着，随和着，放松！”

“行！那我就放松了。”

“您放松，越放松越好，铺子就是个放松的地方。贵姓啊？”

“关明久，现为九十六军上尉副官。”

“关副官，您到这儿是想选点儿什么呀，还是随便看看？”

“范掌柜，我在这条街上站了一小时了。”

“干吗呀？丢东西了，还是等人啊？”

“都不是。我看了一小时，看哪家铺子没人进。”

“就这个啊，说我买卖不好我可不愿听！”

“您买卖好不好的我不管，我是怕客人太多的铺子乱，选个客人少的。”

“您这是要干什么呀？”

“范掌柜，我请示一下，现在能不能把店门关上？”

范世荣觉得事出有因：“关，关就关吧！”

“范掌柜，现在战事频乱，人心浮动，而军人更觉朝不保夕，我一介武夫，当此之时，许是今天在您这儿说话，明天就在土里安眠了。”

“您可别说得那么吓人，咱都差不多，有一天过一天吧！”

“范掌柜，那我再放松点儿。”

“您放松，放松，放松了说。”

“怎么说呢？您知我是总司令的贴身副官，长年跟着走南闯北，见过很多大人物，也见过很多了不起的东西。”

“那是，总司令这在以往就是王公贝子一级的护国公，可了不得！你说，有什么东西想出手，割爱，转让，开门见山地说！”

“范掌柜，您果然厉害！您把我最放松的话一下说出来了！我不藏着了，范掌柜，真正的釉里红官窑的东西，总司令没见过，太太去南方时落下了，越想藏的东西越容易忘，丢了，您懂吗？丢了，就是没人要了，在我这儿了。”

“打算多少钱割爱？”

“范掌柜，我问过了，人家说五万都是最小的数了。”

“釉里红的东西，按理不贵，可我要是五万收了就没利了。”

“我不要那么多。”

“打算要多少？”

“一半儿，两万五，但要快，三天之内，我要离京，三天之内必须成交！现钱！”

“我得看东西。”

“今天晚上，给您拿来。”

“行！我晚上候着你。”

“我给您留下电话。”关副官写下一个电话号码。

这时门口一个卫兵模样的人，趴门往里看着喊道：“关副官，关副官！”

“来了，来了！范掌柜的，告辞了。”关副官立正敬礼。

范世荣送出门，见一辆军用吉普停在门口。卫兵给关副官开了车门，关副官上车，回头跟范世荣挥手告别。

范世荣也对着他们抱拳拱手。

索巴正在通古斋的账桌子前翻东西，门一响，见范世荣拿着电话号码进来了，索巴吓了一跳：“哟！五爷，少见啊！”

“我打个电话。”

索巴遮遮掩掩地坐好："您打！您打！用不用我给您拨啊？"

"不用，不用，自己拨。"范世荣根本不理他，去格子里拨了电话。"喂！哪里？集团军司令部？我找关副官。出去了？好，知道了。"范世荣把电话挂了，看看电话条走出来。

索巴还那么坐着："五爷，有事儿啊？"

"没什么事，找一个司令部的朋友。王财呢？"

"五爷，王财犯事儿了，睡了人家的老婆给关了！"

"好，真出息！"范世荣刚要走，又站住，"索巴。"

"五爷，有话您说！"

"你这儿有能转得开的钱没有？"

"多少啊？"

"两万五。用两天还你二分的利！"

"没有，爷，王财把铺子给开亏了！"

范世荣点头："得！那我走了。"

范世荣从通古斋出来，过街，边走边想，我……我这儿是上哪儿找钱去啊？这空我不能落了。都说我买卖不好，我这回做把大的让他们瞧瞧。一眼看见天合居的蓝一贵在玻璃门里看着他。范世荣不屑地扭回脸，走向自己的铺子。

太阳很好，茹二奶奶在抱厦下边晒太阳，小南屋里又传出一声脆响。茹二奶奶对冯妈说："哟！怎么又有动静啊？冯妈你听见了吗？"

"南屋，佟先生那儿！"冯妈不听也知道。

"好像又是铺板的声儿。佟先生干吗总挪铺板啊？"

"怕是支得不结实，太太，我把那些东西都摆好了，您看！"

"不忙，等他出来。"茹二奶奶的话刚一落音，佟奉全从屋里出来了，出门把一簸箕土倒在葡萄架下，招呼道："晒太阳呢？"

"啊！晒晒，佟先生您过来坐坐！冯妈沏茶！"

"哎！不用忙，我坐坐，坐坐。"佟奉全过来坐下。阳光暖暖的，院子静静的，两人默默的。

"晒吗？"

"晒晒好。"

“这时光，要是停止了不动，该多好！”

“秋兰太太，总想着它，它就不动了。”

“您说得也有趣！佟先生，要搁着外人看，就这个院子，就我这身子，您在旁边坐着，像不像一家子？”

“外人终归是外人，外人看着像。”

她伸手给他：“那这么说，人家外人也没冤你？我这是开玩笑呢！佟先生你扶我一把，来扶我一把，咱进屋看看。”

他扶住她：“看什么？”

她看着他说：“进来吧，看见你就知道了。”

第二十二章

一

茹二奶奶挺着肚子，佟奉全跟在后面，进了堂屋，一眼看见当间八仙桌上摆了一堆名贵古玩，有瓷器、有字画、有玉器、有青铜小件……佟奉全看着一桌子的东西，黯淡多日的眼睛亮了。

“来，扶我坐下。佟先生，您还没看过这些玩意儿呢吧？”

佟奉全扶着茹二奶奶坐下：“秋兰太太，没有。”

“银行里存的玩意儿，拿出一多半了，佟先生，都给你。”

“我……我不要！”

“听我说，也不白给你，开个铺子，咱做生意，过日子。”

佟奉全吃惊：“咱……？”

“咱，佟先生，我……我这儿不方便就不给您跪下了，我求您，我这孩子要生了，我实在不愿看着他生出来没爹！再有原来您心里有人，我不能强求您，这会儿人……没了，你这挂落已经吃了。佟先生，我各种各样赔您的招儿都想了，赔不了您。佟先生，这该是缘分了吧。佟先生，您是好人，我这儿求您了！”茹二奶奶那么不方便也跪下了。

“秋兰太太，可不敢，可不敢！”佟奉全赶紧去扶。

“这回您不答应，我不起来！您给个话儿，答应娶我吧！您不给个话儿我不起，我不起！”

佟奉全急着把茹二奶奶扶起来：“我……我答应什么呀？”

还有什么可说的，佟奉全像是掉在了命运织的网里了。佟奉全是个普通人，一个普通的人现在几乎没有什么理由再不答应了，答应的理由也不用说得那么崇高，什么为了人家的孩子呀！为了茹二奶奶呀！为了开店呀！为了……一条理由也不用找，网就是网，佟奉全此时只有入网。

范世荣静静地坐着，灯很暗，“嚓”地划火抽烟。外边车响，有人敲门。范世荣说：“进来吧。”

关副官进来：“给范掌柜行礼！”

范世荣客气：“坐，坐。不兴那么板正，坐。坐车来的？”

“坐车。”

“傍太克斯！”

“哟！您怎么知道的？”

“四缸，听声儿就听出来了。”

“范掌柜，您……您还真……”

“谁没年轻的时候啊？我那会儿傍太克斯、欧斯玛璧都玩儿过。”

“就觉着您不像个开买卖玩意儿的，不像这条街上的人！”

“我像干什么的我自己知道，其实我是什么都不像，当惯了闲人了！”

“闲人可不那么好当，那得多大的心才能盛下一个闲家啊！不闲还没有味道呢！”

“别玩笑了，这会儿您不说我是个要饭的，我就念您好了。说多了没见识，把东西拿出来吧。”范世荣嗓音里都透着高兴了。

关副官慢慢地把东西掏出来：“范掌柜，您要不要都没关系。这东西给别人看，看不出个好来，宫里的玩意儿，再做不出来了。您看着啊，我给您说说，东西是怎么得来的。徐世昌知道吧，徐大总统，有一阵子也去天津了，在天津的园子里待着做寓公了，说是收山做了寓公，其实心根本就没收……”

范世荣把灯捻亮，仔细看着一对釉里红瓶子，半天才放下。

关副官还在讲故事：“我先喝口水，您接着听。原来是大太太瞒着老爷，想私藏了的，谁知一着急往南走，反倒给忘了啊，这一忘不要紧……”

“行了，别讲了，为这对瓶子你都快说了一晚上书了！这玩意儿要有耳朵，它都该听烦了。”

关副官：“范掌柜，您真会说话，损人！”

“东西好，一句话不说它也是好玩意儿；东西不对，说出个长篇小说来也没用！”范世荣把东西放下。

“范掌柜，这东西……”

范世荣等了会儿：“东西对，我留下了，可我没钱！”

“范掌柜，您这是拿我们打镲了。您能没钱？”

“你容我两天。实话说吧，到时我找个下家给你出了。”

“不行！我后天就走了。”

“容我一天。”

“到时您要是不要我可就砸手里了，对不起，不行！范掌柜，话说回来了，您没钱有什么呀？”

“除了这个铺子什么也没有！”

“范掌柜，要不您把这铺子押给我吧。”

范世荣一惊：“你后天就走了，要押着个铺子有什么用？”

“范掌柜，说您不是个买卖人，您就不是。我当然不要这个押着的铺子了，我可以把这抵押文书变现钱去啊。这铺子在明处，那可比瓶子好卖吧，您想想！”

这时，外面有人敲门。范世荣问：“谁啊？”

“五哥，是我，奉全！”

关副官面色一变。

“不碍的，我一朋友。”

范世荣飞快地把东西盖上，站起开门：“奉全啊，有事儿吗？”

佟奉全这才看见客人，说：“哟，您这儿有客人啊。”

“你先上悦来酒馆等我吧，一会儿完了事我就过去。”

“行！那五哥您可一准儿过去，我走了。”佟奉全走了。范世荣刚把门关上，心里才开始犹豫，该让奉全掌一眼。

“来的也是个行家吧，要么您再让他瞧瞧？”关副官赶紧说。

范世荣反而拿架子了：“用不着，他是个买卖人，我打小使这东西，看得比他实在。你刚说什么？押铺子？”

“您要不乐意，就当我没说。”

“有什么不乐意的，押。”

文房四宝摊开了。买卖就是这样，鬼使神差的一般。一个心定下来，就赶着往那个失败的道路上走，其实想想也有其必然。范世荣一直地让行里人看不起，他这会儿想独门独户地做一桩惊天动地的大买卖，有了想法，做起事来就不自然了，那还不跟着人往沟里奔吗？

二

王财躺在牢房的草堆里，有人拿灯笼照着，小声喊他："王掌柜，王掌柜！"

王财醒来，已经听出是索巴，赌气不抬头："有话说，有屁放！"

"小子，怎么着怄气了？有本事你别贪色啊！"

"什么东西，跟自己的朋友玩儿仙人跳！"

"我不是好东西，我知道。王财你是个好东西呀！看着别人有买卖了中间骑我一道，别以为我不知道！禄大人可是笑话咱中国人自己蒙自己了！你他妈的是好东西？你比谁都坏，蔫儿坏！你小子坐起来好不好，你要不起来，我抹头就走。"

王财到底坐起来了。

"什么都甭说了啊！甭这么傻坐着，痛快点儿，想不想出去？"

"想！可不想承你的情！"

"多他妈的没见识啊！你怎么跟那些酸文人似的，我用你承情？跟你说，有什么恨，有什么仇，都记禄大人身上，我犯不着跟你这么恩怨情仇的，不对份儿！想出去是不？"

"是。"

"早说不结了，斗心眼儿也好，斗机锋也罢，人得服软。牢头，拿钥匙。王财，这锁可是我索巴给你打开的，不用你谢，你想恨就恨。一句话，不白让你出来，交易，你出去可得办事，不是给我办啊，是给咱俩人办！"

警官将锁打开了，索巴说："请吧，王掌柜！"

索巴把王财从牢里领出来，直接去了聚丰楼，点了满满一桌子菜，有荤有素。索巴拿出一件长衫，递给王财："赶紧换上！"

王财赌气："不换，有什么话您说，回头我洗个澡去！"

"跟你说啊，你要这德行，我可还把你送回去啊！"

王财不说话了。索巴一看震住了，接着就往外亮钱。一箱子银圆打开了，撕开一包都是光洋。

“一千五百块，你拿着。”

“干什么事儿？杀人我可不干!”王财清楚，索巴的钱那是狗嘴里的骨头。

“杀人用得着给你这么多钱？想什么呢？跟你说啊，洛阳的事，禄大人催了，抓你是他的意思，放你也是他的意思，不为别的，给你点儿颜色看看。王财你别不高兴，换了我也一样，这事儿漫说人家出了钱了，就是一分不出，咱也得做!”

“凭什么折腾我啊？”

“这话你问点儿上了，你有能耐啊！你懂行啊！你去过一次!”

“炸石窑用不着能耐，那是玩儿命!”

“不玩儿命给得了这么些钱？”索巴说着又掏出一把银票，“瞧好了，五万，回来你六我四咱俩分了，你六哎！小子，够你娶仨媳妇的。”

“那可是佛像，我怕遭报应!”

“你还想得真长远，跟你说啊，一条道，不去也得去！去了回来拿钱，不去街上捡命。我跟密斯马有约会，不陪你了，你自己吃吧。”索巴站起来走了，把银箱放在桌上。

王财呆呆地看着，“啪”地把箱盖儿一合：“小二！上酒!”

佟奉全有点儿喝多了，两眼迷离地望着范世荣：“五……五哥，我不是因为喝了酒，说酒话啊……我要是知道莫荷埋在哪儿了，我……我刨个坑活埋了自己，我跟她躺在一块儿去！我跟着她一块儿死，比活着舒心，我……您别笑话我，我……”

“呸！我听着都烦了。”

“五哥，我对不起她!”

“对不起又怎么的？莫荷死了，你说这话，她听不见了。莫荷要是没死，你这不是咒她吗？不说这个了，你想怎么样，用不着跟我表白，你要真是过好了，我代莫荷说一句，她也高兴!”

“是这话吗？”

“我是她哥，当然是这话，我说了算!”

“五哥，您大度。”

“我都这样了，犯不着在你这儿大度！你不欠我的，该怎么着怎么着吧！都不容易，算是成全人家母子俩了呢，权当救人了！权当救人了！”

“五哥，您……您这是给我台阶下呢！五哥，我谢您，我给您磕头！”

“起来，瞧你这出息。奉全，你是好人哪！怎么叫过日子啊？日子就是一天一天地挨过去的，挨过去一天是一天，挨过去一天多一天，这就叫过日子！别想那么多了，活着吧！”

茹二奶奶身上盖着毯子，坐在躺椅上。冯妈给她烫脚，烫完捞出来要擦，茹二奶奶说：“冯妈，我来吧。”

“可不敢，您那么重的身子够不着，我来，我来。按理这会儿该是男人给洗的，那么一洗心里别有一番的味儿！”

“冯妈……”茹二奶奶心里有些不是滋味儿了。

“不说了不说了。”

“他……他这算是答应了，还是没答应啊？”

“谁啊，佟先生啊？没说不成，可不就是答应了吗。”

“他……他要是答应了该有个明白话啊！”

“太太，您别那么急，这可跟买块豆腐不一样。佟先生，咱细想啊，算是一步一步挤对到这儿的，说好听的算是命，他怎么也得拿个架子想想啊！没说不成，您就放心吧。”

“冯妈，他要是应了，咱……咱们这婚事儿还办不办？”

“不办算什么呀！当然得办了！”冯妈一脸认真。

“我这身子，再吹吹打打地办婚事，那不是让佟先生难堪吗？一个两个不说，一群人的嘴你还拦得住吗？佟先生怕……怕受不了吧？”

“那倒也是，我还没想过这事儿呢。要么问问佟先生？”

“甭问，难为人家。我倒有个主意，咱们把铺子开张和婚事连一块儿办了，两好归一好，借铺子开张的喜兴劲儿，把婚事带出来，跟大伙儿说一声算过去了。到时就说铺子开张，女家出来不合规矩，我就算躲了。我躲得也合理，热热闹闹地就把事儿遮过去了。”

三

一阵噼里啪啦的鞭炮响，阅汉堂的匾额被吊了起来。大红团花取下，佟奉全披挂整齐站在门口迎人。一位鹤发童颜的老人扬脸看着匾额："阅汉堂，好名字，谁的字啊？"

佟奉全说："冯老，您请，这是前清的状元和适章题的。"

"啊！好好！算块好匾了！好字带着好运就来了！"

佟奉全扶着他上了台阶："您慢点儿，您慢点儿！"

又过来一位客人，离老远就嚷道："佟掌柜，听说是双喜临门啊！"

"齐大人您好！您好！双喜！双喜！您真给我捧场，谢您，您后边请。"

"双喜好！双喜好！有一喜就不错，双喜更好了。哎！新人呢？让我瞧瞧！"

"铺子开张，不方便，还没出来呢！您后边请，后边院子里流水席。您请，您请！"佟奉全说。

蓝一贵迈着八字步过来了。

佟奉全不卑不亢地说："蓝掌柜，您来了！"

蓝一贵说："邻居开出买卖了，我能不来吗？"

"谢您捧场，您请后院。金海，把蓝掌柜迎到后院主桌！"

阅汉堂后院，摆了十几桌席面，已经坐满了人，忙着喝酒吃菜。司仪唱道："各位来宾，洪泰齐掌柜送的喜对！"

众人嚷道："好！好！喝一杯！喝一杯！"

司仪说："佟掌柜的来了！佟掌柜请！佟掌柜请啊！"

佟奉全端着酒过来："各位老少爷们儿，叔叔大爷们，阅汉堂佟奉全给几位老少爷们儿、至爱亲朋敬酒了。第一杯我先喝了，容我说一句话。我佟奉全在咱琉璃厂这条街上，风风雨雨的，摔倒了爬起来，爬起来又摔下，总之连泥带水的，丢人现眼的，都没离开过这条街，你们比我自己看得清楚！我……"

蓝一贵说："那是！"

佟奉全又说："大家瞧瞧，蓝掌柜认我这话儿。今天我这买卖开出来了，往后还得望大家照顾，我佟奉全有什么做得不到的，年长的师伯、师叔们，什么也甭说，进门就抽我嘴巴，我认，岁数小的当街骂我，我也认！总之我有什么对不住大家伙儿的尽管说，我这是傍着大家伙儿发财呢！来喝一杯！谢大家伙儿了！"

众人忙着喝酒吃菜，蓝掌柜却按兵不动，站起来了。

司仪说："大家静一静，蓝掌柜起来了，有话要说呢！"

众人鼓掌。

"什么话，我起来了，我这起来要是去上茅房呢！"蓝掌柜出口不逊，众人静场了。

佟奉全坐着不动，听着。

蓝一贵又说："既然想听我说话呢，我就说两句。今儿这铺子开张，那就是高兴的事儿，对不对？开张听着总比关张好听。我是个买卖人，爱讲个实话，佟掌柜的是什么人啊，咱这条街上最能耐的一位，别人我不服，佟掌柜的我服气！"

众人鼓掌欢呼。

就这工夫，范世荣到了。

蓝一贵笑着说："都说佟掌柜的今儿个是双喜临门，开张挂匾带娶亲结婚。多好的事儿啊，寻寻常常的人一辈子能办成一件，就算是个了不起的了，人家佟掌柜的一天两件事都给办了！老几位的说说，他能耐不能耐？"

众人大笑："能耐！有本事！"

"蓝掌柜，蓝掌柜，您……您……"佟奉全怕他说出什么来。

蓝一贵说："等等，我话还没说完呢！老几位哥哥兄弟们，咱这会儿匾是看了，铺子也恭贺了，这会儿该把新人给请出来了吧！两好算一好，那一好不出来可瘸了腿了！"

众人高喊，起哄："看新人！看新人！看新人！"

范世荣独自喝着酒，跟那些买卖人格格不入。

佟奉全站起来："大伙儿听我说一句，蓝掌柜说的话就是中听，一说就说到点儿上了，看新人，也看我热闹。说心里话，我佟奉全昨夜之前，怕这一出！什么原因我不说了，你们心里清楚。可我又想了，天底下的事儿，不是怕它就能不来的，有蓝掌柜这么热心的人，你什么事儿能躲过去啊？再说了，既是结婚，我就大大方方地结，没什么可躲的。所以呀，蓝掌柜这么一提倒是让我少说话了，司仪，我替您喊一句：迎新人！”

司仪说：“迎新人啊！”

众人先是愣着，继而鼓掌。

“哗”，旁边屋子的隔扇打开了，一群丫鬟都大红大绿的，连冯妈也喜气洋洋的，簇拥着凤冠霞帔的茹二奶奶出来了。

司仪说：“迎新人，新郎、新娘拜天地了！”

众人欢呼：“拜天地，拜天地！”

蓝一贵说：“等等！好事！真好啊！这新人一出来呀，我觉着双喜不够了，还得加一喜！佟掌柜您可真有能耐，我算是服了您了！大伙再听听我说这一喜啊，有没有个缘由？”稍停，拿关子喝酒，“酒我喝了，佟掌柜还有一喜我必要贺你，要么您得挑我理儿！”

佟奉全不端酒：“有什么话尽管说！”

众人说：“说吧，说吧！”

蓝一贵说：“我说这双喜之外还有一喜，佟掌柜您不单娶妻了，说话还得子，算不算一喜，算不算？”

众人的眼光都去看身子很重的茹二奶奶。茹二奶奶手里拿着一头的红绸子站着，众丫鬟、老妈子也都挑剔地看着。

场面一时有些难堪。众人起哄：“对啊！噢，三喜！三喜！可不是三喜临门吗！喝酒！喝酒！佟掌柜喝酒！佟掌柜喝酒！”

佟奉全手有些抖了，心里跟自己说：大喜的日子你可不能急。不急，这口气怎么往下咽啊！他哆里哆嗦地把酒杯端起来：“我……我……我喝！”

范世荣看不下去了：“等等！这杯酒，等会儿再喝！”

蓝一贵说：“范五爷！”

“您这会儿叫我五爷，我不敢当了。这要搁着十几二十年前，大街上见了面你要叫我声爷，我应不应你还不一定呢！为什么？你小子不对份儿！如今是民国了，大清完了，我范世荣落魄了，我认，你叫我五爷我只有应着，可我他妈的从来就看不起你，什么东西！”范世荣气得把杯子摔了。

蓝一贵指着范世荣说："你！"

范世荣说："米，米在锅里呢！你小子现在敢指我了？按理说这么个乱场子，你拔份儿也就让你拔了，可今儿个我实在看不下去了！怎么着会欺负人了?！知恩不报也就算了，非要按脖子让人吃屎啊！奉全今儿个是本主，不好理你，今儿该着我当回青皮要出这个头。你小子站起来！知趣的，蔫不出溜地给我从这门里出去，省爷我动手了；不知趣，爷我今天豁着不对份儿，让你小子扬名了，爷我要使把子力气把你从这儿扔出去了！"

"哗"，范世荣就把上衣脱了，呼呼在手上一转。

"哈哈！五爷，您真威风，我……我打不过你，我不是东西。我早就想走了，走啊，走！"蓝一贵站起走，这一喊真就有人起来要走。

佟奉全着急了，盖着盖头的茹二奶奶更是着急。

"谁也别动！让他走他的，都坐下，我这是冲一人不是冲大伙儿，大伙该喝酒喝酒，该热闹热闹啊！新郎、新娘拜天地了，吹呀！"

乐队这才反应过来，一齐吹打起来。司仪唱道："新郎、新娘拜天地了，拜天地了！一拜天地，二拜高堂，夫妻对拜！"

堂屋里布置得焕然一新，已经成了洞房。佟奉全和茹二奶奶相对坐着。佟奉全低头不语。

"让您委屈了，早知这样我不出去了。"

佟奉全笑笑："挺好，我高兴。"

"你要不高兴，我也不怨你，从今往后，咱得说心里话。"

"说心里话要管用，我天天说。心里话，心里话是自己说给自己听的。"

"你……你真觉着委屈了，你……你骂两句也成。"

"不委屈，秋兰太太，不委屈！"

"叫秋兰吧，你这么着咱……咱可不像夫妻了。"

"秋……兰，我扶着您先躺下吧，我出去转转。"

"你不用管我，你转去吧。"茹二奶奶鼻子酸酸的，眼泪直转，强忍着。

"那我叫冯妈侍候您。"佟奉全站起来出了门。

茹二奶奶的眼泪缓缓流下，她不去管它。

西屋黑着灯，在佟奉全看来，像是莫荷紧闭的眼睛。

对面东屋生子妈一边哭一边骂生子：“你吃不吃啊？你不吃饿死你！我不想让你上学啊？咱吃不饱饭，指着什么上学？吃，快吃了！你这是要活气死我啊！”

西屋的窗台下蹲着个人。

北屋的门“咣当”开了，范世荣嘴里唱着出来倒水：“长坂坡救阿斗，杀得曹兵个个愁！这一班虎将哪个有……”倒完水刚要回身，看见西屋窗台下有人。“那是谁啊？啊！谁啊？”

黑影慢慢站起来：“五哥，是我！”

“谁？奉全啊！你怎么跑这儿来了？”

“转转。五哥，白天的事儿谢您了！”

“有什么可谢的，大喜的日子，你怎么出来了？这算哪一出啊？快回去吧，记住哥的话，日子就是挨过去的，挨过一天是一天，谁知明天什么样，不知道，也许好，也许不好，挨吧！过了今天想什么时候来，五哥不轰你，走吧，走！”

四

串货场里热闹非凡，众人你来我往地打着招呼。蓝一贵坐在茶桌上，正跟人做着买卖，张开一张画：“我还是那句话，乱世怎么了，乱世咱求平安，正是收东西的好时候，要么刘掌柜这张倪云林能拿到这儿来让咱们瞧？刘掌柜打算多少钱出啊？”

“五根黄的！”刘掌柜说。

“五根？贵了！都这会儿了，您打眼看看这串货场里谁还敢把自己的东西往五根黄的上喊啊！贵了，贵了！您得识时务！”

“蓝掌柜，话都让您说了！刚您还说该收就收呢，这会儿又贵了，我这儿可不算贵，那雅集堂的范五爷那儿摆出一对小瓶子来，可是要六万呢！”

“是吗？他是个棒槌，您不能跟他比呀！他那东西……”

“您看了？”

“不用看，指定了不对!”

远处，范世荣把一对小瓶摆在一张茶桌上，不像卖东西，倒像一个边喝茶边欣赏东西的，喝着，看着。刘掌柜蹭过来：“五爷!”

“来了，坐!”

“五爷，您可是稀客，不常来。”

“瞧不着好玩意儿，来也是白来，能上眼的没几件!”

“五爷，您这对小瓶子可真精神，家传的?”

“我们家现在连玩意儿带人就剩我一个了，再传都没得可传了，我不孝又是个绝户。淘换的，怎么着，有一眼吗?”

“那我瞧瞧，开开眼!”

“瞧您的，瞧您的！瞧好了说话啊!”

刘掌柜拿起一只瓶子。瓶子一举起来，串货场内，很多人都站在自己的位置上往这边张望。范世荣假装不在意地喝着茶，心里却有点儿紧张。

佟奉全在阅汉堂里教着金海学做生意：“甭管什么客人来了，穿金戴银的也好，邋里邋遢的也好，咱对人都一个样，不卑不亢。人进来了，咱心里头想的，眼里看的，就两个字‘客人’，什么都看成是‘客人’二字。客人来咱这儿，不是买萝卜白菜的，他得看，看着喜欢了他才能买，他买咱这东西不为了吃穿，为了观赏把玩，所以得让人家看，得陪着人家看。常有的事，看了十拨客人了，许一件东西没卖出去，不要紧，备不住他看过一条街后，回来就买你的了，看就好，看就是买卖。”

门一响，冯妈推门进来，佟奉全背着身没看见，以为是客人呢，马上回头热情说：“先生，您来了，里边看看。哟！冯妈呀！不要紧的冯妈，您来得正是时候，您扮回客人，我正教金海做买卖呢！您这会儿算是进来的一位客人了，太太您吉祥，您需要点儿什么?”

冯妈抱着饭盒马上入戏：“没想好呢，我这儿随便瞅瞅!”

“不能站客人前边，不礼貌，不管是谁，站人家侧身后边，这叫陪着人家。人家看，你陪着看，不能太弯腰，也不能太直腰，这么虚空着。人家不问话最好别多嘴，人家一有意思，你看冯妈看着一只梅瓶，你就赶紧拿下来，太太，我给您拿下来看看，我先跟您说清了，清三代仿明的，梅瓶，您看看？随拿随让过来，把东西放在亮处，太太这儿明亮，您坐下来看看！”

冯妈问：“多少钱啊？”

“太太，这东西不多了，你眼力好，五百进的，匀给您五百一吧！”

“哟！就这么个东西五百多块呀！五块钱我都不要。”

“您不要不要紧，再看看旁的。”

“我什么也不看了，老爷吃饭吧！”

“冯妈，跟您说了，别总送饭了，我们后院起着火呢，做着也方便……”

“那叫什么呀？成了家了，吃吃不在一块儿，睡睡……”

金海垂手立着。

“金海，你拿了饭到后边热热，你先吃吧，去吧！”

冯妈听出来了，马上不说了，掏出手绢擦嘴。等金海端东西出去，佟奉全才说：“冯妈，这铺子可是做买卖的地方，有什么话咱家里说去！”

“老爷我走嘴了，您多包涵。”冯妈忙说。

“您还依着原先叫佟先生吧。”

“那可叫不出口了。老爷，冯妈我有些话要是说得不搭调，您可别怪我。”

“您说吧。”

“老爷，您买卖忙，我知道，可您再忙，那么两步路，您回家吃个中饭啊，总不会没时间吧。”

“忙也不是那么忙，说不定什么时候来人，金海又手生。”

“老爷，咱可不指着这些玩意儿赚嚼裹儿，我也不是非让您回家吃饭，回趟家坐一块儿，说说话，太太也松心不是？太太可一天来来回回地出八趟门地盼着您回去呢！”冯妈说着又掏手绢擦泪，“老爷，我跟着太太有十来年了，她今天走到这步，也是真可怜见儿的，死都死过了，您又把她给救了。俗话说救人救到底，我冯妈求您多拨点儿耐心，哪怕就是装也赔个笑脸，还有晚上……”

“晚上的事儿先甭说，以后我回家吃饭，您别往这儿送了。”

“那您就算是给我老大老大的脸了，我这儿谢您了。”

门口来人了，佟奉全说：“不说那个，您先走吧，我这儿来客人了。哎！您请进。冯妈您走好！金海来客人了！”

进来一个文化人模样的客人，说：“有明代画的扇面吗？”

佟奉全说：“您来巧了，正有一幅，您坐下，我给您看看。”

范世荣的那对小瓶还摆在那儿，再没人过来看了。串货场的人还在忙着，言来语去相互考验着对方的刁钻和耐心。

范世荣拿起壶来一摇没水了：“小二，添水！”

范世荣看着那对小瓶，内心话：东西不对？看着没什么大错啊！时候不对吧？怕是这阵子没人花那么大的价钱买这么一对瓶子了。那个关副官看着没什么错啊，车开着，礼敬着，电话也打过，没错呀！这帮买卖人干吗光看着东西不伸手啊？怕是想憋我呢！我让他们憋！范世荣想了想，抄起两个瓶子往怀里一装，扔下半块银毫茶钱，走了。

范世荣走进通古斋的时候，索巴正在内间给密斯马打电话。索巴探头一看是范世荣，忙招呼说：“五爷，自己找地方坐啊，我这儿打个电话。快说，快说，没事，来一个朋友，我听着，说吧！”

范世荣看着外间，到处是尘土，只好自己吹吹，坐下。

索巴还在嬉笑着打电话：“是啊，这可不像我！我可比他坏，你喜欢好的还是喜欢坏的？不说不行，一定要说！”

范世荣坐不住了：“王财呢！哎！索巴，王财呢？”

索巴捂着电话探头回话：“出门了，出去有半拉月了，五爷您什么事？”对电话又说，“没事，没事，你说我听着呢！”

“我找他看样东西。”

“五爷，什么东西，我给您看吧？”

“你？你他妈的除了会看一样东西，你还会看什么?!”说完站起来要走，无意间带起桌上的纸，看见了自己原来在这儿打电话时，留在这儿的关副官写的电话号码。范世荣犹豫了会儿把电话号码拿了起来：“索巴，你还得说多久？”

“啊！干吗，五爷？”

“你等会儿打行不行？我打个电话。”

“行！密斯马等一会儿啊，我来了个朋友，就一会儿，就挂一小会儿啊，嗯！想！受不了，拜拜。”索巴把电话挂了出来，“五爷找王财啊？”

“不找了，我打个电话。”

范世荣进了内间，看着号码拨起来。等了一会儿，对方有声了。“喂，找关副官。没这人？等等，别挂，您是哪儿啊？什么？不是司令部？是泰和杂货铺?”

范世荣举着电话，看着那张电话条呆了。

索巴在外边边擦着金表边说：“五爷，你说说这老玩意儿哪有新玩意儿地道啊！我这洋表跟个小钢磨似的，走起来刚刚的，就是有劲。还有洋皮鞋，也带响，火机子也带响，浑身有动静，透着气派!”

范世荣从内间出来，脸上一如既往地毫无表情，径直往门外走。

“五爷走啊？坐会儿?”索巴说。

“不坐了，我走!”

第二十三章

一

佟奉全一脸热情地端着大木盆进来：“来，水正好，我给您洗洗！”

茹二奶奶鞋已经脱了，早等着呢，嘴上却说：“可不能劳驾你，叫冯妈，叫冯妈！”

佟奉全蹲下撩着水试着：“还不都一样啊！别等了，待会儿水凉了，来！热不热？”

“热！”茹二奶奶说，真是热在脚上，暖在心里。

“水热啊？”佟奉全马上跑到屋外端了一勺凉水，加了一点儿，“您再试试。”

“又凉了！”茹二奶奶又说。

“哟，可不凉了 。”佟奉全拿手试试，赶快又加热的。

茹二奶奶突然说：“我不想洗了！”

“要么我叫冯妈？”佟奉全有些愣了。

“不用，不洗了。说实话吧，这些日子，我先是盼你，后是怨你，我有话想跟你说，你这一洗把我想说的话洗没了！”

“洗脚归洗脚，说话归说话，有话你说，碍不着洗脚的事！”

“那我就先把话说了吧。奉全，咱俩在一个院子里，不管怎么说，外人看着像是夫妻，可咱们俩心里明白，咱不是夫妻，自打结婚那天到现在，原先什么样，现在还什么样。奉全你为了跟我结婚受了大委屈了，这我知道，这么大的委屈，那么多的风凉话、白眼你都受了，进了这个院子，你可是一点儿委屈都不愿再受了，奉全你心里有多么烦我，我知道！”

"您怎么那么说?"

"烦我就说出来，不碍的，我想知道，你受了这么大的委屈，忍着是为什么？你总有一图吧？没关系，你说出来！"

"您……您以为呢?"佟奉全没想到她会这样认为。

"无利不起早，你总要有一图，你图什么我都不在乎。奉全，你说出来，我让你图个高兴！你高兴了，我也高兴。你图的什么只要我有都给你，买你个笑模样成不成？买你在我身边扮个假丈夫成不成?"茹二奶奶自己也没想到越说越气壮。

"我图……我图什么?！我图满街的人指着后脊梁骂我！秋兰太太您这会儿身子重，我有些话一时说不出来，您把早先说过的话想想咱再说吧，您想想是我图的什么，还是您图的什么？您一早跟我说的是什么话？我……我……秋兰太太您身子重，咱不说这个，不说!"佟奉全用毛巾擦了手往木盆里一扔，出门了。

茹二奶奶愣愣地望着还在晃悠的屋门。

"老爷，这么晚了还出去呀?"冯妈在院里问他。

佟奉全没有回答，街门很重地响了一声。

茹二奶奶猛地将勺子摔在地上："摔门！这还有个样吗?"

冯妈轻着脚步进来："太太，好好的，连脚都要给您洗了，这是什么话又不对了，说走就走了?"

"冯妈，当初我是求着佟先生娶我的吧，我都说什么来着?"

"虚的，许下的先不说了，您先一条说的是怕孩子生出来没爹，让人给个爹的名分。"

"我想起来了，他就是仗着这话爱搭不理的呢！爹的名分，对了，我嫁的是孩子的爹，不是爷们儿，我当初可就不该说这话，这可好，他还真有理了，他临出门了还说呢！'你再想想，你说了什么?'他……他指着这话当刀子架我脖子上呢！他指着这话收我的东西呢!"

"太太，您给人家的东西，人家可没拿!"冯妈也觉茹二奶奶的话有些离谱了。

"盼着我死了，今儿个不拿，明儿个全拿走呢！冯妈，谁家的爷们儿见天儿地不过来说句话啊，谁家的爷们儿结了婚了不住一块儿？他使着我的银子，天天夜里出去，怕是外边有了人了吧。啊！冯妈，他是不是外边有人?”茹二奶奶警觉起来。

“太太，咱往好了想吧，这种事缓着来吧。您没结婚的时候想着结婚，这婚一结，您可不能太急了。佟先生也不容易!”

“你别劝我，叫茹安，叫茹安!”

“大晚上叫茹安干吗呀?”

“叫茹安跟着他看看去，看他晚上都干吗去了！叫茹安！快叫茹安啊！茹安！茹安!”茹二奶奶简直有些歇斯底里了。

冯妈无奈：“得，我叫，我叫!”

佟奉全先是去了范家小院，没碰到范世荣，这才来到雅集堂。当着范世荣的面，佟奉全抽了自己两个大嘴巴：“我……我……我活该，该着！活该！五哥，我抽自己嘴巴都不解恨。五哥，您打我两下，您打我两下!”

范世荣筒着手：“我不打，你活该你自己打。”

“我活该，真活该！我图什么！当初她自己说，怕孩子生出来没爹，就找个爹的名分，我这是心疼人，看着孩子可怜，认就认了吧，依就依了吧。怎么着？爹的名分给了，还非得要个亲夫的名分啊？五哥，我是真的不……不乐意啊。我每天地街门外边委屈着、忍着、装着、做着，怎么着我这进了街门里了，我还要那么装着、假着，我什么时候活自己呀？我白天晚上都找不着自己了，我冤不冤，我活着还有什么劲儿!”

“这话你都跟她说了?”

“说不出来。”

“那我还说你活该我就显得不厚道了，可我实在忍不住，还得说你活该！你可不就是活该吗？既结了婚了就想着这是结婚了，要么就别结。结了就什么也别想了，演戏也得把夫妻的样演像了，干吗不呢？人这一辈子，不就是不冤不乐吗？随遇而安，想明白了，委屈是铁定的，委屈归委屈，就是明儿要死了，今儿个该乐啊还得乐啊！就是演着也得乐啊！活人嘛!”范世荣说着话拿出那对小瓶，“你的事儿先不说了，奉全，你活该我不笑话你，说句话在前边了啊，我活该你也不许笑话我。”

“我哪有心笑话你呀？这是什么?”佟奉全看着那对小瓶。

“甭问是什么，您看着要是对了，你告诉我东西对；要是不对，你一句话都甭说，别告我这是撂跤货。明说吧，告我跟杀我一样，不是在钱上杀我，是脸上，我范世荣丢不起这人！”

人生之事，豁达第一，可看别人事儿，劝别人时最容易豁达，所谓站着说话不腰疼。真到了自己碰到事儿了，再用那些话来说自己，有时真是一句也听不进去了。

佟奉全拿都不拿，隔着桌子看了看。

“多少钱收的？”

“甭问了。”

“收什么人的？”

“人找不着了。”

“您哪儿来的那么些钱？”

“没花钱。”

“那算什么打眼啊？”

“铺子押给人家了。”

“人家来要账了？”

“我等着呢。”

“等着又能怎么样？”

“等着，让这玩意儿听响了，要听也得两人听，五万多块大洋的东西，我得听出个彩儿来！”

“到底是谁？”

“关副官，假的关副官，人跑了，我等着人问我要账呢！”

“也许没人要了。”

“不怕，等他来要，谁要谁是我要找的爷，是我师父，我得跟他好好学学。”

佟奉全劝道：“也许跟人没关系呢？”

范世荣没事儿似的站起，难得一见地一笑：“最好没关系！不说了，喝酒去！”

二

索巴在通古斋门前和马淑兰分了手，望着远去的汽车，索巴骂道：“白眼狼你，这会儿都上不了手，他妈的开的车还是爷我的呢！别以为爷我是个省油的灯，爷我该下笊篱的时候，谁也跑不了！”回身掏钥匙开锁时，突然觉出后边有人看他，回头，暗影中真有人看着他。

索巴慌了，慢慢回身：“好汉，您要是光打劫的我可镚子儿没带，别动家伙啊！要东西，我进屋给你拿。”

“索爷，是我，你才回啊！”暗影里的人说。

“谁啊？是谁啊吓我这一跳！走近点儿我看看，近点儿，近点儿。哟，茹安啊！这大半夜在街上晃荡什么呢？也不说个话吱个声，惦记吓死谁啊，有事吗？来，进屋说话。”

索巴将茹安让进屋：“来，坐，坐。这个烂铺子，我他妈的真是一天也待不下去了，什么事儿啊？”

茹安说：“索爷，我不坐了，您瞧见我家老爷了吗？”

索巴一时没有明白过来：“你家老爷，你家老爷是谁啊？你家……噢！忘了，忘了，佟奉全，佟掌柜，你家老爷，你家新老爷。他哪像个老爷啊，找他干吗？”

“您不知道算了，我走了。”茹安打了个哈欠。

“等等！你家老爷丢了？”索巴拦住茹安。

“没丢。”

“那找他干吗？”

“晚上好出门，太太让访访都去什么地方了。我这儿找了一夜了也没找着，想起您去的地方多，我问问，您不知道我走了。”

“急什么，坐下，坐下！我给你喝点儿洋汽水，来，坐下，坐下！别急，怪热的天儿喝一口，喝一口。茹安啊，我先问你话啊，上次瑞家人来闹，可没抄走什么东西，你家奶奶我姑她把东西都搁哪儿了？她还有没有东西啊？”

“这不能告诉你，我知道您好惦记亲戚家财。”

“你真看得准，这么说东西还有？”

“那当然有了。”

“有就好，有好！您喝，您喝，喝着解暑，顺气！”

“喝不惯，不赶酸梅汤好喝。”

“有就好，有就好！我惦记，我惦记是正根儿呢！现在可好，让外人惦记走了！你刚问佟掌柜的晚上去哪儿了，对吧？刚我话到嘴边了，都不想告你，其实想想我姑也可怜，告诉你吧，前门外陕西巷，你们老爷在那儿花钱呢！”

“索爷，咱没瞧见可不能乱说。”

“没瞧见我能乱说吗？我刚打那儿出来的，回去跟我姑就这么回吧，就说我看见的，赶明儿我让你看照片，你就信了！”

“有信儿就行，那我回了。”

没有一丝儿风，天气真好。冯妈在忙着晾衣裳，茹二奶奶坐在廊下晒太阳。佟奉全从南屋出来，径直往大门口走去。

冯妈问道：“老爷，您这是去哪儿啊？”

佟奉全回头看她：“我上铺子里去。”

茹二奶奶见冯妈好像羞于开口，小声逼她：“问他！快问！”

冯妈停了停才说：“老爷，我问您别不高兴啊，昨晚上您在哪儿啊？”

“跟范五聊天说话去了。”

“是吗？”

“是，还有旁的事儿吗？”

“聊天？怕不光范五，还有旁的人吧？”茹二奶奶接过话茬儿。

“就五哥，没别人了。”佟奉全诚心诚意地说。

“那怎么有人在陕西巷见了你了？”茹二奶奶紧紧盯着佟奉全的脸。

“陕西巷……陕……无聊！”佟奉全醒过味儿来，十分生气，“有人见我，那不是人，是个鬼！”

“啪”，茹二奶奶把扇子扔地上了：“冯妈您听见了吧？非得真抓了他才认啊！您看一说准了他就急了，男人都这样，这毛病要不板板还不惯大了？花着我的，使着我的，开着我的铺子，这会儿还学会摔门了。无聊，听见没有，他说我无聊！”

“太太，许是看差了，咱先不急，想着肚子里孩子吧，旁的先不想了。”冯妈赶紧息事宁人。

“不想能成吗？钱、铺子都交他了，真有一天他卷了包给了骚货们，咱都不知道，这婚结得我这是钱花了，心没换回来！”

“太太，咱原来可没想那么多啊！什么事可不能凭人家说，得有凭有证，索子说话什么时候准过？”冯妈提醒说。

茹二奶奶这会儿什么都听不进了："索子不准，他更不准，摆出副委屈的样儿，他干吗非娶我，啊？您说说！"

佟奉全正对着《金石录》看一只小青铜器，金海突然有点儿慌乱地跑过来："爷！来客人了！"

佟奉全奇怪地看他一眼："来客人迎啊！"

"是个洋人！"

"洋人怕什么的，开门问个好！"

门一开，洋人进来了，人家倒先说话了："你好！"

金海忙说："爷，您……您好！您好！"

佟奉全走了过去："哎！这位先生您里边请，里边请。会说汉语啊，那就方便了，您喜欢点儿什么里边看看！"

"老板，你这个店里很整洁！"洋人说了一口很流利的汉语。

"您多批评吧，都是老旧的玩意儿，再不弄得整洁点儿就显得邋遢了。您坐，金海给……您贵姓？"

"我是法国人，中国名字福安。"

"那我就叫您福先生了，跟自己人一样了。福先生您想选点儿什么？金海，泡茶！"

"我看看石造像。"福先生说。

"这可真要短儿了，福先生，就是您所要的东西恰恰是我的短处。石造像没有，那种东西不是神佛就是帝王，轻易动不得，本店不大经营那路东西。坐！请坐！"

"听别家铺子的人说您去过龙门石窟，你懂！"

"这您都知道了，您总上别的铺子转去，不来我这儿多不合适啊！我是去过，早年还在那儿画了不少的线描呢！"

"这个人您认识吗？"福先生拿出一张欧洲报纸。

"谁啊？"佟奉全认出是着西装的禄大人，"这……看着你们洋人长得都一个样，可这人我认识，禄大人，路德维希，他……"

"他在说什么你知道吗？"

"这我就不知道了，洋文不认识。"

"他说今年他将创造个奇迹，把龙门石窟中精美的石造像，搬到欧洲去展览！”

“他吹吧，那东西长在山上呢，他能搬过去？他说大话！”

“他从没说过大话，据我所知博物馆给了他很多的钱了，佟老板你会因此而心疼吗？”

“我是一个小铺子的掌柜的，我管好一亩三分地儿就成了，我可管不了这么大的事儿。心疼，这国家的宝贝要是运了出去，您可问着我了，我当然得心疼。”佟奉全揣摩着他的意思。

“要是我也心疼。”福先生说。

那个法国人刚出去，佟奉全就坐在那里发了一阵子呆：“金海，到门口瞭瞭，那福大人走远了没有？”

金海看了看，回来说：“爷，没走远，跟卖糖葫芦的聊天呢！”

“那……那我……金海，你说这事儿咱管得了吗？”

“爷，您要心真的疼您就管。”

“是啊，你这话算说对了，我得把那张报纸要来！”

三

佟奉全绕了好几条胡同，问了好几个人，才总算找到文物管理部门的办公室。佟奉全心说，这地方真够偏僻的。办公室里只有一个穿长衫的办公人员，跟前摆着一本线装书，对佟奉全说的这件事情似乎兴趣不大。

佟奉全指着那张报纸说：“先生，要么我也动不了什么心，可这法国人他一问心疼不心疼，我的心一下子就疼起来了。事儿就是这样，常病的人，麻木了，不问他疼，不知道疼，冷不丁地真要是一问，哎哟，疼啊！那才知道疼啊，一疼就钻心了。你想想几千年的东西，一凿子一凿子地刻了几代人吧，咱不守好了，让人花点儿钱就给毁了，这不是上对不起祖宗、下对不起子孙的事儿吗？一想就更钻心了。我一个小人物，这么大的事儿怕管不了，还得求您！”

办事员说：“哟！您别自谦了，您可不是小人物，这么大的事儿是小人物管的吗？小人物什么样啊，小人物就该手里拿册书，读读书，喝喝茶，自己眼睛五尺之内的事儿管管，五尺之外的事儿听都别听。”说完又低头看书。

“我……我要么跟您坐近点儿。”佟奉全嘲讽道。

办事员摇摇头：“没用！这事儿管不了，再说了人家还没动手呢，人家在欧洲说的洋文，人家是当自己家的事儿在说呢！你管那么多干吗，你管得着吗？”

“哎，您怎么这么说话？”佟奉全的脸有些僵了。

“我该怎么说话？”办事员也不再客气了。

“当自己家的事儿在说，他这可是要拿咱们家的东西，他不拿咱家的东西，爱怎么说怎么说，这不是要抢了吗？怎么就管不着了呢？”

“那好，你管，跟我可没关系！我过我的日子，自己的东西就是自己的！你走吧，这事儿不管。”

“你……你他妈的！”佟奉全真火了。

“粗俗！敢骂人！茶房，老刘，把这人叉出去！”

老刘和小李进来。

“等等！我可是扑户出身，别惹我，我不找你，我找你们科长。”佟奉全想唬住他们。

老刘双手比比画画地说：“出去！吃饱了撑的啊！科长也是你见的，我一个月都没见着了，出去！”

事情没有着落，又挨了推搡，佟奉全心里窝着一肚子火气，正要去找罗先生，身后有人叫他：“姑夫，姑夫，佟掌柜！”

“索巴！”佟奉全看见索巴坐在一辆洋车里，揭着帘子喊他。

“姑夫！”

“不敢当，正找你呢！”

“什么事儿？”

“找个地方说话！”

“最好了。洋车……”索巴又喊了辆车。

佟奉全边上边问：“去哪儿啊？”

索巴大声说：“跟着吧！”

佟奉全哪里知道，索巴这句话并不是只对他一人说的，茹安还跟在后面呢！茹安也叫了一辆洋车，坐进去，摆弄着索巴给他的照相机，自言自语：“对准了镜子按开关，人和事儿就留在里边了，这不干我的事啊，太太吩咐的，太太说了，要证据。”

索巴将佟奉全领进了坤书院后院的小茶室里，落了座。佟奉全这才有些意外："我这儿有正经话说，上这儿干吗来呀?"

"正经话还挑地方啊，什么地方也拦不住您说正经话啊。姑夫，您可别自己架着自己，正经不正经的，有钱挣就是正经！小九儿可跟我念叨您好几回了!"

"不说那话，禄大人是不是正找你办事呢?"

"禄大人，密斯特禄，那是，整条街就跟我们通古斋亲，有事儿可不找我们办吗?"

"那就对了，怪不得总见不着王财呢！去了洛阳了?"

"你怎么知道的?"索巴有些吃惊。

"你看看吧!"佟奉全将那张报纸拍到桌面上。

"英……英格力士，姑夫真长进啊，这两天不见英格力士都学会了,说的什么呀?"

"你别跟我这儿贫，看照片，是不是禄大人?"

"是。"

"禄大人说，龙门的精品说话运到欧洲！索巴，你是旗人吧?"

"正红旗，包衣出身。"

"你怎么就不想着给祖宗作脸呢? 八国联军烧园子、抢东西的事儿忘了? 那会儿是他们自己抢，这会儿你帮他们抢了，你他妈的还是旗人吗?"

索巴撇着嘴，神情夸张地望着佟奉全："哟！多大点儿事儿啊，还想到八国联军去了。我不给祖宗作脸，祖宗也没给我长脸啊！那八国联军也不是我招来的！姑夫你可真长进了。咱不说正经事儿了，咱叙叙旧好不好? 九儿、老六，进来吧!"

索巴话音没落，两个唱坤书的妓女进来了。

"哟！佟掌柜哎！你可真没心肝，我那《玲珑塔》教了你才一半就不来了，哎，是我的书不好听啊，还是人不漂亮啊? 今儿您可得跟我说清楚了。"还没等佟奉全反应过来呢，这九儿上来一屁股就坐在佟奉全怀里。

"等，等等！我们这儿说事儿呢！我们这儿……"佟奉全急得伸手推她。

索巴大喊："上茶!"

门又被推开了，茹安神情严肃紧张地端了个照相机，冲着佟奉全一按闪光，嘴里还在念叨索巴教给他的话：“对准了镜子，按开关，老爷办的人和事就都在里边了。”

佟奉全怀里还坐着妖娆的九儿呢！佟奉全大惊。

“谁……谁啊？谁？”佟奉全问道。

“老爷，是我，茹安！”

“茹安！你这是干什么？你这是干什么？”

“这不干我的事儿，太太吩咐的，太太给的我这玩意儿！”

佟奉全一把把九儿推开了，冲上前去抢照相机：“太太！太太！给我，给我！”

茹安朝后退缩着：“不能给，太太的东西，不能给！”

说着话两人争抢着冲了出去。

四

佟奉全回到茹府，愤怒地冲进堂屋，茹二奶奶正在洗脚，听见动静吃惊地望着他。佟奉全手里拿着照相机，气得身子哆嗦：“这东西是你给茹安的？”

茹二奶奶反倒镇静了：“是又怎么样，不是又怎么样？”

“茹秋兰，我当初应了你，算是瞎了眼了！给孩子一个爹的名分，说得多可怜啊！说得多伤心啊！说得多掏心窝子啊！谁知道你……你满脑子、满肚子全是这无聊的歹毒之心！”

茹二奶奶冷冷一笑：“他照着你什么了你这么生气？你要行得端坐得正，他照让他照去呀！你怕什么，你急什么？是不是搂人家大姑娘来着，是不是?！怎么着，许你搂着，不许我们知道啊，啊？”

佟奉全身子一晃：“好！你设计害人，我可知道什么叫阴毒了，我让你拍！我让你拍！”猛地把手中的相机狠狠地摔了，摔了个稀烂，还不解恨，又用脚跺。

茹二奶奶呆呆地看着。

佟奉全跺完要走：“看吧！看吧！我让你看个真着！”

茹二奶奶脚还在盆里泡着。佟奉全走了，屋里很静，茹二奶奶极力控制情绪，面颊早已颤抖：“冯妈！冯妈！”

没人答应。茹二奶奶情急之下，猛地站了起来，脚下一滑，眼见要倒，下意识地拽住了桌布，摔倒了。

茹二奶奶有些绝望地喊道：“冯妈！冯妈！”

佟奉全余怒未消，刚要推门回到小南屋，突然听见冲进去的冯妈一声惊叫：“啊！太太！太太！”

佟奉全本想回头，一咬牙，推门进了小南屋。

冯妈又喊：“不好了！茹安快叫大夫！太太摔倒了！”

佟奉全知道出事了，想反身，站住，不动，坐在床沿上，觉着窝囊可气放声而哭：“我这是倒的什么霉啊？我倒了八辈子的霉啊我！”

冯妈、茹安都在喊叫，院里一时乱极。

也许快要变天了，燕子都飞不高了。屋里更是闷热。一个老华生电扇冲着范世荣疯狂地吹着。电扇在动，电扇在响，范世荣在打盹。桌上搁着那对小瓶。

有人敲门，再敲门。

范世荣说：“进！”

蓝一贵很神气地进来：“噗！怎么也不打扫打扫啊？五爷早晚得雇个伙计，瞧这一屋子土！”

“那儿有抹布，擦擦找个地儿坐下。”范世荣挪了一下电扇，吹一点儿蓝一贵。

蓝一贵擦了擦太师椅坐下：“噗噗，您倒是擦擦啊！”

“你怎么想不开啊？擦了不是还得落吗？”

“您想得长远！嚯！这对小瓶子真精神！哪儿淘换的？”

“认识吧？”

“我认识它，它不认识我。”

“认识不认识的凭嘴说了？我要非得说你认识了，你叫它，它也不答应。蓝掌柜，这条街上谁我都想过了，但觉着不该是你啊。”范世荣终于等到了做局的人。

“什么该不该的，你得先说说什么事儿啊。有水没有？我喝一口。”蓝一贵感到口渴。

“没有。我坐这儿等了几天了，我不是怕啊，我等着，想着，原来手上的一颗扳指够一条胡同人吃一年的，多大的家业呀！才两年败光了，那我都没当回事儿。这会儿，我犯不着为个小门小脸儿的一个铺子往心里去。话说回来了，有一阵子爷是落魄了，喝碗豆汁儿都得算计，算计归算计，可还得喝不是？这些日子，我见天儿地坐在这儿想啊，这是谁啊，这么下力气撅我，又扮副官，又开汽车，又留电话的，下了心思了，使了计谋了,真往我这掉了金皮的苦菩萨脸上抹屎啊！还不够啊，非得看着我范五一点儿做人的样儿都没了，才高兴啊是不？真要看着我范五当街伸手要了吃才有乐子是不是？不为别的，我为的是这个！我就想这是谁啊，我把他孩子扔井里了？他跟我这么大的仇，弄对小瓶子，就把我撅得跟傻棒槌一样了，不单暗着撅我，串货场还得让我丢人现眼去，让行里人笑话。这些天我坐这儿一直等着想瞧瞧这人到底是谁呢，没别的意思，就是费个琢磨劲儿！蓝掌柜，想不到是你！是你间壁的蓝掌柜的！”范世荣说完抿嘴喝了口茶。

“什么想得到想不到的，我可没犯坏撅过人。”蓝一贵额上见汗了。

“你听我把话说完，你这一来，我反过头一想，不是你又是谁呢！是你就对了！”

“知道我来这儿什么事儿啊？就是我不是我的！”

“你不用不好意思说，我把话说明了，你没法应了是不是？”

“你要非说是我，那就是我了！”蓝一贵从怀里往外掏着文书。

“别掏，别掏了。我认账，认账，认赌服输我认！”

蓝一贵的东西也掏出来了，拍到桌上：“五爷，这房契字据我是打人手里买过来的，这小瓶子跟我可没关系，我原本想着就把这些文书送给您了。”

“那你这不是抽完了我嘴巴又骂我吗？”

“是啊，既然您是这话，那咱就公事公办吧。不说您也明白了，这房连货底子点清了，您该住着还住着您的，想住到什么时候住到什么时候，我可不轰您。贵山把人叫进来吧！”

门开了，贵山带着俩伙计进来。

贵山说：“范五爷，您吉祥 ，贵山查查数儿，您也看着点儿！”

范世荣不动：“用不着，点出座金山来我都认，可话得说清楚。蓝掌柜，这对小瓶子可不在其内！”

“那是，那是，这对小瓶是您的，您揣身上捧手里怎么拿走都成！”

“得，你们点吧，我走了！”

“五爷，还得有个字据呢！”

“办！赶明儿个串货场办吧！当着这么多伙计呢，我现在就认头，我认头！赶明儿办！”范世荣的手还是有点儿抖，拿起小瓶，装进锦盒里，走了。

蓝一贵往外送着说：“五爷，回见！”

“回见，回见！”

赵大夫抱着个包袱从内间出来了。冯妈和茹安早就等急了。冯妈想往里走：“赵大夫您出来了。”

赵大夫说：“别进去，刚睡下了。”

冯妈看一眼包袱：“这孩子？”

赵大夫小声说：“没留住，救不了了。”

冯妈反头就哭，茹安也哭，都没有出声。赵大夫递过孩子：“千万别让她看见了，要是再知道就挺不住了。挺好的一个男孩子，生叫羊水呛死了。”

“怎么也得让太太看一眼，为这一个孩子，她可不容易！”冯妈说着接过孩子，偷看着孩子的小脸，泪如雨下。

赵大夫催她：“快拿走，快拿走，可不能。”

“冯妈，冯妈！”是茹二奶奶的声音，很软。

赵大夫说：“坏了，听见了！”

“哎！哎！”冯妈应着赶快把死孩子给了茹安，这时茹二奶奶扶着门框站在门口那儿了。

赵大夫说：“哎！怎么下地了，冯妈快扶回去，快扶回去！”

“太太回去吧，月子里可不敢坐病！”

“冯妈，我的孩子呢？我的孩子呢？”

“好好的！好好的！我们去收拾，我们收拾，你进屋。”冯妈忍着声音，却忍不住泪水。

“我的孩子呢？我怎么没听见他哭啊？我怎么没听他哭？我的孩子呢？”

屋里很静。

“茹安你抱着呢吧？你可不会抱，你哪会抱孩子啊，你抱过来给我看看，快抱过来给我看看！快给我看看啊！”

茹安看看赵大夫，赵大夫点点头。茹安把孩子抱过去。茹二奶奶轻轻抱过孩子，轻轻把布撩开：“哟！瞧这小脸儿，多俊啊，瞧瞧这眉眼……赵大夫，冯妈，他俊不俊？他俊不俊？”

“俊！”赵大夫看着别处。

“俊！可是俊！太太给我吧！”冯妈伸手托住。

“干吗给你，我的孩子，我要抱着。”

屋里很静，茹二奶奶突然笑了：“真俊啊！真俊！他……他怎么不睁眼啊？赵大夫，他怎么不睁眼啊？”

赵大夫像是自语：“回头就睁了，回头就睁了。冯妈接过来扶太太回屋。”

“太太给我吧！”

“回头就睁了……回头？！哎！他……他怎么不喘气啊？……他怎么不喘气？哎！他怎么不喘气？他……怎么不喘气？他……孩子！孩子！！”茹二奶奶一下子昏倒了。

第二十四章

一

茹二奶奶正坐在床上喝粥，突然一只小狗摇着铃铛进来了。那小狗也真通人性，一下就蹿到床上，在桌前看着茹二奶奶。茹二奶奶望着跟她这么亲近的小狗，突然鼻子一酸，泪一下子就涌出来了。冯妈站在门口看着。

茹二奶奶说："这是谁的狗啊？"

冯妈说："老爷给您选的。"

茹二奶奶听了，半天才说："叫个什么？"

"等着您起名呢！"

"就叫柱子吧，原打算给孩子起的名。柱子，就叫柱子！"

"好！柱子！柱子！"

"他人呢？"

"回来了，在南屋呢。"

"柱子，柱子！"茹二奶奶抱着狗，小狗不停地舔着她的手，让她心里痒痒的，"让他进来！"

"哎！我叫去！"

冯妈还没出屋，佟奉全抱了一缸金鱼进来，像什么事儿也没发生一样放到窗台上。茹二奶奶不看，逗着狗。佟奉全坐下，不知道说什么。

"柱子，柱子，"茹二奶奶"啪"一拍狗屁股，"冯妈把这剩粥收了吧。"

"哎！"冯妈把粥端走了。

屋里剩下两人了。茹二奶奶说：“这回我可什么也不欠你的了！我自个儿想死，死不成，谁承想孩子死了。你从来就没想过要给这孩子当爹！这回可好，遂了你的愿了。”

“你干吗把我想得这么坏？”

“那该想成什么样？我把你想成薛平贵，可你不是。”

“孩子的事儿我也伤心，甭管是谁的孩子，一个孩子平白冤死了，大人争把孩子冤死了，怨我！”

“不欠你了，我这些日子心里都平不过来，我看见过他啊！脸皮儿嫩得像鸡蛋皮儿似的，可惜凉了，到这世界上一眼都没瞅见就回去了，黑咕隆咚地来，黑咕隆咚地走，想想多孤单，想想多凄凉！”

“怨我。”

“我一想他啊，死的心一千倍一万倍的。我不知道自己的命怎么这么苦啊，苦得跟黄连尖儿似的。我想不通，老天爷干吗这么不待见我，这么不顾及地往我这么个可怜人身上捅刀子带撒盐啊！”茹二奶奶说着又伤心起来。

佟奉全不说话，坐着，听着。

“后来我想明白了，我欠你的。我让你委屈了，我让你吃了挂落了，我冤枉你，信不过你了。我欠你的，我又死不了，只有让这孩子死，让孩子的死来还你的情。”

“你什么也不欠我，这情我受不住。”

“受不住也还你了，我这么一想也就平静了。佟奉全，这会儿我是什么也不欠你的了，咱扯平了！”

“我欠你的！”

“你要愿意这么想就欠着吧！哼，这是到了君子国了，客气着，欠来欠去的！”

“我……欠你的！”

“你要非得说欠我的，我想问问打算怎么还啊？”

“我欠你的……我……还你……我还……”佟奉全那意思是还个孩子。

茹二奶奶笑了：“我可没那么想过，也没那个心了！咱该怎么样还怎么样吧，自自然然的，过着，活着吧！苦着，熬着吧！”

佟奉全看着鱼缸里的鱼，“我……欠你的我一定还！”

这是郊区一座破旧的小院，是枪贩子的家。范世荣端着一杆破土枪，闭着一只眼睛瞄着，右手食指一动，“砰！”一枪打在对面墙壁上，炸出一个大窝。枪贩子站在旁边，一脸的得意。

范世荣说：“怎么这么震手啊？”

枪贩子说：“爷，自己造的，能使，就是震点儿，要好的可贵呢！”

“准不准？”

“哪能不准啊？指哪儿打哪儿！当年老佛爷要有我这家伙还能那么让洋人欺负啊？早给他们崩跑了！”

范世荣又放了一枪，甩甩手，掏钱：“得！我要了。”

“五爷您弄把枪干吗使啊？”

“告你也不信，听好了，我想把自己脑瓜子崩开了！”

“五爷您玩笑了，哪有崩自己的？得！您爱崩谁崩谁吧！”

二

蓝一贵指挥着人把雅集堂那块大匾取下来。看热闹的人围了一大片。蓝一贵说：“挺好的一块木头，贵山啊，回头搭后院当铺板睡觉去吧，打嗝放屁跑肚尿床它都得接着了。”

“爷，我可不躺这上边，开倒了的买卖睡着都晦气！”贵山朝后退了一步，好像真怕沾上晦气。

众人大笑。蓝一贵说：“那有什么呀！你他妈还真会琢磨，这雅集堂算是背到家了，你不要谁要？谁要谁给个仨瓜俩枣买走了，当劈柴烧去吧！”

一群看热闹的人喊：“开倒了买卖，谁要啊，没人要！”

佟奉全正好下车过来。有人问：“多少钱啊？”

蓝一贵说：“见钱就拿走！”那人说：“得，我出一大枚，我扛走了！一大枚啊！”

蓝一贵说：“扛走，卖了，当劈柴烧可能都不着，这五爷要知道了还不气死！一大枚买个烧饼都不够，把他的招牌给扛走了，扛走！扛走！”

那人上来就要扛，佟奉全拦住了：“等等！蓝掌柜您这是……”

蓝一贵说：“哟！佟掌柜您想要啊，晚了！你五哥的买卖倒了，铺子我接了！招牌一大枚我当街给卖了！扛走！”

佟奉全说：“蓝掌柜，杀人不过头点地，你这是当街让人吃屎还得说香啊！蓝掌柜，咱别把破鼓往死里捶！放下！这回我也要耍回三青子了，谁今儿要想抬走这匾就先把我放平了再说！”

“哎哟！佟掌柜，看不出来，你还真像个道上的啊！”蓝一贵也不肯让人。

“蓝一贵，爷我一肚子火不知冲谁来呢，再说你欺人太甚！”

“佟奉全，你别太拿自己当人。小子扛走，谁没踩住了你冒出来了！自己的事儿还没了呢，给人家拔闯来了！你也不撒泡尿照照你是什么东西！”蓝一贵不再看他。

“好你个蓝一贵！你他妈的今儿个算是坏了这条街的规矩了。这匾谁也别动，谁也别动，谁动我跟他玩儿命！给我斧子！给我斧子！”佟奉全一肚子火没处撒，这会儿真像疯了一样，追人抄家伙。

“我劈了它，我劈了它！”众人躲来躲去地藏斧子，耍他。那人扛匾要走，众人说：“走！走！让他躺门板上试试。”蓝一贵看着暗自得意。

“砰”的一声响，众人全都安静了，好奇地看着胡同口。枪烟散处，范世荣从胡同口出来了，冲天又放了一枪。一听枪响，众人吓得要跑。蓝一贵脸都白了，拨拉着人群想躲。范世荣有点儿费劲地拎着枪说：“谁也别动！谁动打谁！奉全，你走吧，五哥活这一辈子算交了你这么一个朋友！好兄弟！”

索巴这时过来搅局：“瞧我了，瞧我了！五爷，蓝掌柜，有我在打不起来，瞧我了！”

“一边待着去！小心我先崩了你！”范世荣喝道。

“得，我走，我走！”索巴拦了一辆洋车，朝警局驶去。

蓝一贵被众人让出来了，孤独地站着，有点儿无依无靠。

范世荣走过来，蹲下，用胳膊肘慢慢地擦着那匾：“雅集堂多好的名字，文人雅集，诗人兴会！好字眼，好书法，好匾额！可让我把买卖开倒了，怨不了旁的，我目光短，嘴上说世袭的家业都败没了，一个小铺子算什么呀，不在乎呀！嘴上这么说，我其实是拿铺子当事儿了！按理说，我范五这辈子还用做样给谁看啊？金銮殿我都上去过，龙门跳过，狗洞钻过，还想让人看什么啊？想不开啊，想不开！钱没了，心也小了，让这路小人给算计了！”拿枪指着蓝一贵，“不怨别人，怨我自己。蓝掌柜！你刚才说什么来着？再说一遍！”

蓝一贵此时一动不动地站着，腿有点儿抖，说：“我……我什么也没说，是他们起的哄！”

范世荣说：“怎么着，这会儿就不认了你？”

“五爷，您说。咱还有一文书没签呢吧？不……不签也行！不签了，不……”蓝一贵想走。

“那不合适，那不是当着这么多人说我有了杆枪就欺负你了吗？告诉你蓝一贵，你不对份儿，我范五欺负也不欺负你个买卖人，你他妈的太不对份儿了，把文书拿来吧！”

“贵……贵山！贵……贵山！”蓝一贵很费劲地喊了两声，声音都失真了。

贵山早吓坏了，这会儿从人群里挤出来，端着笔墨纸砚。

“签归签，我认赌服输，当着你一个人我这样，当着这么些人我还这样认赌服输。可有一条，今儿真是个好场子，你把我这匾怎么摘下来的，怎么给我挂上去！”

范世荣把枪一挥，蓝一贵慌忙指挥着人们往上挂匾。匾又重新挂好了。范世荣将文书签过。

“蓝一贵，这匾只要挂上去了，就不能往下摘，你要敢摘，我范五死了做厉鬼也饶不了你！”

蓝一贵说：“不摘，不摘！”

“今儿个欺负你，就欺负你一回了。”范世荣说着弄了下扳机子。刚说到这儿，嘟嘟嘟，警笛大作，二十多个警察围了过来。

蓝一贵想跑，被范世荣一把抓住。警察冲进人群，端枪围住：“凶犯把枪放下！”

范世荣说：“事儿都快了了，你们来了，真会挑时候！没事儿啊，我们闹着玩儿呢！”

蓝一贵说：“警官救命！”

佟奉全说：“五哥，放手吧！”

范世荣说：“放心，我不杀人！蓝掌柜，你小子阴损坏，挤对得我范五最后那么一丁点儿做人的尊严都没了，别说当街了，缩起来蹲着的地方都没了。别动，听我说完了，按理说我该拿这把枪崩了你！买枪时我这么想来着，可这会儿我瞧你这德行，你他妈的还真就不对份儿，您不配接爷我这一枪。爷我是世袭罔替八大铁帽子王的后裔，爷我早就活着没劲了，可我还想活着。可到了今天，就这会儿，我觉着没脸了，你当街这么往我脸上抹大粪，我不杀你给祖宗丢人，杀你也丢人，我活腻了，我走了！我得笑着走，算是没给金戈铁马的祖宗把脸丢光！”

“砰！”一声枪响，正打在他自己的左心上。鸽群惊飞，天空倒转。蓝一贵当即堆缩在地，佟奉全扑向范世荣近前。

范世荣旋转着，望着蓝天白云，含笑而去。

范五爷死了，为了脸面，为了一口气，说是让人挤对死的也好，说是为了不丢人也罢，范五死了，风光过，落魄过，声色犬马过，饥寒交迫过，算是活过了。那位爷说了，可没活出来，一辈子活自己的时候少，活给人家看样儿的时候多，不算活出来了。那是你心里的秤约出来的贵贱，他不那么想，他就是死也得当街死个样儿，活没活出来，死可死出来了，他要力量，他要脸面。他把脸面气度看得比命更重！老辈儿的旗人，可不就有这么股劲儿吗？

范五爷死了，范五爷就在那一天那样地死了！

三

禄大人推门进了通古斋。索巴赶快迎上去：“禄大人，刚给您沏的乌龙，您坐下！”

禄大人阴沉着脸：“不喝！跟你说东西再不运过来，我就按照法律办你！”

“禄大人，不好吧，您这人太性急了，沉不住气，多大点儿事儿啊，至于吗？您这可不像礼仪之邦学出来的，您还不够从容。”索巴说着话，把王财的电报拿出来了，“话说回来了，没有这张纸，我说话也没这么硬气。王财的电报来了，您是自己瞅啊，还是我给您读啊？”

“说的什么？”

索巴清清嗓子：“禄大人、索掌柜，见字如面，洛阳之事货已到手，现在火车站待运，因资金短缺，请速汇银洋两千至洛阳车站，以便速速发货，弟王财上！”

禄大人惊喜：“搞到了？啊！这是搞到了？”

“再搞不到，我脑袋割下来，让您当板凳坐！”

“那赶快汇钱！”禄大人十分高兴。

“是啊，不就为这事急吗？我没钱啊，钱得您出啊！”

“你会没钱？据我所知，给你的钱，都花在一个女人身上了，我不能再给你钱了！你想办法，三天！三天之内，把汇款单据给我看！跟你说，请不要玩火。索先生你谈恋爱我不管，但把我的钱花在她身上我要管。”禄大人抓起一把青铜剑，“啪”，剁在桌棱上，走了。

索巴看着还颤动的青铜剑，呆了老半天。

茹二奶奶在院子里百无聊赖地坐着，看着柱子跑来跑去。茹二奶奶见园子里的月季花开得发疯，突然反身进了堂屋，拿了把剪子出来，一朵一朵把花都给剪秃了。

冯妈在厨房看见了，跑出来：“太太，您这是干什么啊？”

“没事，你做你的饭吧！开得一个个的跟火苗子似的，看着闹得慌，剪了好！剪了清静！你做饭吧！你做饭吧！”她剪完花扔垃圾箱里，回了堂屋。一会儿又出来了，抱了一堆唱片，把唱片垫在台阶上，拿脚踩。一张一张踩断了，很认真，很费劲。

冯妈又跑了出来：“太太您这又是为的什么呀这是？”

“没事儿，你做你的饭。摆屋里看见了就想听，一听又生气，索性毁了，毁了眼不见心不烦，我把它们都毁了。”

“得！您别踩了，回头再崴了脚，您交给我吧！我待会儿拿斧子全砍了，好不好？您交给我！”冯妈把唱片抱过去了。

茹二奶奶看着刚才剪花用的剪子，拿在手里，左找右找：“柱子！柱子！过来！过来！”

冯妈刚抱着唱片进了厨房，这会儿一看，茹二奶奶手里玩儿着剪子喊柱子，担心了。

“太太，太太，剪子不用了吧？给我，给我，我给您收着去！快给我！”

“你做你的饭去，我给柱子剪剪毛，我给柱子剪毛！”

“待会儿我剪，我剪成不成？快把剪子给我，快给我！”

茹二奶奶不给她，两人争来夺去，抢了起来。茹二奶奶一手不行，用两手，使劲拽。

“剪子多悬啊，松手，松手，看割着，割着！”

就在这工夫，索巴进来了。

索巴一看：“哟！这儿干什么呢！冯妈！住手！住手！怎么着，瞧我姑身边没人了是不是，你这是要害主啊！”

冯妈终于把剪子抢了下来：“索少爷，谁害主啊，我怕太太玩儿剪子伤着自己。我害主，我害主还用到今天啊，咱有一个害人的。”

索巴说：“姑，伤着您没有？”

茹二奶奶很伤感：“伤着倒好了，我就知道疼了。索子干吗来了，又想要钱是吧？”

索巴拿着个小果篮说：“看您把侄子我瞧的，我就那么没出息啊？侄子混好了瞧瞧您来不成吗？时鲜的果子，让冯妈洗洗您吃了，冯妈！冯妈！”冯妈不理。

“甭叫了，我不想吃！坐下吧！”

“哎哎！我坐下，陪陪您。姑闷吧，回头我给您传个堂会，咱不出去听了，让他们家里来唱！”

“快别提唱戏了，戒了，刚把唱盘都剁了，别提戏了，我现在一听戏就头疼。”

“那我带着您去天桥逛逛去。”

“没脸出门！索子，我闷也没辙，真没脸出门，自瑞家来闹过，我就没出过门了，没脸！索子！”

“您说！”

“索子，你说有没有那种既能让人高兴，又能让时间过得飞快的玩意儿啊？什么九连环啊、华容道什么的。”

“姑，那些都不管用了，过了季儿了，其实我今天就是来给您送乐子来的。”

“什么呀？”

“您说啊怎么那么寸，福寿丸，吃了又增寿又保眼前，吃完后，这日子想怎么过就怎么过。只要能想，想什么什么就来，好东西，赶上原来的仙丹了！”索巴拿出药来。

“是大烟吧？”茹二奶奶警觉起来。

“啊，姑，您又把侄子想歪了，大烟是抽的，这是吃的，看您想的，我能给您大烟吗？您要不信，就别试了，省我回头落埋怨。”

“贵不贵？”

“有病吃药，贵不贵问那干吗呀，有侄儿呢！回头我给您留点儿，难受了就吃一丸，吃完了再问我要啊！”

茹二奶奶把索巴递给她的药吞下去了。

“没那么快，等一会儿就飘了，一会儿就好了。”

茹二奶奶说：“这会儿我就有点儿飘了。”

四

佟奉全让范世荣入土为安之后，一直戴着孝。他正在阅汉堂里坐着，索巴推门进来了：“姑夫，姑夫，哎！”佟奉全抬头看他一眼，不理。

“您倒是应一声啊，我叫的都没什么，您倒不好意思了。”

“索爷，什么事儿啊？王财回来了？”

“管他干吗呀？姑夫给我支点儿钱！”

“你开着你的买卖，我开着我的买卖，凭什么你叫我一声姑夫我就得给你支钱啊？”

“凭什么，凭您是我姑夫啊！”索巴说着话，把茹二奶奶写的一张条子拿出来，拍在桌上了。

佟奉全拿起来：“大洋五千！我这儿没有。”

“银票也成。”

“索巴，索巴，我真服你了，你怎么跟个耗子似的，哪儿都能掏出东西来啊！”

“哎！你算说对了！猫有猫道，鼠有鼠道，只要能活好了，是猫是耗子我不在乎！姑夫，您也不含糊，啊您瞅瞅，啊……啊，咱不多说了，给现啊，还是兑银票？”

佟奉全说：“银票，金海给他开抽屉支钱！”金海拿出一张五千的银票，双手递上。

“姑夫记账啊，记账，记上点儿账，回头没数！我走了！甭送！

甭送！”

佟奉全看着人走了，呆坐着：“这世道就是这帮游手好闲的人活得好！金海，来客人了，开门。”

蓝一贵自范世荣死了之后，有点儿呆了。贵山从后门进来喊他，吓了他一跳，神经质地左顾右盼：“啊！啊！什么事儿啊？”

贵山说：“西边铺子收拾好了，您过去看看吧！”

“我……我还看吗？我还看吗？”

“您看看合适不合适，趁着工匠还没走，说说！”

“行！那过去看看！”

雅集堂现在改了样了，铺子重摆了。蓝一贵进来，还是有点儿忌讳：“摆出来还挺大的，早我说当库房算了！”

“这么好的门脸房，当仓库多糟践啊！”贵山说。

蓝一贵看着原来范世荣总坐着的那个地方，说：“贵……贵山，范五原来就是总坐……坐在那儿吧？”

“爷你记性好，可不就坐那儿吗！”

“死了有多久了？”

“快过七七了。”

“记着点儿日子，到了七七好好地请一起经，做个大法事，超度超度！”

“我记着呢！”

蓝一贵也有点儿伤感地说：“也……也不容易，算是个爷了，算是个爷了！我……我这会儿算明白一点儿了，活着容易，死难！”

茹二奶奶吃了药，身上、脸上、头上也不收拾，睁着眼睛做梦呢，睁眼看着天，脸上笑笑的：“冯妈，冯妈！把那水晶珠子给我递过来！”

冯妈进门：“太太，咱哪有水晶珠子啊？”

“那不是吗？我都看见了，你瞅不见，窗户上挂着呢！”

冯妈不理她，低头收拾屋子。

“不拿也成，挂着就挺好看！冯妈，几点了？早起了吧？”

“太太，天都黑了！”

“是吗？日子可过得真快！刚起来天又黑了，我这一白天就算过去了。冯妈，我一白天都干什么了？”

“您说呢？您什么也没干，净吃药了。”

“对！你不说我还忘了，该吃药了。”

“呸！瞧我这嘴！太太，不能吃了，那药可不是好东西，您不能吃了，您不能吃了！”

茹二奶奶抢过药盒子，冯妈跟她抢：“您可真不能吃了！”

“不吃不行，不吃我难受，不吃不行！你松手！你不让我吃，我跟你拼命！我拼了！”茹二奶奶“啪”一个嘴巴，把冯妈打到一边去了。

“你！”冯妈捂着脸惊住了，随即转身冲出门去。

茹二奶奶浑身哆嗦着什么也不管了，翻出药来，哆里哆嗦地把一丸药吃下去。

冯妈冲出门，捂着脸在花架下闷声哭着。南屋门一响，佟奉全听着动静出来了，慢慢走过来：“冯妈，这是怎么了？”

他一问冯妈更伤心了，哭出声来：“呜……老爷，您别问了，没事儿，老爷您别问了。”

“这是怎么了，她打人了？您倒说啊！”

冯妈捂着脸边哭边回：“老爷哎！您别问了，她打她骂我都不在乎，可不能再让她吃药了。”

“真就打人了，让她吃，让她吃！”

“老爷，不行了，您得管管了，您再不管这家就没了。”

“让她吃，吃药行，打人不成！”佟奉全气呼呼地往堂屋走去。进了堂屋，佟奉全开始四处找药，却没有找到：“把药给我，把药给我！”

茹二奶奶紧紧抱在了怀里。佟奉全上手去抢，茹二奶奶吃了药身上有劲，死死抱着不给。

佟奉全急了，上手就掰：“你也不看看你什么样了，你也不看看你现在成什么样了，给我！给我！”

“不给！不给！就不给！”

“不给吃死你，不给吃死你！”

“不给！”

“砰！”二人把药盒子抢飞了，一下摔在地上，滚了一地。佟奉全低头抢着，使劲跺着。

“佟奉全，你给我滚！我的事儿你管不着！我愿意死，我吃死活该我！”

佟奉全停住了，看着茹二奶奶。

“你给我滚！”

佟奉全不理她，一脚又一脚，把药都跺了：“好！你吃吧！吃死你算！”

“我吃死你管不着！”茹二奶奶从椅子上冲下来，捡命一样把药放回盒中。

佟奉全望着她那疯子一样的举动，愤然离去。

王财押着几辆大车风尘仆仆地进了琉璃厂街道，车上装的都是大木箱子。车到通古斋门口停下了。禄大人的汽车也迎面开来。索巴赶紧出来迎接：“好！好！王财你算给哥长脸了，你立了一功，你立了一功！禄大人，您来得可真快！禄大人，禄大人你下了车什么也别看，别瞅，快快上后院去，就当平时逛街一样，您先上后院！您进去吧，太招眼。王财啊，这铺子前可不好卸车啊！再说多招眼啊！能不能后院……”

王财说：“后院进不去车。不在这儿卸没旁的辙，卸吧！”

索巴说：“禄大人您后院等着去，王财你也过后院去，咱前边一个人不留，快卸吧，越快越好！太招眼！快点儿动起来！”

索巴把禄大人、王财都让到后院去了。

五

天合居里，蓝一贵先还坐在椅子上探头往外看，过了一会儿，从椅子上下来，不错眼珠地看着通古斋门口那些人卸货。

贵山说：“爷，要么我出去问问？”

蓝一贵说：“什么东西啊？一箱一箱的，看着怎么那么沉啊？一溜四辆大车。贵山，这是什么东西啊？把山搬来了？青铜器？不可能，要一时地出了这么多青铜器，那咱这条街上的玩意儿还不都该论堆戳了！贵山，贵山，你出去瞧瞧，什么也别问，看是石头，是铜器，还是木头。有个谱赶紧回来，甭问人家，免得人生疑！”

贵山推门就出去了。

蓝一贵说：“要是石造像，我……我可就起急了，青铜器不怕，我那路玩意儿不多！”

一会儿，贵山跑了回来，蓝一贵赶紧开门，问：“看着没有？是什么？”

“真让您说对了，把山搬来了，是石头！石造像！”

蓝一贵忙乱起来：“坏了！快给龚先生打电话，就说他看好的这儿尊造像，我准备出手，快打，快打！……他……他们哪儿来的这么几大车石头啊？这……除了洛阳就大同有了……这可……这……”

禄大人在通古斋后院里走来走去，索巴在院子里指挥着众人把箱子堆在院子里。王财累了，坐在椅子上喝水。

禄大人说：“王掌柜，我怎么看着这东西不整齐啊？”

“整齐？能运出来就不错了。我跟你说，中间村民闹事，差点儿把我打死！”王财捋起胳膊，露出一块大伤，“您看，这是刀砍的！要不是田大胡子派了兵匪压着，想整齐？一块石头片子都运不出来！”

禄大人根本不听，冲出门吼道：“别乱放啊！索先生，看看箱子有号没有号！”

王财跟出来：“没号，全在这儿了，想编号也来不及了，全都乱了，回头摊开了对吧！”

禄大人脸色很难看：“那多费事啊，王财！”

“想要不费事你别应人家啊！我他妈的算看出来了，什么时候都是干活的人落不是，一身的不是！”

“王财，你当着禄大人说这干吗？咱不是有分工吗？”

“说得是，便宜、功劳都让你占了。索巴，我这话不怕当着禄大人说，说好我的货运到，你把三万大洋给我，这会儿我要钱！”

“少不了你的！”

“这会儿就要！我还就当着禄大人要！”

禄大人说：“要，要得对！”

索巴说：“这会儿我要是不想给呢？”

王财说："索巴，还是那句话，别以为就你精，别人傻，实话跟你说吧，有车货没拉过来，进城我给藏了。对，禄大人，我藏起来了，你要少我一分钱，禄大人您正好在，您找他算账！"说完要走。

"等等！"禄大人对索巴说，"请你马上把钱付给他，要是过了今天，我对你绝不客气！我只要摇个电话，五分钟之内，就让你在监牢里！三天之内把货凑齐！"

"禄大人你怎么也跟着乱啊？王财，谁也没说不给你钱啊！"

王财说："现在就要！"

"行，我取去！"索巴说完就走。

索巴着急用钱，又来到阅汉堂，一看佟奉全不在，就要撬抽屉取钱。金海上前拦阻，不料被索巴掐住脖子，推到墙边。索巴说："怎么着，你还真想让我动家伙啊！快开锁拿银票！"

"不开！"

索巴"啪"地抽了金海一个嘴巴："开不开？开了没你事，我这儿有我姑的条子！你快开，我把条子给你留下！"

"有条子也不给你开，你卖烟土害人，就不给你开！"

"好小子，嘴上不积德了，我得给你点儿真格的！"索巴说着抽出匕首就去划脸。刀在肉上走，一道血丝丝，血渍渗了出来。

佟奉全撩帘子从后边出来。

"索巴，好你！别松手，有能耐你把他杀了，你杀了他，当我这儿是银行呀？拿着洋人对付大清国的那一套对你亲姑是不是？贩烟土骗银子，你他妈的是坏到根儿了。你别走，你别走！"佟奉全抄起板凳就砸过去，"你这是逼兔子咬人呢！我跟你拼了！"索巴夺路而出，开车就逃。

佟奉全追到大门口："你他妈的早晚遭报应，不得好死！"

索巴跑回茹府，茹二奶奶正犯烟瘾，难受得抓耳挠腮："索子，你没给我带药来！你快取去，你快取去呀，我受不了了，浑身疼，不自在！快去，快去！你没给我带药来，快取去！"

索巴满头是汗："姑买药得花钱！佟奉全他一分不给，还拿凳子砸我，不是我跑得快，伤着了。"

“我不管，你快拿药去，快去！冯妈给他钱！冯妈！”

没人理她。

索巴说：“要么这么着，您有东西我先取一件，押了钱我给你办药去！”

茹二奶奶说：“东西，东西……那……”

索巴说：“您要舍不得咱就没辙了！”

“舍得，舍得！”茹二奶奶说完起来冲进内间，马上端了个粉彩胆瓶出来，“你拿走吧！你拿走！快去快回，要么今天我就得死了！”

“行！姑那我先走了，您等着吧！”索巴抄起个桌布，把东西包上走了。

家有千金仓，架不住大烟枪，金山银山也抽光。烟土害人，大了亡国，小了破家，再小致人死！茹二奶奶这会儿已经是开弓没有回头箭了，她的生活，她的日月，都被索巴的烟土牵住了，哪还有什么日子过啊！

第二十五章

一

通古斋后院里，众人来来往往地忙乱着。一只又一只的箱子都打开了，露出里面形状大小不一的石块，先是一块一块地往外搬，后来只能“哗啦哗啦”地往外倒了。禄大人和索巴站在院子里，傻傻地看着。禄大人翻着一只石像的鼻子，上面还连带着半只眼珠。

禄大人急了：“王财在哪儿？王财在哪儿？”

索巴有点儿幸灾乐祸：“您不是让给钱吗？给了钱走了。”

“怎么会这样？怎么变成这样子？”禄大人慌乱地看着这一堆堆石块和石渣，“怎么会这样，怎么成这样了？狗屎！狗屎！狗屎！快找王财！”情急之下，后半句都说成了英语，完全顾不上别人是否能听懂了。

索巴火上浇油：“找他有什么用！”

禄大人瞪着他：“那应该找谁？”

索巴摇头：“我也不知道，禄大人咱从容点儿行不行！事情也就这样了，咱坐下来说说，坐下来找个明白人说说。”

索巴将琉璃厂几家店铺的老掌柜请进泰丰楼，摆了一桌丰盛的酒席。索巴坐在一个白胡子老头身边，谦恭地问道：“洪爷您是老琉璃厂了，我问您件事。”

洪爷大声说：“说，说，我听得见。”

禄大人不耐烦地摆弄着手里的一块玉。

索巴说：“咱这些掌柜的学徒里边，谁去过龙门啊？”

洪爷说："去的人多了，分干吗去了，有去看的，有去画的，这会儿叫写生了，那会儿叫描样儿！"

禄大人眼睛一亮："对！谁去描过样儿？"

索巴跟着重复了一句。

洪爷这才看清禄大人："这位先生怎么像个外国人啊？"

索巴一咧嘴："嘿！他原本就是外国人！"

洪爷盯着禄大人的衣着："说话穿着打扮可不像！"

"他在中国待长了，你先告诉我谁去那儿描过样儿吧。"

洪爷往嘴里塞了块肉，嚼了半天才说："啊！描样儿，对，描样儿，佟奉全，佟奉全去过！佟奉全！"

索巴和禄大人对视一下，起身离开了耳聋眼花的老古董们。

茹二奶奶抱着一件瓷器在大门口坐着，坐一会儿从门缝往外看一眼，坐一会儿又从门缝往外再看一眼："冯妈！冯妈！快，快！打鼓的来了，快叫进来，咱给他瞧瞧东西！咱给他瞧东西！快呀！一会儿过去了。"

冯妈从厨房出来，冯妈听了听："太太，您回屋吧，那是打硬鼓的，是收破烂的。咱得找打软鼓的！"

茹二奶奶又听："你再听听，你再听听！打开门，快打开门！"

冯妈叹气："真拿您没辙。太太，这东西要是都这么仨瓜俩枣地捣腾出去了，您将来指着什么过日子？"

"没钱买不了药，没药我一天都过不了，哪有将来呀？快开门！"

冯妈一开门，见索巴站在门口，正对那几个打小鼓的发火："去去去！都他妈的一边去！跟你们说啊，从今儿个起，谁敢再上这家来收东西，我知道了，追杀你们全家！走！快走！"

茹二奶奶正抱着瓷器想往外走，冯妈一看索巴就生气，干脆撂了手不管了。

"姑！姑回去！回去！把罐子给我，药我给您带来了，快把罐子给我。姑，姑夫呢？"

茹二奶奶紧紧抱着药："谁啊？"

"我姑夫，佟……"

"佟奉全啊，他是你姑夫啊？是啊，他可不是你姑夫吗？头一回听人这么叫，怪怪的，他在铺子里呢，不愿回来！”

索巴想了想，抱着罐子就走。

茹二奶奶摸着药盒：“你找他啊？他可不待见你！”

索巴抱着那只罐进了阅汉堂，佟奉全站起身就往外推他：“恕不接待，你给我出去！”

索巴说：“你要非动手，我可就拿这罐子挡了，大明成化粉彩，砸就砸了，砸了是您的，认识吧？”

“从哪儿抱来的，你给我抱回去！索巴你太不是东西了，你给我还回去！”

“还是认识，自己家的东西嘛！姑夫听我跟您说啊，要不是我去得巧，打小鼓的早就仨瓜俩枣给拿走了。”

“索巴，你少说便宜话，没有你，你姑她好好的！”

“姑夫，佟掌柜，咱不这样行不行，您说话怎么总这么不搭调啊？说句蔫儿坏损的话，您盼着她好干吗呀？您是爱她，还是恋她啊？不是我做小辈儿的不懂事咒人啊，她要是早死了，您还不早得继吗？我这是帮您呢，您可别不承情！”

“你……你他妈的是打石头缝里蹦出来的，六亲不认！你怎么一点儿人味儿都没了？你给我滚出去！”佟奉全站起来要找东西，“金海开门！”

“甭开！甭开！不说了，不说了！咱不说这事成不成，我压根儿也不是为这事儿来的，您坐，您坐着。姑夫，您坐下听我说句话啊，王财回来了！”

“爱回来不回，碍不着我事！”

“他把一件东西给带回来了，龙门的《众生礼佛图》。”

“《众生礼佛图》！他……他……这……这回是真的了？禄大人抢中国的东西这回可真的了！索巴，你可不能掺和这事，好好的上千年的东西，生毁啊，生生地给毁了啊！金海给我倒杯水！造孽！造……”

“姑夫别喊了，您想不想看一眼去？再不看就瞧不着了。”

佟奉全匆匆忙忙走进通古斋的后院，一眼看到一大片被砸坏了的石像，一下变得面无表情：“索巴！索巴！这……这是龙门的《众生礼佛图》？”

索巴说：“您不是描过小样吗？您不信就细看看。”

佟奉全弯腰翻检着那些眼睛、鼻子：“这……这……这怎么就成这样了？先人花了几辈子心血啊，怎么会这样了？说毁就毁啊，手就不哆嗦？心都不抖啊，就真下得去手啊！不孝啊！不孝啊！祖宗啊！祖宗哎！不孝啊！不孝！狼心狗肺的王八蛋后人不孝啊！毁了，毁了，把一脉的神气毁了，毁了啊！”

佟奉全哭了，头不断地磕在石像上，前额都磕出血了，疯了似的哭着、喊着、骂着。

索巴慌了：“快来人，拉开！拉开了！快拉开！”

有人冲上去，七手八脚把佟奉全扯了起来。

“狼心狗肺！狼心狗肺！路德维希我×你祖宗！我×你祖宗！你算个什么东西？匪类，强盗……王八蛋！”佟奉全还在骂着，抓块石头砸向躲在窗户后面的禄大人。索巴慌忙抄起个棒子，猛地一敲，佟奉全昏了过去。

索巴撂了棒子：“快拉小仓库去。”

人与物的关系从来分不开，不以物喜，不以己悲，看为的是什么。自家民族文化的一脉传承，转眼毁坏殆尽，残忍啊！无知啊！为了私利将你的精神一脉毁了，将你传承的精神依靠毁了，你不失魂落魄才怪呢！你不肝脑涂地才怪呢！你不悲恸欲绝才怪呢！伤悲啊，破坏、毁灭，此等事天下至今都有，此等事一出，哪还谈什么人类文明。

二

这个时间的王财，怀揣禄大人强迫索巴给他的大洋，已经远离了京城，住宿在一个小县城的旅店里。大炕上睡了很多的人，王财听着屋里的人都睡着了，悄悄地爬起来，穿鞋出店。

来到街上，王财加快了脚步，却总觉后边有人跟着。猛一回头，身后什么也没有，王财心里更加害怕了。在一个墙角，王财突然不见了。一直跟踪在后的瑞五追了过来，正在探头探脑，王财从暗处走出：“五爷，您跟了我这些日子，是要做了我吧？”

“算个明白人，你一说这话，爷我倒不好下手了呢！”

“五爷，下不了手就甭下了，与人方便自己方便，咱两便了吧。索巴给你多少钱？”

“也不是他非要除你，洋人的主意！”

“给您多少钱？”

“五百块大洋！”

“我给您一千。”王财“哗”地一抖小包袱，将一千块银洋给了瑞五，“您走您的，我走我的。”

瑞五把钱接了过去：“行！你走吧！”

王财松了口气，在街上飞快地走，突然又看见前边逆光剪影中，瑞五在胡同口站着。王财慢了脚步想退，发现后边也有人，没地方躲了。

王财说：“五爷，您……”

“王财，我放了你就坏了我们这行的规矩了，做人不能贪财忘义！这一千块还你，我还得杀你！”

“我再加点儿……全……全给您……”

“那也不行！王财，跟你说，我不杀你，天也得杀你，听说你毁了咱祖宗的佛像了。”瑞五边说边飞身向前，手起处，王财的脑袋落地，嘴里还说了半句：“我……”

瑞五在鞋底上蹭着剑刃上的血迹。

屋里堆满了柴火，佟奉全的头被包上了，此时倒在柴草上，神气全无。索巴坐在佟奉全的面前：“姑夫，给您样东西看！”说着打开一只木桶，举到佟奉全眼前。佟奉全一看，胃里一阵翻腾，“哇”的一声吐了起来。

索巴把桶放下，瑞五上来把木桶拿走了。

佟奉全问：“这是谁，这是谁？”

“王财。”

“你……你们杀他干什么？”

“给您瞧瞧啊，杀鸡给猴看啊！”

“索巴，王财欺宗灭祖死有余辜！你想以这吓我吓不着！”

“姑夫，咱别说这么硬气的话，咱没生死的大事，就烦您把这堆石块给对出来，您有现成的小样。您对出来后，看着缺什么，少什么给补上，补好了，编上号算完事。姑夫，我知道您有手艺，会造假，这在您不是难事，不让您白干，五万，五万大洋！”

“是，我有手艺，我有手艺不毁祖宗。跟你说索巴，别的气我都能泄，这口气不能泄，就着我的腔子里还有点儿热血，你把我这头给割了吧。割下来给我扔当院里去，我跟着被你们毁了的祖宗先人们就伴去，我不寒碜！用不着吓唬我，你给我剁了！”

“怎么着，耍起三青子来了？您还别以为不敢！跟您说这会儿解放军就要打过来了，杀个把人没人管了，您要不干，就不能让您活着出去！”

“真吓唬住我了，我佟奉全胆小，这一生有些事为了别人委屈自己，我都认了，可这事我要是干了，不就跟你们这帮子狼心狗肺不肖子孙一样了吗？我不干！索巴，你觉着犯不上是吧？我觉着这事值得豁出去了，你死了心吧，我豁出去了！”佟奉全拿过饭来要吃。

“哎！你豁出去了，还吃什么饭？”索巴无奈地看着他。

“我是豁出去了，可我自己不能杀我自己，你们要动手，我接着！”佟奉全说完，大口地吃起饭来。

茹二奶奶把镜子慢慢地移向自己，看见镜子里那人面色枯黄、憔悴。她飞快地把镜子移开，等了一会儿忍不住又看，跟自己说：“我真的病了，自己都不认识了，除了这双眼还是我的，我这是被人家给换了，换了个病壳子了，我真病了。”

冯妈悄悄地端了汤进来。

茹二奶奶说：“冯妈，我怎么病成这样了？冯妈，哟，您怎么也像一下子老了不少啊？”

这句话说得冯妈一下子涌出泪来了：“太太，不说这个，先喝汤。”

“就……就我这样，甭说奉全他不愿见我了，我自己都不愿见自己了，我看着我自己都害怕。冯妈，我怎么这样了？这才几天啊！”

冯妈说：“太太，您问得好！您要再多问两遍，心里就该明白了，别再吃那药了。”

“冯妈，我不吃药，浑身难受，比死还难受。我不吃药就想着死了。冯妈，您恨不恨我？”

“太太，您……您要非得让我说实话，我……我就说……”

“说吧！”

冯妈这才正眼看她：“我……我恨！”

“不恨才怪呢！冯妈，您要真不想待了，您就回三河。您走吧，我不怨您！”

“太太，您听我把话说完了，我恨您不给自己争气、自己作践自己，我恨您有好日子不会过，我恨您这个！”

茹二奶奶又不敢看冯妈的脸了：“真是不会过了，我原以为从瑞家出来后，该由着自己兴儿过日子了，想怎么过就怎么过了，多好啊！一过起来不是那回子事儿啊！瑞家人还是把我害了，我不会好好过日子了。我凡事爱闹了，爱矫情，好较真儿，使性子，我不会好好过了，瑞家的那十五年，真把我一辈子害了！从根儿上把我害了！冯妈，我成不了人了，我成不了人了！有时想想不如死了算了！”

“不这么说，不这么说，等等吧，等等吧，或许有个变数呢！天没塌呢！咱没办法！有吃就得撑着，撑着！是苦是甜都得撑着，撑着！”冯妈说得一字一顿，说得十分肯定，好像她突然悟到了冥冥中有关她们未来的什么。茹二奶奶急忙扭过脸去，肩膀一颤一颤的。

蓝一贵被索巴领进通古斋的后院，禄大人已经等在了那里。看着一地的石头，蓝一贵半天无语。

禄大人忍不住了：“蓝掌柜，这幅小样儿你描过？”

蓝一贵说：“没有。”

“没有也不要紧，我这儿有照片！”说着拿出照片，让蓝一贵看，照片有些模糊不清。

“禄大人，您找我干吗？说明白了吧。”

“把这个修复完整。”

“我不行。还有一个你们怎么不找？”

索巴插嘴：“佟奉全？”

蓝一贵点头：“他描过小样儿。”

“找过了，他不干！”

“那他不干，我也……”

索巴说：“别那么说，他是他你是你。他干和不干都晚了，蓝掌柜的您想，他知道事了，我能让他活着吗？您好好想想！”

蓝一贵心里一惊：“是啊，是啊！”

索巴又说：“佟奉全活不了了。蓝掌柜，这事儿您知道，看见了就回不了头了，您不会不接吧？”

蓝一贵强作镇定：“我要是不接呢？”

“那我就没活路了，我和禄大人都没活路了，我们俩的命攥在您手里呢！就是救命，您也得接！”

“行……行！”

“还是蓝掌柜识时务！”

“等等！我做是做，有句话我说在头里。一是钱不能少，少了不干；二是这东西在你们院子里我不做，让人移到我后院去！”

“那是为什么？”

“这事儿我得偷着干，我不想让旁的人知道！”

索巴有些犹豫，禄大人抢先说：“行，今夜把石头运过去！”

三

佟奉全听了听外面，好像很安静，起身推了推小黑屋的门，低声问：“哎！有人吗？有人吗？”

“干吗呀？”是个年轻男人的声音。

“兄弟！哎！兄弟您听我说句话，我是阅汉堂的掌柜佟奉全，受累，您给我家里带个信儿，受累！回头报答您！哎！接着，接着，这个金镏子您留着！”

“不去！”

“要么您给阅汉堂金海报个信儿也成，求您！求您了，事后重谢！要不您告金海一声，就说我没死，这总行了吧？”

“不……行！”

“他妈的你怎么荤素不进啊！”佟奉全恼怒地骂了一句。

这时索巴正好走来，听到佟奉全的话，一愣，心说：坏了！差点儿把大事儿忘了。然后匆忙离去。

石块从通古斋运过来了，天合居院内，摆了满地的石头，在月光下白晃晃的。蓝一贵蹲在地上，呆呆地看着。

蓝一贵问站在一旁的贵山："贵山，祖宗的东西毁成这样，心疼不心疼？"

贵山说："爷，都毁了，心疼又有什么用？"

"心疼没用，但心疼和不心疼可不一样！你说能对上吗？"

"我看不容易！"

"对上了，让人运走了，我是千古罪人，没事儿则罢，有事儿就是个死；不对，得罪禄大人、索巴，也是个死！怎么着才能不死又不得罪先人啊？有辙吗？啊有吗？摊上了，这事儿真让我摊上了！"蓝一贵长叹。

"您跑吧？"

"那算什么呀？能跑哪儿去？再说铺子没长腿，它可不能跑，摊上了，摊上了！"

"爷，要么您跑，您铺子我看着。"

"不是个主意。贵山，挖坑，把这些都埋了。"蓝一贵说完抄起锹就干。

贵山不解："埋哪儿啊？"

"就埋这儿，就在当院埋了！拿家伙去，就咱俩，挖坑埋！快！快着点儿，趁天黑都埋了，埋好以后我出两天门。"

静静的夜光下，两人拼命地干着。

贵山正在铺子里打盹，索巴又悄悄进来了，还是没有看见蓝一贵，这回真有些不放心了，就问："你们掌柜的呢？"

贵山说："做活呢！"

索巴想往后走："我看看去！"

贵山急忙拦住："索爷您留步，掌柜的特意吩咐了，不让过去看！"

"不让看，也不是真想看，一块破石头有什么看的，你指定他在吗？"

"索爷，这买卖开在这儿呢！人能跑哪儿去呀？我们掌柜的一定在。"

索巴支耳朵听听："怎么听不着动静啊？"

"看您说的，对那些石头块子，能有什么动静啊？就是没动静的活儿呗！索爷，我们爷这么多钱的买卖在这儿呢，他想跑都跑不了，是吧？您还怕他不在啊？他不在不是便宜我了吗？"

索巴说："贵山，爷可有二十多天没见着他了！"

贵山忙说："快了！快见着了！"

茹二奶奶进了内间，焦急地掀开箱子，伸手进去，空了，一件东西也没了，着急地喊道："冯妈！咱……咱可一件东西也没了！"

冯妈进来："是啊，没了好！太太别嫌我说话损啊，东西没了，我看您药烟也就戒了！"

茹二奶奶一下急了，抓耳挠腮地看着自己的房子："是啊，是啊，怎么这么快啊，怎么……这不是逼人吗！我……我只能把这房子给押了！冯妈，叫保人我要押房子！叫茹安！我要押房子，我要押房子，我可不能没有钱，我不能没钱！"

冯妈说："太太，茹安早走了，这会儿就剩咱俩了。太太您心疼心疼自己吧！要么我求您了，心疼心疼我吧！"

茹二奶奶笑了，那笑让人听着有点儿冷："我心疼，我心疼别人，谁心疼我了，我这辈子谁心疼我了？什么也别说了，押房子！我不能没有钱！我不能没有药！我借，我押！"

茹二奶奶从那天起就真开始借钱押房子，败家了，人生一世"消极"二字躲也躲不掉，以寻常心待之，就当做菜放多了盐，想法补救就是了。喜怒哀乐悲恐惊，人生况味即如此，想躲哪就能躲过去呢？茹二奶奶为了借钱买药，真的把房子押下了。还期一到，讨债的人挤在茹府的门口，大闹起来，砸门敲门地要往里挤，手里都举着借钱的单子。

冯妈总算找到了索巴，拉着索巴朝茹府走来。索巴一看众怒难犯的阵势，就想溜，冯妈死死拉住了："侄少爷您可再不能走！房子卖了，你姑住哪儿去？您给挡挡！您给挡挡！"

"我……这才几天啊！怎么这样了？这才几天啊！"索巴刚说完这话，债主们冲过来围着他，逼他还钱。索巴忙说："找她要去，我不管，找她要去！她没钱找不着我！她爷们儿还在呢！阅汉堂还在呢！你们找我干吗！"

债主们一听，马上反应过来，朝阅汉堂奔去。

没几天，茹二奶奶到底被官家从茹府轰出来了，茹府的大门被官家给贴了封条。冯妈扶着茹二奶奶，身上都破破烂烂的，冯妈挎着一个包袱，那已是她们最后的财产了。她们终于找到了索巴，不料索巴看到她们扭头就走，她们紧紧追赶。

茹二奶奶勉强走了半天，早已面色苍白："冯妈，我累！"

冯妈瞧了一眼前面的索巴："太太撑会儿，咱得跟着他，跟不住他，咱回头住的地界儿都没了！"

索巴停下了："哎！你们俩别总跟着我，算怎么回事啊！跟着我，我也没什么招啊，去去，走吧！走吧！"

冯妈说："侄少爷，不跟您跟谁啊？药是您教给吃的，东西都被您拿走卖了，我们不跟着您，您给我们指条道，我们跟谁去？谁能让我们跟着，您给指条道！"

茹二奶奶哀求说："索子，我累了，你给我找地方住下吧！"

索巴说："我不管！跟您说我可不管啊！"

"侄少爷您还别说这话，您不管也成！真弄急了，太太敢不敢我不知道，我敢上你家门口，去什么密斯马家门口上吊去，反正是个死，怎么难看，我们怎么死了！侄少爷跟您说啊，您今儿个说不管，我晚上就吊死！"

"别说了，我怕了还不成吗！你们先上阅汉堂住着去！这是十块大洋，你们先花着，我给你们找人！"索巴说着拦住一辆洋车，让她们坐上。冯妈刚要上车，一下回过味儿来："等等，找谁啊？您这是往外推啊！"

索巴头也不回："找谁？还能找谁啊，佟奉全！"

索巴回到通古斋的后院，从小黑屋里放出佟奉全，使劲儿往外推着："怎么着让你走了，你还拿糖了？"

佟奉全说："不明不白的让走就走啊？我要再看一眼那堆石头，我再看一眼！"

两人来到后院，这里早已空空如也了。佟奉全愣住了。

索巴说："姑夫看好了，什么也没有了，什么事儿也没出过，您……您哪见过什么石头啊！您就当做了个梦，这会儿醒来了。姑夫，您要不是我姑夫你活不到今天，走吧！"

佟奉全看着空空的院落，自语："东西呢？"

索巴又往外推他："甭问了，没东西，您做了梦了，捡条命还不知足吗？走吧，走吧，快走！"

佟奉全回到茹府，一看大门上的封条，傻了，赶快地跑到街对面的小食摊："老邢，家怎么让人封了？"

老邢看到他也有些意外："哟！这不佟先生吗？您出门了吧，怎么才回来呀？您太太抽大烟把家全抽没了，人间事儿就是这样，您原先娶人家为了财，这可好，转眼大风刮跑了，辛苦钱万万年对不对啊？欠了一屁股债，院子押出去抵债了！您可没瞧见，前几天就讨债的快把半条街给堵了。"

佟奉全回头看一眼茹府："她们人呢？"

老邢说："哪还叫人啊？您太太跟个鬼也差不多了！"

佟奉全不再听他唠叨，急忙跑向阅汉堂。过街推开阅汉堂的门，里面四壁空空，金海也不知去向，佟奉全呆呆地看着，突然听到后面有人说话："太太，咱饭都吃不上了，您就别逼我了，我哪儿给您找药去啊？"

佟奉全听出是冯妈的声音，佟奉全此时已经没有了任何感觉，木然地慢慢地往院子后边走去。佟奉全第一眼看到的，竟是披着被子还在哆嗦的茹二奶奶，旁边站着已经衰老了的冯妈。佟奉全看着她们，她们也看着佟奉全。

冯妈差点儿瘫倒："老爷，老爷，您可回来了！"

茹二奶奶眼珠一动不动地看着佟奉全："奉全，奉全，你给我找药去！"

佟奉全说："别叫我，我问你，金海哪儿去了？"

"不知道！你给我找药去！"

"阅汉堂怎么变成了这样？"

"……让……让我吃药，吃光了？"

"你……你怎么不把自己吃死？对！我说了，再说一遍，你怎么不把自己吃死了！你觉着你委屈是吧，这天底下就你一人委屈是吧？你把自己那么一点点儿的委屈放大成仇恨了是吧？你不管好赖了，谁碰着你，你让谁倒霉是不是？越对你好的人，你越下狠心往人心上捅刀子是吧？冯妈您过来，您让她仔细看看，这二十来天冯妈老得我都不认识了。茹安走了是不是？茹安也走了！你……你再看看我，你好好看看，想对你好，想跟你过日子，你猜忌，你跋扈，你使性子，行，都忍了，不是冤家不聚头！你抽烟吃药，劝你、求你不成！为什么？我们贱骨头吧！对你好，就为了你反过头来拿刀子捅人是吗？你解恨是吗？你还是人吗?！你自己看看，你跟鬼有什么两样！”

茹二奶奶听着听着，转过身去，被子掉在地上。茹二奶奶回过头来给佟奉全鼓掌：“骂，骂得真好！骂得真好！这世上还有人到这会儿了，还能这么动情地骂我，我这辈子也没白受苦，没白活！真好！奉全你是我丈夫！虽是名分上的丈夫，可你比谁都恨我，你有多么狠啊！一天一天地对着我笑，对着我客气，一天一天地拿冰在我心尖上滴凉水，一天一天地笑模滋的，你不理我，臊着我。我欠你的，对，我欠你的，你仗着我欠你的，你一笔加一笔地让我还你，让我愧对你，让我对不起你。你把你的怨恨、仇恨变成冰凉让我欠得更多，让我羞愧，让我不想活，让我只想吃药！奉全你问得好，我干吗就没吃死了！我不是不想死！我……我想死，可我死不了！我怎么能不想死呢！我没那么贱！我死……我死了就好了，就天下太平了！我……想死啊，可惜死的力气都没了，你把我杀了吧！你把我杀了吧，看在夫妻名分上，你把我杀了吧！”说完伸头往石阶上撞去，却因浑身无力，软软地倒下了。

半天无语的冯妈大喊：“太太！”

佟奉全看着飘然坠地、头上流血的茹二奶奶，忙说：“冯妈，快叫赵大夫！快！”

四

夜色里，一队装满箱子的马车驶进了琉璃厂大街。蓝一贵穿着黑色的斗篷，在前边带路。车队到了天合居门口，停住了。贵山打着灯笼迎出来。蓝一贵喝道：“快把灯笼吹了，带车队去后院，谁也甭让知道，把货快卸了，快去！”

灯笼一灭，街上又变得一片漆黑，只有马车驶过的声音。

晨光下，一幅新仿的《众生礼佛图》石像做好了，分隔成块地拼在了一起。蓝一贵拎了个油锤，在那石像最不要紧的地方“砰”的一下，佛像砸碎了。蓝一贵望着忙得满头汗水的贵山说：“这儿水砂纸打！真要打不出来，使锤砸两下！做残做旧，咱人不够，还得找人，能伸上手的都伸手！要快，快点儿做了！从今天起，刷锅水什么的都往上倒，让它旧了。”

在阅汉堂后院的正房里，茹二奶奶坐在椅子上，眼珠一动不动地看着佟奉全：“我想吃药！”

佟奉全说：“好！有药！冯妈，端过来！”

茹二奶奶马上明白了：“我不吃这药，我不吃这药，我要大烟！我要大烟土！”

一阵手脚乱动，想把药碗打了，佟奉全赶快把她按住了：“冯妈！冯妈快拿绳子，给她捆起来！快！”

茹二奶奶的手被按住了，双脚却死命地踢着踹着。佟奉全拿绳子将茹二奶奶捆在椅子上，茹二奶奶疯狂地挣扎着，喊叫着。

冯妈端着药过来，看着挣扎不休的茹二奶奶，心疼地问：“老爷这么行吗？不行！不行！别伤着了！”

“你自管端好了药吧！”佟奉全开始喂药。茹二奶奶紧紧闭着嘴，摇着头，躲闪着。

佟奉全的声音一下变得很柔和：“秋兰，你别动，你别动！你不吃没关系，你听着，听我说一句话，听我说一句。以往的事儿你错也好，我错也罢，咱……咱不提了，从这会儿开始，就从现在，我喂你药，等你好了，咱重新过日子，咱一天一天地重新过，咱好好地过日子，我把错过了的都补回来，咱重新过日子！好不好？咱重来！一切重来！”

听了这番话，茹二奶奶眼还是紧紧闭着，却没有关住眼泪，泪流了出来，在脸颊上缓缓滑落。

她张嘴了，佟奉全一勺一勺地喂她吃药。

既有如今，何必当初，话可以这么说，理却不是这样的。没有当初，如今根本就不会有，人生之事，“情”字最难说，一说就错，从古到今，几千上万年了，看都没看明白，谁又能说得清？

佟奉全背着茹二奶奶进了一座小杂院：“到了！冯妈快搬把椅子，秋兰你先在院里晒会儿太阳，等冯妈先把屋子收拾收拾你再进去！”

冯妈去屋里搬了把椅子出来，佟奉全扶着茹二奶奶坐下。

佟奉全望着小院儿说：“院儿小点儿，小点儿可够住了。阅汉堂前面铺子后边院的，咱住着浪费，租给人家，不管怎么说，得俩钱够吃喝的了。回头我把炉子支上，屋子小，冻不着，一定冻不着！”

茹二奶奶晒着初冬的太阳，惬意地闭上眼睛：“委屈你了！”

“咱不说这话，你觉着好就成！”

“委屈你了，人啊真怪！”

“怎么呢？”佟奉全扫着院子。

“先别干了，你搬个凳子，坐会儿，咱说会儿话！”

冯妈赶快搬着个凳子过来：“老爷，您坐，笤帚交我了！”

“你说人怪不怪，秋天的那会儿，我是一天都不想活了，想着死了最好，进了冬天，这会儿我可一天都不想死了。奉全，什么院子小、没的吃啊，这都不是事儿！有钱那会儿人是没乐子，以为花了钱就能把乐子找回来了，找来找去，找了多少烦恼啊！乐子这东西找不来，得等着它来找你，就像这会儿，咱钱没了，坐在这么个小小的院子里，晒着冬天的太阳，感觉真是大乐子呢！人什么时候才能往对了走啊？不经事儿，不长见识；不摔打，不明白！”茹二奶奶还是闭着眼睛。

佟奉全望着她逐渐有了血色的脸：“没当初就没现在，能活明白就不错！否极泰来，什么时候走到头了，就该回头了。冯妈，药可熬了？”

“正熬着呢。”

“我不想吃药了。”

“可不能，这都吃了一个来月了，说话就好了！”

“我好了！”

“好了？！”佟奉全有些不相信地看着她。

茹二奶奶睁开潮湿的眼睛，深情地望着他：“好了！什么药也顶不了你这味药，我好了！奉全，我这会儿不管你怎么想的，不管你是不是觉着没什么再闹的了，将就吧，还是旁的想法，我觉着咱们这会儿才算近了，心近了，有这么一出，旁的戏文我都不在乎了。我好了！真就好了！”

茹二奶奶有些羞怯地拉住了佟奉全的手。

佟奉全说：“可不是吗！脸儿见了红色儿了！”

第二十六章

一

做了旧的《众生礼佛图》在天合居后院里摆了一地，乍一看去还很壮观，再也没有原来碎石头的那种残损的混乱了。禄大人和索巴认真地看着效果。蓝一贵和索巴都看着禄大人的表情。禄大人站在离石佛像远一点儿的地方看着大效果，神情严肃得让人觉得身子发冷。禄大人问：“照片呢?”

蓝一贵说：“贵山，照片给禄大人!”

禄大人对照着已经磨损破旧的照片，脸色稍有放松。

索巴忙说：“蓝掌柜，不是我当着人夸你啊，医行里叫妙手回春，您该算是圣手再造！这堆碎石头，愣让您给拾掇成这样了，我索巴也是行里的一块料，做梦也没想过！禄大人，您看吧!”

禄大人看着蓝一贵：“蓝掌柜，借僻静处说一句话。”

索巴又插嘴说：“对，说说，该说说了!”

禄大人：“你们都不用来了，我与蓝掌柜说几句话。”

于是，两人一先一后，走进了天合居后院的小茶室。蓝一贵给禄大人倒茶：“禄大人您用茶!”

“蓝掌柜，我问你，从龙门山凿下来的碎石块，现在在哪儿?”

“这些就是!”

“蓝掌柜您不妨跟我说实话，您把实话告诉我没您的坏处。”

“这就是实话，外边院子里的就是。禄大人，修修补补后您不认得了吧？这些就是那堆烂石头!”

“我不认得？我认得很清楚！”说着从怀里掏出一个原装的石鼻子，“我怕你做手脚，把原来的塑像藏过一只鼻子，可现在发现那只鼻子在那头上长得好好的！”

“禄大人，保不齐您那块石头鼻子是个假货呢！您要非说我院子里的那堆是仿的，您拿个真的出来给我瞧瞧！”蓝一贵有点儿耍赖了。

古玩行中，真的说成假的，假的说成真的，这种事从古至今都有，为利，为益，为仇，为气，什么样的情况都出现过。一旦口张了，没办法只有咬紧牙关。反正你从我嘴里再听不出个否认来，誓不认错，实在是古玩行中买卖人的一大弊病。禄大人大笑：“哈哈哈！蓝掌柜，我很佩服你的执着！好啊！好啊！你……你这么做，我就放心了！”

“禄大人您这话什么意思？您……”

“没什么意思，听我把话说完。这东西按你所说，就是真的，不是真的也是真的了。”禄大人拿起那只鼻子“砰”地摔到地上，石子儿乱溅，“蓝掌柜，我别的不怕，就怕你口风没那么紧，口气没那么硬！好！成交！”

禄大人刚要拿银票，却又犹豫了：“蓝掌柜，原来的东西我希望你让它们在这个世界上消失了，懂吗？”

蓝一贵说：“禄大人，懂！我也问您一句话。”

“好啊！说！”

“那真的东西毁了您心疼不？您不是总说要保护文化吗？”

“蓝掌柜问得好！我说的话你怎么就那么信啊？我们是在毁坏的基础上保护！”

“您这鼻子说了真话了。禄大人，这事儿算了了吗？您不会再找后账吧？”

禄大人笑了：“不会！战争就要来了，请赶快装箱运走！”

初冬了，琉璃厂各家店铺里都生了炉子，人们的衣服也臃肿了许多。佟奉全穿了件旧袍子进了茶室，一眼看见罗先生正跟几位商家高谈阔论。佟奉全为终于能看见罗先生而高兴，径直凑向前。罗先生其实说话时也看见他了，一下偏过头去，假装没看见他，继续对那几个商家说着：“……此话根本不是道听途说，我的一名学生家在河南，我特意写信让他去龙门石窟看看，果然被盗割了，这岂是盗割了一座石像，实在是在中华民族的脸上剜肉。商家也好，研究家也罢，就是那种为趋小利而失大节丢灵魂的人，以自己的，不光是自己的，祖宗的魂灵去换外国人手中的小钱！我劝各位，千万不要这样做！”

佟奉全羞眉臊眼地坐在另一张桌上听着，知道罗先生还为那只尊的事生气，趁机话里话外地捎带自己。

有个商人问：“罗先生，您可是明眼人，我们几位做买卖看重道义，哪能做这事儿啊！”

罗先生说：“人不可貌相，有些人平日颇显正义，还不是把那么珍贵的一只尊给了洋人了吗？”

佟奉全知道说自己呢，忙说：“罗先生说的是我吧！”

罗先生说：“佟奉全，捡瓜捡豆，大街上捡人家话把儿的可不多见！”

“罗先生，您是文化人、教授，我尊重您。可有一点，您不让人说话这不好！我是说那只尊的事儿！”

罗先生说：“你还有什么可说的？欧洲的报纸都登出来了，我的文章也写了，白纸黑字，你总不能不承认事实吧！我把握着事实难道还要听你说什么片汤话吗！”

“罗先生，您有学问，有道义，我敬仰您，可您把白纸黑字看得比真事儿还真。您文章也写了，该骂的也骂了，我是个小人物，我几次三番地登门想跟您说句心里话，门子就不让我进了！您听了我的话，也许……”

“白纸黑字，有照片为证！我还要听什么？”

“白纸黑字也是人写的，您怎么就不能再多听一句？”

罗先生有些激动了：“我已然看到了卖国的事实，我……我为什么还要听卖国贼再来说一番话？”

佟奉全脸色有些涨红：“我不是卖国贼，我为了不卖国，差点儿让人做了！罗先生，您听我把话说完，尊的事儿早晚水落石出！可现在这会儿还有更大的事，您听我说，您得写文章！”

罗先生站起来就走：“佟奉全，我看人不看嘴，看行径，你说什么也没用！”

罗先生和那几个商人一起走了，佟奉全望着他们的背影喊道：“您冤枉人，罗先生！早晚我得让您知道，您冤枉好人！”

二

茹二奶奶坐在暖暖的太阳地里，看着佟奉全动作麻利地钉着木梯子，见他只顾钉钉子便觉受了冷落，便说：“奉全，奉全，你说书上写的那飞檐走壁有轻功的人爬墙他就不用梯子了吧？”

佟奉全笑笑：“我不是没功夫吗？”

“那你爬墙干吗？”

佟奉全一听她在这儿等着他，就说：“我……我不爬墙，我……我闲了爬树！”

“奉全，你有事瞒着我也不要紧，我也不是特想知道。”

“别生气啊，该让你知道就让你知道了。”

这时，冯妈抱了棵白菜进来了：“太太啊，连白菜都不好买了，贵得都有点儿不敢信了，这么棵白菜花了五毛五。”

“好嘛，赶上玉做的了！”佟奉全说完把梯子往房檐一靠，立了起来。

那天深夜，佟奉全扛着他的梯子爬进了茹府院内。院子里落满了树叶，冷风吹动，簌簌有声，更觉荒凉。佟奉全站在院子里看了看，飞快地开锁进了小南屋。

佟奉全打开一支手电，用嘴叼着，把铺板挪开，把砖起了，终于看见了那只盒子，心里顿觉亲近，赶紧打开，尊还在！好好的！看着那尊，佟奉全真觉像看见了一个梦，包好了，又翻墙出去了。

回到新租的小院儿，佟奉全将尊埋在柴房的地砖下面，上面又做好伪装，一切就绪了，佟奉全这才悄悄回到卧房，不点灯，不出声，摸到床上，脱衣服钻被窝。钻进去想感觉一下旁边茹二奶奶在不在，用手一搭，那边是空的，拍了几下没人，赶快坐起来，把灯捻亮，发现茹二奶奶穿得好好的坐在太师椅上呢！

“回来了？”

“啊……啊，外边可冷！你怎么不睡觉？”

“等你。”

“干吗？”

“想说个话。”

“躺下说吧。”

“不是躺下说的话。”

“那我坐起来。”

“你躺着。奉全，你有什么事儿瞒着我，我不想问，我有瞒着你的事儿，想了半夜，该告诉你。”

“什么事儿啊，明天说吧。”

“明天备不住就不想说了。从大院子里出来，我留了体己了。”茹二奶奶说着拿出两件东西，一个扳指儿，一个翠镯子，“这个翠扳指儿原想给你留着做个纪念的，这翠镯子我原想走的时候换装殓的。就这两样东西了，那么多东西都没了，现在想都不知道怎么没的，没了好，心静了。奉全，今天就把这扳指儿给你吧，过来我给你戴上，这镯子也给你。”

佟奉全伸出手指，茹二奶奶给他戴上。

佟奉全说：“这干吗给我呀？你留着！”

茹二奶奶说：“不留了，买棵白菜都五毛五了，留不住了。这会儿，钱也毛了，换大洋过日子吧。这不还没死呢吗，不想那么多了，咱不往远了想，能过好一天是一天吧！”

“秋兰，好日子来……来得总是不那么顺畅。今儿晚上，你等了半夜，把话都跟我说了，实话告诉你，我……我也有事儿瞒着你呢！可……可这话我不能实说了，我藏了东西了，可我不能拿这东西去换嚼裹儿！”

“是啊！”

“为这件东西我受了冤了，找个机会，我得借它说话呢！秋兰，你别为这事儿跟我生分，实在是我这私心里为了名声，也为了这东西本身呢！话我只能说到这儿了，你可别为这事儿跟我生分了，按说两口子过日子，不该藏着掖着。”

“甭那么多事儿，我今儿说了这话是我自己想说，没有想勾着你说实话的意思。这些日子，我是看着你不开朗了，我真想变着法儿地让你能开心呢！可……可又不知怎么才能……”

佟奉全握住茹二奶奶的手：“别说了，上来吧，被窝我焐热了，快进来，外边怪冷的。我这会儿心里落底了，一个人啊，只要他自己一口气别泄，就是一百张嘴也不能把白的说黑了。”

茹二奶奶上了床了，两个人相互怜爱地抱在了一起。

索巴修着指甲走进天合居，一看架子上的东西都空了，觉得奇怪，喊道：“蓝掌柜，蓝掌柜！”

贵山从里屋出来：“索爷，我们掌柜的不在！”

“又不在啊，打东西运走后，他再没露过面，这架上的玩意儿也都拿走了？他怕什么啊？”

“爷，您说怕什么啊？这年头除了怕死，还有什么可怕的？”

“小子，话茬子硬！谁让他死了？朋友还没交够，能让他……”

贵山从柜子里拿出一身蓝一贵的身裳：“掌柜的出门时说了，索巴来第三趟时，把这衣裳给他，您今儿个是第三趟了。”

“给我干什么用？”索巴吃惊地望着贵山。

“掌柜的没说，你想要就接着，不想要我收着。”

“蓝一贵，蓝一贵，你他妈的是诸葛亮。”

三

禄大人进了通古斋，看着索巴递给他的照片：“这……这也看不清啊！”

索巴说：“禄大人，多清楚啊！你看看，这衣裳不是蓝掌柜的吗？不小心打花了！我在近处看了，没错就是他！”

禄大人把照片一收：“不谈这事儿了！索先生。”

“您说！”

“共产党要打进来了！”

“没这么快吧？”

“早晚的事儿。街上的古董一降再降！”

“平安藏古董，乱世买黄金嘛！”

“这些东西我不好出面，你帮我收集一些，要好东西。”

“那还不……一句话。”索巴看着禄大人，话里有话。

禄大人开箱拿钱：“钱先给你一万美金，记住只要精品！”

“那还用说吗，一定得是精品！”

串货场里依旧热闹非凡。原来都是古玩、古董交易，此时变成了以古董换药，换吃食。有个商人问刘掌柜：“您说这城守得住守不住啊？”

另一个商人搭话了：“守不住就对了，早疼晚疼就一下子，省得守住了飞机大炮没完没了地炸，那得有多少炸弹往咱脑袋上扔啊？到时一个月两个月的，有吃没吃就是个大事儿了！怎么着冯掌柜，我这两条腊肉换你的这只梅瓶可不是没道理的，兴许这东西到时能救你一家人的命呢！”

索巴过来了，穿着白西服，一沓美元在手上甩着，身后拥着很多人。有个商人将一只青铜器放到索巴怀里：“索爷，您好赖给个数，家里有病人指着您的美金换盘尼西林呢！您给个数！”

索巴瞥了一眼：“这玩意儿不要，一个铭文也没有，把最好的玩意儿拿来我换！要粮食有粮食，要西药、奶粉都有啊，牛油奶油花生油都有。李掌柜，您那只五羊尊我可早瞄上了，想出手趁早，晚了我不要！”

“索爷，您给谁收东西呀？手里净美刀子！”有人问。

索巴说：“我当然自己收了，我索巴犯得上给洋人收吗？”

要卖青铜器的商人又问：“您那美刀哪儿来的？”

索巴让手里的钞票翻了个筋斗：“这算什么，外交部交际处有的是，不知道我跟密斯马交着朋友呢吗？哎！你！你！你！想好了！是想留东西，还是想留命！跟你们说啊，过了今儿个可就没这个价儿了！”

众人真怕砸在手里，争着往里挤。佟奉全走过来，对众人说：“有东西也甭给他，什么自己收，他给禄大人当托儿呢！”

索巴急了：“谁？我?！佟奉全，你他妈的屁股底下屎还没擦净呢，你说我！”

佟奉全有些冲动地望着他：“怎么着，还惦记给我关小黑屋啊！索巴跟你说明白了，我不怕了，你有尿，你能滋出三丈三去！各位老大扛几天吧，龙门的《众生礼佛图》就是这小子卖给洋人的，他拿祖宗的脸当屁股给卖了！”

索巴喊道：“你小子胡吣！”其实想溜，众人看着他。

佟奉全不依不饶：“我胡吣，你自己闻闻你那手里美金有没有禄大人的臭味儿！”

有个商人喊道：“抢狗日的，抢狗日的！”众人起哄：“抢他！抢他！”“哗”地上来一群人，抢索巴手里的美金。

索巴眼都红了：“瑞五，瑞五！拔枪，拔枪轰人，拔枪轰人！”

一下子串货场里乱成了一锅粥，众人跑来跑去。佟奉全冲上前跟索巴支巴着，撕扯在一起。“砰”的一声，有人朝天开了一枪。

串货场里更乱了。

茹二奶奶边给佟奉全吊着受伤的胳膊，边有些埋怨地劝他：“他收他的呗，你管那么多事儿干吗?”

“那可不成！都是好东西，平常的卖也就卖了，全让洋人收了，谁不心疼啊！见都见不着了。秋兰，你不知道那份心情，一两千年的玩意儿，活到这会儿都成精了，到你手里仨瓜俩枣给出去了，再见不着了，比割心头肉还难受呢！败家，丢祖宗脸!”

茹二奶奶又说：“甭管谁拿走了，东西还在，有什么两样?”

没想到佟奉全在这件事情上变得这么固执：“那可太不一样了，金銮殿上要是什么都没了，那还有精气神儿吗？就跟一门一户似的，跟一个店似的，没件压得住的东西，那气就显得飘，沉不住了。咱五千年的古国指什么说事儿啊，还不就是这些现在让人看了都发傻的东西吗？没这些东西你哪还有根儿啊!”

茹二奶奶刚刚给他绑好，还想再说服他几句，猛地又犯了恶心，赶紧捂着嘴跑到院儿里，扶住那棵小枣树一个劲儿地吐，再吐!

佟奉全跟出来：“怎么了，这是怎么了？咱俩说话你可别往心里去，说了不跟你说，生气了吧，咱不说这事儿了，不说了，别窝心，别窝心啊！回屋我给你沏茶!”佟奉全给她拍着背，又递上自己的手绢。刚说到这儿，冯妈将一碗醋递了过来。茹二奶奶一口就把半碗醋喝进去，看得佟奉全牙根子直冒酸水。

“老爷您撒手，我扶太太进屋。”冯妈说着话把醋碗递给了佟奉全，扶着茹二奶奶进了屋。

佟奉全看着回屋的她们，拿起那碗，疑惑地闻了闻：“酸的，醋啊！醋！醋!!!”

佟奉全蹲在小柴房里，呆呆地蹲着抹眼泪。阳光从门缝中斜了进来，照得小柴房里亮亮的。门开了，有人走进来，佟奉全赶快收泪。

“怎么了?”

“没事儿！”

“没事儿跑这里干吗来了，不高兴了？”

“哪能啊，哪能啊！”

“那干吗流眼泪？”

“几天了？干吗不跟我说？来，坐下！”

茹二奶奶这才挨着佟奉全坐下：“不知该怎么说。”

“为什么？”

“怕你不高兴，怕你觉着委屈！”

“你……你想哪儿去了！我……我哪能不高兴啊！我高兴得都不知道说什么了！”佟奉全一把把茹二奶奶拉进怀里，两人躺在柴火上。

“秋兰，说好了，再不能那么生分了！这会儿，不冲别的……”

茹二奶奶故意问他：“冲什么？”

“冲着肚里的孩子，再不能生分了！有什么事得说在明处，这孩子把咱俩的心连成一颗心了，再不能生分了，再不能了！”

茹二奶奶心里一暖，又犯呕了，赶快要跑出去，佟奉全紧紧拽住她：“别动，别动，吐吧，吐吧，就吐这儿，吐这儿！”

“我想喝醋！”茹二奶奶的声调有点儿发嗲，撒娇。

“我给你倒去！我给你倒去！酸儿辣女，备不住是个儿子！”

“你什么都知道！”她瞪他一眼，自己却先笑了。

“听老辈儿人说的！”他还一本正经地解释。茹二奶奶这回真的被他逗笑了，笑得很开心。

四

在通古斋里，密斯马也在给索巴缠着绷带。看着索巴疼得直咧嘴，便问：“什么样人啊，胆子这么大？你不是说在琉璃厂，你跺一下脚，四处都颤吗？怎么还有人敢欺负你啊？”

索巴说：“不是一个人，就我这功夫，三五个人哪近得了身啊！一帮子人看见我拿着‘刀令’全扑上来了，全是精品往我怀里塞，想推都推不出去！密斯马。”

“干吗？”

“我这次伤可都是为你而负的啊，你可得加倍地心疼我！”

“哟！这伤不是为禄大人受的吗，怎么又扯我头上来了？”

“说为禄大人也对，可为禄大人是无利不起早，我不是为了挣他点儿‘刀令’吗？挣了‘刀令’干吗？还不是为了你？不是为你，什么大人我也不侍候啊！”

“是啊！你那么心疼我，我好感动啊！”

“感动就对了，来，来香一个。远的不说了，近的，赶快让你爸给我弄两张机票，对了机会咱俩往南飞吧！”

密斯马一听这话猛地抱住索巴又亲了一下：“密斯特索！达令！这会儿我才听出来了，你还真想着我呢！机票，对，有了机票才有未来！我们的将来一定非常非常浪漫！”顺手把索巴手里的一大沓美元抽了过来。

索巴看着密斯马抽走的美元，有点儿心疼：“那还用说吗？来，来中间亲一下！”

佟奉全买回好多袋子面，都堆在小柴房里。茹二奶奶高兴之余又有点儿不太明白，见佟奉全进了正屋，边给他倒水边问：“买那么多面，你哪儿来的钱？”

佟奉全笑了：“跟你说可别生气，我把你给的扳指儿、镯子都给当了，这会儿当铺文玩古董都不收了，还就珠宝首饰能当个钱。”

“十八袋，咱吃得了这些个面吗？”

“吃不了，我想趸点儿，到时换点儿好东西。现在就是收东西的好时候，钱毛了，就这实打实的粮食管用。”

“收什么呀，你木头啊！人家都不要了，怕打仗，咱换人家玩意儿干吗？”

“秋兰，你听我说，我一辈子除了鼓捣这些东西，再没旁的手艺，我想不管什么年代，我还得开铺子。还有，我看着好东西被那些不三不四的人收了我心疼！我算了，从你这会儿到孩子生出来，有十袋面尽够了，余下八袋我……我想换东西去！”

茹二奶奶听了这话有点儿感动，更多的却是伤感。

“秋兰，办这事儿前没跟你商量，你要不乐意不换也成。”

“干吗不跟我商量啊？”茹二奶奶用手指戳了他一下额头。

“怕你不答应。”

“我就那么小气？就那么不懂事儿？奉全，跟你说，你顾我不顾我都没关系，不顾孩子也没事儿，你能趁着这会儿再把铺子开出来，做你喜欢的事儿，我就比什么都高兴！咱用不了那些个面，有五袋就够了，旁的你拿去换东西吧！奉全，原来我可是个不吃亏的人，现在我能给人办点儿事儿，我心里高兴！”

“好夫人！好太太！我那东西是当的，等有了钱咱再赎！”

“赎出来又能怎样，多少东西都没了，我还在乎这点儿？咱这是当买了份高兴来了，你能高兴，这点儿东西能派上点儿实在的用场，那我比什么都高兴！”

“秋兰，你可真让我高兴呢！”佟奉全凑近茹二奶奶，刚要有所动作，外面冯妈喊道：“老爷，给车把式结账了！”

佟奉全扛着一袋子面进了格古斋古玩店内，对忙着擦抹瓷器的刘掌柜说：“刘掌柜，面给您了，东西我可不拿走，在您这儿放着。但这东西可有我的股在里边了，真要出手了，咱俩得一块儿商量，索巴那样的狗腿子贵贱不能给他了！”

刘掌柜说：“放心吧，佟掌柜，就是现在您伸手把东西拿走我也没话，放您那儿放我这儿一样，有这口袋面，我就能绷好大的一阵子了！”

“您先扛着别出手了吧，”看着那只梅瓶，“多好的东西，留着！”

刘掌柜又说：“留着，谢您了！”

佟奉全刚走，刘掌柜蹲下刚要把那只瓷瓶收起来，门一响索巴进来了。

索巴忙说：“刘爷，甭收了。哎，甭收了，甭收了。钱，美刀我拿来了，东西就手递我吧！”

刘掌柜头都不回把东西放好：“您来晚了，东西我不卖了！”

“刘爷，您怎么这样啊！是大街上捡着钱了，还是玉皇大帝给了你活命的令牌了？想活命啊，还是守东西啊？拿来，拿来！哎！听听钱声，听听！”

“不听！我什么都没捡着，我也没上街，就是坐这儿捡了个明白了！卖别人可以，卖你不卖！”

“为什么？”

“卖了您我怕它走了远道出洋了！”

“好，刘爷，不就是佟奉全小子给您送了袋白面吗？一袋白面你可扛不过半拉月去！”

“能扛半拉月扛半拉月，索爷你自便吧，我要关张了！”

索巴临走哼了一声，说：“佟奉全说不定连他自己都扛不过半拉月去了。”

五

佟奉全变得很细心，一勺一勺喂着茹二奶奶吃红果酪，嘴里还在教导她：“总喝醋可不成，回头这孩子生出来整个儿是个醋坛子了。是个小子还好，要是个闺女那不是招人烦吗？”

“噗”，茹二奶奶笑得把一嘴红果酪都喷了出来。

“不带这样的啊，耍贫嘴逗人笑，还让不让人吃啊！”

佟奉全给她擦擦嘴角：“吃！不吃我不答应！再吃一口！”

“不吃了！奉全你白天倒腾出去那么多白面，也没见你往回拿东西啊！”

“没拿，秋兰，不知那东西有多大价值还罢，知道了，真就拿不动了。你想想，乘人之危一口袋白面把人家的东西拿走了，我是真拿不动，算我接济人家一下吧，也算接济那玩意儿了。”

“拿得动也别拿，你们这行，我知道说斗是真斗，可名声比什么都要紧！都是人心换人心的，你接济人了，人到时帮你。”

“说得好，我媳妇这程子怎么净说明白话啊！”

“你要笑话我，我可也当真话听啊！奉全，我都觉着怪，这夫妻间一好起来了，百事都顺了，觉着人世开阔了！”

“要不孔夫子怎么说齐家治国平天下呢！这事儿你点头了？”

“你就办吧！我怎么听着有人敲门啊！”茹二奶奶支起耳朵。

两人静听，真有声音。“谁这么晚了还来啊！”佟奉全说着走了出去，开了门，是生子在寒风中站着。

“生子，怎么了？”

生子说："奉全叔，我妈快死了，您去看一眼吧！"

佟奉全一惊："我去！我去！"回头见茹二奶奶在门口站着看他。

茹二奶奶接过冯妈拿来的棉衣给佟奉全披上："去吧，快去快回。"

佟奉全借着门口透出的灯光，望了一眼茹二奶奶有些模糊的脸："哎！我看看去！"

茹二奶奶看着他，说："带上点儿钱！"

"哎，你……你早点儿睡吧，别等我了，早点儿睡。"

"哎！放心去吧。能早早点儿回来。"

佟奉全走了，又回了一下头，突然觉得夜色里的她是那么单薄可怜，心里有点儿异样的感觉，转身走了。

佟奉全和生子来到范家小院。生子妈浑身水肿，躺在床上已经不行了。床头前的一盏油灯不时晃悠着。生子哭着："妈，妈，奉全叔来了！"

生子妈挣扎着，拼着最后的一口气把眼睁开："佟先生……佟先生，我要死了！"

佟奉全忍着泪："您可别那么说，您可别！"

"我这样儿，死是福气，要享福去了，可撇不下生子啊！"

"生子，过来！"佟奉全去拉生子，生子不动。

生子妈指指生子说："佟先生，我在京城再没亲人了，我死了，生子只有托给您了，当猫当狗的，您好歹拉扯他一把吧！我这……动不了了，没……没法儿给您磕头，生子，生子！"

佟奉全说："您甭担心，您在不在我都管他！"

生子妈费劲地喘着："生子，生子，趁我还有一口气，你给佟先生磕……磕个头，让他收了你！快！生子！快！"

生子猛地跪下，给佟奉全磕头。佟奉全伸手扶他："快起来，快起来！我应了，早应了！您放心吧，您放心吧！"

生子妈闭了眼，撒手而去。佟奉全扯起生子："生子，快起来，快！再让你妈看一眼！快起来！"

生子爬起，猛地扑向母亲。外面突然起风了，风很大。

狂风之中，佟奉全新租的小院烧起了大火，大火烧着了门，烧着了树，漆黑的夜空也给烧红了。

人生在世，造化弄人，在茹二奶奶刚刚尝到人生的一点儿甜甜的滋味儿时，命运似就到了头了。谁也想不到佟奉全跟生子离家的那一刻，是两人的最后一别。

发送了三口棺材。人都烧没了，佟奉全只能在冯妈和茹二奶奶的棺材里各放了一身衣裳。

出殡了，那长长的队伍，那素白的队伍，像是佟奉全拖在身后的长长的永远挥之不去的悲哀。

佟奉全搬到了范家小院的正屋，几乎是躲在黑黑的罩着的屋子里。他悄悄地把窗帘掀开，一束光刺进来，晃得他直闭眼。再看，院子里一树的白色的槐花，开得真闹啊！佟奉全呆呆地新鲜地看着那一树的槐花。呆着，看着，看着一树的白花，闻到了熟悉的香甜。

生子挎筐进了院，看到佟奉全先是一愣，继而喊道："叔！你出来了！慢点儿，我扶您一把！都俩月了，您可出来了！"

"花开了！花开了！人都不在了，它倒开了，花总是要开！范五爷、莫荷、茹二奶奶、冯妈、你妈妈都看不见了，花还是开了！"

"叔！想开点儿吧，这花看的可比咱看的多呢！它……它……"

"可不是吗！经得再多，该开还开，该谢还谢，它想不开都不行！是啊，它想不开都不行！生子，搬个凳子，我在外边坐坐！"

生子赶快搬了个凳子出来，佟奉全坐下："街上还乱吗？"

生子说："白天好点儿！"

"生子，花开了，你……你去街上给我叫辆车去！"

"您干吗去呀？"生子担心地看看他。

"甭问，你给我叫辆车去吧！"

"我给您叫去！"

佟奉全来到他们曾经住过，如今已经烧得塌没了的小院，那棵完全烧焦但还没死的槐树枝居然也生出一串白花！佟奉全爬过废墟去把那枝白花折下，静静地看着白花："这……这是秋兰回来看我了呢！这是秋兰回来看我了呢！秋兰，你……你可是让我给害了！"

生子劝他：“叔，别哭了，别哭了，人死没死还没准儿呢，您就这么伤心，说不定能回来呢。”

“别说宽心话。”

“可不是吗，这堆石头片子里翻了个遍也没找着死人啊！”

“那么大火还不烧化了！你甭说宽心话安慰我。”佟奉全说着往柴房的位置走去，“生子，这地方原是小柴房吧？”

“叔，我不知道，这院子我没来过。”

“生子，就是这儿，就是这儿！”说着就要搬动一块大石头。

“叔咱走吧！走吧！您找什么呢？面都烧没了，剩下的也卖了，走吧！”

佟奉全搬不动，无奈地坐在地上：“生子，记住这地方，我今儿个没劲儿搬不动，这地方你记住了。我死了，你也把它记住了！这里有我藏的东西。”

第二十七章

一

通古斋里空空如也，仅有的几样东西也都摆得乱七八糟。

索巴正在内间里给马淑兰打电话："喂！我找密斯马，我是密斯特索！对，什么?！走了？不可能！去哪儿了？坐飞机去南方了！什……什么时候走的？什么时候？哎，她留话了没有？哎！"索巴气得一下就把电话机摔了个稀巴烂，"浪漫？浪你妈的漫！你个浪货！你个浪货！"边骂边踢着地上的东西。

这时，瑞五带着一帮人进来了："索爷，打听好了，他这会儿正在六国饭店呢！我安排好人了，回头他必定地能坐上咱的洋车！"

"好！不管怎么说，今晚，今晚上不给他洗白了，咱爷们儿不算能耐！"

索巴拖着个皮箱子，上了马车，晃晃悠悠地坐着。坐着坐着觉着有些疑惑，问旁边的瑞五："瑞五，这是去哪儿啊？"

瑞五说："爷您坐好了跟着吧，放心，到了郊外就跟他要钱，不给钱就把他做了。"

"怎么这么半天还没到啊？"索巴撩帘子往外看，一片黑暗。

瑞五忙说："快了，快了，说话就到了！"说着话，马车停下了，有人举过火把。

索巴从马车上下来，看到跟前儿有个新挖的大坑："五子！五子！人呢？"

"谁啊？"瑞五问。

“你装什么傻啊，禄大人啊!”

“禄大人在家收拾东西呢!”

“什么?! 那这坑挖了……”索巴看着那个坑突然明白了，慌忙要跑，呼啦啦过来几个人把他按住了。

“五子，没想到你跟我这么多年，这会儿要害我！你不义!”

“索爷，您要说点儿别的还能让我服，您一个六亲不认、有奶便是娘的主儿，想拿‘仁义’这两个字招呼我，我听都不想听！要怨呢，也怨您自己，跟您学的！兄弟们扔坑里去!”

“等等，五子，这箱子里有钱！你全拿走，留我一命!”

“钱我指定要，放心留不下，可您的命没法留，拿人钱财，替人消灾，您的命人家拿钱买了!”

“禄大人?”

索巴眼睁睁看着那些土盖向自己，感到心里很闷。

瑞五等人刚走，佟奉全和生子就跑了过来，拼命地扒着土。

索巴的头露出来了。索巴吐了下嘴里的土：“哎！哎！我这是到了地狱了吧，怎么那么疼啊？怎么……我死了？我……”

佟奉全抽了他俩嘴巴：“行了！生子别挖了，问他话!”

索巴明白了：“哎，姑夫啊！佟爷爷，您把我救了，您是我祖爷爷，您快救我一命吧，我还没活够呢！您是我祖爷爷！哎！姑夫您可救我一命啊！我这儿给您磕头！我这儿磕头！天助我也，命不该绝!”

佟奉全说：“话别说早了，该埋反手就给你埋了!”

“不说了！姑夫您快给我刨出来，我憋得慌!”

“先憋会儿吧！问你，你姑是你烧死了，还是被你抓走了?”

“烧……烧……哪能烧死啊！我烧房子不烧人。再说她是我亲姑，我哪能干那缺德事，烧自己亲姑啊！姑夫你放心，人还在，人还在!”

“在哪儿?”

索巴假装昏过去了。

佟奉全因生子的一席话也觉茹二奶奶、冯妈许是没有烧死，他对索巴还是心存一丝希望。他认为想找到茹二奶奶只有通过索巴提供的线索了，这才把将死的索巴给挖了出来。

索巴说："我……我把人捆了后交给人，给卖了！"

佟奉全问："谁？"

"等等啊，等我想想！这……这人我不知叫什么，但知道住哪儿，姑夫我带您去！祖爷爷，您是我祖爷爷！"

"索巴，你小子可别心存侥幸，想逃，想蒙，想骗，跟你说，没路，我能再让你死一回！"佟奉全"啪"地将一把尖刀拍在地上。

索巴说："别吓我，我都死过一回了，还不明白吗？土一盖脑袋我什么都明白了，我办了缺德事儿了，我不遭报应才怪呢！走，走！咱走！找人去！"

索巴把佟奉全和生子领到一条黑胡同里，乘机逃了。

"索巴，索巴，你小子别藏，我……我杀了你！你别藏！我杀了你！"佟奉全挥着刀冲过去，没找到。再冲向另一个黑暗处还是没找到。"生子，生子，看见了吗？生子?!"

"没有，没人！"

"索巴，你小子别躲，把你姑给我找回来，我谢谢你！把你姑找回来！索巴，你小子跟我说句实话，你姑死没死？你姑她死没死啊？"佟奉全说着又伤心了。

二

北平和平解放了。琉璃厂这条自元而始的古老街道，又经历了一次沧桑变化。阅汉堂因经营不善退给了佟奉全，佟奉全带着生子，有一搭没一搭地做着买卖，更多的生活来源还是靠生子挎篮子卖烟卷儿维持。

一九五二年。

生子挎篮子进了阅汉堂："叔。"

佟奉全说："哎！回来了，快把烟筐子撂下，我给你上外边抽抽土去。"

生子放下烟筐，抓起一窝头就吃。佟奉全拿着布抽子给他在阅汉堂的门口抽着土，街上有队解放军迈着整齐的步子走过。

生子说："叔，我看见街上抓人了！"

佟奉全说：“是吗？咱……咱不管那个！”

“说是抓特务呢！”

“碰着这事儿，咱不往前凑啊！不管哪个，求个平安吧！进屋吃去吧，柜子里有咸菜。”佟奉全把生子让进屋后，自己也捎带着抽了抽土，正要回店，忽然看见原来的雅集堂门口站着一个解放军，那人正看着早已关了的店铺。再看，是个女的，觉着像是莫荷。佟奉全心慌了，一下不知该怎么办，就在胡同口呆站着。

佟奉全没有认错，那个解放军真的就是莫荷。

莫荷看着那块雅集堂的匾额，又轻轻地走上台阶，扒着窗往里看着。屋里凌乱不堪，什么也没有了。莫荷正看着，突然旁边天合居门一开，蓝一贵推门出来倒茶根儿，一下看见了莫荷。蓝一贵看见一个穿军装的人站在门口，最初也没当回事，刚要过去，再看，竟是莫荷。蓝一贵也很惊讶，毕竟范世荣的死跟他有关，蓝一贵不知说什么好，赶快退了回去。

莫荷原想问一声，一看蓝一贵的样子什么也没问，又走下了台阶。台阶下停了一辆自行车，莫荷骑上自行车走了。

蓝一贵躲回屋后，一下子没回过神来，举着茶杯愣着。

贵山说：“掌柜的，水开了。掌柜的，水开了！”

蓝一贵说：“啊？……啊……啊！贵山，贵山你从门里出去，看那个解放军还在不在雅集堂门口。随便点儿，千万别显出经意了。”

“哎！明白了。”贵山推门出去。

“这……这回不好！禄大人躲过了，这范家的人又回来了，还是个解放军。不好了，不好！”蓝一贵心怕了。

莫荷骑着辆自行车，东拐西拐地在街上走着。佟奉全雇了辆脚蹬的洋车在后头跟着。

佟奉全偷偷撩起帘子，见莫荷在前边拐弯了，佟奉全赶紧对车夫说：“拐了，拐了。跟上，跟上。”

车夫说：“看见了。”

刚拐过弯，就见莫荷扶着车等着呢，莫荷早就发现有三轮跟踪她了：“站住！干吗总跟着我？”

车夫刹住车：“同志，同志，不是我想跟您，是坐车的先生让跟的！”

莫荷看着车帘子："什么人，下来！"

佟奉全不敢从帘子里出来："解……解放军同志，跟……跟您没别的意思，实在没别的意思，是……是想跟您说句话。"

莫荷早听出来是谁了："有什么话下来说吧！"

她故意反身去支自行车，其实不想正面看见佟奉全。

佟奉全下了车，胆怯地说："解……解放军同志，跟您报个信儿，您……您哥他死了！五哥死了，死了！"

莫荷没回头，手扶着车把不动。

佟奉全又说："同志，同志，得空，得空家里去坐吧。生子常念叨您呢！生……生子娘也死了！"

佟奉全百感交集，原以为莫荷死了，谁想到没死，只是身份变了，这是想说亲近话都没法说了，一腔热情只有沉默着。

莫荷说："知道了。您……您回吧！"说完把车支子推起，推着车，拐弯骑上走了。

佟奉全一直看着她骑上车走了，站着不动。

商业局的何局长正在看文件，莫荷喊报告进来，何局长赶忙起身相迎："莫荷同志，来，来，请坐，请坐！休息得怎么样？"

"都休息两天了，局长，我着急工作呢。"莫荷说。

"多休息一段吧。听说你在朝鲜还负了伤，不容易啊，一个小姑娘，组织应该更关心你才对啊！"

"小伤，谈不上。局长有什么工作快给我安排吧。"

"你自己有什么想法吗？有就说出来。"

"没有，服从组织安排！"

何局长给莫荷倒了杯水："……'五反运动'，同时是对那些不法商贩敲响的警钟。琉璃厂虽说买卖的东西表面不关乎国计民生，实际是对待中华民族瑰宝的一个重要问题。莫荷啊，听说你是在琉璃厂长大的，这次组织上安排你到琉璃厂去搞'五反运动'，一是觉你轻车熟路，工作好开展；二是希望你在那里搞出些成绩来，接受组织的锻炼啊！"

莫荷一听要回琉璃厂，一下不知该怎么说好，低头不语。

何局长问："怎么样，有什么困难吗？"

“没……没什么……”

“好像不够坚决啊，真的没有困难吗？”

“没有！我服从组织安排！”

“好！那你明天就开始工作吧，我对你就不客气了，希望做出成绩！”

“局长请放心吧，我一定努力工作！”

“军装从明天起就不要穿了，还有要尽快把个人问题解决了啊，用不用帮忙？”

莫荷脸一下红了：“谢局长关怀。不用，我能处理。”

“好，我可等着吃你喜糖呢！再见。”

佟奉全回到阅汉堂，见生子正在打扫卫生。

生子说：“叔，饭给您热了两遍了，您这是上哪儿去了？”

佟奉全有些失魂落魄：“外边走走。”

“我再给您热热去。”

“不急，不饿，不饿。生子，我问你句话。”

“叔，您说吧。”

“想不想你莫荷姐？”

“那还用问啊！昨儿个还梦见她了呢！”

“是吗？梦见个什么样？”

“还是原先那样，挎篮子卖烟卷儿呢。受当兵的欺负，我上手帮着打，那当兵的‘砰’地放了一枪，把我吓醒了。”

“生子，我见着你莫荷姐了，当兵了，是个解放军！”

“是吗？在哪儿呢？在哪儿呢？我找她去，我找她去！”生子放了掸子就要出门。

“别去！生子别去！人家可不太想认咱呢，连看都没正经看我一眼！生子，真就那么生分了，生得不知说什么了！”

生子说：“不会吧？”

三

原来的串货场现在变成会场了，那些商人还穿着原来的马褂长衫，偶尔也有穿了干部服的。佟奉全依旧穿着长衫，坐在下面，看着台上的莫荷。

蓝一贵进来了，穿着新做的干部服，很进步的样子，跟人打着招呼坐下。

主席台上，莫荷吹了吹麦克风，开始讲话："同志们，大家好！我叫莫荷，新来的'五反运动'工作组组长。台下的叔叔、大爷们可能认不出我，我原来就是这条街上长大的，无冬历夏地挎着一个篮子卖烟卷儿，您早几年备不住还抽过我卖给您的烟卷儿呢。我刚从朝鲜战场回来，我在这儿给大家伙儿问个好！"

众人鼓掌。

莫荷抖出一张外文报纸："人太多，我就不一一传给你们看了。这是一张前十五天的报纸，欧洲的博物馆最新展出的《众生礼佛图》怎么出去的，这个叫路德维希的人透露了。这人原来在琉璃厂我也见过，大家叫他禄大人，他说就是从咱这琉璃厂运出去的。国家的宝贝，中华民族的灵魂，就这么卖给了洋人，这不是卖一尊一组石造像的问题，是卖国贼！"

众人在底下噤若寒蝉。

"召集大家开一次会也不容易，既然事情是在咱们这儿发生的，我希望这个会能开得立竿见影，不论是今天还是明天，这件事儿总要在咱们这儿解决！长痛不如短痛，我希望大家能踊跃检举，指出这事儿的罪魁祸首。我们的政策是坦白从宽，抗拒从严，我们本着治病救人的原则，也不反对当事人自己站出来自首。给大家十分钟，你们好好想想，我等着。"说完话把手表摘了下来，放在桌上。如今的莫荷真是雷厉风行了。

会场所有的人双目垂下，谁也不吭声。奇奇怪怪的长衫静着，瓜皮帽都低着。佟奉全觉着莫荷变了，真进步了，真不认识了。佟奉全没低头，有点儿惊讶地看着，莫荷的眼睛倏忽地从他那划过一下，像是不经意。佟奉全不知该怎么说，低下头，坐着。

蓝一贵穿着新干部服，汗流出来了，悄悄地拉出手绢来擦着，十分钟对他来说又短又长。其他人都坐着，不敢说话，有人交头接耳。

莫荷说："可以商量，可以说话，还有五分钟，我想再说两句。机会对当事人和知情人都是十分宝贵的，新中国成立了，旧的思想一定要打破，早一天改造就早一天进步，晚一天改造就晚一天进步，早进步晚进步就当前来说，是很不一样的。"

说话时，底下人的表情各异。佟奉全知道莫荷有一些话是对自己说的，但他不知该怎么办。蓝一贵想侥幸躲过这一劫，但又想自首。

莫荷说：“还有最后一分钟，现在当事人不说，再过一分钟就是性质问题了，性质一变问题就不一样了。我希望在咱这条古老的街上能看到新的气象！我希望某些人能越过这一分钟大踏步前进！”

李掌柜腾地站起来了：“报告人民政府，我……我要进步！”

“哗”，众人的目光一下转过来了。

“据鄙人所知，这组《众生礼佛图》最后是从天合居蓝掌柜那儿运走的，是从天合居蓝一贵那儿发出去的，蓝一贵他应该知道！今天他一言不发，就是对抗政府！莫荷同志，我要进步，我要前进！”

蓝一贵其实也想站起来自首，还是被李掌柜抢了头功，自己这会儿站也不是，坐也不是，听着，完全不知该说什么了。

莫荷听完后带头鼓掌：“很好！很好！知情人站起来揭发了，这证明咱们这条老街是有觉悟的！蓝一贵来了没有？”

蓝一贵站起来：“来……来了！”

莫荷说：“你不想进步，不想跟过去的自己划清界限，只有政府帮助了，拘留审查。”

蓝一贵说：“人民政府，我有话说。”

莫荷说：“给了你说话的机会，你不说，现在晚了。押走！”

过来两名解放军战士，把蓝一贵押走了。

“今天的会开得很好，有成果，希望大家继续努力，散会！”

轰！人们都站起来，开始交头接耳。佟奉全呆呆坐着，这哪还是莫荷啊，简直一个女包公嘛！

生子和佟奉全摆弄筷子，准备吃饭。

生子说：“叔，听人说，蓝掌柜给抓了？”

“传得真快，你都知道了。”佟奉全盛饭。

“您别忘了，我天天在街上卖烟，说是莫荷姐给抓的，人家说是蓝掌柜把咱五爷给挤对死的，莫荷姐这仇能不报吗？”

“吃饭，根本不是那么回子事！你这话听谁说的？”

“天合居，贵山传出来的。叔，那件事儿跟您有关系吗？”

“你问这干吗?”

“人家说那件事跟您也有关系，可抓不着您，您跟我莫荷姐有过交情!”

佟奉全一口饭含在嘴里也顾不得了：“他们放屁!”

佟奉全犹豫了好久，终于下定决心去见莫荷了。工作组的临时办公处就设在离串货场不远的一座小院里，工作人员来来去去地忙着。

佟奉全依旧着长衫，夹了个小包袱，进了小院儿。

正在贴标语的小李问他：“您找谁?”

佟奉全说：“同志，我找莫组长。”

“什么事儿?”

“您……您就跟她说佟奉全求见。”

“亲戚?”

佟奉全点点头又摇头：“不是，原来，原来认识。”

小李领着佟奉全穿过回廊往后走，来到莫荷办公室。莫荷正在低头写着文件。佟奉全坐下，莫荷并不抬头，也没有看他。等了好一会儿，他终于说：“莫……莫组长，您……您要么把我也抓起来吧。”

莫荷说：“佟……奉全哥，我还得叫您一声奉全哥，我到琉璃厂来，不是来为抓人的。我想问问，干吗要抓你?”

佟奉全说：“那《众生礼佛图》的事，我……我也知道，可……可我在大会上没站起来说话，我……我没要求进步!”

“现在来说也是进步!”

“我……我还是想让您把我抓起来再说。”

莫荷这才抬头：“为什么?”

“街上传了闲话了，说……说……我一时说不出来，您还是先把我抓了吧，我这牙具什么的都带来了，您把我抓了，对……对你开展工作有好处!”

“佟奉全，莫荷用不着你再护着了，莫荷已经不是原来的莫荷了，过去的事儿我希望从新中国成立那天起，都让它留在过去吧！就当没有，就当从没发生过！所有的恩怨都是旧社会的恩怨，再不用提它们了!”莫荷先是有些激动，说着说着就有点儿伤感了，“我都忘了，希望你也把它们都忘了!”

“莫荷，那年我……我去围场、口外找了你半年，哪儿都走了，没找着。”

“不说了，我不想听，谈工作，谈《众生礼佛图》的事。想谈别的，请你出去！要么我出去！”莫荷还是伤感，话却重了。

“咱谁都甭走，谈工作，听我一句话，莫荷，您抓错人了！”

莫荷吃惊地看着他：“你也这么说？”

蓝一贵戴着手铐，领着几个工作组的人员，来到了天合居的后院儿，指着一处让人刨土。工夫不大，真正的《众生礼佛图》的碎石片一块一块地被刨了出来。蓝一贵兴奋地看着，莫荷在旁边静静地看着，跟小李耳语了一句，小李出去了。

时间不长，佟奉全跟着小李进来了。

莫荷看着那一堆石头，问佟奉全：“佟掌柜，请你看看这堆残石是不是你当年见过的真正的《众生礼佛图》？”

蓝一贵说：“干吗非得让他说，我说还不成吗？”

莫荷说：“你说只是一个人说，他描过小样儿！”

蓝一贵停下指点，有点儿可怜地看着佟奉全。佟奉全慢慢走到石堆前，拿起一块看了看，又拿起一块看了看。全院子的人都在盯着他。

佟奉全说：“东西对，这些就是我见过的。”

蓝一贵像是等着宣判一样，一下跪在地上就哭了起来：“哎呀！可冤死我了，没问清楚就抓人啊，可冤枉死我了！这新中国怎么也冤枉啊，可冤枉死我了！”

莫荷上前用钥匙把蓝一贵的手铐打开，当场放人。

四

又在开大会了，这次有一多半掌柜的穿了干部服。

莫荷坐在主席台上，吹了下麦克风：“同志们静一静，咱们开会了！静一静！新中国的建设一日千里，我们琉璃厂这条古老的街道，也迎来了新春，今天何局长也百忙中来参加我们的大会，下面请何局长讲话，大家欢迎！”

众人鼓掌。

坐在桌子中央的何局长接过麦克风："同志们好！同志们，昨天我听到莫荷同志告诉我，真正的《众生礼佛图》在最后的关头并没有运出去，虽然残破了，但留在了我们琉璃厂，留在了我们祖国。听到这个消息我很兴奋，特意来给大家道谢！下面请保护了《众生礼佛图》的蓝一贵先生讲话。"

众人一听都觉奇怪，开始交头接耳。佟奉全默默坐着。

蓝一贵穿着干部服，边鼓掌边走上主席台，拿出讲稿："各位首长、各位同志、各位同人、至爱亲朋们，大家好！鄙人蓝一贵，今天就保护《众生礼佛图》一事做一小小的发言，以吐心曲，以谈心得，以解谜团，以正视听。若有不当之处望大家批评指正，帮助教育！"

蓝一贵还在发言："鄙人不才，万分感谢政府给了我澄清事实一吐心曲之机会，区区小事何来褒奖！借此大会之机，我还要检举毁坏、贩卖国之瑰宝《众生礼佛图》的元凶，以感谢人民政府对我之信任！"

一下人们都不敢吱声了，佟奉全紧张低头。莫荷也不知要说谁。

蓝一贵说："那人就是咱琉璃厂的败类索巴，还有王财。"众人一听说的不是自己，都热烈鼓掌。

何局长鼓掌，莫荷也鼓掌，佟奉全也跟着鼓掌。

何局长接过话筒："蓝一贵同志，很可贵，很好啊！谢谢你！谢谢你！谁说咱这古老的街道觉悟低，我看觉悟很高呀！好！现在我临时做个决定啊，莫荷我也不和你商量了。鉴于蓝一贵先生的主动行为，特聘为国宝《众生礼佛图》的修复主持人。蓝先生请接受这一光荣任务。"

蓝一贵说："我非常激动，我将竭诚努力！"

何局长说："莫荷同志，有意见吗？"

莫荷说："没有，没有。如果可以我再提一个人选。据我所知，当年咱琉璃厂，还有一位同志描过《众生礼佛图》小样儿。"

何局长说："那很好啊，我们需要专家嘛，不怕多。"

莫荷说："佟奉全先生做个副主持人吧。"

蓝一贵的脸一下变长了。

何局长说："很好！大家鼓掌通过，就这么定了。莫荷同志，要群策群力，修好国宝，并将索巴抓捕归案！"

莫荷说："请局长放心吧。"

李掌柜也没人让他，自己站起来高喊口号：“打倒卖国贼！”

众人跟着喊：“打倒卖国贼！”

李掌柜又喊：“打倒反革命！”

众人也又喊：“打倒反革命！”

生子跟着辆人力车，进了一条小胡同，看见索巴下车进了一家小院儿。索巴进门前跟车夫说了句什么，洋车便停着不动了。其实，生子前两天就发现索巴住在这里了，只是为了更牢靠些才没有打草惊蛇。生子想看得更清楚些，走上前，吆喝着：“洋烟卷儿、梨膏糖啊，大前门、大生产啊！您来盒烟？”

“不抽。”车夫说。

“您等人啊？”

“啊，拉回头呢！”

“去哪儿啊？”

“火车站。”

生子一听火车站，回头就跑。生子跑到街上，一眼看见了正在巡逻检查的小王、小李，生子跑过去，与两个人说话。

时间不长，索巴坐着洋车捂得严严实实出来了，突然看见前边有解放军在检查，索巴忙说：“右拐，右拐，别往前跑了。”

车夫说：“先生去火车站只能这么走啊！”

索巴说：“我让你右拐。”

车夫只好掉头右拐。生子早就看见了，远远地指给小王、小李。小王、小李跑了过来，小王说：“先生请等等，先生请等等！”

索巴下了车，理直气壮地说：“干什么？啊？我有急事！”

小王说：“请出示证件！”

索巴说：“大街上这么多人，干吗单看我的证件啊？瞧着我好欺负是不是？告诉你，我跟你们军区司令可是好朋友！”

小李说：“你是索巴？”

索巴说：“这儿憋我呢！甭问了，有什么招儿使吧。”小李上来就把索巴反剪了双手，铐上铐子带走了。

生子大声喊道：“洋烟卷儿、梨膏糖，大前门、大生产啊！”

散会后，何局长让莫荷到他办公室来一趟。莫荷进来了，何局长忙说："来，来，莫荷快坐，快坐，洗一把脸吧！"

莫荷说："局长有什么事儿，您跟我说吧！"

何局长说："莫荷啊，一会儿你李大姐要来，平时让你来玩儿，你也不来，李大姐要借我这个办公的地方给你做媒，你要给我面子，可不能走啊！"

"局长，看您说的，您干吗急着把我嫁出去啊？"

"你一个人孤孤单单的，我看不下去，看着心疼！"

莫荷万没料到，何局长的爱人给她介绍的这个对象，他们原来就认识，几年前他们在解放区的时候就有人为他们牵过红线。当时他是个团长，还别出心裁地送给过莫荷一块手表，只是当时莫荷心里还惦记着佟奉全，找了一个理由把那块手表还给他了。他现在又成局长了。

李局长送莫荷出来，每人推着一辆自行车。

李局长说："莫荷同志，真没想到，这……这介绍来介绍去，又介绍到你这儿来了，怕是真有什么说法吧！"

"局长同志，您……"

"我可不是经意的，也是李大姐好心，非拉我来。我……我原先不想来的，后来那次打完仗后，找你找不着，想不到解放了，安定了，又把你碰上了。原先给你的那块小表，你还了我，我还给你留着呢！"

"李局长，您……您现在，在什么局啊？"

"消防大队，管救火的，没啥可忙的，不像你们忙着搞'五反'。"

"那好，李局长，我还有事儿，您先忙吧，我先走了。"莫荷说着骑着车先走了。

"怎么跟你联系？"

"有空我去找你，消防大队。"莫荷骑车回头说。

"哎，这丫头。"李局长摇摇头，也骑上车走了。

五

蓝一贵得意地坐在天合居里："贵山啊，今儿这阵势见了？"

贵山赞佩地说："都见着了，爷您真风光！"

"学着点儿吧！逢凶化吉，再也没有这么大的手笔了吧！没有远虑必有近忧，早我说什么来着，这东西卖出去早晚查出来，就是个杀头的罪，得亏我想到前边了。要么就范五那档子事儿，她莫荷能让爷我活着出来？没有不记仇的。"

"佟掌柜倒是说实话。莫……莫组长看着也没记仇。"

蓝一贵看了一眼后院，低声说："没记仇？面上没记，仇都在心里呢。小丫头片子，那天我再想多说一句话都不成，早晚不是我落她手里，就是她落我手里！贵山啊，人活着就得跟人斗，不斗就成不了事儿！"

后院里，烈日炎炎下，佟奉全拿着他早年描的佛像小样儿，一块一块地对着石造像，汗水流下来，滴在石像上。

蓝一贵摇着扇子吃着西瓜，一眼看见贵山要往后院端西瓜，急忙叫住："哎！贵山，干吗去啊？"

"给后院的佟先生送块瓜。"

"回来！你怎么那么有眼力见儿啊！给他送瓜，美得他，让他对去！就显着他拿来了张早年的小样儿，觉着自己了不起了！"

"爷，您不是正主持人吗？对好了国宝，您有功也风光啊！"

"我风光？到时也全让他抢了！你没瞧见那天，把我都委任了，莫荷又举荐他出来，何局长也跟了话了，'专家很需要'。听着没，他成专家了，他是专家我算什么？咱不管。"蓝一贵说到这儿又低头吃瓜，这口刚一贴瓜，门一响，抬头看，莫荷一身汗水地进来了。

"蓝掌柜吃瓜呢！"

"哎！哎！大热的天儿，您怎么亲自来了，您快坐！贵山给莫组长切块凉的！坐，坐，快坐！贵山快点儿！"

"不坐了，几天没来了，想看看工作进展得怎么样了，佟奉全在后院儿吗？"

"在，在。才来，贵山正要给他送瓜去呢。贵山给佟先生也送块瓜去，我这是才进来，倒班。嚯，天这叫一个热！"

莫荷边听着，边往后走。蓝一贵追着说："这几天可是忙坏了，晚上我点着灯还拼呢！东西毁得够呛，快拼不出来了！"

佟奉全还在专心地看着，对着，拼着。

蓝一贵话到人到："佟掌柜，莫组长来检查咱工作了，快歇一会儿，歇一会儿！贵山怎么搞的，还不快把瓜端出来！"

莫荷看着拼得差不多的佛像。

佟奉全说："您来了！"

蓝一贵说："莫组长您看看怎么样？多批评，多批评啊！来，吃瓜！吃瓜！"

莫荷说："我不懂这些，佟……佟掌柜，歇歇吧。"

佟奉全说："倒是不累。"

莫荷说："瞧这一头汗，歇歇吧，有件事我得跟您商量商量，擦擦汗，咱走！"

佟奉全先是一愣："哎！那行！那行！我擦把汗。"

蓝一贵很尴尬："哎！吃了瓜再走吧！"

"谢谢，不吃了，谢谢！走吧！"莫荷说着和佟奉全两人往前店走去。蓝一贵看着生气，把端来的西瓜全扣在地上了。

门从外面打开了，莫荷和佟奉全进了范家小院。一院的阴凉，鸽子惊飞。莫荷一进来就问佟奉全："我问你，你和生子干吗不住这儿了？"

佟奉全说："五哥不在了，生子娘也不在了，你那会儿还没回来，我们俩谁也不愿住这儿，一进来就伤心，也……搭上铺子里有地方。"

莫荷把西屋门一推开，眼泪唰地就流出来。看着这小屋，耳边响起范五苍凉的唱段，生子娘叫骂生子的声音。物是人非啊！

佟奉全说："这房子想着给你留着呢，挺好的一个小……院儿。"看见莫荷哭了，不说了，他把汗巾子抽出来，"您要不嫌脏，擦擦。"

"土……土迷了眼了。"莫荷掩饰着，可声音里带着哭腔。

"可不是吗，土都把东西盖上了，回头我过来扫扫。"

"奉全哥，茹二奶奶可……可好？"

"谢您还惦记着。人没了，生不见人，死不见尸。我……我还得麻烦政府帮我找找呢！找不着了！"

"你……你这辈子，好像一直在找人。"

"您算说对了，我这人命不好，连带着人家也跟着我受罪。我……不好。"

莫荷不听，出了西屋，来到北屋，看着那些范五用过的旧物："我哥，我哥他怎么死的？"

"莫荷，我……我要说了实话，你可别觉得我心眼儿小，不往新社会看了。我要不说实话对不起五哥，我……"

"说实在的吧，都过去了。"

"五哥让人做局给撅了，铺子让人赚跑了，丢不起人，死了！一句话也是活够了！"

"谁做的局？"

"不知道就不知道了，都是旧社会的事，过也就过去了！"

"我不记仇，我哥要是真活到这会儿，改造起来也难。您算说对了，他什么没经过没见过啊，我就想问问是谁，知道了就知道了，不记仇。"

"不是外人，是……是蓝掌柜！"

莫荷又扭过脸去："你不说我也能看出来，不是从别人那看出来的，是从他自己的脸上看出来的，他小着心呢！好了，蓝一贵进步得很快，希望你们俩能相互支持把国宝修……修好！我哥埋哪儿了？"

"西山。"

"回头你带我去看看。"莫荷走出屋，"奉全哥，有些话我不能在办公室说，私事在那儿说就显得没觉悟了。那年我坐着北去的马车要回老家，半路上让人贩子骗了，幸亏被解放军救下，就直接投奔了解放区，后来又参了军。好了，那些都成为过去了，今儿我给你叫出来，是想说生子的事来着，我见着生子在街上卖烟卷儿呢。"

佟奉全有些歉疚："啊！没辙，让孩子受苦了！"

莫荷说："我想让生子去上学！"

第二十八章

一

生子听说莫荷去了他们原来的那个家，就赶紧跑回范家小院，推开院门，一眼瞧见莫荷和佟奉全正坐在树荫底下说话呢。

“生子，快！快过来，让姐看看，让姐看看，好生子哎！”两人飞跑着，抱在了一起，都哭了。

“姐，你……你怎么不来看我？姐，我可想你了！”

“生子，姐也想你啊！姐现在是公家人，姐一直忙！姐今儿个不是来看你来了吗？咱不说这个了，生子长大了，生子该上学了！我正跟你奉全叔说呢，得让你上学去了！”

“姐，上学，我……我没钱。”

“姐给你出！姐给你出！生子一定得上学去！”

“姐，咱……咱和我奉全叔还住一块儿吧，咱搬回这院里来，咱们住一块儿多好！”

莫荷不知该怎么回答，佟奉全赶紧解围：“生子，咱先不说这。你姐现在是公家人了。”

莫荷看见街门开着，就说：“奉全哥，你先把街门关上吧，人来人往的，瞧着不好！”

“哎！哎！对！让人看见不好。生子，你怎么知道我们在找你呢？”

“蓝掌柜在街上告诉我的。”

莫荷有些生气地说：“他可真有眼力见儿！不说旁的了，生子，我给你联系好，明天上学去！啊，明天上学去！”

“哎！”生子说着要去关门，莫荷说：“别关了，我走了。”

佟奉全回到天合居后院，看着给弄乱的石造像，生气地问：“哎！蓝……蓝掌柜！贵山！蓝掌柜！贵山！哎！这是谁给毁的，这他妈的是谁？”

“大呼小叫地干什么呀？大中午的，就显你忙了是不？”蓝一贵话到人到。

“蓝掌柜，这石像谁动了？多少天了，好容易快拼出来了，这不是害人吗？谁动的？”

“不知道！这几天除了你动，谁还敢动啊！你是专家，专家动了，谁还敢再动啊？少他妈的问我！”

“一定有人动了，跟你说蓝掌柜，现在是新社会了，我不跟你记旧仇，咱听领导的一切往前看啊！修复国宝，这是光荣的任务，谁要是不往齐了一块儿使劲儿，谁就是搞破坏！破坏！”

“哟哟哟！我可真怕你。佟奉山，你听着，我是保护国宝有功的人，你别想以私情吓唬人，我不怕你！跟你说这东西在我院子里呢！我是主持人，有什么事儿你只有听的份儿，想说话还轮不到你呢！”

“谁正谁副我不跟你争，我说的是理儿。你害我没事，你不能拿国宝出气！”

“谁害你了？谁害你了？这是我的铺子，你给我滚！”

“好！我走，我他妈的不干了！”佟奉全很气愤，真的走了。

佟奉全来到莫荷的办公室，真说要辞职不干了。

“你……你怎么能说不干就不干呢？既然做事总要碰到难处，与人相处是工作中的难处之一，要是遇到点儿难处就撂挑子不干，那革命还能成功啊？”莫荷也有些激动，“佟奉全同志，我以组织的名义坚决不同意你撂挑子不干！”

“要我干也成，那堆东西不能放在他院子里！”

“那放什么地方？放你那儿，他也会不干！”

“也不放我这儿，放工作组院子里，大家看着。他主持我主持都不重要，要紧的是，我想把祖宗的东西给拼起来！”

莫荷笑了："没……没想到你还……那么倔!"

串货场又布置成了会场，"斗争反革命卖国贼索巴大会"的横幅高高扯起，台上坐着何局长、莫荷等人。

台下有人领着高喊口号，李掌柜成了口号专业人员了，他领喊一句，众人跟着高呼一次，气氛热烈而高涨。

何局长吹了口麦克风，全场静了下来："将反革命卖国贼索巴押上来!"

索巴五花大绑地被两名战士押上来了。

工作组院里静悄悄的。

佟奉全胡子拉碴的，抱着块大石头，不知该往哪儿拼了。他眼睛血红，显然几天几夜没睡好觉了。

小李跑进来："佟掌柜，您怎么还在这儿呢？串货场开斗争大会呢！人们都去了，您怎么还没去啊?"

佟奉全说："这块在哪儿怎么就找不准地方呢，说话就拼出来了，您先去，您先去，我这就去!"

"哎呀！不在这一会儿了，快走吧，莫组长看您不在，特意让我来喊您的，快走，记住了，开会可是要求进步的开始，快走!"

佟奉全却说："抢救国宝不也是进步吗？你说这块搁哪儿合适呢？你说说!"

小李把那块石头拨拉到地上，拽住他小跑着离开了小院儿。

会场上何局长正在讲话："刚才莫荷同志已经将反革命卖国贼索巴的罪行列举了出来，真是罪恶滔天，死有余辜！现将反革命卖国贼索巴押下去，等候人民法院的最终审判!"

索巴被押了下去，大家又是口号声声。

蓝一贵左顾右盼。他是在找佟奉全，却没看见影儿。

何局长又吹吹麦克风，静场。

"好！同志们，琉璃厂的工作进展得很顺利！莫荷同志，也不要我们总在台上讲话，同志们有什么感想、心得体会，想说的，也可以上台来说嘛！啊?"

莫荷说："非常欢迎！欢迎！"

何局长说："大家有什么话想说，也可以上来说啊！"

短暂的静场，蓝一贵站了起来："我有话想说。"

这时，佟奉全刚刚进来，在后排坐下。

莫荷看了眼佟奉全："欢迎蓝一贵同志上台发言！"

众人稀稀拉拉地鼓掌。蓝一贵走上台，何局长给他弄了下话筒。

"鄙人蓝一贵，非常支持并决心以实际行动来拥护这次运动。刚才声讨斗争了反革命卖国贼索巴，大快人心！大快人心啊！！既是运动，就应该搞深搞透！说是卖国贼，就咱这条街上，就鄙人所知，卖给洋人国宝的还大有人在！"

真是一语惊座，众人吓得都不出声了。

何局长说："旧社会嘛，难免有旧社会的烙印，小东小西的可以不算！"

"何局长，你说得太对了，我也以为小东小西的不能算，性质不一样嘛，小东小西我也卖过，我今后要检讨，我要深刻地检讨！但把国宝卖给洋人，并受到爱国人士声讨的，不该不算，做这种事的人也应该把他揪出来！"蓝一贵说着话把报纸抖了出来，上面登载着罗先生写的揭露佟奉全卖尊的文章，"我现在郑重揭发佟奉全在民国三十六年卖给路德维希禄大人国宝级文物商朝铭文青铜尊一件！"

众人哗然，都回头寻找佟奉全。佟奉全静静地坐着。

"卖国求利，倒卖国宝，我提议揪出佟奉全，打倒卖国贼！"

李掌柜马上学舌一样喊了起来：

"揪出佟奉全，打倒卖国贼！"

"揪出佟奉全，打倒卖国贼！"

众人的声音很齐，很大，反正不是自己，快快推出一人，以求自保。佟奉全有点儿蒙了。

何局长一看这情况，想要说话，莫荷手快，赶在前头抓住了话筒："佟奉全在不在？"

佟奉全慢慢站了起来，身上的长衫很脏："在！"

莫荷说："你有什么话可说？"

何局长疑惑地看着莫荷。

蓝一贵说："他还有什么可说？报纸上白纸黑字印着呢！何局长，我觉着应先把他押起来！"

何局长说："可以听听他说嘛，佟奉全，我看你刚刚坐下，为什么来晚了？"

"我……我在拼《众生礼佛图》。"

"拼得怎么样了？"

"还差几块石头就拼好了，所以晚了。"

"开会也很重要！"

"我以后要求进步，准时开会！"

"蓝一贵同志揭发了你卖尊的事，你怎么说？"

佟奉全不说话。

何局长又问："你卖没卖过？"

"卖过，不过我卖给路德维希的尊是假的。"

众人又是一阵大哗。

蓝一贵喊道："谁信！连罗先生都说你是卖国贼，你说假的谁信！打倒佟……"

莫荷抢过话筒说："我信！"

大家更蒙了。蓝一贵说："你……你……你假公济私！何局长，我今天要求进步就要求到底了，我还有话要说！"

莫荷说："先听我把话说完。这话按理不该这么快说，但做人最该实事求是，那件真的我见过，卖给禄大人后我也见过，所以卖的一定是假的。蓝掌柜你卖的不也是假的吗？"

何局长说："是吗？那这样就好办啊！"

蓝一贵说："假公济私！何局长，我还有话说，莫荷同志在琉璃厂当运动工作组组长不合适！"

何局长皱皱眉："为什么？"

蓝一贵说："她……她跟佟奉全原来是相好！"

众人静场。何局长说："够了！蓝一贵你知道的可真多！你下去吧！今天的会开得很好！不但斗争了卖国贼，还揭出了新问题。我们共产党最讲实事求是，不冤枉一个好人，也绝不放过一个坏人。很好，有问题揭出来，证明大家都在进步。佟奉全的问题，真也好假也罢，以事实为依据，我看问题是把真尊找出来就行了，其他一切说法就不攻自破。至于别的话题，以后开会要注意严肃性。”

莫荷静静地坐着，气得脸色都变了。

二

佟奉全和生子来到被大火烧成废墟的小院儿，一看，傻了，在原来的废墟上刚刚盖了一幢小楼。“生……生子，你再认认，原先是不是这儿？你再看看左右两边。”佟奉全说。

生子说：“叔，就是这儿一点儿没错，你瞧原来那只石鼓还撂在那儿嘛，可不就是这儿吗！我是卖烟卷儿的，哪条街不熟啊！”

“可……可它怎么生出座小楼来了呢？”

“新盖的。你看正往这里搬家具呢，像是公家的房子。”

两人往前走，截住正在搬家具的两个青年人：“同志打听一下，这是什么机关啊？”

搬家人说：“那儿有牌子，自己看去！”

两人到跟前一看——宣武区消防一队。

佟奉全拉着生子走进楼内，一位女同志从门口探出身子问道：“你们找谁啊？”

生子说：“不找谁，找东西。”

女同志说：“找东西？这楼新盖的，哪有什么东西啊！”

“同……同志，是这样的，这楼盖起之前我住在这儿。”

他们被领进消防队办公室，一个干部模样的人边听佟奉全说话，边翻着文件边问他：“这楼的位置你看准了吗？”

佟奉全说：“看准了。”

“你埋东西的位置在哪儿？”

佟奉全站起，看地，然后拿脚跺了跺：“大概就在这儿。”

“在这儿，你说就在你脚底下？开什么玩笑，新打的水泥地面，你想怎么样？”

“我想问问您盖楼时挖出来没有？”

“什么东西？”

“一只商周的青铜器。”

“越说越离谱了，这种东西要挖出来早就交给文物部门了，没有！你为什么早不取走，这楼盖上了，你倒来了！”

“坏了，当时埋深了，埋深了。早忙着一件也是国家交给的任务，原让孩子看着来着，后来孩子又上学了。再早，解放前那阵子，没想着把它挖出来，谁知您这楼这么快就盖起来了。”

“搞建设嘛，当然日新月异了，你到底想怎么样？”

“同志，我说出来您别不高兴，我想把这地刨开找一找！”

“我看不行。同志，这是新楼，为了找你的什么东西，我还该拆楼吗？走吧！我们这儿很忙，走吧，走吧！”

佟奉全呆呆地往外走，这算没招儿了。生子可怜地看着他。

佟奉全说：“人……人家说的也对，咱自己比如新盖了一座房子，冷不丁来了个人说让你把房拆了找东西，搁谁也不干啊！人家没错，说的也对！”

“奉全叔，那……那您怎么办？”

佟奉全感叹道：“生子啊！人一辈子不能干一回错事，错一回就找不回来了！该着！没什么可说的，该着！我该着！”

何局长望着有些情绪的莫荷：“莫荷啊，如果人家的话有点儿影儿，我准备把你的工作调一调；如果没影儿，我希望你解释一下。”

“局长，我也没想到，琉璃厂的事儿会弄成这样，但有一点我相信，佟奉全卖给洋人的尊是他仿的！”

“这件事不说了，什么事儿都要看证据，你说了不算，蓝一贵说了也不算。罗教授那儿我们也去问过了，说佟奉全卖尊确有其事，我希望你不要在个人的恩怨中陷得太深。听说你哥哥的死与蓝一贵有关？”

“都是旧社会的事儿，我再没想过。”

“你个人的事儿组织只能提个醒儿，不便多说，你的工作从现在开始交接一下吧，休息一段去党校学习吧，怎么样？”

莫荷无奈：“我……我服从！”

佟奉全来到工作组原来莫荷的办公室外面，刚要敲门，门开了，是小李。

“佟掌柜有事儿吗?”

“我找莫组长。”

“莫组长调走了。”

“什么?调走了,调哪儿去了?”佟奉全追着小李。

“我们也不知道,反正不在琉璃厂了。”小李往外走着。

“哎!小李同志,您是公家人,您说说,她调走是不是跟我那天的事儿有关,跟我的事儿有关?”

“可能有,也可能没有,我不知道。”小李说完走了。

佟奉全继续追着问:“哎!小李同志,您说说我怎么做才能让莫荷同志不受影响,哎,小李同志!”

不知什么时候开始下雨了,佟奉全呆在雨地里。雨丝斜射在他拼好的《众生礼佛图》上,“唰唰”有声。佟奉全站在雨里自语着:“人一生不能办错事啊,假的错事儿也不能办,害己也害人,害人。”

三

佟奉全抱了个包袱,跟着一名解放军朝牢房深处走去,走得很慢。索巴从旁边一个号子里突然扑过来:“哎!这不是佟奉全?我卖文物送这儿来罪有应得!你他妈的发洋面保护祖宗玩意儿的主儿怎么也进来了?啊,你小子怎么也进来了?你个假仁假义的臭东西啊,你活该!!你是不是活该?”

佟奉全边走边回头看看,没有说话。

那个解放军打开一扇铁门,佟奉全又回头看了一眼关着索巴的那个号子,进去了。“咣当”一声,牢门关住,锁上。

佟奉全自首了。佟奉全找不出证据证明自己没卖过那只尊,只有自首。他以为这样对莫荷有好处,他也只有这样了。

索巴正在牢房里躺着,铁门开了,两名解放军和人民法院的审判员走进来。

审判员说:“索巴,起立!”

索巴慌忙爬起，一看这阵势，身子一晃就要瘫倒，两名解放军架住他。审判员念道："人民法院第七十三号处决令……"

两名解放军架着索巴要去执行枪决，索巴从各号门前经过，突然佟奉全冲到门口："索巴！索巴！索巴！"

"哎！我听着呢。解放军同志，这是我一熟人亲戚，求您让我停下脚，我跟他说两句话！哎！有话说！"

"索巴，你积积德，你给我个实话，你姑她是活着还是死了？你这就死了，你不能把真话带走，就算我求你了，你说个实话！"

"佟奉全，你先说句话送送我！"

"你……你罪有应得！"

"说得好！告诉你，我姑她没死，听说在西山呢！"

"你……你不是个东西，连自己的亲姑都害，毙你十回都不多，毙你十回！"

"骂得好，该骂！我走了，该着！我走了！"索巴也哭了，"我不是东西，我他妈的该死！"

索巴走了，佟奉全一下坐到地上："在……在西山哪儿？在哪儿啊？"

这是消防局的机关食堂，正在举办周末晚会。一对对舞伴随着乐曲，翩翩起舞。李局长在一个不显眼的地方独自坐着，一直盯着那扇时开时合的门，一眼看见莫荷推门进来，向莫荷招手："哎！莫荷，莫荷，在这儿！"

莫荷走过来，李局长端着两瓶汽水迎上去："来，来来，天气很热吧，喝点儿水，喝点儿水。"

他们没有跳舞，而是到了外面。莫荷说："还是外面的空气好！"

李局长说："就是，就是，还是外边好，外边的空气清新！莫荷同志，没想到你会突然约我，我一直在想，但没想到。"

"突然吗？"

"突然。"

"我觉得那天，你在崔村那棵大槐树下牵着匹马等我，才叫突然呢。"

"是啊，你还记着那天呢？"那是他们在解放区时的事情。

"记着，李局长。"

“不兴，不兴，不兴这么叫，叫我大奎。”

“叫不出来，叫大奎同志行吗？”

“也行。”

“大奎同志，您还在消防大队管事儿吗？”

“哎！莫荷同志，我还在那儿管事儿。”

“像那种区呀县的消防队都归你管吗？”

“归，都归，问这干啥？”

“没什么，那……那你工作一定很忙？”

“也忙也不忙，看忙什么了，莫荷你还在学习？”

突然，一个司机气喘吁吁跑过来：“李局长，让我好找，你快回去吧，有人偷偷跑进办公室，刨开了水泥地，大家都等你回去审问呢。”李局长有些歉意地看着莫荷，不料莫荷却说：“我也过去看看。”

他们走进一个房间，屋子中央搁着被刨起的水泥块。有人把那个偷刨水泥地的人推进屋里，竟然是生子。

莫荷说：“李局长，人我认识，不是坏人。这事儿我也知道，这院子原来是个民房，盖房前，他们住过。李局长，他还上学呢，他……他……”

李局长说：“既然莫荷同志清楚，又是个孩子，就放了吧。”

莫荷说：“生子，你先回学校吧，明天我找你。”

在监狱的会见室里，佟奉全和莫荷对面坐着。佟奉全说：“……这种地方，您来可真不合适，有什么话您快批评教育了，早点儿走吧！”

莫荷说：“奉全哥，有一件事我现在想问清楚，真的尊是不是在那座新楼底下埋着？”

“莫荷，问这些干吗？我都自首了，说话就该判了，咱不再提这事儿了，这事儿你也别再问了，真的假的跟您都没关系了。行了，我走了。”

“等等！有关系没关系，真的就是真的，假的就是假的。奉全哥，您这一辈子啊，总是从人情出发，大是大非上不较个真儿，小情小理的那么认真，你活着不窝囊吗？”

“您批评得对，您批评得对，可天底下也有这人力不济的事儿，没办法，只有认命！莫荷，这事儿我跟谁也不想说了，尤其再不想跟您说了，您别为这事儿再费心了，我佟奉全就够对不住您的了。我现在挺好，我谢谢您了，生子怎么样？”

“生子为这事儿，夜里去刨人家楼了！”

“什……什么？那可不应该，那可不应该，不应该！我这事儿就要了了，我这都进来了，你们可就别再为我想了，你们不……不想我，我倒心安理得，千万别再想我了，甭想了，甭管了！”

“奉全哥，人是有感情的，谁不想心静啊，你别光想着自己心静了，也为别人想想！那只尊到底埋哪儿了？”

佟奉全说：“埋了，您别费心了。”

“好！真要上庭的那天您该说实话！”

“看……看吧。”

“还有件事，我得跟你说，我……我要结婚了。”

佟奉全笑笑：“好……好事儿，应该的，应该的！”

四

李局长和莫荷的婚礼是在消防局的食堂里举行的。闹洞房的人将一个大红苹果吊起，让新郎和新娘面对面去啃，两人的嘴唇刚刚挨到苹果，那人稍一用力，苹果突然滑走，两人的脸碰到了一起，惹得大家一阵鼓掌起哄。

生子也穿了新衣裳，坐在人群中。只有他心里清楚，莫荷姐姐的神情有些失落。

夜深了，忙乱了一天的莫荷有些累，已经钻进了新被子，眼睛望着天花板，想着什么。

李局长跃跃欲试地钻进被子，刚要动作，莫荷却有些严肃地说：“等等，大奎同志。”

“叫大奎吧。”

“大奎，我……我还有两件事，想跟你先说说。”

“明天说吧。”

“就现在说。”莫荷拦住他的手。

“说吧。”

“生子没爹没娘了，我们虽不是亲姐俩，可比亲姐俩还亲，我拿他当亲兄弟看。结了婚，你也得认他这个亲弟弟。”

“那有什么说的，都是阶级兄弟，我对他绝不会比你对他差。”

“他跟咱一块儿过。”

“行!”李局长又要动手。

莫荷这次没再拦：“还有一件事。”

“说!”

“想办法把那办公室的地刨了。”

“这……”李局长停住手看着莫荷。

“你听我说完，咱是共产党，咱不能冤枉一个好人。”

“莫荷，你……你说句实话，你……你跟我结婚，是不是为了这事儿?你说实话我不气，你说吧。”李局长有点儿茫然。

“不全是，你……你这人憨厚，可靠!”

“算是实事求是了，有你这话，我对你好一辈子。”

李局长猛地抱住莫荷。莫荷顺手关了电灯。

人民法庭上，佟奉全面无表情地站着，罗教授正在做证：“据我所见，实物我是见过的，铭文我有拓片在，还有英文报纸已然刊出，我是以这些来推断，这只真尊已然流落国外，所经之手大概不会超出佟奉全。当然，如果此时，按佟先生之词，卖的是假，而真的尚在，那么只有见到真的才能否定他的卖国渔利之行为，倘不见真……”

刚说到这儿，李局长和一个工兵托着真尊进来了，莫荷、生子跟在他们后边。

罗教授看见了：“法官同志，大概案情有了新进展，不言自证了，真的来了，我凭多年的经验可以断定这是真的，不必细看，这是真的!”

佟奉全泪如雨下，他又看到那只真的尊了。

法庭中有人鼓掌，大家一齐鼓掌。莫荷隔着好多人看了佟奉全一眼，马上望向别处。

情这东西，只要真付出，就不会白费，倒不是求个回报，求个心换心吧。情之归属，或许不能尽如人意，天底下有情人终成眷属的有，有情人未成眷属的也有，有情就好吧！有坦荡的真情，已是十分可贵了，说句看开的话，您还求什么呢？

佟奉全后来去了废品收购公司，兢兢业业，任劳任怨，二十余年来在那些破烂堆里发现了国宝级的文物三百多件，其他有价值的文物几千件，为国家的文物事业做了贡献。

佟奉全没再结婚。二十余年来只要休息，他就骑个车子往西山跑，他走遍了京西的大山沟沟，他想找到茹二奶奶的下落，但一直没有下落。

2003 年正月十六日初稿

2003 年 4 月底改两稿

2004 年小说改校

图书在版编目（CIP）数据

五月槐花香 / 邹静之著. — 北京：中国文史出版社，2021.1
（中国专业作家作品典藏文库·邹静之卷）
ISBN 978-7-5205-1819-2

Ⅰ. ①五… Ⅱ. ①邹… Ⅲ. ①长篇小说-中国-当代 Ⅳ. ①I247.5

中国版本图书馆 CIP 数据核字（2019）第 286556 号

责任编辑：牟国煜　薛未未

出版发行：中国文史出版社
社　　址：北京市海淀区西八里庄路 69 号院　邮编：100142
电　　话：010-81136606　81136602　81136603（发行部）
传　　真：010-81136655
印　　装：北京新华印刷有限公司
经　　销：全国新华书店
开　　本：720×1020　1/16
印　　张：26.25　　字数：403 千字
版　　次：2021 年 1 月第 1 版
印　　次：2021 年 1 月第 1 次印刷
定　　价：78.00 元